소로의
메인숲

소로의
메인 숲
The Maine Woods

순수한 자연으로의 여행

헨리 데이비드 소로 지음 | 김혜연 옮김

일러두기

1 [원주]로 표시한 주석은 저자 주이며, 그 외는 모두 옮긴이 주이다.

2 '인디언'은 아메리카 원주민(Native American)을 말한다. 현재에는 잘 쓰지 않는 멸칭이지만, 당시의 시대상을 반영하고 가독성을 높이기 위해 그대로 표기했다.

3 본문에 나오는 식물의 이름은 학명이 기재된 경우 국가표준식물목록을 참고하여 표기했으며, 이에 등록되지 않은 식물은 큰 범주를 참고하여 표기했다. 학명이 아니라 관습적으로 사용하는 이름을 표기한 식물은 필요에 따라 번역도 같은 경향을 따랐고, 이 경우 최초 1회에 한하여 국가표준식물목록의 추천명을 주석으로 표기했다.

4 지명과 학명은 원문의 표기를 따랐으며 현재의 표기와는 차이가 있을 수 있다.

5 가독성과 원문의 뉘앙스를 살리기 위해 단위를 미터 단위로 환산하지 않았다. 대표적인 단위와 대략적인 환산 값은 다음과 같다.

길이	부피	무게	면적
1인치 = 2.54cm 1피트 = 30.48cm 1로드 = 5m 1마일 = 1.6km	1쿼트 = 1.14L 1갤런 = 3.78L	1파운드 = 453g	1에이커 = 4,047m^2

6 본문에 나오는 물음표(?)는 원문에 있는 것을 그대로 옮긴 것이다.

7 인물의 말버릇을 표현하기 위해 본문의 대화 중 의도적으로 틀리게 쓴 부분이 있음을 밝힌다.

디오니소스
프로젝트

책읽는귀족은
『소로의 메인 숲』을
열다섯 번째 주자로 '디오니소스 프로젝트'를 이어간다.
'디오니소스'는 니체에게 이성의 상징인
아폴론적인 것과 대척되는 감성을 상징한다.
'디오니소스 프로젝트'는 고대 그리스 신화에서는
축제의 신이기도 한 디오니소스의 특성을
상징적으로 담아내려는 시도로,
우리의 창조적 정신을 자극하는 책들을 중심으로
디오니소스적 세계관에 의한, 디오니소스적 앎을 향한
출판의 축제를 한 판 벌이고자 한다.
니체는 디오니소스를 통해
세상을 해방시키는 축제에 경탄을 쏟았고,
고정관념의 틀을 깨뜨릴 수 있는 존재로
디오니소스를 상징화했다.
자기 해체를 통해 스스로를 극복하는 존재의 상징이기도 한
디오니소스는 마치 헤르만 헤세의
"새는 알에서 나오려고 발버둥 친다. 알은 새의 세계다.
태어나려고 하는 자는 하나의 세계를 파괴해야 한다"는
의미와 맞닿아 있다.
이제 여러분을 '디오니소스의 서재'로 초대한다.

일상으로부터 해방된 삶을 느끼는
숲으로의 여행

아주 예전에 『월든』을 읽고, 소로의 평화롭고 자연주의적인 삶을 동경했다. 우리나라처럼 치열한 삶의 중심에서 일상을 힘들게 살아가는 사람들에게 소로의 생각은 힐링 그 자체였다.

이에 그가 사랑한 또 하나의 숲인 메인 숲 여행기가 아직 국내에 출판되지 않아 무척이나 안타깝게 여기던 중, 마침 소로 탄생 200주년이란 의미 깊은 해를 맞이해 처음으로 '메인 숲'을 우리나라에 선보이게 되었다.

그리 길지 않은 인생을 살아왔지만, 살면서 '어떻게 사는 것이 의미가 있는 삶일까'라는 질문을 해왔고, 특히 요즘 들어 더 많이 하게된다. 인간 세상은 진실이라고 믿었던 것이 어떤 힘에 의해 순식간에 뒤집어지고, 또 그 반대가 되기도 한다. 그런데 자연은 언제나 날 것 그대로 그 자리를 지킨다. 자연의 모습에 비추어 우리 본연의 모습을 유추할 수 있는 까닭이다. 그래서 사회 속 여러 인위적인 관계에 매몰된 삶을 사는 것보다 인간 본연의 삶을 추구하는 것이 단 한 번뿐인 인생을 제대로 살아내는 것이 아닐까.

소로가 메인 숲을 여행하면서 보고, 느끼고, 경험했던 일들을 정리한 이 책은 한 편의 여행서이기도 하다. 소로는 총 세 번 메인 숲을 방문한다. 크타든-체선쿡-알라가시 강과 동쪽 지류의 순서로. 어쩌면 우리가 생전에 한번도 가볼 수 없을지 모를 그곳으로 소로가 마치 증강현실(현실의 이미지나 배경에 3차원 가상 이미지를 겹쳐서 하나의 영상으로 보여주는 기술)처럼 우리를 메인 숲으로 안내한다.

소로 일행의 가이드를 맡은 인디언, 조 폴리스의 이야기도 소로의 생각을 거쳐서 우리에게 전달된다. 『월든』을 읽었을 때는 미처 느끼지 못했던 소로의 인간적인 면모가 이 메인 숲 여행기에서는 여기저기에서 드러난다.

누가 더 빨리 달리는지 숲속에서 경주를 하자는 폴리스의 제안에 기꺼이 응한 과정이며, 그 소감이 마치 소로의 일기를 읽는 것처럼 섬세하게 다가온다. 실제로 소로는 일기를 바탕으로 여행기를 정리했다고 한다.

진정한 자유를 갈망하는 자유인,
그리고 시인이자 철학자

소로는 진정한 자유를 꿈꾼 시인이자 사상가로 평가받고 있다. 이 책의 두 번째 여정인 '체선쿡'에 나오는 다음 구절에서 그러한 소로의 진면목이 드러난다.

"지금으로서는 1년간 숲속에서 스스로를 부양하는 데에 필요한 만큼만 낚시와 사냥을 하면 만족스럽게 살아갈 수 있으리라 생각한다. 스스로 기른 열매를 먹으며 살아가는 철학자의 삶과 비슷할 것이며, 나는 이런 생활에도 매력을 느낀다. 하지만 이런 식의 무스 사냥은 단순히 무스를 죽이는 것에 만족하는 행위이다 — 심지어는 가죽을 얻기 위한 사냥도 아니다 — 어떤 특별한 노력을 하거나 자신을 위험에 처하게 하는 것도 아니다. 밤에 숲 근처의 목장으로 가서 이웃의 말을 쏘아 죽이는 것과 조금도 다르지 않다. 키가 9피트나 되는데도 사람의 냄새를 맡자마자 엄청난 속도로 도망치는 이 가엾고 겁 많은 동물들은 신께서 기르시는 말인 것이다."

인도의 성자인 마하트마 간디가 '위대한 스승'이라고 칭송했던 헨리 데이비드 소로. 간디의 비폭력운동은 물론, 1960년대 흑인 인권운동 등에 큰 영향을 끼쳐 20세기를 움직인 인물이라는 평을 받는 위대한 사상가. 그러나 설혹 이런 배경지식이 없더라도 이 여행기를 읽다 보면 소로는 단지 어디에도 속박당하기를 원하지 않았고, 진정한 자유를 갈망했다는 것을 느끼게 된다. 또한 스스로 자유를 저당 잡힌 삶을 거부했듯이, 자연 또한 인간에게 예속되어서는 안 된다고 생각했다는 사실도 명확히 알 수 있다.

소로는 인간과 자연이 동등하게 함께하는 삶을 꿈꾸었던 몽상가였을지도 모르겠다. 하지만 '케미포비아'라는 말에서 단적으로 느껴지듯, 자연을 종속적인 것으로 여겨온 현대인들에게 대가를 치러야 한다는 공포감이 나날이 커져가는 오늘날. 그런 우리들에게 소로의 이상이 현실적인 '삶의 해법'으로 다가오니 아이러니가 아닐 수 없다.

인간은 이제 정신적인 소외감을 치유하는 해법을 자연에서 찾는다. 또 다른 한편으로는 물리적 환경도 친자연적인 상태를 소망한다. 그런 시대가 되었다. 과학 기술이 발달하며 발생한 모순을 제대로 겪어 보지도 못했던 소로가 그 시대에 이 모든 것을 예견하고 자연 속에 머무는 삶을 살았던 것은 그가 진정한 통찰력이 있는 사상가이면서 내면에 삶의 진실을 담고자 노력한 시인이었기 때문이 아닐까.

여담으로 덧붙이자면, 소제목 하나 없는 소로의 메인 숲을 자유

로운 영혼인 소로를 존중하는 의미에서 그의 글 발자국 그대로 소
제목 없이 편집했다는 것을 밝힌다.

　이 시대, 그 어느 때보다도 더 힘들게 살아가는 우리에게 가장 필
요한 시인이자 사상가가 바로 소로는 아닐지. 누구나 똑같이 이 세
상에 머물다 가더라도 더 '나다운 삶'을 살기 위해 소로와 함께하는
메인 숲으로의 여행을 지금 떠나보는 것은 어떨까.

2017년 9월
조선우

Contents

———

THE MAINE WOODS
I. 첫 번째 여정

크타든

—

    1846년 8월 31일, 나는 매사추세츠 주 콩코드를 떠나 기차와 증
기선을 타고 뱅거를 거쳐 메인 주의 깊은 숲으로 향하는 여정을 시
작했다. 뱅거에서 목재를 거래하는 친척과 함께 그의 관심을 사로
잡은 토지가 있는 페놉스콧 강 서쪽 지류의 댐까지 갈 생각이었다.
뱅거에서 강을 따라 약 100마일 가량 떨어졌고 훌턴 군용도로에
서 30마일 떨어진 곳, 마지막 통나무집에서도 5마일이나 떨어진 곳
이다. 그곳에서 또 30마일 가량 가면 뉴잉글랜드 지방[01]에서 두 번
째로 높은 산인 크타든이 있다. 나는 이 산과 페놉스콧 강에 연결된

---

01   미국 북동부 지방. 영국계 이주민이 많아 뉴잉글랜드라는 이름이 붙었다. 메인 · 뉴햄프
        셔 · 버몬트 · 매사추세츠 · 코네티컷 · 로드아일랜드, 이렇게 여섯 개 주를 가리킨다.

호수 몇 군데를 혼자서, 혹은 현지에서 합류하는 일행이 생기면 그들과 함께 보러 가기로 했다. 벌목이 끝난 이 계절에는 숲속 깊은 곳에서 캠프를 찾아보기 힘든 법이지만 이때는 봄에 큰 홍수가 나면서 피해가 있었던 곳을 수리할 사람들이 고용된 상황인지라 그 덕을 볼 수 있어 다행이었다.

크타든은 북동쪽에서 아루스투크 로드와 와사타쿼이크 강을 이용해 말을 타거나 걸어서 가면 멀리 돌아가지 않고 훨씬 수월하게 갈 수 있다. 하지만 그럴 경우 야생의 자연을 접할 기회가 줄어든다. 눈부시게 아름다운 강과 호수의 풍경도 보지 못하고 배토[02]나 뱃사공의 삶도 체험해보지 못하는 것이다. 이 계절에 와서 운이 좋기도 했다. 여름에 왔다면 인디언들이 '보이지 않는 것들'이라고 부르는 검은 파리며 모기, 각다귀 따위 때문에 숲속을 여행하기는 불가능했을 것이기 때문이다. 하지만 지금은 이 녀석들이 군림하는 시기도 거의 끝났다.

크타든, 인디언 말로 가장 높은 땅을 뜻하는 이 산에 백인이 처음 오른 것은 1804년이다. 그후 1836년에 웨스트포인트 육군 사관학교 교수인 J. W. 베일리가 이 산을 찾았고, 1837년에는 메인 주(州) 소속 지질조사관 찰스 T. 잭슨 박사가 방문했다. 또 1845년 보스턴

---

02   바닥이 평평한 강배.

에서 온 두 젊은이도 크타든에 올랐다. 이들 모두 자신들의 원정에 대한 이야기를 남겼다. 내가 다녀간 이후 산에 오른 두세 무리 역시 여행담을 전했다. 이들 외에는 개척민이나 사냥꾼들 중에서라도 이 산에 오른 사람은 극히 드물다. 그러니 이곳이 상류층에게 인기 있는 여행지로 자리 잡으려면 오랜 시간이 필요할 것이다.

메인 주의 산악 지역은 화이트 산 부근에서부터 아루스투크 강의 수원지까지 북동쪽으로 160마일 뻗어 있으며 폭은 대략 60마일 정도이다. 그중에는 사람이 살지 않는 야생 지역이 훨씬 더 많다. 따라서 호기심 많은 사람이라면 이쪽으로 단 몇 시간만 들어가도 원시림의 가장자리에 다다를 수 있다. 분명 서쪽으로 1천 마일은 가야 도착할 수 있는 곳보다 훨씬 더 흥미로운 장소일 것이다.

다음날 오전, 그러니까 9월 1일 화요일, 나는 일행과 함께 사륜마차를 타고 뱅거를 떠나 '상류'로 출발했다. 산행에 합류하기로 결정하고 앞서갔던 뱅거 주민 두 사람을 다음날 밤, 60마일 떨어진 마타웜키그 포인트에서 만날 예정이었다. 우리는 각자 옷과 꼭 필요한 물건들을 넣은 배낭이나 가방을 챙겼고, 내 동행은 총도 가져갔다.

뱅거에서 12마일을 채 못 가 스틸워터와 올드타운을 통과했다. 이 두 마을은 메인 숲의 나무들을 목재로 바꾸는 주 전력원, 페놉스콧 폭포 옆에 세워졌다. 그리고 강을 가로질러 그 위에 바로 제재소가 있다. 이곳에서는 사계절 내내 통나무가 빽빽하게 들이차서 서로 세게 마찰된다. 따라서 한때 푸르렀던 나무도 지금은 하얗게 벗겨진 지 오래로, 바람에 날려 쌓인 눈과 같다고 수식하는 대신 그냥 강물에 떠밀려 온 통나무 같다[03]고 표현하면 충분할 정도이다. 이 통나무들이 한낱 목재가 된다. 우리가 사용하는 1인치, 2인치, 3인치짜리 널빤지가 여기에서부터 만들어지기 시작하는 것이다. 톱장이가 간격을 나누면 무수한 쓰러진 나무들의 운명이 결정된다. 크타든과 체선쿡, 그리고 세인트존 강의 상류 지역에서 온 메인 숲의 곧은 나무들이 가차 없는 강철 어레미를 통과해 널빤지, 비막이 판자, 욋가지, 지붕널 따위가 되고 바람에 날릴 만큼 얇아진다. 그러고도 아마 사람이 원하는 크기가 될 때까지 계속해서 잘리고 또 잘리는 것이다.

체선쿡 호숫가에 서 있는 스트로브잣나무[04]의 모습을 생각해 보라. 사방에서 불어오는 바람에 가지가 살랑거리고 뾰족한 잎 하나하나가 남김없이 햇빛을 받으며 떨리던 모습을 — 이제 그 나무가

---

03 영어로는 바람에 날린 눈이 'the driven snow'이고 강물에 떠밀려 온 통나무 역시 'a driven log'이다. 흔히 사용하는 '눈처럼 희다'는 수식어 대신 '떠내려 온 통나무' 자체가 새로운 수식어가 될 수 있을 만큼 희다는 뜻이다.

04 영어로는 White pine. 소나뭇과의 침엽수로 이 책에서 가리키는 소나무(pine)는 이 나무를 지칭할 때가 많다.

어떤 모습인지 생각해 보라. 어쩌면 뉴잉글랜드 프릭션 성냥 회사에 팔렸을지도 모르는 그 나무를! 내가 읽은 바에 의하면 1837년 기준 뱅거 북쪽의 페놉스콧 강과 그 지류에는 제재소가 250개 있는데, 상당수가 이 근방에 있고 연간 2억 피트의 널빤지를 생산한다고 한다. 게다가 케네벡, 앤드로스코긴, 사코, 패서머콰디, 그리고 그 밖의 다른 하천에서 생산된 목재가 또 있다.

그러니 해안의 배들이 메인 숲에서 온 목재에 둘러싸여 한번에 일주일씩 발이 묶였다는 이야기를 흔히 듣는 것도 그리 놀랄 만한 일은 아니다. 이곳 사람들은 비버가 서식하는 외로운 습지와 산비탈에서 바삐 움직이는 수많은 악마들처럼 되도록 빨리 숲 전체를 없애는 것이 사명인 듯했다.

올드타운에서 우리는 배토 제조소에 들렀다. 페놉스콧 강에서 쓰는 배이므로 배토 제조는 이곳에서 꽤 번성하는 사업이다. 우리는 재고가 있는 배를 몇 대 살펴보았다. 배토는 가볍고 균형 잡힌 배로 물살이 빠르고 암초가 많은 환경을 고려해 만들어졌다. 사람이 어깨에 짊어지고 육로로 장거리 이동하는 것도 가능하다. 길이는 20에서 30피트고 폭은 4에서 4.5피트밖에 안 된다. 카누처럼 양 끝이 뾰족하지만 배 바닥은 앞쪽이 가장 넓고, 암초 위를 최대한 부드럽게 미끄러질 수 있게끔 물 위로 7에서 8피트 올라와 있다. 이 배들은 아주 얇게 만든다. 한쪽 뱃전에 널빤지를 딱 두 장만 사용하고, 보통 가벼운 단풍나무나 다른 단단한 나무로 몇 군데 지지대를 대어 단단히 고정한다. 하지만 안쪽에는 최대한 흠이 없고 폭이 넓은 스트로브잣나무를 쓰는데, 배의 형태 때문에 낭비되는 부분이 상당히 많다. 배 바닥은 뱃전에서 뱃전 사이뿐만 아니라 앞쪽 끝에서 뒤쪽 끝까지 완전히 평평해야 하기 때문이다.

배토는 오래 사용하다 보면 때때로 '호깅'[05] 상태가 되는데 그러면 사공들이 배를 뒤집고 양 끝에 무거운 것을 올려 똑바로 펴준다. 사공들 말로는 배의 수명이 2년 정도지만 암초 때문에 한 차례 강을 따라 여행한 것만으로 망가지는 경우 역시 잦으며 14에서 16달러 정도에 팔린다고 한다. 나에게는 백인들의 카누를 지칭하는 '배토'란 이름 자체가 어딘가 신선하고 상당히 음악적으로 들려서 샤를부아[06]와 모피 거래를 위해 고용되었던 캐나다의 뱃사공들을 떠올리게 된다. 배토는 카누와 보트, 다시 말해 모피 거래용 보트를 합친 일종의 잡종인 셈이다.

우리가 탄 나룻배는 인디언들이 사는 섬을 지나갔다. 강변을 지나는데 세탁부처럼 보이는 키가 작고 누더기를 걸친 인디언이 눈에

---

05   배의 중앙이 볼록하게 들려 올라간 상태로 변형되는 것.
06   18세기에 캐나다를 방문했던 예수회 선교사.

떠었다. 이들은 대개 돌이킬 수 없는 과거 때문에 괴로워하는 소녀처럼 슬픔에 잠긴 얼굴을 하고 있다. 그는 '강 상류'에서 내려와 올드타운 쪽 식료품 가게 근처에 카누를 댄 다음, 한 손에는 짐승 가죽 한 묶음을, 다른 손에는 반 배럴짜리 빈 술통을 들고 둑 위로 올라가고 있었다. 인디언의 역사, 다시 말해 인디언 멸족의 역사를 논하기에 앞서 보여줄 만한 모습이었다. 1837년 기준으로 이 부족에는 단 362명만이 남아 있었기 때문이다. 현재의 인디언 섬은 버려진 것처럼 보였지만, 비바람에 색이 바랜 집들 사이로 새로 지은 집이 몇 채 있어 마치 이 부족에게 아직도 삶을 이어나갈 뜻이 있는 것 같았다.

하지만 대부분 집들이 낡고 쓸쓸해서 활기라고는 찾아볼 수 없는 모습인 탓에 변소나 헛간처럼 보일 뿐, 주택이라고는 볼 수 없었다. 하다못해 인디언식 주택이라고도 볼 수 없었다. 기껏해야 집을 대신할 곳, 야외 숙소 정도로밖에 보이지 않았다. 이렇게 된 것은 인디언들의 삶이 도미 아우트 밀리티아domi aut militia — 집 아니면 전쟁, 아니 지금은 오히려 베나투스venatus, 즉 집 아니면 사냥이며, 대개 후자에 치중되어 있기 때문이다. 성당만이 유일하게 잘 손질된 건물이었다. 하지만 성당은 아베나키 족이 아니라 로마(가톨릭)에 의한 것이다. 캐나다식으로는 좋을지 몰라도 인디언식으로는 형편없다.

아베나키는 한때 강력한 부족이었다. 하지만 이제 그들에게는 정치가 가장 큰 관심사이다. 인디언 고유의 둥근 천막이 줄지어 서 있던 시절, 그들이 의식의 춤을 추며 죄수를 막대에 매달아 고문하던 시절이 지금보다 훨씬 나았다는 생각까지 들었다.

우리는 밀퍼드에 내려서 페놉스콧 강 동쪽 기슭을 따라 움직였다. 그러자 거의 끊임없이 강과 인디언 섬들이 보였다. 동쪽 지류 하구의 니커토까지 이르는 모든 섬들이 인디언 소유이기 때문이다. 섬들은 대부분 나무가 울창했으며 근방의 강가보다 토질이 좋다고 알려져 있었다. 강은 얕고 암초가 많은 듯했으며 군데군데 물살이 빠른 여울이 생긴 탓에 흐름이 막히는 곳마다 햇빛에 반짝이는 잔물결이 일었다. 잠시 멈춰 서서 물수리가 엄청난 고도에서부터 화살처럼 수직으로 강하해 물고기를 잡는 모습을 지켜보았지만 이번에는 먹이를 잡지 못했다.

이제 우리는 훌턴 로드를 따라가고 있었다. 전에 병사들이 이 길을 따라 마스 힐Mars' Hill로 진군한 적이 있었는데, 전쟁터Mars' field로 향한 것은 아니라고 판명되었다.[07] 이 길은 이 부근의 거의 유일한

---

07 1838~1839년 미국과 영국이 메인과 뉴브런즈윅의 경계를 놓고 다툰 아루스투크 전쟁을 말한다. 전쟁은 상징적인 표현일 뿐, 실제 무력 충돌은 없었다. 군대가 마스 힐로 진군하긴 했지만 전투가 이루어지지 않았으므로 마침 전쟁의 신 마스(Mars)의 이름이 붙은 지명을 이용해 전쟁터, 즉 마스 필드가 아니었다고 표현했다.

대로로 똑바로 잘 닦은 것은 물론, 눈에 띌 만한 결함은 거의 모두 말끔히 보수해두었다. 그래도 가는 곳마다 대홍수의 흔적이 보였다 ― 뒤틀린 집이 있는가 하면 다음날 원래 지어진 곳이 아닌 데에서 발견된 집도 있었다. 아직까지도 지하실을 바람에 말리는 것처럼 침수 흔적이 엿보이는 집들도 있었고 여러 사람들의 소유권 표식이 남아 있는 통나무, 다리로 사용되었던 듯한 통나무들이 길을 따라 흩어져 있었다.

우리는 여름에 어울리는 인디언 이름이 붙은 성크헤이즈 강을 건넜고, 올레먼, 파사덤키그 등 그 밖의 다른 강들도 건넜다. 길 위에서 직접 보는 것보다 지도 위에서 훨씬 그럴듯하게 보이는 강들이었다. 파사덤키그[08]에는 그 이름이 의미하는 것만 빼고 다 있었다. 열성적인 정치가들, 더 정확히 말하자면 백인 정치가들이 있어 신경을 곤두세우고 선거의 향방이 어떻게 될지 알아내고자 애썼다.

이들이 낮게 가라앉은 목소리로 빠르게 말하는 것을 들으면 그 열의가 어딘가 인위적으로 느껴졌다. 게다가 그들은 소개 받기를 기다리지도 않고 버기[09] 양쪽에 한 사람씩 다가왔다. 그러면 마차에 탄 사람은 어서 출발하고 싶은 마음에 조바심을 내며 채찍을 들

---

08 폭포 위의 강으로 물이 흘러가는 곳.
09 말 한 마리가 끄는 1인용 마차.

게 되고, 그 모습을 본 정치가들은 적게 말하고 많은 것을 전달하려 했다. 하지만 언제나 많이 말하고 적은 것을 전달하게 된다고밖에 생각할 수 없었다. 이미 여러 번 전당대회가 열렸고, 앞으로도 열릴 예정인 듯했다 ― 승리와 패배, 누군가는 뽑히고 누군가는 뽑히지 못하는 것이다. 땅거미가 질 무렵 일면식도 없는 낯선 남자가 우리 마차 옆으로 왔다. 그는 말이 다 놀랄 만큼 확고한 어조로 말을 했는데, 그 주장이 점점 더 엄숙할 정도로 긍정적이 되어가는 것은 자기 안에서 긍정적으로 여길 만한 것이 없어지고 있기 때문이었다. 지도 위의 파사덤키그는 이런 모습이 아니었다.

해질 무렵, 우리는 지름길로 가기 위해 잠시 강변에서 벗어나 엔필드를 경유하기로 했고, 그곳에서 하룻밤을 묵었다. 내게 엔필드란 지명은 이 길가의 다른 지역들에 붙은 이름과 다를 것이 없게 여겨졌다. 이름도 없고 어디에도 속하지 않는 황야의 한 지역에, 다른 곳과 별다른 차이도 없는 곳이지만 그저 구분이 필요해서 붙인 지명일 뿐이다.

하지만 생각과 달리 이곳에는 훌륭한 과수원이 있었다. 이 지역에서 가장 오래된 정착민 집에 딸린 것으로 건강하게 잘 자란 사과나무들이 수확기를 맞고 있었다. 하지만 열매는 모두 자연적으로 맺힌 것이라 비교적 가치가 떨어졌으며 접목꾼이 필요했다. 강 아래쪽 역시 대개 비슷한 상황이었다. 그러니 봄에 매사추세츠의 한 청년이 접붙일 가지와 도구를 가방에 가득 넣고 이곳을 찾는다면 그 자신에게도 큰 이익을 남길 좋은 기회가 될 것은 물론, 정착민들에게도 도움이 될 것이다.

다음날 아침, 우리는 콜드스트림 연못이 보이는 고지대의 언덕투성이 시골길을 달렸다. 4에서 5마일 길이의 아름다운 연못이었다. 그 후에는 다시 홀턴 로드로 접어들었다. 뱅거에서 45마일 떨어진 이곳 링컨에서는 이 길을 군용도로라고 불렀다. 링컨은 이 지방에서는 꽤 큰 마을로 올드타운 북쪽에서 가장 큰 중심지였다. 이곳의 인디언 섬 중 하나에 인디언 오두막이 몇 채 있다기에 우리는 말과 마차를 남겨두고 숲속으로 반 마일을 걸어 들어가 강으로 갔다. 산을 안내해줄 가이드를 구하기 위해서였다.

인디언 거주지는 한참 찾은 뒤에야 발견할 수 있었다. 외딴 곳에 작은 오두막들이 서 있었는데, 드물게 아늑하고 아름다운 풍경이었다. 보기 좋은 목초와 우아한 느릅나무가 강변을 둘러싸고 있었다. 우리는 그곳에서 발견한 카누를 타고 노를 저어 섬의 기슭으로 향했다. 배에서 내리자 근처에서 열 살이나 열두 살쯤 된 인디언 소녀가 햇볕이 내리쬐는 가운데 물에 잠긴 바위에 앉아 노래를 흥얼거리며 빨래를 하고 있었다. 콧노래인지 신음소리인지 알 수 없는 노래는 원주민 고유의 가락이었다. 나무만으로 만든 연어잡이용 작살이 강변에 놓여 있었는데, 백인들이 들어오기 전에 쓰던 것처럼 보였다. 뾰족한 끝부분 옆에 탄성이 있는 나뭇조각을 묶어두어 이 조각이 미끄러져서 연어를 꽉 잡게 한 것이 우물 기둥 끝에 두레박을 고정하는 장치와 다소 비슷해 보였다.

가장 가까운 집 쪽으로 걸어가자, 늑대처럼 생긴 개 열댓 마리가 몰려나왔다. 어쩌면 최초의 탐험가들이 '인디언의 늑대들'이라고 표현했던 옛 인디언 개들의 직계 후손일지도 몰랐다. 나는 그러리라 믿었다. 곧 집주인이 긴 막대기를 들고 나타나 개들을 쫓아내며 우리와 협상을 했다. 건장했지만 굼뜨고 야비해 보이는 사내였다. 그는 마치 그날 들어 처음으로 진지한 일을 하기라도 하는 듯 우리 질문에 느릿느릿, 같은 날 오전에 '상류'로 가는 인디언이 있다고 대답했다. 그 자신과 또 한 사람이라고 말이다.

"그럼 또 한 사람은 누구요?"

"옆집에 사는 루이스 넵튠이오."

"그러면 같이 가서 루이스를 만나보기로 합시다."

똑같이 개들이 맞아주고 루이스 넵튠이 모습을 드러냈다. 몸집이 작고 강단 있어 보이는 사내로 얼굴이 쭈글쭈글 주름져 있었지만 둘 사이에서는 그가 권위자로 보였다. 내 기억대로라면 1837년에 잭슨과 함께 산에 올랐던 바로 그 사람이었다. 우리는 루이스에게도 같은 질문을 했고, 또 다른 인디언 사내가 기다리는 동안 같은 정보를 얻어냈다. 그들은 정오 무렵에 카누 두 대로 길을 나서서 체선쿡 호수까지 올라가 한 달 일정으로 무스[10]를 사냥할 예정이었다.

"그럼 루이스, 당신들이 포인트(마타왐키그 바로 밑의 파이브 제도)에 도착해서 야영을 한다고 칩시다. 우리는 내일 걸어서 서쪽 지류로 갈 거요 ― 우리 네 사람 말이오.― 그럼 댐에서, 그러니까 이쪽 편에서 당신들을 기다리겠소. 당신들이 내일이나 그 다음날 우리를 따라잡으면 카누에 태워주시오. 우리도 당신들을 기다리고, 당신들도 우리를 기다리고. 수고한 만큼 대가는 치르겠소."

"좋소!"

루이스가 대답했다.

"당신들이 우리까지 포함해서 모두 먹을 수 있을 만큼 식량을 가져온다면 ― 돼지고기라든가 ― 빵이라든가 ― 대가는 그걸로 충분하오. 나야 무스를 잡을 게 분명하니까."

나는 우리가 산에 오르는 것을 파몰라[11]가 허락할 것 같으냐고 물어보았다. 그는 정상에 럼주를 한 병 두면 된다고 대답했다. 그리

---

10   우리말로는 말코손바닥사슴. 어감 및 지명과의 연관성을 고려해 무스로 표기했다.
11   아베나키 족 신화에 나오는 새의 모습을 한 정령으로 크타든 산에 살고 있다.

고 지금까지 럼주를 꽤 많이 가져다뒀는데 다시 보면 모두 사라졌다고 한다. 정상에는 두세 번 올랐고 영어, 독일어, 프랑스어 등등으로 쓴 편지도 묻었다고 말했다. 인디언들은 가벼운 옷차림이었다. 백인 노동자들이 날씨가 따뜻할 때 입는 것처럼 셔츠와 통이 좁은 바지만 입고 있었다. 그들은 우리를 집 안으로 청하지 않고 바깥에서만 이야기를 나누었다. 우리는 좋은 가이드와 동반자를 찾을 수 있어서 운이 좋았다고 생각하며 인디언들과 헤어졌다.

길가에는 집이 아주 드물었지만 아예 없는 것도 아니었다. 마치 전 세계로 사람이 흩어지는 법칙이 존재하는데, 이 법칙이 아주 엄격한 탓에 변변치 않은 이유로는 거역할 수도 없고, 거역했다가는 벌을 면할 수도 없는 것처럼 보였다. 하나, 둘, 막 커지기 시작한 초기 단계의 마을들까지 있었다. 길 자체는 놀라울 정도로 아름다웠다. 다양한 상록수가 있었는데 다수가 매사추세츠에서는 보기 드문 것이었다. 잎갈나무, 측백나무[12], 가문비나무, 발삼 전나무 등 작게는 몇 인치부터 크게는 수 피트에 이르는 섬세하고 아름다운 식물 표본들이 길 옆에 늘어서 있었다. 고른 잔디밭이 불쑥 나타나서 길게 뻗은 앞마당처럼 길의 경계와 이어지기도 했다.

이런 곳은 길을 씻어 내리는 물 덕에 토질이 비옥했다. 반면, 양

---

12 국가표준식물목록 추천명은 서양측백나무.

옆으로 한 걸음만 가도 산 나무, 쓰러진 나무, 썩어가는 나무가 미궁처럼 얽히고설켜 오로지 사슴과 무스, 곰과 늑대만이 쉬이 통과할 수 있는 음울하고 인적 없는 황야가 나타났다. 그 어느 집 앞마당과도 비교할 수 없는 완벽한 식물들이 훌턴 역마차가 지나는 길을 아름답게 꾸미고 있었다.

점심 무렵 마타왐키그에 도착했다. 우리가 온 길로 따지면 뱅거에서부터 56마일 떨어진 곳이었다. 우리는 손님이 많이 드나드는 집에서 묵기로 했다. 역시 훌턴 군용도로 옆에 있는 집으로 훌턴 역마차가 서는 곳이었다. 마타왐키그 강을 건너는 크고 튼튼한 다리도 있었는데 약 17년 전에 지었다고 했던 것 같다. 우리는 이곳에서 점심식사를 했다. 이 길가에 있는 여관들에서는 저녁식사는 물론 아침식사 때에도 식탁의 한쪽 끝에서 다른 쪽 끝까지 다양한 종류의 '스위트 케이크'[13]를 맨 앞에 쭉 늘어놓았다. 이런 음식이 담긴 접시가 열 장에서 열두 장 우리 둘 앞에 일렬로 놓여 있었다고 말해도 과언이 아니었다.

듣기로 숲에서 나온 벌목꾼들은 케이크, 파이 등 이곳에서는 잘 알려지지 않은 단 음식을 몹시 갈망하므로 이는 수요를 만족시키기 위한 *공급*이라고 한다. 공급은 언제나 수요와 같은 법이다. 즉 배고

---

13   단맛을 첨가하지 않은 핫케이크와 대조되는 의미로 부르는 명칭.

푼 벌목꾼들이 지불한 돈의 가치에 맞게 상당량을 먹으려 하기 때문에 이런 식이 되었다는 이야기였다. 하지만 그들이 뱅거에 도착할 무렵에는 식욕도 다시 균형을 되찾게 되는 모양이었다. 마타왐키그에서 왕성했던 욕구가 완화된 덕에 말이다.

자, 앞줄을 지나 '스위트 케이크' 쪽에서 벗어나면 싸구려 철학과 같은 무심한 마음가짐으로 그 뒤의 음식에 돌격해야 한다. 숲이 아니라 마을에서 온 남자들의 사슴고기와 진한 시골풍 음식에 대한 수요에 비해 공급의 양이나 질이 충분하지 않다고 암시할 생각은 전혀 없다.

식사를 마치고 우리는 두 강이 합쳐지면서 만들어진 '포인트(돌출된 땅)' 쪽으로 걸어갔다. 이곳은 과거 동쪽의 인디언들과 모호크 족이 전투를 벌인 곳이라고 하는데, 술집에서 만난 사람들은 그런 이야기는 들어본 적이 없다고 했다. 그래도 우리는 혹 유물이 있는지 신중하게 찾아보았다. 그러나 찾은 것이라고는 돌로 만든 화살촉의 파편과 평범한 화살촉 끝부분, 작은 납 총알, 색색의 구슬 몇 가지가 다였다. 구슬은 아마도 초창기 모피 거래가 이루어지던 시절 것이리라.

마타왐키그 강은 넓기는 했지만 이 때는 바위가 가득하고 물이 얕아 강이라기보다는 그저 강바닥에 지나지 않았으므로 장화를 거의 적시지 않고도 건널 수 있을 정도였다. 따라서 배토를 타고 50에서 60마일 이 강을 거슬러 올라가 아직 벌목하지 않은 머나먼 숲에 다녀온 적이 있다는 일행의 말이 믿기지 않았다. 이때는 하구에서 배토가 정박할 만한 곳도 찾기 어려운 지경이었다. 겨울에는 집에서 보일 만큼 가까운 거리에서 사슴과 카리부[14], 혹은 순록이 잡힌다고 한다.

일행들이 도착하기 전, 우리는 훌턴 군용도로를 따라 마차를 타고 7마일 올라가 아루스투크 로드가 들어오는 몰런커스로 갔다. 숲속에 리바라는 사람이 운영하는 넓은 여관, '몰런커스 하우스'가 있었는데, 마치 무도회나 군사 훈련을 위한 홀처럼 보였다. 널빤지로 지붕을 인 이 거대한 궁전 말고는 사람의 흔적을 찾아볼 수 없는 곳이지만, 여기도 여행객이 붐빌 때가 있다.

건물 구석의 베란다에서 눈을 돌려 아루스투크 로드 쪽을 살펴보았지만 개간지는 보이지 않았다. 그날 저녁 소박하고 독창적인 마차를 타고 이 길을 따라 모험을 나선 사내가 있었다. 아루스투크 짐마차라고 이름을 붙여도 될는지 모르겠다 — 좌석이 하나뿐이고 그 밑으로 짐수레가 달려 있어 안에는 자루가 몇 개 들어 있고 짐을 지키는 개가 옆에서 잠들어 있었다. 그는 쾌활하게 목적지에 사는 사

---

14 북아메리카 북쪽에 사는 순록. 흔히 알려진 순록(reindeer)과 구분하여 부르는 이름이다.

람 누구한테든 전언이 있으면 말해달라고 했다. 생각건대 세상 끝까지 간다 해도 그곳에는 더 먼 곳으로 향하는 사람이 있어 떠나기 전, 해질 무렵이 되어 집으로 돌아가는 것처럼 마지막 한 마디를 나누는 것이다.

처음에는 보지 못했지만 여기에도 상인이 *있어서* 그리 대단치 않은 조그만 가게를 지키고 있었다. 길 반대편, 몰런커스 표지판 뒤의 작은 오두막이 바로 그 가게였는데, 특허 받은 건초 저울의 균형 상자처럼 보였다. 상인이 어디 사는지에 관해서 우리는 추측만 할 수 있었다. 어쩌면 그는 몰런커스 하우스에서 하숙을 할지도 몰랐다. 나는 그가 가게 문 앞에 서 있는 모습을 보았다.

그의 가게는 너무 작아서 여행객이 들어가려는 기색을 보이면 주인이 뒤로 나와 창밖에 서서 지하실에 있는 상품이나 주문했는데 아직 도착하지 않은 상품에 대해 이야기를 나눠야 할 것이었다. 무언가 구입하고 싶은 강한 충동이 느껴졌으므로 주인이 어떻게 될지 멈춰서 생각하지 않았다면 들어가 봤을지도 몰랐다. 전날에도 우리는 잠시 머물렀던 여관 맞은편의 가게에 들렀다. 막 시작한 보잘 것 없는 가게였지만 궁극적으로 마을 혹은 도시의 안정적인 협동조합으로 성장하게 될 터였다. 그도 그럴 것이 가게 상호가 이미 '아무개들 상회'[15]였던 것이다. 아무개의 이름은 잊어버렸다. 가게에 붙어 있는 집 안쪽에서 여자가 나왔다. '아무개들'이 화전을 만들고 있었기 때문이다.

그녀는 우리에게 홈이 파인 소총과 매끈한 활강형 소총에 쓰는 뇌관을 팔았는데, 가격과 품질은 물론 사냥꾼들이 어느 것을 더 선호하는지도 잘 알고 있었다. 이곳에는 숲에서 지내는 사람들의 필요와 갈망을 충족시켜줄 것들이 종류가 한정되기는 했지만 뭐든 조금씩은 있었다. 상품은 고심해서 선정한 것으로 홀턴 짐마차 구석의 상자에 실려서 온다.

하지만 내 눈에는 늘 그렇듯 아이들 장난감이 훨씬 더 많아보였다. 이곳이 고향인 토박이는 거의 찾아볼 수 없건만 멍멍, 야옹야옹 소리를 내며 가지고 놀 강아지, 고양이 인형, 불고 놀 나팔 따위를 파는 것이다. 메인 숲의 솔방울과 향나무[16] 열매 사이에서 태어난 아이도 대부호 로스차일드 가문의 아이와 마찬가지로 설탕 인형이나 꼭두각시 인형이 없으면 안 되는 듯 말이다.

몰런커스까지 가는 7마일 동안 길가에 집은 한 채밖에 없었던 것

---

15 Somebody & Co. 여기서 & Co.는 여러 사람의 모임 중 나머지를 전체적으로 지칭하는 표현이다. 즉, 아무개 및 기타 여러 사람들의 가게라고 보면 된다.

16 국가표준식물목록 추천명은 연필향나무.

같다. 거기에서 우리는 울타리를 넘어 새로 만든 감자밭으로 들어갔다. 언덕 사이에서 아직 통나무가 불타고 있었다. 덩굴을 잡아당기자 순무와 뒤섞여서 잡초마냥 자라고 있던 큼지막한 감자가 거의 다 여문 자태를 드러냈다. 밭을 일구고 작물을 심으려면 나무를 베어 쓰러뜨리고 일단 타는 것은 한 번 태운 다음, 타고 남은 것을 적당한 길이로 자르고 굴려서 한 무더기씩 모은 뒤 다시 태운다.

그러고 나서 나무 그루터기와 까맣게 탄 통나무 사이로 들어갈 수 있는 땅에 괭이질을 해 첫 작물로 감자를 심는다. 타고 남은 재가 충분한 거름이 되고, 첫 해에는 잡초 제거도 필요 없다. 가을이 되면 다시 자르고 굴리고 태우고 등등의 과정을 땅이 완전히 개간될 때까지 반복한다. 그러면 곧 곡식을 심을 준비가 끝나 파종을 하게 되는 것이다.

도회지나 도시에 살면서 가난이며 고난에 대해 말하려는 이가 있다면 그러도록 내버려두면 된다. 뉴욕이나 보스턴까지 오는 요금을 낼 수 있었던 이민자들이 여기까지 오는 5달러를 더 내고 — 나는 보스턴에서 뱅거까지 250마일을 여행하는 경비로 총 3달러를 냈다 — 토지는 실상 거저나 다름없으며 집은 노동력만 들이면 세울 수 있는 이곳에서 아담이 그랬듯이 새로운 삶을 시작해 원하는 만큼 부유해질 수는 없단 말인가? 그러고도 그가 빈부의 차이를 마음에

둔다면 곧바로 더 좁은 집[17]을 마련하게 하면 되리라.

마타왐키그로 돌아왔을 때는 이미 훌턴 역마차가 와있었다. 그리고 캐나다 사람 하나가 양키[18]들에게 질문을 던지며 무심코 어리숙함을 드러내고 있었다. 프레더릭턴[19]에서는 미국 돈이 통용되는데 왜 여기에서는 캐나다 돈이 액면가 그대로 통용되지 않는가 — 이 질문은 어찌 보면 충분히 합리적인 듯했다.

그러나 내가 지켜본 바로는 이 캐나다 사람이야말로 이제 유일한 진짜 조너선[20], 다시 말해 무지한 시골뜨기였다. 진취적인 이웃들에 비해 너무 뒤처져서 제대로 된 질문을 던질 만한 상식이 없었던 것이다. 모름지기 양키들처럼 정치적이며 쉴 틈 없이 손을 놀리고 빠른 속도로 여행하기를 좋아하는 이들, 그리고 다양한 생각과 창안을 품고 고향을 떠난 이들은 시골 특유의 순박한 성격을 오래 유지할 수 없는 법이다. 실질적인 재능이 있고, 그 재능을 발휘하는 것은 지적인 문화와 독립을 얻어낼 확실하고 빠른 수단이다.

여관 벽에는 그린리프 사의 메인 주 지도 최신판이 걸려 있었다. 휴대용 지도를 가지고 있지 않았던 우리는 호수 지방의 지도를 옮

---

17   무덤을 의미한다.
18   미국 북부나 뉴잉글랜드 지방 토박이를 가리킨다.
19   캐나다 뉴브런즈윅의 주도.
20   19세기 미국에서 흔했던 이름으로 평범한 시골사람을 대표하는 이름처럼 쓰였다.

겨 그리기로 했다. 따라서 기름을 먹인 식탁보 위에 종이를 한 장 올리고, 삼 뭉치로 램프 기름을 찍어 기름종이로 만들었다. 그리고 확고한 신뢰를 품고서, 나중에 오류로 점철된 미로라고 밝혀지는 이 지도 속 가상의 호수들을 신중하게 따라 그렸다. 내가 본 중에 지도라는 이름을 써도 마땅한 것은 메인 주 및 매사추세츠 주 국유지 지도뿐이었다.

우리가 한창 지도 그리기 작업에 몰두하고 있는 사이 나머지 일행도 도착했다. 일행들이 말하길, 파이브 제도에서 인디언들이 피운 불을 보았다고 했기에 우리는 만사가 계획대로 잘 돌아가고 있다는 결론을 내렸다.

다음날 아침 일찍, 짐을 꾸리고 서쪽 지류로 향하는 도보 여행을 준비했다. 내 동행은 일주일에서 열흘 간 말을 초원에 풀어두기로 했다. 외딴 산골의 식사와 새로 접하는 시골 지방이 말 주인에게 좋은 영향을 미치는 만큼, 신선한 풀과 시냇물을 맛보면 말에게도 좋으리라 생각했기 때문이다. 울타리를 넘어 우리는 페놉스콧 강 북쪽 기슭의 외진 산길을 따라가기 시작했다. 이제 더는 도로를 찾아볼 수 없었고 강이 유일한 대로였다.

하지만 30마일 안쪽으로는 강기슭에 인접한 집이 여섯 채 정도 있을 예정이었다. 그 후로는 강 양쪽과 그 너머로 아무도 살지 않는 완전한 황야가 캐나다까지 이어지는 것이다. 말도, 소도, 그 어떤 탈 것도 그 땅을 지나간 적이 없었다. 소를 비롯해 벌목꾼들에게 필요한 몇 가지 부피가 큰 짐들은 겨울에 강이 얼면 그리로 옮기고, 그 얼음이 채 녹기 전에 다시 내려 보내기 때문이다.

상록수가 우거진 숲에서 아주 달콤하고 상쾌한 향기가 풍겨왔다. 공기가 일종의 영양제 같았다. 우리는 쾌활하게 다리를 뻗으며 일렬종대로 행진했다.

때때로 통나무를 굴리기 위해 강기슭을 조금 터놓은 곳이 나타나 강이 보였다 — 언제나 바위투성이에 잔물결이 이는 강이었다. 급류의 포효와 강 위에서 헤엄치는 흰뺨오리의 노랫소리가 들리고, 주위에서는 어치와 박새, 그리고 구멍 속에서 지저귀는 노란 깃 딱따구리의 노랫소리가 들려왔다. 유일한 도로는 자연이 만든 것이고 그나마 있는 집은 캠프뿐인 이곳이 바로 새로운 땅이라 불러도 좋은 곳이리라. 그러니 이곳에서 사람은 더 이상 제도와 사회를 비난하지 못하고 진정한 악의 근원[21]을 마주해야만 한다.

이제 우리가 발을 들인 곳에 거주하거나 자주 오가는 사람들은 세 분류로 나뉜다. 먼저 일 년 중 한때, 겨울과 봄에는 벌목꾼이 있다. 수는 제일 많지만 여름이 되면 목재를 찾아 답사를 나서는 몇몇

---

21 '사람'을 뜻한다.

조사원을 제외하고는 모두 떠나버린다. 두 번째로는 앞서 말했던 소수의 정착민들이 있다. 이들은 이곳에서 뿌리를 내리고 사는 유일한 사람들로 숲의 가장자리에서 살며 벌목꾼들에게 필요한 물자의 조달을 돕는다. 세 번째는 사냥꾼들로 대부분 인디언이며 사냥철이 되면 이 땅을 돌아다닌다.

3마일 걸어가자 마타세엉크 개천과 제재소에 도착했다. 페놉스콧 강으로 내려가는 나무 철로까지 있었는데, 이후로는 철로를 볼 수 없었다.

강기슭에는 100에이커가 넘도록 육중한 통나무들이 쌓여 있는 곳도 있었다. 막 베어 넘겨서 다 태운 참이었기에 나무에서 여전히 연기가 피어오르고 있었다.

우리가 택한 길은 그 사이에 있었고 나무에 거의 가려지다시피 했다. 통으로 쭉 뻗은, 굵기가 4에서 5피트씩 되는 나무들이 사방팔방으로 겹쳐져 있었기 때문이다. 모두 숯처럼 검었지만, 안은 완전히 멀쩡해서 땔감으로도 목재로도 충분히 쓸 만했다. 이내 다양한 길이로 잘려서 다시 불태워지겠지만 말이다.

보스턴과 뉴욕의 가난한 사람들이 겨우내 아주 따뜻하게 지낼 수 있을 만큼 엄청난 양의 장작이건만, 여기에서는 그저 땅을 차지하고 정착민을 가로막는 골칫거리에 불과한 것이다. 그런 까닭에 이처럼 강건하게 끝없이 펼쳐진 숲이 서서히 화염에 집어삼켜져 마치 면도라도 당하는 것처럼 사라질 운명에 처해있는 것이다. 그 불길에 온기를 얻는 이는 아무도 없으리라.

마타왐키그 포인트에서 7마일 떨어진 새먼 강 입구의 크로커 씨네 통나무집에서는 일행 한 사람이 1센트짜리 조그만 그림책들을 여러 권 꺼내 아이들에게 나누어주었다. 읽기를 가르치기 위한 것이었다. 또 그럭저럭 최근의 신문을 부모들에게 나누어주었다.

산간벽지의 사람들에게는 이보다 더 반가운 것이 없다. 따라서 신문은 우리에게 중요한 여행 준비물이었다. 경우에 따라서는 신문 외에는 아무것도 통용되지 않기 때문이다.

수위가 낮았으므로 나는 신발을 신은 채로 새먼 강을 걸었다. 하지만 발이 젖는 일은 피할 수 없었다.

몇 마일 더 가자, 광활한 개간지 끝에 '하워드 부인'의 농장이 나왔다. 통나무집 두세 채가 한 눈에 들어오는 곳이었다. 한 채는 강 건너편에 있었고 나무 울타리를 두른 무덤도 몇 개 있어서 작은 마을의 소박한 조상들이 이미 잠들어 있었다.

그리고 천 년쯤 지나면 아마도 어떤 시인이 「시골 묘지에서 읊은 만가」를 쓰리라. "시골 마을의 햄던"도 "침묵을 지키며 명성을 얻지 못한 밀턴"도 "조국의 피라는 죄를 짓지 않은 크롬웰"도 아직 태어

나지 않았을 뿐이다.[22]

어쩌면 이 *야생*의 땅에 *잠드리라*

한때 천상의 불꽃을 품었던 이가.

제왕의 권력을 그 손으로 휘둘렀던 이가,

아니면 생명이 깃든 리라를 잠에서 깨워 황홀한 연주를 들려준
이가.[23]

다음에 도착한 집은 피스크 씨 댁으로 마타왐키그 포인트에서
10마일 떨어진 동쪽 지류 하구에 있었다. 마지막 인디언 섬인 니커
토, 다른 이름으로는 포크스라고 불리는 섬의 맞은편이었다. 내가
정착민들의 이름이나 그 집까지의 거리를 자세히 적는 것은 이 숲속
의 오두막들은 모두 여관을 겸하고 있으며, 이와 같은 정보가 같은
길을 따라 여행을 하게 될 사람들에게 상당히 중요하기 때문이다.

---

22 영국의 시인 토머스 그레이의 시 「시골 묘지에서 읊은 만가」를 인용한 부분이다.
    "불굴의 용기로 농장의 폭군에게 저항한
    마을 사람 햄던 같은 이가,
    침묵을 지키며 명성을 얻지 못한 밀턴 같은 이가,
    조국의 피라는 죄를 짓지 않은 크롬웰 같은 이가 이곳에 잠들어 있을지도."
23 역시 「시골 묘지에서 읊은 만가」를 인용한 것으로 현재에 맞추어 첫 문장을 살짝 바꾸었
    다. 원문은 "어쩌면 사람에게 잊힌 이곳에 잠들어 있으리라"이다.

우리는 페놉스콧 강을 건너 남쪽 기슭을 따라가야 했다. 그래서 일행 중 한 사람이 강을 건너게 도와줄 사람을 찾으러 집 안으로 들어갔다. 그가 돌아와서 말하기를, 아주 깔끔하게 정돈된 집으로 책이 많았다고 했다. 또 보스턴에서 갓 시집온 새신부가 있었지만 숲의 일에 관해서는 전혀 아는 것이 없었다고 한다. 동쪽 지류는 하구의 물살이 크고 빨랐으며 보기보다 훨씬 깊은 것으로 드러났다.

우리는 고생 끝에 다시 길을 찾아 계속해서 서쪽 지류, 즉 본류의 남쪽 기슭을 따라 락에빔Rock-Ebeeme이라 부르는 급류 옆을 지나야 했다. 급류가 자아내는 굉음이 숲속까지 들려왔다. 곧이어 그 어디보다도 나무들이 빽빽하게 들어선 곳에서 벌목꾼 캠프를 지났다. 지난겨울 벌목꾼들이 머물렀던 곳이라 아직 새것이었다. 이후로도 캠프를 몇 군데 더 보았지만 설명은 한 번으로 충분할 것이다.

캠프는 메인 숲의 벌목꾼들이 황야에서 겨울을 보내는 집이다. 집과 축사가 있는데, 거의 구분이 가지 않았고 후자에 굴뚝이 없다는 점만 달랐다. 이 집들은 길이가 20피트, 폭이 15피트로 솔송나무, 향나무, 가문비나무, 노랑박달나무[24] 따위의 통나무를 껍질이 붙어 있는 채로 사용해 짓는다. 한 종류만 쓴 곳도 있고, 여러 종류를 함께 쓴 곳도 있었다.

---

24   국가표준식물목록 추천명은 루테아자작나무.

우선 제일 큰 통나무 두세 개부터 시작해 양쪽 끝에 낸 홈에 맞추어 높이가 3에서 4피트 정도 되도록 통나무를 차곡차곡 쌓아 올린다. 그리고 가로로 놓인 양쪽 통나무 위에 걸치듯 작은 통나무를 올리되 점점 크기를 줄여서 지붕 모양을 완성한다. 굴뚝은 중앙의 직사각형 모양 구멍으로 직경이 3에서 4피트이고, 둘레에 통나무로 용마루만큼 높게 울타리를 만든다. 틈새는 이끼로 메꾸고 향나무, 가문비나무, 소나무 따위의 넓고 반듯한 널조각을 큰 망치와 식칼로 쪼개어 지붕에 인다.

그 무엇보다도 중요한 부분인 난로는 굴뚝 바로 아래에 굴뚝과 같은 크기, 같은 모양으로 만드는데, 난로망 역할을 하게끔 땅에 통나무로 울타리를 두른 것이나, 안쪽에 1에서 2피트 가량 쌓인 잿더미, 주위에 통나무를 반으로 갈라 만든 튼튼한 벤치를 놓은 것을 보아 난로임을 알 수 있다. 이곳에 피운 불은 눈을 녹이고, 비가 지면까지 내려와 불꽃을 꺼뜨리기 전에 빗방울을 증발시키는 역할을 한다. 양쪽 처마 아래에는 측백나무 잎으로 만든 색이 바랜 침대가 늘어서 있다. 물통과 소금에 절인 돼지고기를 담아둔 통, 대야를 보관해두는 곳도 있었고 보통 통나무 벤치 위에는 손때 묻은 카드도 한 팩 놓여 있었다. 또 빗장은 쇠로 된 것 같아 보이나 대부분 나무를 상당히 공들여 깎아 그렇게 보이는 것이었다.

이런 집들은 밤부터 낮까지 지속되는 큰 불을 지핌으로써 안락해진다. 집 주변의 풍경은 보통 음울하고 거친 야생으로 가득하다. 벌목꾼 캠프는 늪지대의 소나무 발치에 자라는 버섯과도 같이 완전한 숲속에 자리 잡기 때문이다. 머리 위로는 하늘밖에 보이지 않고, 캠프를 짓기 위해 나무를 베어낸 곳 말고는 빈터를 찾아볼 수 없다. 잘라낸 나무들은 땔감으로 쓰인다. 그러나 비바람을 피할 수 있고 일하기 편리하며 샘에 가깝기만 하면 벌목꾼은 전망 따위는 신경 쓰지 않는다.

나무줄기를 한데 모아 사람 주위에 쌓아서 비바람을 막으니 숲속의 집으로는 꽤 적절하다. 살아 있는 통나무로 만들어서 이끼가 그대로 달려 있고, 가장자리가 말려 올라간 노랑박달나무 껍질도 그대로 있으며, 신선하고 축축한 수액이 뚝뚝 떨어져서 습지의 냄새를 떠올리게 된다. 독버섯이 발산하는 일종의 활력과 영속성까지 느껴졌다.[25] 벌목꾼의 식생활은 차와 당밀, 밀가루, 돼지고기 — 때

---

25 [원주] 『숲속 생활』(1851)에서 저자 스프링어는 벌목꾼들이 캠프를 지을 때 화재를 저어해 캠프를 지을 곳에서 먼저 나뭇잎과 풀을 제거한다고 설명한다. 또한 "가문비나무를 일반적으로 선택하는데, 가문비나무가 곧고 가벼우며 수액이 나오지 않기 때문"이라고 한다. "지붕은 마지막에 전나무, 가문비나무, 솔송나무 가지로 덮어 전체적으로 눈이 내리는 가장 추운 날씨에도 캠프의 온기를 유지할 수 있게 한다." 그리고 벌목꾼들은 불 옆에 '부제석(副祭席)*'이라 부르는 통나무 의자를 둔다. 가문비나무나 전나무를 반으로 쪼개고 한쪽에 튼튼한 나뭇가지 서너 개를 다리 삼아 받치는데 쉬이 흐트러지지 않게 생겼다(*가톨릭이나 영국 국교회에서 부제품을 받은 성직자가 앉는 자리 - 옮긴이).

로는 소고기 ― 그리고 콩으로 이루어져 있다. 매사추세츠 주에서 기르는 콩의 상당량이 이곳으로 팔려나간다. 하지만 원정 중의 식사는 단지 건빵에 돼지고기를 종종 날것으로 여러 조각 겹쳐 먹는 것에 불과하다. 경우에 따라 차나 물을 곁들인다.

이곳의 원시림은 모든 곳이 언제나 습하고 이끼투성이라 여행하는 내내 늪지대에 와 있는 듯한 인상을 받았다. 나무의 질을 바탕으로 이 지대 혹은 저 지대가 수익을 올릴 만한 개간지가 되겠다는 말을 들을 때에만 이곳에도 햇빛이 들어올 수 있다면 거의 찾아볼 수 없었던 마른 들판이 곧바로 생겨날 수 있겠다는 생각이 들었다. 제일 좋은 신발을 신은 사람도 젖은 발로 여정의 대부분을 소화해야 했다. 제일 건조한 시기에 가장 건조한 지역을 지나고 있는데도 땅이 이렇게 젖어 있고 푹신푹신하다면 봄에는 대체 어떻단 말인가?

이 근방은 너도밤나무와 노랑박달나무가 많았고 그중에는 아주 큰 표본도 있었다. 또 가문비나무, 향나무, 전나무, 솔송나무 등도 있었다. 하지만 스트로브잣나무는 밑동만 보였고, 그중 일부는 거대했다. 이미 추려내서 베어낸 것이었다. 유일하게 수요가 많은 나무라 이렇게까지 줄어든 것이다. 반면, 가문비나무와 솔송나무는 아주 조금만 벌목한 상태였다. 매사추세츠 주에서 땔감으로 판매되는 동부의 나무들은 모두 뱅거보다 남쪽 지방에서 오는 것이다. 사냥꾼을 제외하고 우리보다 앞서 이 길로 사람이 오게 된 것은 소나무류, 그중에서도 스트로브잣나무가 유일한 이유였다.

마타왐키그 포인트에서 13마일 떨어진 웨이트 집안의 농장은 넓고 지대가 높은 개간지로, 잔물결이 일며 반짝이는 강물이 잘 내려다보였다. 일행들 말로는 전에 여기에서 크타든과 다른 산이 잘 보였다지만 이날은 너무 흐려서 산이라고는 보이지 않았다. 대신 사람의 손길이 닿지 않은 광활한 숲지대가 동쪽 지류에서부터 북쪽과 북서쪽으로는 캐나다까지, 북동쪽으로는 아루스투크 계곡까지 뻗어 있는 전경을 바라보며 그 안에서 어떤 야생 동물들이 돌아다닐지 상상할 수 있었다. 여기에는 꽤 넓은 옥수수 밭이 있어서 그 모습이 보이기 3분의 1마일 전부터 특유의 건조한 냄새가 났다.

포인트에서 18마일 떨어진 곳까지 가자 맥코슬린 농장, 그를 잘 알고 있는 일행들이 친근하게 부르는 대로 표현하자면 "조지 아저씨네 농장"이 나왔다. 우리는 여기에서 오랫동안 이어지던 절식을 끝낼 생각이었다. 맥코슬린의 집은 페놉스콧 강 북쪽 기슭의 맞은편, 리틀 스쿠딕 강 하구의 저지대에 만든 넓은 개간지 한가운데에 있었다. 우리는 잘 보이게끔 툭 튀어나온 강변에 모여서서 총을 쏘아 신호를 보냈다. 그러자 먼저 그가 기르는 개들이 나타났고 곧이어 주인도 등장했다. 그는 이내 우리를 배토에 태워 강 건너편으로 데려가 주었다.

개간지는 강을 접한 쪽을 제외하고는 숲의 나무들로 둘러싸여 있었는데, 줄기에 잎이 없어서 마치 테두리를 따라 싹둑 잘라낸 것처럼 보였다. 수천 에이커의 목초지 가운데에 가로세로 몇 피트만 정사각형 모양으로 잘라내 골무를 끼운 듯한 모양새였다. 이곳에서 맥코슬린은 하늘과 지평선을 모두 독차지했다. 태양이 하루 종일 그의 개간지 위에서만 움직이는 것 같았다.

우리는 이곳에서 밤을 보내고 인디언들을 기다리기로 했다. 더 북쪽으로 가면 여기보다 더 편리한 숙소가 없을 테니 말이다. 맥코슬린은 인디언들이 지나가는 것을 보지 못했고, 그가 모르는 사이에 그들이 지나가는 일도 드물다고 했다. 때로는 인디언들이 나타나기 30분도 전부터 개들이 그들의 도착을 알려오기 때문이었다.

맥코슬린은 스코틀랜드 혈통의 케네벡[26] 사람으로 22년 동안 뱃사공으로 일했으며 대여섯 해 봄을 연달아 페놉스콧 강 상류와 호수에서 일하기도 했지만, 이제는 이곳에 정착해 벌목꾼과 자신을 위한 물자를 생산하고 있었다. 그는 진정한 스코틀랜드식 환대를 해주었고 대가는 받으려 하지 않았다. 천연덕스러운 재치와 기민함, 폭넓은 지성의 소유자로 이런 산간벽지에서 만나리라 생각지 않았

---

26   메인 주 케네벡 강 근방 지역을 말한다.

던 인물이었다.

사실, 숲속 깊이 들어가면 갈수록 더 지적인 사람들을, 어떤 의미에서 시골 사람 특유의 투박함이 덜한 사람들을 만나게 된다. 개척자는 언제나 여행자이며 얼마간 세간의 이치에 밝은 사람이기 때문이다. 더 넓은 영역에 익숙한 만큼, 이들의 정보는 마을 사람들의 정보보다 훨씬 포괄적이고 영향력이 있다. 도시에서 비롯된다고 믿고들 하는 지성과 품위의 정반대 지점에 놓인, 편협하고 무지하며 조야한 성품을 찾고자 한다면 오래전 자리 잡은 시골의 무디어진 주민들 사이에서, 산떡쑥 꽃이 다 지고 한창 때를 지난 농장과 보스턴 근방의 마을들에서, 하다못해 콩코드 대로에서 찾아야지 메인 주의 삼림 속에서 찾아서는 안 된다.

저녁식사가 나왔다. 황소 한 마리도 구울 수 있을 만큼 큰 부엌의 난로 옆이었다. 난로에는 4피트 길이의 통나무를 여러 개, 통째로 써서 불을 때고 찻주전자를 끓였다 — 땔감은 자작나무 또는 너도밤나무, 그것도 아니면 단풍나무로 종류는 여름이나 겨울이나 달라지지 않는다. 식탁 위의 음식에서 김이 모락모락 피어올랐다. 식탁은 원래 일행 중 하나가 앉아 있던 팔걸이의자로 벽을 등지고 있었다. 일행에게 자리를 비우게 하자 의자의 팔걸이가 식탁을 지지할 토대가 되었다. 둥근 식탁 상판은 벽 쪽으로 접어 올리면 의자의 등

받이가 되어서 벽과 마찬가지로 걸리적거리지 않았다. 이런 방식이 공간을 절약하기 위해 통나무집마다 유행하고 있었다.

식탁 위에는 몹시 뜨거운 핫케이크가 있었는데, 인디언 빵[27]이 아니라 밀가루로 만든 것이었다. 메인 주 북부 지방은 앞으로 기억될 것처럼 밀 재배지이므로 배토를 띄워 강을 통해 여기까지 밀가루를 가져온 것이다 ─ 또 햄, 달걀, 감자, 우유, 치즈 등 농장에서 생산한 것들도 있었다. 청어와 연어, 당밀로 단맛을 낸 차, 마지막으로 달지 않은 핫케이크와 대조를 이루는 스위트 케이크도 나왔다. 달지 않은 것은 흰색, 단것은 노란색이었다. 알고 보니 이는 강 근방에서 특별한 때에나 평소에나 구분 없이 흔히 먹는 일반적인 식단이었다.

디저트로는 대개 월귤Vaccinium vitis-idaea을 끓이고 단맛을 더한 것이 나왔다. 이곳에서는 모든 것이 풍성하고 최상급이었다. 특히 버터는 심히 풍부해서 소금을 치기 전에는 부츠에 바르는 기름 대용으로 흔히 쓰였다.

밤에는 향나무를 올린 지붕에 떨어지는 빗소리를 즐겼고, 다음날 아침에는 빗방울이 한두 방울 눈 위에 떨어진 덕에 깨어났다. 폭풍의 시작을 알리는 비였기에 우리는 이렇게 안락한 숙소를 포기하기

---

27 브레드 루트라고 불리는 식용 식물.

보다는 인디언들과 맑은 날씨가 오기를 기다리기로 했다. 종일 비가 내리다가 보슬비로 바뀌었다가 살짝 개다가를 반복했다. 거기서 우리가 무엇을 하며 시간을 죽였는지는 말해봤자 쓸모없을 것이다. 얼마나 자주 부츠에 버터를 발랐는지, 얼마나 자주 나른해져서 쭈뼛쭈뼛 침실로 향했는지 같은 이야기 말이다.

비가 그쳤을 때 나는 강기슭 이쪽저쪽을 오가며 그곳에 자라고 있는 초롱꽃과 향나무 열매를 모았다. 아니면 일행들과 돌아가며 손잡이가 긴 도끼로 문 옆에서 장작 패기에 도전해 보았다. 이곳에서 쓰는 도끼는 통나무 — 물론 원시림의 통나무이다 — 를 세워놓고 패도록 만들어져서 손잡이가 우리들 키에 비해 거의 1피트는 더 길었다.

한번은 농장까지 걸어가 맥코슬린과 함께 잘 채워둔 곳간을 둘러보기도 했다. 이곳에 사는 사람이라고는 그를 제외하면 남자 하나와 여자 둘이 고작이었다. 맥코슬린은 말과 암소, 황소, 양을 길렀다. 이만큼 멀리까지 쟁기와 암소를 가져온 사람은 그가 처음이라고 했던 기억이 있다. 그리고 딱 두 번, 예외가 있긴 하지만 마지막이라고도 덧붙였던 것 같다.

지난해 이곳에서도 감자 역병이 돌아 씨앗 단계부터 길러온 그의 작물을 절반 내지 3분의 2나 앗아갔다고 한다. 귀리, 목초, 감자가 주된 산물이지만 맥코슬린은 당근과 순무도 조금 길렀고, "암탉들을 위한 옥수수 약간"도 길렀다. 이 정도가 영글지 못할 위험을 감수할 수 있는 작물이었기 때문이다. 멜론, 호박, 사탕옥수수, 콩, 토마토, 그 외 많은 채소들이 이곳에서는 여물지 못할 것이다.

이 강 주변에 사는 극소수의 정착민들은 주로 땅값이 싸다는 점에 끌려 이곳에 왔음이 분명했다. 맥코슬린에게 정착민이 더 들어오지 못한 이유를 묻자 그는 땅을 살 수 없었다는 것을 한 가지 이유로 들었다. 개인이나 회사가 토지를 소유한 경우, 정착지가 생기면 자기들 땅이 마을에 포함돼서 세금을 부과 받을까봐 염려했던 것이다. 하지만 국유지에 정착하면 그런 장애물이 없었다. 맥코슬린의 경우에는 그 자신이 이웃을 바라지 않았다 — 집에서 길이 내다보이는 것도 원하지 않았다. 아무리 최고의 이웃이라 해도 불편하고 돈이 들기 때문이었다. 특히 소를 기르기 위해 울타리를 만들어야 한다는 측면이 그랬다. 강 건너편에 산다면 모르지만 같은 쪽이라면 싫었다.

이곳에서는 개들이 닭을 지켰다. 맥코슬린은 이렇게 말했다.

"나이 든 녀석이 먼저 배우고 강아지들을 가르쳤다네. 이제는 주변에 어떤 종류의 새도 허락하면 안 된다는 게 머릿속에 박혀 있지."

하늘을 맴돌던 참매는 땅에 내려오지 못하고 밑에서 빙빙 돌며 짖어대는 개들에게 쫓겨났다. 여기에서 '노랑멧새'라고 부르는 딱따구리도 고목의 가지 위나 나무 밑동에 앉았다가 곧바로 쫓겨났다. 끝없이 오고 가는 새들을 쫓는 것이 개들이 종일 주로 하는 일이었다. 한 마리가 아주 최소한의 경고 소리만 내도 모두 집에서 뛰어나오곤 했다.

빗줄기가 거셀 때는 집으로 돌아가 선반 위의 소책자를 끄집어냈다. 『방랑하는 유대인』 염가판이 있었고 작은 활자로 인쇄된 『범죄 일람』과 『패리시의 지리』[28], 그리고 싸구려 대중 소설 두세 권이 있었다. 상황이 상황이니만큼 우리는 이런 것들을 좀 읽었다. 이렇게 도움을 얻고 보니 인쇄기란 것도 그렇게 보잘 것 없는 장치는 아니다. 이 강변에 지어진 집들의 훌륭한 표본이라 할 수 있는 맥코슬린의 집은 사방에서 보이는 거대한 통나무로 지었고 틈새를 진흙과 이끼로 메웠다. 톱질을 한 널빤지나 지붕널, 물막이판자 같은 것은 찾아볼 수 없었으며 도끼 외에는 거의 아무런 도구도 사용하지 않고 지은 집이었다.

공간을 나누는 칸막이로는 물막이 판자와 비슷하게 생긴 가문비나무나 향나무 널조각에 연기를 쏘여 연어처럼 옅은 분홍색으로 만

---

28   에리자 패리시(1762-1825)가 쓴 지리책.

든 것을 사용했다. 지붕과 벽도 물막이판자나 지붕널 대신 같은 것으로 덮었고 좀 더 두껍고 큰 것을 바닥에 썼다. 이 널조각들은 하나같이 반듯하고 매끈해서 감탄스러울 정도로 훌륭하게 의도한 바에 부응한 것은 물론, 눈썰미 없는 사람들은 이 널조각들에 톱질이나 대패질을 하지 않았다고는 생각도 못할 정도였다.

굴뚝과 난로는 거대했으며 돌로 만들었다. 막대기에 측백나무 잔가지를 몇 개 묶은 빗자루가 있었고, 양말과 옷을 말릴 용도로 난로 위 천장 가까이에 장대를 걸어두었다. 바닥에는 작고 거무스름한 구멍들이 가득했다. 마치 송곳으로 찔러서 만든 구멍처럼 보였지만 사실은 1인치 가깝게 긴 스파이크 자국이었다. 벌목꾼들이 젖은 통나무에서 미끄러지지 않게 부츠에 다는 것이었다.

맥코슬린 농장 바로 위쪽에는 바위투성이 급류가 있어서 봄이면 통나무가 밀집되어 막히곤 한다. 그러면 이 통나무를 하류로 보내는 '목재 운반인(드라이버)'들이 다수 모이고, 식료품을 구하려고 이 집에 자주 드나드는 것이다. 내가 본 것은 바로 그들의 흔적이었다.

해질 무렵 맥코슬린이 강 건너 숲 너머를 가리키며 구름 사이로 맑은 날씨가 찾아오는 징후를 알렸다 — 저녁 하늘이 붉게 물들어 있었던 것이다. 이 외딴 곳에서조차 나침반이 가리키는 방향은 그대로였으며, 하늘의 4분의 1에서 해가 뜨고, 또 다른 4분의 1에서 해가 졌다.

다음날 아침, 여행하기 충분할 만큼 날씨가 맑았으므로 우리는 출발 준비를 했다. 그리고 인디언들과 합류에 실패했기에, 맥코슬린을 설득해 동행을 부탁했다. 그 역시 과거 배를 몰았던 풍경을 다시 찾고 싶은 마음이 있었다.

그리고 우리는 도중에 사공을 하나 더 고용할 생각이었다. 텐트 용도로 쓸 긴 광목천 한 장에 담요 두 장. 이 정도면 일행 모두에게 충분할 터였다. 건빵 15파운드에 통에 저장한 '순살' 돼지고기 10파운드, 약간의 차. 이것이 '조지 아저씨'가 챙긴 짐이었다. 마지막에 쓴 식료품 세 가지 정도면 도중에 얻는 것을 더했을 때 남자 여섯이 일주일 동안 먹기 충분한 양이었다. 찻주전자와 프라이팬, 도끼는 마지막으로 들르는 집에서 얻을 예정이었다. 그러면 만반의 준비가 끝나는 셈이었다.

우리는 곧 맥코슬린의 개간지를 떠나 상록수가 우거진 숲으로 다시 들어갔다. 앞서 언급한 개척자 둘이 만든 알려지지 않은 길이 있었다. 벌목꾼조차 알아보기 당혹스러워 하는 길이었는데, 머지않아 '불탄 땅'이라고 불리는 잡초투성이의 좁고 길쭉한 빈터와 엇갈렸다. 한때 북쪽으로 9에서 10마일 떨어진 밀리노켓 호수까지 화재가 급속도로 번진 적이 있어서 붙은 이름이었다.

3마일 더 들어가자, 섀드 또는 놀리시맥이라 부르는 연못에 도착했다. 강이 확장되면서 생긴 연못이었다. 1837년 6월 25일에 이곳을 지났던 주 소속 지질조사관보 호지는 이렇게 말했다.

"우리는 조름나물로 가득한 1에이커가 넘는 호수를 배로 건넜다. 조름나물은 연못 밑바닥에 뿌리를 내리고 수면 위로 풍성하고 아름다운 꽃을 피웠다."

이 연못가에 토머스 파울러의 집이 있었다. 맥코슬린의 집에서 4마일 떨어진 밀리노켓 강 하구였다. 밀리노켓 강이 흘러들어가는 동명의 호수하고는 8마일 떨어진 곳이었다. 이 호수를 통해 크타든에 훨씬 똑바로 이어지는 길도 있었지만, 우리는 페놉스콧 강과 파마덤쿡 호수를 따라가는 쪽이 좋았다. 파울러는 막 통나무집을 하나 새로 지은 참이었다. 우리가 도착했을 때는 굵기가 거의 2피트나 되는 통나무들을 톱으로 잘라 창문을 내는 중이었다. 가문비나무 껍질을 뒤집어서 도배도 시작했는데, 효과도 좋고 주변 환경과도 잘 어울렸다.

우리는 물 대신 맥주를 한 모금씩 얻어마셨다. 맥주 쪽이 더 나으리라 판단했기 때문이다. 투명하고 묽었지만, 향나무 수액처럼 강렬하고 자극적인 맥주였다. 마치 소나무로 뒤덮인 자연의 가슴에서 유두를 물고 밀리노켓의 식물들이 모두 뒤섞인 수액을 직접 빨아들이는 듯했다. 그 무엇보다도 환상적이고 향기로운 원시림의 비말, 숲이 만들어내는 강렬한 수지(樹脂), 숲의 정수가 스며들고 녹아 있는 수액 — 사람을 즉각 순응시켜 자연의 일부가 되게 하는 벌목꾼들의 음료 — 이 음료를 마신 이는 초록으로 보이게 되리라. 그리고 꿈속에서 소나무 사이로 스쳐가는 바람의 속삭임을 들으리라. 이곳에는 연주되기만을 바라고 있는 파이프[29]가 있어 우리는 듣기 좋은 선율을 몇 곡 불었다 — 야생의 짐승을 길들이기 위해 여기까지 가져온 악기였다.

문 옆의 나무 부스러기더미 위에 서 있자, 머리 위로 물수리가 날아갔다. 여기, 섀드 연못 위에서는 날마다 물수리를 향한 흰머리수리의 횡포를 볼 수 있다. 톰은 연못 너머로 1마일도 더 떨어진 곳의 소나무를 가리켰다. 주변 나무들에 비해 삐죽 솟아 있어서 흰머리수리 둥지가 분명하게 보였다. 흰머리수리 한 쌍이 해마다 찾는 둥지로, 톰은 이 둥지를 신성하게 여겼다. 이곳에 집이라고는 딱 두 채뿐이었다. 톰의 키 작은 통나무집, 그리고 공중의 짐수레에 잔가지를 가득 싣고 가서 지은 흰머리수리의 집.

우리는 토머스 파울러한테도 일행에 합류하라고 설득했다. 곧 우리의 이동 수단이 될 배토를 다루려면 적어도 두 사람은 있어야 했

---

29   플루트처럼 생긴 가로로 부는 피리.

고, 페놉스콧 강을 여행하려면 침착하고 노련한 사공이 필요했기 때문이다. 톰은 금방 짐을 꾸렸다. 작은 집이라 뱃사공들이 신는 부츠와 빨간 플란넬 셔츠를 찾으러 멀리 갈 필요도 없었다. 빨간색은 벌목꾼들이 제일 좋아하는 색이다. 빨간 플란넬에는 신비한 힘이 있다고들 하는데, 땀이 잘 흡수되니 건강에도 좋고 편리하다는 이야기다. 덕분에 벌목꾼 무리마다 붉은 새처럼 보이는 사람들의 비율이 상당히 많았다.

우리는 여기에서 낡고 물이 새는 배토를 타고 장대를 강바닥에 박아 배를 미는 방식으로 밀리노켓 강을 2마일 건너 톰의 부친 댁으로 갔다. 페놉스콧 강의 그랜드 폭포도 우회하고 배토도 더 나은 것으로 바꾸기 위해서였다.

밀리노켓은 수심이 얕은 작은 강으로 모래로 이루어진 강바닥에는 칠성장어나 서커의 집이 잔뜩 있었고 사향쥐 집도 줄지어 있었다. 그래도 파울러의 말에 따르면 동명의 호수와 이어지는 하구를 제외하면 급류는 없는 모양이었다. 당시 파울러는 목초지와 이 강의 저지대에 있는 작은 섬들에서 자생초 ― 그가 부르는 대로라면 골풀과 붉은 토끼풀 ― 베는 일을 했다. 우리는 강의 양편으로 풀이 납작해진 곳을 발견했다. 톰은 전날 밤 무스가 누웠던 자리라며 이 목초지에는 무스가 수천 마리 있다고 말했다.

밀리노켓의 올드 파울러 농장은 맥코슬린의 개간지에서 6마일, 마타왐키그 포인트에서 24마일 떨어진 마지막 집이었다. 더 북쪽에 있는 유일한 개간지는 소와드너훈크의 깁슨 농장이었지만 유지에 실패해 버려진 지 오래였다. 파울러의 부친은 이 숲의 주민 중 가장 연장자였다. 전에는 이곳에서 몇 마일 떨어진 서쪽 지류 남쪽에서 살았는데, 16년 전 그곳에 지은 집이 파이브 제도 북쪽에 지어진 첫 번째 집이었다고 한다.

우리는 말이 끄는 썰매에 새 배토를 신고 여기에서부터 2마일 육로로 이동해 페놉스콧 강의 그랜드 폭포를 우회할 생각이었다. 어린 나뭇가지로 만든 썰매는 도중에 마주치는 바위들을 넘기 위해 필요했다. 하지만 그 전에 말들을 잡아 데려오려면 두어 시간 기다려야만 했다. 먼 나무 밑동들 사이에 풀어 놓았지만 말들이 더 멀리까지도 돌아다니기 때문이었다. 마침 이 계절의 마지막 연어가 막 잡힌 때라 절이기 위해 병에 넣어둔 연어도 아직 신선했으므로 우리의 텅 빈 솥을 넉넉히 채울 수 있었다. 이것으로 소박한 숲속 식생활 입문이 끝났다.

파울러 일가는 처음 기르기 시작한 양떼 중 아홉 마리를 불과 일주일 전 늑대 때문에 잃었다고 했다. 살아남은 양들이 겁에 질린 모습으로 집 주위에 몰려와서 어쩔 수 없이 나머지 양을 찾으러 가보니 찢겨서 죽은 양 일곱 마리와 아직 살아 있는 양 두 마리를 발견했던 모양이다. 살아 있는 양은 집으로 데려왔는데, 파울러 부인의 말에 따르면 목에 긁힌 상처가 있을 뿐이었고, 그것도 핀에 찔려서 생기는 정도로 그보다 심한 상처는 발견되지 않았단다. 부인은 목의 털을 깎고 상처를 씻어준 뒤 연고를 바르고 양들을 다시 밖으로 내보냈다.

하지만 이 양들은 얼마 지나지 않아 다시 사라졌고 그 후로 발견되지 않았다. 알고 보니 양들은 모두 중독된 것으로, 죽은 채로 발견된 양들도 즉각 부풀어 올라서 가죽도 양털도 건지지 못했다. 이 이야기를 들으니 늑대와 양의 우화가 생각나고 오래된 적대 관계가 여전히 존재함을 확신할 수 있었다. 이번에는 양치기 소년이 거짓말로 사람들을 부를 필요가 없었지만 말이다.

문 옆에는 다양한 크기의 철제 덫이 있었다. 늑대, 수달, 곰을 막기 위한 덫이었다. 동물들의 힘줄을 끊기 위해 자잘한 톱날이 아니라 큰 갈고리로 만든 것이었다. 늑대는 독을 넣은 미끼로도 자주 잡힌다.

흔한 산골식 식사로 점심을 먹고 나자 드디어 말이 도착했다. 우리는 배토를 물에서 끌어내 버들가지 썰매에 묶고 짐도 던져 넣었다. 그리고 운반은 사공들과 썰매 운전을 맡은 톰의 남동생에게 맡기고 앞서서 걸어 나갔다. 양들이 죽었다는 야생의 초원까지 이어지는 길이었지만, 말을 타고 여행하기에는 그 어디보다 험난한 길도 일부 있었다. 바위산인 탓에 폭풍에 휘말려 요동치는 배처럼 썰매가 튀어 올랐다가 미끄러졌다가 했기 때문이다. 따라서 배가 부서지지 않게 하려면 사람이 거친 바다를 향해하는 키잡이처럼 고물 위에 서 있을 필요가 있었다.

우리가 이곳을 지나간 방법은 대충 이랬다. 썰매의 활주부가 3에서 4피트 높이의 바위에 부딪치면 썰매가 뒤로 밀려나감과 동시에 위로도 튀어 오르는데, 말들이 계속해서 끌고 있으므로 썰매가 바위 위로 올라가 바위를 넘을 수 있게 되는 것이다. 이 길은 먼 옛날 한 인디언이 폭포를 피해가려고 배를 옮겼던 흔적을 따라 만든 것인 듯했다.

2시경, 앞서 걷고 있던 우리 앞에 폭포 위의 강이 나타났다. 퀘이키시 호수 하구에서 그리 멀지 않은 곳이었다. 우리는 배토가 도착하기를 기다렸다. 조금 지났을 무렵 서쪽의 아직 보이지 않는 호수 위로, 우리가 알고자 하는 열망을 불태워 온 저 멋진 황야 위로 뇌우가 몰려오는 것이 보였다. 그리고 이내 굵직한 빗방울이 주위의 나뭇잎 위로 후드득 떨어지기 시작했다. 땅에 쓰러진 직경 5에서 6피트짜리 거대한 소나무 줄기를 골라 그 밑으로 웅크리고 들어가려는

데 다행히 배가 도착했다.

하지만 강을 지나온 회오리바람이 우리를 덮치는 바람에 매듭이 풀려서 배가 뒤집어졌다. 그곳에 비를 피하고 있는 다른 사람이 있었다면 웃기는 광경이었을 것이다. 열의 넘치는 일행들이 배를 바로잡으려는 혁명적인 충동에 사로잡혔지만 금방 단념해야 했고, 배는 중력의 손으로 넘어갔다. 배가 땅 위에 제대로 놓이기도 전에 비를 피하겠다며 허리를 굽히고 뱀장어처럼 꿈틀꿈틀 배 밑에 기어들어가는 모습처럼 보였을지도 모르겠다.

일행 모두 배 밑에 자리를 잡자 우리는 바람이 부는 쪽에 배를 받치고 앉아 분주하게 나무못을 깎았다. 호수에 도착하면 노를 저을 때 필요했기 때문이다. 그리고 천둥소리가 들려오는 사이사이 기억나는 대로 뱃노래를 불렀고 그 소리가 숲속에 울려 퍼졌다. 폭우가 연달아 내리는 동안 비를 맞은 말들은 매끈하게 윤기가 흘렀지만 다들 풀이 죽어서 의기소침해져 있었다. 그래도 배 밑바닥은 탄탄한 지붕으로 쓸 만했다.

여기서 2시간을 허비한 뒤에야 마침내 북서쪽으로 한줄기 맑은 하늘이 나타났다. 이제부터 우리가 향할 방향이었으므로 여행하기 좋은 평화로운 저녁을 기대할 수 있었다. 썰매를 몰았던 톰의 동생은 말들과 함께 돌아갔고, 우리는 서둘러 배를 띄운 뒤 열정 넘치는 여정을 시작했다.

사공 두 사람을 포함해 일행은 모두 여섯이었다. 짐은 뱃머리에 쌓아두었고, 짐과 마찬가지로 우리들이 앉을 위치도 배의 균형을 고려해 정해졌다. 바위에 부딪치더라도 다량의 돼지고기 통이 놓여 있다 생각하고 움직여서는 안 된다는 지시를 받은 뒤 우리는 첫 번째 급류로 나아갔다. 이는 앞으로 여행할 급류들의 미약한 본보기에 불과했다. 조지 아저씨가 배의 뒷전에 서고 톰이 뱃머리에 서서 배를 몰았다. 끝에 뾰족하게 쇠침을 덧댄 12피트 길이의 가문비나무 장대[30]를 두 사람이 같은 편에서 강바닥에 박아 배를 밀자 우리는 연어처럼 빠르게 급류를 거슬러 올랐다. 굉음을 내며 급속도로 흐르는 물살 탓에 숙련된 눈만이 안전한 뱃길을 구별하고, 어디가 깊은지, 어디에 암초가 있는지 알아볼 수 있었다.

아르고 호가 심플레가데스에서 겪은 것만큼[31] 좁은 통로를 백 번은 통과한 듯 배의 한쪽 면 혹은 양쪽 면이 수없이 바위를 스쳐지나갔다. 배를 타본 경험이 꽤 있는 편인 나 역시 이번 항해의 절반만

30　[원주] 캐나다 사람들은 이 막대를 피케 드 퐁(picquer de fond, 강바닥 찌르개)이라고 부른다.

31　아르고 호는 그리스 신화의 영웅 이아손이 황금 양털을 구하는 여정에 나섰을 때 탄 배이다. 심플레가데스는 흑해 인근의 바위섬인데 배가 지나가면 양쪽에 마주보고 선 바위가 하나로 합쳐져서 그 사이를 통과하려던 배를 박살냈다고 한다.

큼도 신나는 경험을 해본 적이 없었다. 잘 알지 못하는 인디언들 대신 이 사람들과 함께 오게 되어서 행운이었다. 톰의 동생까지 포함해 이 강 최고의 뱃사공이란 평판을 받고 있는 사람들이었고, 없어서는 안 될 귀중한 수로 안내인이기도 했으며 유쾌한 동료이기도 했기 때문이다.

인디언들이 타는 카누는 크기가 더 작고 전복되기 쉬우며 금방 닳는다. 하지만 인디언들은 배토를 다루는 솜씨가 썩 좋지 않다고 한다. 또 인디언은 대부분 의지가 될 때보다는 툴툴거리고 변덕스럽게 행동하는 때가 더 많은 편이다. 고인 물이나 바다에 아주 익숙한 사람이라 해도 이처럼 특별한 여정을 할 준비가 되었다고는 할 수 없다. 다른 지역에서 최고로 노련한 사공이 와도 이곳에서는 배를 물에서 끌어내 수없이 돌아가야 할 것이다. 그것도 큰 위험과 늦어지는 일정을 감수하고서 말이다. 반면, 그들이 돌아가야 하는 곳에서 배토 사공은 장대를 이용해 비교적 쉽고 안전하게 배를 움직인다.

강인한 '배토 사공'들은 놀라운 인내심을 발휘하며 폭포와 아주 가까운 곳까지 나아간다. 깎아지른 듯한 절벽이 나올 때에만 배를 끌어내 육로로 우회할 뿐, "급류가 아래로 쏟아지기 전 잠시 잠잠해지는 부분"에 다시 배를 띄우고 상류의 격렬한 급류에 맞서 분투

한다.

인디언들은 한때 강이 양쪽 방향으로 흘렀다고 한다. 절반은 상류로, 절반은 하류로 흘렀다는 것이다. 하지만 백인이 오고난 뒤부터는 모두 하류로만 흐르게 되었고 이제는 반드시 힘들여 고생해야만 카누가 물살을 거스를 수 있고, 수도 없이 육로로 우회해야만 한단다.

여름에는 모든 비축품, 즉 개척자들을 위한 숫돌과 쟁기며 목재 조사원들을 위한 밀가루와 돼지고기, 식기 따위가 배토로만 운반된다. 이 때문에 여러 강에서 많은 화물과 사공을 잃곤 한다. 하지만 날씨 변화가 별로 없는 긴 겨울이 찾아오면 얼음이 훌륭한 대로를 만들고 벌목꾼 무리들이 체선쿡 호수로, 그보다 더 북쪽으로 향한다. 심지어는 뱅거에서 200마일 떨어진 곳으로도 들어간다. 상록수와 눈으로 뒤덮인, 머나먼 야생으로 향하는 고독한 썰맷길을 상상해 보라. 수백 마일 숲으로 둘러싸인 길을, 그리고 감춰져 있던 호수의 너른 표면을 다시금 똑바로 가로지르는 길을!

우리는 곧 잔잔한 퀘이키시 호수로 접어들었고, 교대로 노를 저어 호수를 건넜다. 작고 들쭉날쭉한 모양이었지만, 사방이 숲으로 둘러싸인 아름다운 호수였다. 목재가 떠내려가는 것을 막기 위한 방재가 다가오는 봄에 쓰이도록 남아 있는 것을 빼면 사람의 흔적은 없었다. 호숫가의 가문비나무와 향나무에는 회색 이끼류가 매달려 있어서 멀리서 보면 유령 나무처럼 보였다.

수면 위로는 오리들이 여기저기 떠다녔고, 한 마리 아비새가 생명력 넘치는 물결처럼 수면에 활기를 일으키며 흥겹게 까불다가 곧은 다리를 내보여 우리를 즐겁게 해주었다. 북서쪽으로 조 메리 산도 보였는데, 이 호수를 특별히 내려다보는 것 같은 모습이었다. 그리고 처음으로 일부이긴 했지만 크타든이 보였다. 정상은 구름으로 가려져 있었는데, 마치 천상과 지상을 잇는 어두운 지협 같은 구름이었다. 잔잔한 호수를 2마일 저어나가자 다시 강에 접어들었고, 댐까지 1마일 간 급류가 계속되었으므로 장대로 나아가기 위해 우리 사공들은 온 힘과 기술을 다 발휘해야 했다.

댐은 이 고장에서 상당히 중요한 고가의 시설이다. 여름에는 소와 말이 통과하지 못하는데, 강 전체의 수위를 10피트 높이면 강과 연결된 무수한 호수들로 인해 대략 사방 60마일에 범람이 일어나기 때문이다. 높고 튼튼한 구조물로 조금 위쪽에 통나무로 틀을 짜 돌을 채운 경사진 방파제가 있어 얼음을 깨는 역할을 했다.[32] 댐의 수문을 통과하는 통나무는 모두 통행료를 낸다.

---

32 [원주] 캐나다의 세인트로렌스 강과 그 외 강에 익숙한 예수회 선교사들조차 아브나키누아* 쪽으로 처음 원정을 나왔을 때 이 강들을 바위 철도라고 불렀다. 1647년 출간된 『예수회 보고서 10권』의 185쪽을 참고한다(*이 지역의 원주민인 아베나키 족을 뜻한다).

우리는 앞서 설명한 것처럼 투박한 벌목꾼 캠프에 예의 차리지 않고 줄지어 들어갔다. 캠프에 혼자 남아 있던 요리사가 즉시 손님들을 위해 차를 준비했다. 비가 내려 진흙투성이 웅덩이가 되었던 난로에도 다시 불길이 활활 지펴졌다. 우리는 난로 주위 통나무 벤치에 앉아 몸을 말렸다.

우리 뒤로는 꽤 반듯한 측백나무 잎 침대가 다소 바랜 채 처마 밑에 늘어서 있었고, 그 위에는 성경책이 낱장으로 뜯겨 올라가 있었다. 어떤 계보를 다루는 부분이었다. 그리고 에머슨의 『서인도 제도 노예 해방에 관한 연설』[33]도 나뭇잎에 반쯤 묻혀 있었다. 우리 일행 중 하나가 전에 여기 두고 간 것으로 듣자 하니 두 *사람이나 자유당*[34] *지지자로 전향하는 계기*가 되었단다. 또 1834년 『웨스트민스터 리뷰』도 한 권 있었고 「마이런 홀리[35] 묘지 기념비 건립 기록」이란 제목이 쓰인 팸플릿도 있었다. 도로에서 30마일 떨어진데다가 보름 후면 버려져 곰들의 것이 될 메인 주의 벌목꾼 캠프에서 보기 좋은, 재미있는 읽을거리였다. 그래서인지 모두 손자국이 남아 있고 더러워져 있었다.

---

33 노예해방주의자였던 미국의 사상가 겸 시인 랠프 월도 에머슨이 영국의 서인도 제도 노예제 폐지에 관해 한 연설을 실은 책.

34 미국에서 최초로 노예제에 반대한 정당.

35 자유당 창립자 중 한 사람으로 노예해방론자였다.

여기 머무르는 사람들은 존 모리슨이 이끄는 사람들인데 다들 아주 전형적인 양키였다. 댐 건설을 위해 훈련을 받은 일꾼들이 아니라 도끼질을 잘하고, 다른 간단한 도구도 잘 다루며 나무나 물 관련 작업에 숙달된, 그러니까 다방면에 조금씩 소질이 있는 사람들이었기 때문이다.

우리는 여기에서 저녁 식사까지 해결했다. 버터는 곁들이지 못했지만, 눈덩이처럼 흰 핫케이크와 절대 빠지지 않는 스위트 케이크였다. 앞으로 이런 음식을 다시 접할 수 없을 것이 분명해서 주머니에도 스위트 케이크를 쑤셔 넣었다. 정말이지 폭신폭신하고 맛 좋은 케이크로 산골 사람들만의 독특한 음식인 듯했다. 우유를 넣지는 않았지만 당밀로 단맛을 낸 차도 마셨다. 우리는 존 모리슨과 캠프 사람들에게 작별의 말을 건네고 강변으로 돌아왔다. 배토도 더 나은 것으로 바꾸었다.

해질녘이 그리 길게 남아 있지 않았기에 서둘러 발길을 재촉해야 했다. 마타왐키그 포인트에서 우리가 온 길을 따라 정확히 29마일 떨어져 있고, 뱅거에서 강을 따라 약 100마일 떨어져 있는 이 캠프가 이쪽 방향에서 만날 수 있었던 마지막 인가(人家)였다. 그리고 그 너머로는 오솔길조차 없었다. 배토나 카누로 강과 호수를 건너는 것만이 실질적으로 유일한 길이었다. 우리는 이제 눈앞에 보이는 크타든 정상까지 강을 따라 약 30마일 떨어져 있었다. 직선거리로 보면 아마 20마일이 넘는 거리는 아니었을 것이다.

보름달에 가까운 달이 뜬데다가 따뜻하고 쾌적한 저녁이었기에, 우리는 달빛에 의지해 5마일 더 노를 저어 노스 트윈 호수의 상류까지 가기로 했다. 다음날 바람이 거세질까 염려했기 때문이다. 강을 따라, 아니 결국은 강이 두 호수 사이를 연결하는 길이 되기 때문에 뱃사공들이 부르는 말대로 '수로'를 따라, 그리고 댐에서 나온 물 때문에 거의 잠잠해진 약한 급류를 따라 1마일 노를 젓자 해가 진 직후 노스 트윈 호수에 접어들 수 있었다.

우리는 이어서 4마일 떨어진 '수로'를 향해 호수를 가로질렀다. 사방이 물로 가득한 웅장한 모습을 보니 이곳에 새로운 지역을 만들어 이 호수를 새로운 '숲속의 호수'[36]로 정해야 마땅하다는 인상을 받았다. 종류를 막론하고 굴뚝에서 연기를 피우며 우리를 맞아주는 통나무집도 캠프도 하나 없었으니, 하물며 먼 언덕에서 우리 배토를 지켜보는 자연애호가나 여행객은 더 있을 리 만무했다.

심지어는 인디언 사냥꾼들조차 없었다. 인디언이 육로로 높은 언덕에 올라가는 일은 드물기 때문이다. 그들도 우리처럼 강을 통해 움직였다. 반겨주는 이는 없었지만 자유롭고 행복한 상록수가 예부

---

36   미국 미네소타 주와 캐나다의 경계에 있는 우즈 호수를 가리킨다.

터 살아온 오랜 고향에서 서로 뒤얽힌 훌륭하고 멋진 가지들을 흔들어주었다.

서쪽 강변 위로 도시에서 본 것처럼 화려한 붉은 구름이 먼저 걸리더니 탁 트인 호수가 그 빛을 받아들였다. 그 모습이 빛에서 연상되는 문명마저 받아들이는 듯해서 상가와 마을, 별장 따위가 들어서길 바라는 것처럼 느껴졌다. 두 호수 중 더 큰 쪽으로 알려진 사우스 트윈 호수의 입구도 알아볼 수 있었다. 푸르고 안개 낀 호숫가는 볼 만한 가치가 있는 풍경이었다.

마찬가지로 숨어 있던 넓은 호수를 지나 그 너머로 열린 좁은 시야 속 호숫가 역시 더 흐릿하고 멀긴 했지만 볼 만했다. 낮은 언덕 정도의 높이로 완만하게 솟아 있고 숲으로 뒤덮여 있었다. 하지만 가장 가치 있는 스트로브잣나무는 이 호수 주변이라고 해도 이미 다 베어낸 실정이었다. 배를 타고 지나는 이들은 그러리라고는 생각도 못했겠지만 말이다.

우리는 미국과 캐나다 사이의 고원에 와있다는 인상을 받았는데, 이는 사실과 일치했다. 이곳의 북쪽에는 세인트존 강과 쇼디에르 강이 흐르고 남쪽에는 페놉스콧 강과 케네벡 강이 흘렀다. 우리 생각처럼 호수 주위로 굵직굵직한 산맥이 보이지는 않았고, 외로운 언덕이나 산이 고원 위로 여기저기 솟아 있을 뿐이었다. 이 고장은 호수가 많아 뉴잉글랜드 호수지방이라고 부른다. 수심은 저마다 다르지만 그래봤자 몇 피트 차이라 사공들은 호수에서 호수로 — 짧은 육로를 통해 이동하기도 하지만 — 육로가 아예 없을 때도 쉬이 건너갈 수 있다.

수위가 최고조에 달하면 페놉스콧 강은 케네벡 강 쪽으로, 케네벡 강은 페놉스콧 강 쪽으로 흐른다고 한다. 수위와 무관하게 머리를 한쪽 강에 두고 누우면 발이 다른 한쪽 강에 닿을 정도다. 페놉스콧 강은 세인트존 강하고도 운하로 연결되어 있다. 알라가시 강의 나무들을 세인트존 강으로 내려 보내는 것이 아니라 페놉스콧으로 보낼 수 있게 한 것이다. 한때 페놉스콧 강이 인디언들을 위해 양방향으로 흘렀다는 전설을 어떤 의미에서 조금이나마 실감했다.

맥코슬린 외에는 이 호수보다 북쪽으로 가본 사람이 없었기에, 우리는 그에게 길잡이를 맡겼다. 이 물길에서 길잡이가 정말 중요하다는 사실은 인정하지 않을 수 없었다. 강을 여행하는 동안에는 어디가 상류인지 기억하는 것이 그리 어렵지 않다. 하지만 호수로 접어들어 강이 시야에서 완전히 사라지면 머나먼 호숫가를 훑어보며 어디에서 물이 들어오는지 확인하려 해봤자 아무 소용이 없는 것이다. 이방인이라면 적어도 한동안은 길을 잃은 채, 무엇보다도 먼저 강을 찾아내는 여정을 시작해야 하리라. 하지만 이를 위해 길이도 10마일이 넘는데다가 지도에 그대로 그려 넣기 힘들 정도로 모양이 불규칙한 호수의 굴곡진 가장자리를 따라가다 보면 식량과 시간을 낭비할 수밖에 없다.

전에 경험 많은 벌목꾼 무리가 이 근처로 파견됐다가 광활하게 펼쳐진 호수들 사이에서 길을 잃은 적이 있다는 이야기를 들었다. 그들은 잡목 숲을 베어가며 길을 만들어 짐과 배를 호수에서 호수로, 때로는 몇 마일씩 걸어서 옮겼다고 한다. 그러다가 또 다른 물길에 있는 밀리노켓 호수로 들어갔는데, 이 호수는 크기가 10평방마일에 섬도 백 개가 넘었다. 벌목꾼들은 호숫가를 철저하게 조사해 가며 다른 호수로, 또 다른 호수로 일주일간 고생고생하며 불안한 여행을 계속한 끝에 다시 페놉스콧 강을 찾아냈다. 하지만 식량이 다 떨어지는 바람에 결국 돌아가야만 했다고 한다.

조지 아저씨가 상류의 조그만 얼룩처럼 보이는 작은 섬 쪽으로 방향을 잡는 동안 우리는 기억나는 뱃노래를 부르며 교대로 재빨리 노를 저었다. 달빛 아래에서 호숫가는 무한히 멀게만 보였다. 때때로 우리는 노래를 멈추고 노에 기대어 늑대가 울지는 않는지 귀를 기울였다. 이곳에서 늑대 울음소리는 흔한 세레나데였기 때문이다.

일행들은 그보다 더 오싹하고 이 세상 것 같지 않은 소리는 없다고 단언했다. 하지만 이번에는 늑대 소리가 들리지 않았다 — 하지만 들리지 않았다고 해도 우리가 합리적인 이유 없이 울음소리를 들으리라 기대한 것은 아니라는 점을 밝혀두고 싶다 — 단지 문명과는 완전히 거리가 먼 우렁찬 부엉이 울음소리만 나무로 가득 찬 음울한 숲속에서 크고 쓸쓸하게 울려 퍼졌다. 분명 고독한 삶에 초조해 하는 것도, 자기 목소리의 메아리를 들을까 두려워하는 것도 아닌 울음소리였다.

우리는 또, 멀리 후미진 곳에서 무스가 우리를 지켜보고 있다거나 험악한 곰 또는 겁 많은 카리부가 우리 노랫소리에 깜짝 놀랐을 가능성도 있다고 생각했다. 그래서 새로이 힘을 주어 캐나다 뱃사공들의 노래를 불렀다.

노를 젓게, 형제여, 노를 젓게, 물살이 빠르다네.
급류가 가깝나니 해가 졌구나.

정확히 우리의 모험을 묘사한 노래였다. 비슷한 삶의 경험을 바탕으로 만들어진 노래였기 때문이다 — 급류가 가까운데 해가 진 지 오래였으므로 호숫가의 숲은 흐릿해서 잘 보이지 않았고 우타와스 강[37]의 조류를 닮은 물결이 호수로 흘러갔다.

---

37   캐나다에 있는 오타와 강의 옛 이름.

그런데도 어찌하여 돛을 펼쳐야 하나?
푸른 파도 일으킬 바람의 숨결 하나 없거늘!
허나 호숫가에 바람이 불 때는
오, 달콤하게 지친 노를 내려놓으리.

우타와스의 물결이여! 호수에 비친 달그림자 흔들리네.
이내 수면 위로 우리 모습도 보이리라.

마침내 우리의 지표였던 '초록의 섬'을 지났고 모두 함께 후렴구를 불렀다. 이제 곧 여행할 강과 호수를 잇는 물길이 무한히 먼 곳으로 이어져 상상조차 할 수 없는 모험으로 이끌 것처럼.

초록의 섬 성인이시여! 우리 기도를 들으소서.
오, 시원한 나날과 순풍을 내려주시길!

9시경 우리는 강에 도달했다. 그리고 바위 사이에 천연적으로 생긴 안식처로 가 모래 위로 배를 끌어냈다. 이 야영지는 맥코슬린이 벌목 일을 할 때 알아둔 곳으로, 그는 이번에도 달빛 속에서 한 치의 오차도 없이 이곳을 찾아냈다. 실개천이 흐르는 소리가 들려왔다. 개천이 있으면 호수로 흘러가는 차가운 물을 얻을 수 있을 터였다.

처음 할 일은 불을 피우는 것이었다. 오후에 폭우가 내린 탓에 땅 위의 장작으로 쓸 만한 것들이 모두 젖어 있어 쉬이 불이 붙지 않았다. 여름이든 겨울이든 안락하게 야영을 하려면 불이 제일 중요하다. 그래서 여름에도 겨울 못지않게 큰 불을 피우는 일이 잦다. 불이 있으면 온기를 얻고 몸을 말릴 수 있는 것은 물론 기운도 나는 법이다.

모닥불이 야영지의 한쪽을, 그러니까 밝은 쪽을 형성한다. 일행들은 죽은 나무와 나뭇가지를 가지러 흩어졌다. 그 사이 조지 아저씨는 가까이 있는 자작나무와 너도밤나무를 베었다. 금세 길이 10피트, 높이 3에서 4피트짜리 모닥불이 생겨나 바로 앞의 모래사장을 급속도로 말려나갔다. 밤새도록 타오를 것 같은 불이었다.

다음으로는 텐트를 치기로 했다. 먼저 쇠침이 달린 장대 두 개를 10피트 간격을 두고 비스듬히 기울도록 땅에 박아 서까래 대용으로 삼았다. 이어 광목천을 그 위로 펼치되 양 끝을 아래로 늘어뜨리고 앞은 열린 채로 남겨두어 헛간 비스무리하게 만들었다.

하지만 이날 저녁에는 바람이 불씨를 옮겨 텐트가 타버렸다. 그래서 우리는 서둘러 배토를 모닥불 앞, 숲의 경계 바로 안쪽까지 끌고 와 한쪽을 받쳐 3에서 4피트 들어 올렸다. 그리고 텐트용 광목천을 땅 위에 펼쳐 누울 자리를 만들었다. 담요 끄트머리를, 아니면 조금이라도 덮을 만한 것을 찾아 덮은 뒤 자리에 누웠더니, 머리와 몸은 배토 밑으로 들어가고 발과 다리는 모닥불 쪽 모래사장 위로 나왔다.

처음에는 모두 깨어 있는 채로 누워서 앞으로의 여정에 대해 이야기했다. 그러다가 이 자세가 하늘을, 우리 얼굴 위로 빛나는 달과 별을 연구하기 좋은 자세라는 사실을 깨닫자 화제는 자연히 천문학 쪽으로 넘어갔다. 우리는 돌아가며 가장 흥미로운 천문학적 발견에 대해 이야기하다가 마침내 진지하게 마음을 가라앉히고 잠을 청했다.

한밤중에 잠에서 깨어나니 잠들지 못한 동료가 있었는데, 그가 하는 행동이 악마처럼 기괴해 보여서 퍽 재미있었다. 불길을 살리려고 조용히 일어나 어둠 속에서 죽은 나무를 끌고 온 다음, 새로 땔감을 집어넣고 타다 남은 장작을 갈퀴로 휘젓는다거나 별을 관찰하기 위해 까치발로 살금살금 걸어 다녔는데, 그 모습이 숨소리조차 들리지 않는 침묵 속에서 어쩌면 절반 가까이 되는 일행들에게 목격되고 있었다. 저마다 옆 사람이 깊이 잠들어 있다고 생각했지만 다들 깨어있었기 때문에 더욱 고요한 침묵이 흘렀던 것이다.

이렇게 잠에서 깨어난 나 역시 모닥불에 새로이 땔감을 집어넣고, 물을 마시러 내려온 무스나 늑대를 만나지 않으려나 생각하며 달빛 속에서 호숫가의 모래사장을 거닐었다. 실개천이 졸졸 흐르는 소리가 더 크게 들려와 나를 위해 온 숲속을 채웠다. 잠들어 있는 거울 같은 호수가 새로운 세계로 이어지는 호숫가를 적시고 매끄러운 수면 위로 기상천외한 검은 바위가 여기저기 솟아 있는 광경은 말로 쉬이 표현할 수 있는 것이 아니었다. 대신 내 기억 속에 황량하면서도 온화한 야생이란 인상이 깊이 새겨졌다. 금방 잊히지 않을 인상이다.

자정이 얼마 지나지 않은 시각, 다리와 발 위로 떨어지는 빗방울에 모두 또 한 번 잠에서 깼다. 차가움이나 축축함 때문에 상황 파악을 한 일행들이 긴 한숨을 내쉬고 다리를 끌어 모았다. 그리고 배와 직각을 이루며 누워 있던 자세에서 조금씩 서서히 몸을 돌렸다. 따라서 배와 몸 사이 각도가 점차 줄어들고 몸 전체를 넣어 비를 피할 수 있게 되었다. 다음에 깨어났을 때는 달과 별이 다시 빛나고 있었고 동쪽에 여명이 밝아올 낌새가 보였다. 이렇게 자세하게 쓴 것은 숲속의 밤이 어떤 것인지 알리고자 함이다.

우리는 곧 배를 띄우고 짐을 실었다. 그리고 아침 식사 전 다시 길을 떠났다. 모닥불은 활활 타오르게 내버려두었다. 벌목꾼들은 대개 힘들여 모닥불을 끄려 하지 않는다. 그러지 않아도 될 만큼 원시림은 습도가 높기 때문이다.

매사추세츠 주에 검은 구름이 몰려오면 자주 메인 숲에 불이 났다는 이야기를 듣는데, 이것이 메인 주에서 화재가 빈번히 일어나는 원인임은 의심할 여지가 없을 것이다. 하지만 스트로브잣나무를 다 베고 난 숲은 가치가 낮다고 여겨진다. 따라서 불이 나도 목재 조사원이나 사냥꾼 모두 화재 자체를 염려하기보다는 그저 연기가 걷혔으면 해서 비를 바란다. 그러나 오늘은 숲이 너무 축축해서 불이 번질 염려가 없었다.

우리는 장대를 이용해 수로를 따라 1마일 정도 올라간 뒤, 다시 파마덤쿡 호수를 가로지르며 1마일 더 노를 저었다. 파마덤쿡 호수는 지도상에 있는 일련의 호수 전체에 마치 하나의 호수인 것처럼 붙인 이름이다. 하지만 사실은 호수 하나하나가 급류가 흐르는 바위투성이의 좁은 수로를 사이에 두고 멀리 떨어져 있는 곳이다. 이 호수는 북서쪽으로 머나먼 언덕과 산까지 10마일이나 뻗어 있어 가장 큰 호수로 손꼽힌다.

맥코슬린이 그쪽의 산을 가리켰다. 그리 멀지 않은 곳에 있었지만, 아직 사람이 접근하지 못하는 스트로브잣나무 숲이 있었다. 서쪽으로 무스헤드 호수와 지금 우리가 있는 곳 사이에 자리한 조 메리 호수는 지금은 어떤지 모르겠지만 최근까지만 해도 "미국 최고의 목재가 나는 땅에 둘러싸여 있었다." 다른 수로를 지나 같은 호수의 일부인 딥 코브(깊은 만)로 들어갔다. 북동쪽 방향으로 2마일 뻗어 있는 곳이었다. 따라서 2마일 노를 저어 이곳을 건너고, 또다시 짧은 수로를 지나 암베지지스 호수로 들어갔다.

호수 입구에서는 전문용어로 '방책 재료'라고 부르는 것을 간간이 목격했다. 목재가 떠내려가지 않도록 방재를 만들 때 사용하는 절단하지 않은 목재를 말하는데, 다 같이 물속에 넣어 움직이지 못하게 해둔 곳도 있었고 바위 위에 올려 단단히 고정해두거나 나무에 묶어둔 곳도 있었다. 다가오는 봄에 쓰려는 요량이었다. 하지만 이런 곳에서 너무나도 분명한 문명인의 흔적을 발견하면 그때마다 늘 놀랍기 그지없었다. 돌아오는 길에는 인적 없는 암베지지스 호수의 상류에서 바위에 구멍을 뚫어 링 볼트를 납으로 고정해 놓은 것을 보고 묘하게 감동을 받았던 기억이 떠오른다.

통나무를 떠내려 보내는 일은 고되고 위험하지만 분명 신나는 일임을 쉬이 알 수 있었다. 벌목꾼들은 겨울 내내 자기가 베어서 끌고 온 통나무들을 상류에 있는 마른 골짜기에 쌓아둔다. 그리고 봄이 되면 강기슭에 서서 비가 오기를, 눈이 녹기를 기원하며 휘파람을 분다. 수위를 높일 수만 있다면 셔츠에서 땀이라도 짜낼 기세다.

그러다 돌연 '와' 하는 함성을 내지르며 현 상황에 작별을 고하기라도 하는 듯 눈을 질끈 감는 것이다. 그러면 겨울 동안 베어둔 통나무 상당수가 서로 밀고 밀리며 내려온다. 그의 충실한 개, 다시 말해 눈 녹은 물과 빗물, 그리고 홍수와 바람 등이 모두 큰 소리를 내며 뒤따르는 가운데 통나무들은 오로노 제재소로 향한다.

통나무에는 소유주를 표시한다. 그러기 위해 껍질 바로 안쪽을 도끼로 자르기도 하고 나사송곳으로 표식을 새기기도 한다. 밀려 내려오는 동안 마모되지 않을 만큼 깊게 새기되, 그렇다고 목재의 질에 영향을 주어서는 안 된다. 목재의 소유주가 너무나도 많은 곳이라 새로우면서도 간단한 표식을 고안하려면 상당한 독창성이 필요하다.

그 결과, 연습을 해야만 읽을 수 있는 그들만의 알파벳이 생겼다. 일행 한 사람이 가지고 있던 메모장에서 자기 소유의 통나무에 새기는 표식을 읽어주었는데, 십자가, 줄무늬, 화살표, 띠 모양 등이 있었다. Y-띠-화살표 같이 여러 가지로 다양하게 고안해 표시하는 것이다.

통나무들은 흠집이 날 만큼 다소 밀집된 상태로 움직이며 저마다 수많은 급류와 폭포로 이루어진 혹독한 여행을 한다. 그리고 그 결과 표식이 다른 통나무들이 서로 뒤섞이게 된다. 눈이 녹아 물이 범람할 때면 모두 똑같이 그 시기를 이용해야 하기 때문에 생기는 일이다.

통나무들은 모두 호수 상류에 모아두고 물 위에 통나무를 띄워 만든 방재로 둘러싼다. 바람에 의해 통나무들이 흩어지지 않게 하기 위함이다. 그 다음 전부 함께 끌어당겨 물결이 잠잠한 호수 위를 양떼처럼 가로지르게 한다. 가끔 섬이나 상류의 기슭 쪽에서 이때 쓰이는 권양기를 볼 수 있다. 주변 환경이 허락하면 돛과 노를 쓸 때도 있다. 그럼에도 불구하고 바람이나 홍수 때문에 몇 시간 만에 수 마일 떨어진 먼 호숫가까지 떠내려가는 통나무들도 있다.

목재 운반인이 찾으러 가도 한번에 한두 개씩만 다시 수로로 되돌려 놓을 수 있기 때문에 통나무들을 암베지지스나 파마덤쿡 호수로 보내기에 앞서 운반인은 호숫가에서 축축하고 불편한 야영을 수도 없이 계속해야 한다. 따라서 목재 운반인은 통나무를 카누라도 되는 것처럼 잘 조종할 줄 알아야 하며 사향쥐처럼 차가운 물에 젖는 것도 개의치 않아야 하는 법이다.

그는 효율적인 도구를 몇 가지 사용한다. 안에 튼튼한 철심을 박은 6에서 7피트 길이의 지레. 보통 사탕단풍나무로 만들고 끝에 단단하게 덮개를 끼운다. 또 끝에 쇠침을 박은 긴 장대가 있는데, 움직이지 않게 쇠침 끝부분을 나사못으로 박아둔다.

강가와 호숫가에서 자라는 남자아이들은 도시의 아이들이 인도 위에서 걷는 법을 배우듯 물 위에 뜬 통나무 위에서 걷는 법을 배운다. 가끔 통나무들이 바위에 올라가기도 하는데, 그러면 다시 한 번 동일한 수위의 홍수가 나지 않는 한 움직일 수 없다. 급류와 폭포 쪽에 밀집되어 어마어마하게 쌓이는 경우도 있는데, 이때는 운반인이 목숨을 걸고 통나무들을 움직여야 한다.

이처럼 벌목이 이루어지는 과정은 많은 우연에 기대고 있다. 소와 말 등이 제때 올라갈 수 있게 강이 일찍 얼기 시작한다거나 봄에 통나무를 떠내려 보내기 충분한 홍수가 난다거나 하는 식이고, 그 밖에도 많은 우연이 필요하다.[38] 케네벡 강의 벌목에 관한 미쇼[39]의 말을 인용하겠다. 당시 영국으로 운반된 최고급 스트로브잣나무가 그곳에서 생산되었다.

"이 방면에서 일하는 사람들은 대부분 뉴햄프셔에서 이주해온 사람들이다. [중략] 여름이면 이들은 소규모로 패거리를 이루어 사방으로 광활한 황야를 횡단하고 그 주변에 스트로브잣나무가 자라는

---

38 [원주] "물의 흐름이나 높낮이가 일정한 것이 물이 늘어나거나 줄어드는 것보다 낫다. 물이 급속도로 불어나면 강의 중간부가 가장자리보다 훨씬 더 높아진다 ― 기슭에서 관찰하는 사람의 눈에도 분명하게 보일 만큼 매우 높아지므로, 포장한 유료 도로와 비슷한 외양이 된다. 따라서 나무는 언제나 수로의 가운데에서 좌우 가장자리 쪽으로 움직이는 경향이 있다." ―스프링어

39 프랑소와 앙드레 미쇼. 프랑스인 식물학자로 북미의 숲을 연구한 바 있다.

곳이 없는지 알아본다. 그리고 풀을 베어 앞으로의 노동에 쓰일 소들을 위한 건초로 만든 뒤 집으로 돌아간다. 겨울이 시작되면 이들은 다시 숲으로 들어가 직접 흰자작나무[40]나 측백나무 껍질로 덮은 오두막을 짓는다. 추위가 심해서 수은 온도계가 몇 주 동안 영하 40에서 50°F에 머물러 있을 때도 있지만 조금도 움츠러드는 기색 없이 작업에 매진한다."

『숲속 생활』을 쓴 스프링어에 의하면 벌목꾼들은 나무 베기 담당, 가지치기 담당 ― 길을 내는 역할이다 ― 껍질 벗기기 담당, 짐 싣기 담당, 소떼 부리기 담당, 요리사로 구성된다.

"나무가 쓰러지면 그들은 나무를 14에서 18피트 길이의 통나무로 자르고 소를 솜씨 좋게 부려서 강까지 끌고 간다. 그 다음 소유주를 알리는 표식을 찍고 얼어붙은 강의 품속으로 통나무들을 굴린다. 봄이 되고 얼음이 녹으면 통나무는 물살의 흐름을 타고 떠내려간다."

미쇼는 이렇게 덧붙인다.

"통나무는 첫해에 톱질을 해두지 않으면 큰 벌레의 공격을 받아 사방으로 여기저기에 직경 6분의 1인치짜리 구멍이 생기고 만다. 하지만 껍질을 벗겨두면 30년 동안 멀쩡하게 유지될 수 있다."

---

40   국가표준식물목록 추천명은 파피리페라자작나무.

이 조용한 일요일 아침, 내 마음을 사로잡은 암베지지스 호수는 그 동안 보아 온 호수들 중 가장 아름다운 호수인 듯했다. 수심이 가장 깊은 호수로도 손꼽힌다. 우리는 수면 위로 선명하게 비친 조메리 산, 더블탑 산, 크타든 산을 보았다. 크타든의 정상은 특이하게도 짧은 고속도로처럼 평평한 고원 같은 모습을 하고 있어서, 반신 반인이 산책을 하거나 점심을 먹기 위해 내려올 것만 같았다.

우리는 1.5마일 노를 저어 상류까지 간 다음 수련 잎을 밀어가며 육지로 올라갔다. 맥코슬린이 기억하고 있던 큰 바위 옆에서 아침을 만들어먹기로 했기 때문이다. 아침 메뉴는 차와 건빵, 돼지고기, 구운 연어였다. 이곳에서 자라는 오리나무 가지를 깔끔하게 깎아 포크를 만들었고, 자작나무 껍질을 벗겨 접시로 삼았다. 차는 홍차였지만 색을 낼 우유도, 달콤하게 더할 설탕도 없었다. 주석으로 만든 바가지 두 개가 찻잔을 대신했다. 홍차는 내륙의 나이든 여인들이 수다를 떨 때만큼이나 벌목꾼들에게도 없어서는 안 될 음료였다. 명백히 그들은 이 차에서 큰 위안을 얻고 있었다.

맥코슬린이 기억하기로, 이곳은 과거 벌목꾼들이 야영을 한 곳이었다. 지금은 잡초와 덤불이 무성했지만 말이다. 빽빽한 잡목들 사이에서 우리는 완전한 모양을 한 벽돌을 발견했다. 벽돌 공장에서 볼 법한 작고 깨끗한 사각형 모양의 붉은 벽돌이 바위 위에 있었다.

과거에 누군가가 화약 따위를 다지는데 쓰려고 이 먼 곳까지 가져 온 것이다.

우리들 중 몇몇은 나중에 산 정상까지 이 벽돌을 가져가서 우리 가 다녀갔다는 표시로 남겨두고 오지 못한 것을 후회했다. 벽돌이 라면 분명 문명인을 가리키는 간단한 증표가 되었을 텐데 말이다. 맥코슬린의 말로는 가끔 황야에서 떡갈나무로 만든 커다란 나무 십 자가가 발견되는데 이곳을 통과해 케네벡까지 갔던 최초의 가톨릭 선교사들이 세운 것이라고 한다.

다음 9마일이 배를 탈 수 있는 한계 범위였고, 남은 하루를 다 투 자해야만 했다. 우리는 노를 저어 작은 호수 몇 군데를 건넜고, 장대 를 이용해 수많은 급류와 수로를 지났으며, 네 번이나 육로로 이동 했다. 장차 이곳을 여행할 사람들을 위해 지명과 거리를 밝히겠다. 우리는 먼저 암베지지스 호수를 떠나 4분의 1마일 급류를 통과한 뒤 육로로 90로드[41]를 이동, 암베지지스 폭포를 우회했다. 그 다음 좁고 강처럼 생긴 파사마가멧 호수를 1.5마일 지나 동명의 폭포까 지 갔다 ― 오른쪽으로 암베지지스 개천이 흘러들어왔다.

다시 2마일 카텝스코니건 호수를 통과해 육로로 90로드, 카텝스 코니건 폭포를 우회했다. 이 지명 자체가 '배를 운반하는 곳'을 의

---

41   1로드는 16.5ft로 약 5m에 해당된다.

미한다 — 이 폭포의 왼쪽으로는 파사마가멧 개천이 들어오고 있었다. 이어서 강이 조금 확장되면서 생긴 포크워코무스 호수를 통과해 3마일 나아간 뒤 육로로 40로드 이동, 동명의 폭포를 우회했다 — 여기는 카텝스코니건 개천이 왼쪽으로 흘러들어왔다. 4분의 3마일, 애볼자카메거스 호수를 건넌 뒤 바로 전처럼 육로로 40로드, 동명의 호수를 우회했다. 그 다음 반 마일 급류를 지나, 소와드너훈크 못과 애볼자크내거식 개천에 도달했다.

보통 강을 거슬러 올라갈 때는 이런 순서대로 지나게 된다. 먼저 호수나 (강이 확장된 곳이 아니라면) 못이 먼저 나오고, 이어서 폭포가 나오며, 그 위로 개천이나 강이 나오는데, 모두 같은 이름이다. 우리는 먼저 파사마가멧 호수를 지났고, 이어서 파사마가멧 폭포를 지났으며, 마지막으로 폭포에 흘러들어가는 파사마가멧 개천을 지났다. 이 이름들의 순서와 가리키는 대상이 꽤 논리적으로 여겨질 것이다. 못이나 호수는 언제나, 아무리 못해도 일부는 위에서 흘러들어오는 개천에 의해 생기고, 지류의 물이 처음 낙하하며 생긴 첫 번째 폭포가 호수의 입구이니 자연히 같은 이름이 될 수밖에 없는 것이다.

육로로 암베지지스 폭포를 우회할 때 나는 기슭에서 절인 돼지고기를 담아두는 통을 발견했다. 가로세로 8에서 9인치의 사각형 모양 구멍이 나 있었고, 똑바로 선 바위를 등지고 있었다. 곰들이 통을 돌리거나 뒤집지 않고 반대편을 씹어서 구멍을 낸 것이었다. 생긴 것은 거대한 쥐구멍이랑 똑같은데 곰의 머리가 들어갈 만큼 컸다.

그리고 통 바닥에는 아직도 곰이 먹다 남은 돼지고기 조각이 짓이겨진 채로 몇 점 남아 있었다. 벌목꾼들이 육로로 이동할 때나 야영을 할 때 운반이 용이하지 않은 물자를 남겨두는 것은 흔한 일이다. 그러면 다음에 온 사람이 이 물자를 거리낌 없이 마음껏 사용한다. 개인이 아니라 단체에 속한 것이므로 보통 넉넉하게 쓸 수 있는 양이다.

뱃사공의 삶이 어떤 것인지 알 수 있게끔 우리가 운반로와 급류를 어떻게 지났는지 상세히 적어보겠다. 예를 들어 암베지지스 폭포에는 숲속의 나무들을 베어 만든, 상상조차 못할 정도로 험한 길이 있었다. 바위와 통나무를 끝없이 넘어가며 처음부터 거의 45도에 가까운 경사를 올라야 했다. 육로 이동은 이런 식으로 이루어졌다. 먼저 짐을 반대편 기슭에 옮겨다 놓았다. 그리고 다시 배토 쪽으로 돌아와 배를 맬 때 쓰는 밧줄로 배토를 언덕 위까지 당기되, 자주 쉬면서 이동해 육로의 절반 이상을 전진했다. 하지만 이런 어설픈 방식으로는 배가 금방 닳아버릴 것이었다.

보통은 남자 셋이 삼백 파운드에서 오륙백 파운드까지 나가는 배토를 머리와 어깨 위에 올리고 걷는다. 키가 가장 큰 사람이 뒤집은 배를 들어 올려 가운데에서 받치고, 나머지 둘이 한 사람씩 양쪽 끝에 서거나 함께 뱃머리에 선다. 인원을 늘린다고 곧바로 잘 들 수 있는 것도 아니다. 힘이 세야 가능한 것은 물론 연습도 꽤 필요하고, 체격 조건이 맞는 사람이라고 해도 극도로 힘들고 지치는 방식이다. 우리 일행들은 모두 다소 허약한 편이라 미미한 도움밖에 되지 않았지만, 어쨌든 우리 사공 두 사람도 결국 배토를 어깨 위로 들어 올렸다. 그리고 배가 흔들리거나 모자를 접어서 받친 어깨로 파고들지 않게 일행 두 사람이 배의 균형을 잡았다.

우리는 이런 형태를 유지한 채, 용감하게 두세 번 휴식을 취해가며 남은 거리를 이동했다. 나머지 육로도 같은 방식으로 이동할 수 있었다. 사공들은 어마어마한 무게를 짊어진 채 쓰러진 나무나 온갖 크기의 미끄러운 바위 위로 올라가야 했고, 그런 것들이 발에 걸려 비틀거리는 것도 다반사였다. 옆에 서서 걷는 사람들도 계속해서 쓸리고 긁히며 걸음을 옮겨야 했다. 그 정도로 길이 좁았던 것이다. 하지만 그래도 길부터 내야 하는 상황은 아니었으니 다행이었다. 배를 띄우기 전에는 바위에 쓸렸던 배 밑바닥을 칼로 매끄럽게 다시 다듬었다. 마찰을 줄이기 위해서였다.

육로로 배를 옮기는 수고를 덜기 위해 우리 사공들은 파사마가멧 폭포에서 '밧줄 끌기'[42]를 하기로 결정했다. 나머지 일행은 짐을 들고 걸어서 이동했고, 나는 밧줄 끌기를 돕기 위해 배토에 남았다. 우리는 곧 급류 한가운데로 들어갔다. 그간 장대를 이용해 건넜던 그 어떤 곳보다도 더 빠르고 역동적인 곳이었다. 밧줄 끌기를 하려고 한쪽 기슭으로 방향을 틀었을 때였다. 생각건대, 우리 사공들에게는 나를 기쁘게 해주기 위해 흔히 겪을 수 없는 일을 경험하게 해주고픈 포부가 있었던 것 같다. 물론 실력에도 자부심이 있었다.

두 사람은 급류를, 아니 급류라기보다는 폭포를 한 번 더 쳐다보았다. 곧이어 한 사람이 올라갈 수 없겠냐고 물었다. 그러자 다른 한 사람이 시도해 봐도 될 것 같다고 대답했다. 그렇게 우리는 다시 물결 한 가운데로 들어가 성난 물살과 맞서 싸웠다. 나는 배의 중간부에 앉아서 바위를 스쳐지나갈 때마다 좌우로 조금씩 몸을 움직여 배의 균형을 잡았다. 그래도 배는 불안정하게 흔들리며 빙글빙글 돌기도 하고 빠르게 튀어나가기도 했다. 경사가 제일 심한 곳에서는 이물이 고물보다 과장 없이 2피트나 더 높이 올라가기도 했다.

모든 것이 그들의 분투에 달려 있던 바로 그때, 뱃머리에 선 사공의 장대가 두 동강나버렸다. 그는 내가 내밀어준 여분의 장대를 잡을 여유도 없이 바위 위에 떨어진 부러진 조각을 집어 위기를 모면

42 　바깥에 고정시킨 밧줄을 당겨서 배를 그쪽으로 이동시키는 것을 말한다.

했다. 그렇게 실낱같은 아슬아슬한 차이로 우리는 폭포를 거슬러 올랐다. 조지 아저씨가 이건 전례가 없는 일이라고 외쳤다. 그리고 뱃머리가 누가 서는지 알지 못했다면 이런 도전은 하지 않았을 거라고 했다. 마찬가지로 뱃머리에 선 톰도 뒤에 누가 서는지 알지 못했으면 시도하지 않았으리라.

여기에는 숲을 베어서 만든 평범한 운반로가 있기도 했고, 그들 역시 배토가 폭포를 거슬러 올라갈 수 있으리라고는 생각도 못했으니 말이다. 내 기억으로 이곳에는 정확히 직각으로 쏟아져 내리는 폭포가 있었고, 그 길이는 최소 2에서 3피트로 페놉스콧 강 전체 중에서도 최악의 구간이었다. 서로 한 마디도 말을 주고받지 않으면서 이런 엄청난 실력을 보여준 사공들의 노련함과 침착함은 아무리 감탄해도 모자랄 지경이었다.

선두에 선 사람은 뒤를 돌아보지 않고도 뒷사람이 정확히 뭘 하려 하는지 알고, 마치 자기 혼자 일하는 것처럼 움직인다. 물 위에서 15피트 깊이의 밑바닥을 조사하느라 애를 먹는 도중에 배가 뒤로 몇 로드나 밀려나도 오로지 힘과 기술을 다 동원해 배를 똑바로 유지한다. 그리고 선미의 사공이 거북이처럼 막무가내로 버티는 동안 놀라운 민첩성과 유연성을 발휘하며 재빨리 양쪽을 오가고, 눈이 천 개라도 되는 듯 급류와 바위를 면밀하게 조사한다. 그러다가 마침내 강바닥에 장대가 걸릴 곳을 찾아내면 힘차게 배를 미는 것이다. 그러면 구부러진 장대가 부들부들 떨리고 배 전체가 흔들리면서 몇 피트 위로 올라간다.

이것만으로도 충분히 위험한데, 장대도 바위틈에 잘 끼기 때문에 사공의 손에서 벗어나기 쉽다. 그러면 급류 앞에서 사공은 속수무책이 되는 것이다 — 따라서 악어처럼 입을 벌리며 기다리고 있던 바위들이 이빨로 장대를 꽉 물고 손에서 잡아채려고 할 때, 사공은 그 위턱을 교묘하면서도 효과적으로 밀어내야 한다.

이때 장대를 배 가까이에 붙여서 찔러 넣고 뱃머리가 앞으로 더 나가게 하면 급류에 휩쓸리기 직전에 바위 모퉁이를 돌아갈 수 있다. 길고 가벼우며 물에 살짝만 잠기는 배토가 아니고서는 앞으로 나아갈 수 없을 것이다. 사공은 재빨리 어디로 갈지 정해야 한다. 고민할 시간이 없다. 배가 바위 사이로 밀려들어가 양쪽 측면이 바위에 쓸리는 일도 빈번한데, 그 양 옆에는 크고 완벽한 소용돌이가 있다.

여기에서 반 마일 더 위로 올라간 뒤, 심하지 않은 급류에서 일행 두 사람이 사공들을 대신해 장대를 다뤄보았다. 마지막 난관을 막 극복하려는 찰나, 불행히도 계산에 맞지 않는 바위가 나타났다. 배토는 소용돌이 한가운데를 빙글빙글 맴돌며 방향을 바로 잡을 수 없게 되었고, 우리는 훨씬 노련한 손에 장대를 넘겨줄 수밖에 없었다.

카텝스코니건은 수심이 가장 얕은 호수로 잡초도 가장 많이 자라는 곳인데, 강꼬치고기가 많을 것처럼 보였다. 우리가 점심 식사를 하려고 발길을 멈췄던 동명의 폭포는 상당히 크고 그림처럼 아름다웠다. 조지 아저씨는 여기에서 통 하나 가득 송어가 잡히는 것을 본 적이 있다고 했다. 그러나 이번에는 송어가 미끼를 물지 않았다. 이 곳의 운반로를 반쯤 지나 영국령까지 이어지는 메인 숲의 야생 깊숙이 들어갔을 때, 우리는 크고 새빨간 오크홀 양장점 광고지를 발견했다.

길이가 대략 2피트나 되었고, 껍질을 벗겨낸 소나무 줄기를 감싸도록 송진으로 단단히 고정되어 있었다. 이런 광고의 장점 중에는 인디언은 말할 것도 없고 어쩌면 곰, 늑대, 무스, 사슴, 해달, 비버까지 어디로 가면 최신 유행에 발맞출 수 있는지 알 수 있다는 점, 아니, 적어도 자기들이 잃어버린 옷을 되찾으려면 어디로 가야 하는지 알 수 있다는 점도 있음을 기록해둬야 하겠다. 우리는 이 길에 '오크홀 운반로'라는 이름을 붙였다.

오전에는 숲속의 거친 물결도 고요하고 차분하게 흘러갔다. 여름이 찾아온 어느 일요일 아침의 매사추세츠가 흔히 그러리라 상상하는 것처럼 말이다. 가끔씩 배토 앞으로 흰머리수리가 날아가며 큰 소리를 내서 우리를 놀라게 했다. 물수리 역시 만만치 않게 큰 소리로 울었는데, 이 녀석은 사냥한 것을 흰머리수리에게 강탈당하는 처지였다. 도중에 몇 차례 강 옆으로 몇 에이커 크기의 작은 초원이 나타났고, 베지 않은 무성한 풀이 바람에 살랑이며 사공들의 관심을 사로잡았다.

그러면 사공들은 이 초원이 자신의 개간지 근처에 없는 것을 안타까워하며 저 풀을 베면 몇 묶음이 나올지 계산하곤 했다. 간혹 여름이 되면 남자 두세 명이 이런 초원으로 와서 지내며 풀을 베기도 한다. 겨울에 벌목꾼들에게 팔면 전국 어디보다도 더 높은 값을 받을 수 있기 때문이다.

우리는 앞으로 갈 길을 논의하기 위해 비슷한 종류의 골풀 혹은 붉은 토끼풀이 뒤덮고 있는 작은 섬으로 들어갔다. 그리고 무스의 발자국을 발견했다. 부드럽고 젖은 땅에 크고 둥근 구멍이 있었는데, 그 구멍을 만든 동물의 엄청난 크기와 무게를 가늠할 수 있었다. 무스는 물을 좋아해서 잡목 숲 사이로 돌아다니는 것처럼 손쉽게 섬과 섬 사이를 헤엄쳐서 이 모든 섬의 초원을 찾아간다.

이따금 우리는 맥코슬린이 *포크로건*이라 부르는 곳을 지나쳤다. 인디언 말이었는데, 한번 들어가면 같은 길로 되돌아 나올 수밖에 없는 막다른 곳이었기에 목재 운반인들이 포크-로그즈-인poke-logs-in[43]이라 부를 만도 했다. 이 강에는 이런 막다른 지형과 갈림길 같아 보여도 둥글게 굽어서 강으로 다시 되돌아가게 되는 지형이 자주 나타나므로 초보 뱃사공이라면 적지 않게 당황할 것이다.

포크워코무스 폭포를 우회하는 운반로는 아주 험하고 바위투성이라 배를 강에서부터 들어올려 4에서 5피트 높이의 바위 위로 올라가야 했고, 배를 다시 띄울 때에도 비슷한 높이의 기슭에서부터 내려야 했다. 이 운반로의 바위들은 움푹 파인 흔적으로 뒤덮여 있었다. 배토를 운반할 때 벌목꾼들이 그 무게를 견디지 못하고 비틀거리는데, 그들이 신는 부츠에 스파이크가 달려 있어서 생긴 것이었다.

배토를 내려놓는 큰 바위는 표면이 닳아서 매끈해져 있었다. 하지만 수위가 높아진 상태라 우리는 원래 운반로의 절반 정도만 배를 옮기면 되었다. 그리고 최고로 격렬한 급류와 맞설 각오를 다지며 폭포로 굽어 들어가는 잔잔한 물결 위에 배를 띄웠다. 나머지 일행들은 걸어서 남은 절반을 이동하기로 했고, 나는 밧줄 끌기를 돕기 위해 사공들과 함께 남았다.

한 사람이 배를 잡아야 나머지가 타는 동안 배가 폭포에 휩쓸려

---

43   통나무를 쑤셔 넣는다는 뜻.

제멋대로 움직이는 것을 막을 수 있었다. 기슭과 가까운 거리를 유지하며 가능한 한 멀리까지 급류를 거슬러 올랐을 때, 톰이 밧줄을 들고 물속에 보이는 바위 위로 뛰어올라갔다. 하지만 부츠에 스파이크가 박혀 있는데도 발이 미끄러졌고, 순식간에 급류 한가운데로 빠졌다. 다행히 다시 일어나 다른 바위로 올라갔지만 말이다. 톰은 뒤따라온 나에게 밧줄을 건네고 다시 뱃머리에 자리를 잡았다. 나는 기슭 근처의 얕은 여울에서 바위 위를 건너뛰며, 이따금씩 곤추선 바위에 감아둔 밧줄에 쏠려가며 배를 잡았다.

그 동안 사공 하나가 장대를 바로잡았고, 우리 셋은 급류를 거슬러 오르도록 배를 힘주어 밀었다. 이것이 '밧줄 끌기'였다. 이처럼 일행이 나뉘어 우회로로 걸어가는 상황에서는 걷는 쪽이 대개 제일 귀중한 짐을 챙겨갔다. 짐이 물에 휩쓸릴지 모르기 때문이었다.

애볼자카메거스 폭포 위로 장대를 이용해 반 마일 급류를 거슬러 올라가자 양편에 마른 통나무가 높이 쌓여 있었다. 아마도 봄에 큰 홍수가 났을 때, 이곳에 밀집된 통나무들이 흐름이 막혀서 내려가지 못한 모양이었다. 일행 중 하나가 이 거대한 통나무들 사이에서 자신의 소유권을 나타내는 표식을 읽어냈다.

하지만 이 나무들은 대부분 또 한번 큰 홍수가 와야만 움직일 터였다. 상하지 않고 그 만큼 오래 버틸 수 있을 때에 한한 이야기지만 말이다. 한번 와본 적도 없는 곳에서, 주인을 찾아가다 홍수와 바위로 인해 발이 묶인, 한번 본 적도 없는 자신의 재산을 발견하는 장면은 몹시 기묘했다. 생각건대, 내 재산들이 전부 잠들어 있는 곳도 분명 이런 곳이리라. 어느 머나먼 미지의 강에 있는 바위 위로 밀려 올라가, 내려오게 하려면 들어본 적 없는 큰 홍수를 기다려야 하리라.

오, 서두르소서, 신들이여! 썩기 전에 내려오도록 바람과 비를 재촉해 막힌 길을 트소서.

마지막으로 반 마일을 더 가자 소와드너훈크 못이 나왔다. 동명의 개천이 있어서 붙은 이름으로 '산 사이를 흐른다'는 뜻이다. 1마일 위에서 흘러들어오는 중요한 지류이기도 하다. 우리는 여기에서 야영을 하기로 했다. 댐에서부터 약 20마일 떨어졌고 크타든에서부터 흘러내려오는 머치 개울, 애볼자크내거식 개천, 기타 여러 시냇물 어귀에 해당되는 곳이었다. 크타든 정상까지는 약 12마일이 남아 있었다. 이날 우리는 15마일 이동했다.

맥코슬린은 여기에서 송어를 많이 잡을 것이라고 했다. 그래서 일부가 야영을 준비하는 사이 나머지는 낚시를 하기 시작했다. 인디언 무리나 백인 사냥꾼들이 기슭에 두고 간 자작나무 막대를 이용했고, 낚싯바늘에는 돼지고기를 끼웠다. 송어가 잡히고부터는 곧

바로 송어도 미끼로 삼았다.

우리는 애볼자크내거식 개천의 하구에 낚싯줄을 던졌다. 크타든에서부터 내려오는 얕은 개천으로 깨끗한 물이 빠르게 흘러갔다. 곧바로 흰 류시스커스Leucisci pulchelli, 은빛 로치, 송어의 일종 등 그 부근을 배회하는 크고 작은 다양한 생선이 미끼에 낚여 올라왔다. 얼마 지나지 않아 이 생선들의 친척뻘인 진짜 송어도 자기 차례를 맞이했고, 민물송어와 은빛 로치가 번갈아 가며 낚싯줄을 넣기 바쁘게 미끼를 집어삼켰다. 두 생선 모두 지금껏 본 중 가장 훌륭한 것이 잡혔다. 제일 큰 것은 3파운드나 나갔다.

처음에는 잡은 물고기를 기슭으로 끌어올렸는데, 우리가 배 위에서 있으니 물고기들이 퍼덕거리다가 다시 물로 돌아가기 일쑤였다. 하지만 곧 이 불운한 상황을 타계할 방법이 생겼다. 낚싯바늘을 잃어버린 사람이 기슭에 서서 소나기와 다름없이 쏟아져 내리는 물고기들을 받아주었던 것이다. 물고기를 받으려고 팔을 뻗으면 얼굴과 가슴이 축축하고 미끌미끌해졌지만 말이다.

원시의 강에서 잡힌 생선은 아직 살아 있어서 색깔이 선명할 때 가장 아름다운 꽃처럼 반짝거린다. 서서 내려다보면 이런 보석들이 그토록 긴 세월, 그토록 많았던 암흑의 시대 동안 애볼자크내거식에서 헤엄쳐왔다는 사실이 믿기 힘들어진다 ─ 인디언들만 볼 수 있었던 이 찬란한 하천의 꽃들은 신께서만 그 이유를 아시겠지만, 이곳에서 헤엄치게 하려고 아름답게 만들어진 것이다! 덕분에 나는 신화의 진실을, 프로메테우스 이야기를, 그 모든 아름다운 바다 괴물들을 더 잘 이해할 수 있었다. 그리고 사실 모든 역사가 지상에서 쓰이면 단순한 역사에 불과하지만, 천상에서 쓰이면 언제나 신화가 된다는 것도 이해하게 되었다.

하지만 프라이팬을 든 조지 아저씨가 거친 목소리로 잡은 걸 가져오라고, 그러면 아침까지 그러고 있어도 된다고 외쳤다. 팬 안에서는 돼지고기가 지글지글 익어가고 물고기가 오기를 기다리고 있었다. 이 어리석은 물고기들, 특히 어리석은 송어 일족에게 다행스럽게도 마침내 밤이 내렸다. 영원히 지속되는 그림자처럼 동쪽 기슭 뒤로 크타든 산의 어두운 면이 솟아 있어 훨씬 더 짙은 밤이었다.

1609년 프랑스의 탐험가 레스카르보의 기록을 보면, 몽트 씨가 이끈 캐나다 탐사대의 일원 샹도레 씨가 1608년 세인트존 강 북부로 50리그[44] 올라가 물고기를 풍부하게 잡았다고 한다. 그는 "불 위에 솥을 올리고 물이 채 뜨거워지기도 전에 점심으로 먹기 충분한 생선을 잡았다."

이곳에 사는 그 물고기들의 후손도 결코 그 수가 적지 않았다. 우

---

44   1리그는 약 3마일에 해당된다.

리는 톰과 함께 숲속으로 들어가 침대 만들 때 쓸 향나무 가지를 잘
랐다. 톰이 도끼를 들고 앞장서 가며 잎이 납작한 향나무와 정원에
주로 심는 측백나무의 제일 작은 가지만 골라서 자르면, 우리가 그
것들을 모아서 배가 있는 곳까지 돌아오기를 가지가 잔뜩 쌓일 때
까지 반복했다.

침대는 지붕에 널을 올리는 것만큼이나 세심하고 노련하게 만들
었다. 발치부터 향나무 가지 끝이 위를 향하게 놓기 시작해 머리맡
까지 한번에 한 방향으로만 놓아 잘린 끄트머리가 덮이도록 부드럽
고 평평하게 만드는 것이다. 길이가 약 10피트, 폭이 약 6피트인 우
리 여섯이 모두 누울 침대가 완성됐다. 이번에는 바람과 불길을 고
려해 신중하게 텐트를 치고 그 아래에 누웠다. 앞에는 언제나처럼
큰 모닥불을 피웠다. 저녁은 홍수에 떠밀려온 큰 통나무 위에 앉아
서 먹었다. 이날 밤에는 측백나무를 넣은 음식을 먹었고, 향나무 차
를 마셨다. 벌목꾼들이 다른 허브가 없을 때 가끔 쓰는 재료다.

측백나무 1쿼트,
튼튼하고 힘이 세지지.[45]

---

45 토머스 퍼시가 쓴 시 「원틀리의 용」을 인용하되, 독주를 뜻하는 aqua-vitae를 측백나
    무(Arbor vitae)로 바꿔 썼다.

하지만 개인적으로 이런 실험은 다시 하고 싶지 않다. 지나치게 약초 같은 맛이 났기 때문이다. 이곳에는 무스의 뼈가 남아 있었다. 인디언 사냥꾼 일부가 바로 이곳에서 주웠다던 그 뼈였다.

밤에 나는 송어 낚시 꿈을 꾸었다. 잠에서 깨자 이 화려한 물고기가 내 침대와 그렇게 가까운 곳에서 헤엄을 치고, 지난밤 우리 낚싯바늘에 걸려 올라왔다는 것이 다 꾸며낸 이야기처럼 느껴졌다. 이 모든 것이 꿈이 아니었을까 하는 의심이 들었다. 그래서 나는 그것이 정말 일어난 일이었는지 알아보기 위해 새벽이 밝기 전, 일행들이 여전히 잠들어 있는 사이 자리에서 일어났다. 달빛 속에서 저 멀리 크타든의 윤곽이 구름 한 점 없이 또렷하게 보였다.

급류가 일으키는 잔물결 소리가 유일하게 정적을 깨뜨렸다. 나는 기슭에 서서 다시 한 번 물결 속으로 낚싯줄을 던져 넣었고 꿈이 진짜였음을, 꾸며낸 이야기가 사실이었음을 확인했다. 민물송어와 은빛 로치가 날치처럼 재빠르게 달빛 어린 공기를 가르며 어둠이 내린 크타든을 뒤에 두고 반짝이는 아치를 그렸다. 해가 떠오르기 시작하며 점차 희미해져가는 달빛이 내 마음을, 나와 합류한 일행들의 마음을 가득 채울 때까지.

우리는 6시까지 송어를 잔뜩 싼 튼튼한 담요와 배낭을 배에 싣고 옷을 입은 뒤, 나머지 짐과 남겨두고 싶은 식량을 곰의 손이 닿지 않는 어린 나무 꼭대기에 매달았다. 그리고 머나먼 산 정상으로 출발했다. 조지 아저씨는 다른 사공들이 정상까지 4마일 거리라고 말하는 것을 들은 적이 있다고 했지만, 내 판단으로는 ― 나중에 입증된 것처럼 ― 14마일에 가까웠다. 그도 크타든에 이보다 더 가까이 와본 적이 없었다. 더 깊이 들어가자 길잡이가 되어줄 사람의 흔적은 아주 사소한 것조차 찾아볼 수 없었다.

처음에는 애볼자크내거식, 다시 말해 '열린 땅의 강'을 따라 몇 로드 올라갔다. 그 다음, 배토를 나무에 묶어놓고 북쪽으로 향했다. 이제는 군데군데 어린 사시나무와 다른 잡목이 무성한 불탄 땅을 가로질렀는데, 곧 같은 강이 다시 나타났다. 폭이 50에서 60피트나 되는 강이었지만, 목재와 바위가 몰려 있는 곳이 강 전체에 걸쳐 거의 어디에나 있었기에 그곳으로 건너는 것이 가능했다.

곧이어 우리는 1마일 혹은 그 이상 계속되는 완만한 경사의 비교적 탁 트인 대지를 따라 정상으로 향했다. 여기서부터는 등산 경력이 가장 오래된 사람으로서 내가 앞장서게 되었다. 눈앞에 아직 한없이 먼 산이 옆으로 7에서 8마일 뻗어 있었다. 우리는 이 산의 나무가 빽빽이 들어선 쪽을 훑어본 뒤, 큰 비탈을 왼쪽에 두고 가장 높은 봉우리까지 똑바로 가자는 결론을 내렸다. 나중에야 알게 되었는데, 우리보다 앞서 산에 올랐던 사람들은 이 비탈을 따라갔던 모양이다.

우리가 선택한 길로 가면 계류의 강바닥을 기준으로 나뉘는 어두운 숲의 경계와 평행하게 나아가 큰 산맥에서 남쪽으로 살짝 돌출된 곳을 넘어가야 했다. 돌출부의 정상에서 이 지역을 한눈에 내려다보고, 그때쯤이면 아주 가까워졌을 봉우리로 곧장 올라갈 생각이었다. 탁 트인 대지가 끝나는 벌거벗은 산마루에서 보니 크타든은지금껏 보아온 산들과는 다른 모습이었다. 숲속에 불쑥불쑥 솟은바위들이 대부분 그대로 드러나 있었다. 이 파란 장벽을 보니 먼 옛날 이쪽에 대지를 둘러싸고 있던 벽이 있어서 그 일부가 남아 있는것처럼 느껴졌다. 나침반을 최고봉의 남쪽 기슭이 있는 북동쪽으로맞추고 우리는 곧 숲속으로 들어갔다.

이내 곰과 무스의 흔적이 보이기 시작했다. 토끼 발자국도 어디에서나 볼 수 있었다. 무스의 발자국은 다소 최근의 것이었다. 있는그대로 말하자면, 1평방로드마다 한번씩 산기슭을 뒤덮고 있는 발자국이 발견되었다.

무스는 아마도 과거에 비해 지금이 개체 수가 훨씬 많을 것이다.사방에서 정착민들이 들어온 탓에 이곳까지 내몰렸을 테니 말이다. 다 자란 무스의 발자국은 암소나 그보다 큰 동물과 비슷하고 어린 무스의 발자국은 송아지랑 비슷하다. 때때로 우리는 무스가 만든 길 비슷한 것을 따라가고 있음을 깨닫기도 했다. 소가 숲속에 만드는 길과 비슷했지만 밟아서 만든 길보다 훨씬 알아보기 어려웠으며, 빽빽한 덤불을 통과하므로 경치도 볼 것이 없었다.

사방이 무스가 대충 뜯어먹고 간 잔가지투성이였는데, 마치 칼로 자른 듯 매끈하게 잘려 있었다. 나무껍질도 8에서 9피트 높이까지 1인치 정도의 좁은 폭으로 벗겨져 있었는데, 무스의 이빨 자국이 그때까지 생생하게 남아 있었다.

우리는 금방이라도 무스가 나타나리라 생각했고, 우리의 니므롯[46]은 총을 꺼내 언제든 쏠 수 있게끔 준비했다. 하지만 우리는 무스를 찾고자 굳이 길을 벗어나지는 않았다. 수가 많기는 해도 무스는 경계심이 많기 때문에 실력 없는 사냥꾼이라면 무스 한 마리를 보기 위해 온 숲속을 헤집고 다녀야 한다. 또 이따금 무스는 마주치기 위험한 동물이 되기도 한다. 사냥꾼을 보고 돌아서는 것이 아니라 사납게 덤벼들어 짓밟기 때문이다. 그럴 때는 운 좋게도 나무 뒤로 돌아가 피하는 것이 가능한 사람만 살아남을 수 있다.

제일 몸집이 큰 무스는 거의 말 한 마리만 하고, 때로는 무게가 천 파운드까지 나가기도 한다. 듣자하니 무스는 평범하게 걸어도 5피트 높이의 문을 뛰어넘을 수 있다고 한다. 대단히 둔해 보이는

---

46 창세기에 나오는 사냥의 명수.

외모로 다리가 길고 몸통이 짧아 전력으로 달리면 우스꽝스럽게 보이지만, 그런데도 꽤 먼 거리를 이동할 수 있다.

무스들이 어떻게 이 숲속까지 들어올 수 있었는지는 수수께끼다. 우리들만 해도 높은 곳에 오르고, 몸을 웅크리고, 굽이굽이 돌아가기를 번갈아 하며 유연성이란 유연성은 다 동원해야 올 수 있었던 숲인데 말이다. 무스는 여러 갈래로 뻗은 5에서 6피트 길이의 긴 뿔을 등 쪽으로 내려 몸의 무게를 싣는 방식으로 쉽게 나아간다고 한다. 얼마나 진실에 가까울지는 모르겠지만, 우리 사공들 이야기로는 무스가 잠들어 있는 동안 쥐나 벌레가 이 뿔을 갉아먹곤 한단다. 무스 고기는 사슴고기보다는 소고기에 가깝고 뱅거의 시장에 흔히 나온다.

우리는 자주 휴식을 취하고 지친 사람을 북돋아가며 정오까지 7에서 8마일을 전진했다. 하구에서 야영을 했던 머치 개울과 한 줄기로 추정되는 시냇물도 여러 번 건넜으며, 내내 숲속에 파묻힌 채한 번도 정상을 보지 못하고 서서히 산을 오르기만 했다. 사공들은 나침반을 전적으로 신뢰하지 않았기에, 우리가 산을 한쪽에 두고 점점 멀어지는 방향으로 가고 있는 것이 아닌가 하면서 부정적으로 생각하기 시작했다.

결국 방향을 확인하기 위해 맥코슬린이 나무 위로 올라갔다. 꼭대기에서 보이는 정상의 위치로 보아 우리는 의도하던 방향에서 벗어나지 않은 모양이었다. 나무 밑에서 꺼내본 나침반 역시 맥코슬린의 팔과 같은 방향, 즉 정상을 가리켰다.

이윽고 우리는 숲속의 차가운 실개천 옆에서 걸음을 멈췄다. 물고기를 요리하기 위해서였다. 물도 공기처럼 순수하고 투명한 양상을 보이기 시작하는 곳이었다. 여기까지 물고기를 가져온 것은 건빵과 돼지고기를 절약하기 위해서였다. 건빵과 돼지고기는 그동안에도 조금씩 아껴서 먹어왔다. 전나무와 자작나무로 이루어진 축축하고 음산한 숲속에서 우리는 금방 불을 지피고 저마다 송어나 로치를 끼운 3에서 4피트 길이의 꼬챙이를 들고서 불 옆에 둘러섰다. 미리 칼집을 내고 소금에 절여둔 것이었다.

꼬챙이들이 이 한 점을 중심으로 바큇살 모양을 이루었다. 우리는 각자 제일 잘 구워질 만한 곳에 자기 생선을 밀어 넣느라 옆 사람의 권리는 진심으로 신경 쓰지 않았다. 그렇게 우리는 한 사람의 배낭이 꽤 가벼워질 때까지 잔뜩 먹고, 도중에 만난 샘에서 물도 마신 뒤 다시 등산을 시작했다.

마침내 나무가 많지 않아 정상이 보이는 고지대에 도달했다. 크타든의 푸른 정상은 아직도 멀기만 해서 우리를 피해 물러나고 있는 것처럼 보이기까지 했다. 우리가 건넜던 것과 한 줄기로 판명된 계류가 말 그대로 구름에서부터 쏟아지듯 앞으로 흘러 내려갔다.

하지만 우리의 위치를 파악할 수 있었던 한순간의 광경은 금세 사라지고, 우리는 다시 울창한 나무들에 파묻힌 신세가 되었다. 이 곳에서 자라는 나무는 주로 노랑박달나무, 가문비나무, 전나무, 마가목, 메인에 사는 사람들이 둥근 나무라고 부르는 무스 나무[47]였다. 최악의 여정이었다. 가끔은 졸참나무가 빽빽하게 자란 곳도 나왔다. 풀산딸나무도 풍부했고, 둥굴레와 오리잎분꽃나무도 많았다. 블루베리는 우리가 가는 길 전체에 걸쳐 있었다. 더할 나위 없이 신선한 열매가 주렁주렁 달려서 무게를 이기지 못하고 푹 처진 덤불도 있었다.

이날은 9월 7일이었다. 덕분에 우리는 즐거이 열매를 맛볼 수 있었고, 지친 일행을 앞으로 나아가게 할 미끼로도 삼을 수 있었다. 누군가가 뒤에 처졌을 때는 "블루베리다!"라고 외치는 것이 그들을 앞으로 데려올 가장 효과적인 방법이었다. 이런 고지대에조차 무스가 겨울 동안 머물렀던 곳이 있었다. 4에서 5평방 로드 크기로, 거대하고 판판한 사각형 모양 바위 옆이었다.

무스는 겨울에 눈이 오면, 그 눈을 밟아 무리가 함께 머물 곳을 만든다. 우리는 정상까지 곧장 가는 길을 따라 가고 있는지, 야영할

---

47   국가표준식물목록의 추천명은 펜실바니아단풍.

곳 근처에 물이 없으면 어떻게 할지 염려한 끝에 결국 점차 서쪽으로 방향을 틀어 걸어갔다. 4시가 되었을 무렵, 앞서 언급했던 계류가 다시 나타났다. 정상이 보였기에 지칠 대로 지친 일행들은 이곳에서 밤을 보내기로 결정했다.

일행들이 야영할 만한 곳을 찾고 있을 때 나는 해질 때까지의 시간을 이용해 홀로 산을 올랐다. 우리는 구름을 향해 올라가는 깊고 좁은 골짜기에 있었다. 경사가 거의 45도에 달했고, 벽 같은 바위에 둘러싸여 있었다. 처음에는 키 작은 나무들이, 그 다음에는 빼빼 마른 자작나무와 가문비나무가 발 디딜 틈 없이 들어선 잡목 숲이, 그리고 이끼가 뒤덮여 있었다.

하지만 올라갈수록 결국 지의류 외에 다른 식물은 찾아볼 수 없게 되었다. 그리고 거의 끊임없이 구름에 감싸여 있었다. 나는 이곳을 차지하고 있던 계류를 따라 올라갔고 ― '올라'를 강조하고 싶다 ― 20에서 30피트 높이에서 직각으로 떨어지는 폭포 옆에 멈춰 섰다. 옆으로 전나무와 자작나무 뿌리가 드러나 있었다. 거기서부터는 산을 오르지 않고 실개천을 따라 한두 로드 정도 앞으로 걸어갔다. 길 전체를 이 실개천이 차지하고 있었기 때문이다. 그리고 나서는 거인의 계단이라고 해도 될 만큼 거대한 계단 모양의 지형을 올랐는데, 강이 여기에서부터 흘러내리고 있었다. 나는 곧 나무들 사이에서 빠져나와 주변을 돌아보기 위해 이어지는 여울목에서 걸음을 멈추었다. 계류는 폭이 15에서 30피트였으며, 지류는 없었고, 앞으로 가면서 본 바로는 폭이 줄어들지도 않는 듯했다. 그래도 방대한 물살이 큰 소리를 내며 콸콸 흘러 내려 지면에 드러난 대량의 바위들 위로, 또 그 사이로 쏟아져 내려갔다. 구름 속에서 곧장 흘러내리는 듯한 모습이 마치 산 위에서 금방 물기둥이 터진 것만 같았다.

마침내 이 장관을 뒤로하고 나는 내 갈 길을 찾아 걸음을 옮겼다. 먼 옛날 사탄이 혼돈을 지났을 때[48]에 비해 거의 조금도 뒤처지지 않을 정도로 험난한 길이었다. 나는 최정상은 아니더라도 최대한 가까이 올라가기로 마음을 먹었다. 처음에는 손으로 바닥을 짚어가며 다닥다닥 붙어 선 오래된 검정가문비나무Abies nigra[49] 꼭대기까지 올라갔다. 강만큼이나 오래된 나무들이었다. 높이는 2피트부터 10에서 12피트까지 있었고, 꼭대기가 평평하게 펼쳐져 있었다. 그런데 추위 때문에 잎이 파랗게 상한 것이 여러 세기 동안 저 황량한 하늘, 그 순수한 추위를 향해 위로 자라는 것을 그만둔 것 같았다.

나는 이끼와 월귤이 제멋대로 자라고 있는 나무들 위에서 등을 꼿꼿하게 펴고 걸음을 옮겼다. 시간이 흐르면서 거대한 바위 사이

---

48   밀턴의 『실낙원』에 나오는 이야기.
49   국가표준식물목록 추천명은 마리아나가문비.

간격을 이 나무들이 채웠고, 찬바람이 나무 꼭대기를 전부 똑같이 평평하게 만든 듯했다.

이곳에서는 초목의 발달 원리가 제대로 작용하지 못한다. 따라서 둥글게 산을 감싸는 이런 띠가 생겨난다. 그렇다고 해도 아마 여기처럼 놀라운 곳은 없을 것이다. 일단 미끄러지듯 내려와 10피트 아래, 어두컴컴한 구멍처럼 보이는 곳을 내려다보았다. 가문비나무 줄기가 보였다. 커다란 바구니를 엉성하게 짜놓은 것 같았고, 그 위에 내가 서 있었다.

가문비나무 줄기는 지면에서 쟀을 때 직경이 9인치를 꽉 채우는 크기였다. 이 구멍들은 곰이 사는 굴이었고, 심지어는 안에 실제로 곰이 있기까지 했다. 나는 일종의 정원 위를 걸은 셈이었다. 나무들 사이를 통과(通過)하는 길을 찾지 못해 식물을 밟는 위험을 감수하고 나무 위(위)로 8분의 1마일 이동했던 것이다 ― 분명 내가 여행한 중 가장 위험하고 구멍이 숭숭 뚫린 곳이었다.

― 거의 가라앉듯 가니
거칠고 무른 땅을 밟으며 반은 걷고
반은 날아간다.[50]

---

50 『실낙원』을 인용한 부분. 바다도, 마른 땅도 아닌 곳을 지나는 부분이다.

하지만 이 가지들보다 더 강인한 것은 아무것도 없을 것이다. 내 무게를 견디지 못하고 부러지는 가지는 단 하나도 없었다. 서서히 자란 나무들이기 때문이다. 몸을 웅크렸다가 네 발로 기었다가, 또, 구르다가 껑충 뛰었다가 걷다가를 번갈아 가며 이 빼빼 마른 나무들이 자란 지역을 빠져나가 구릉의 중턱에, 아니 그보다는 산허리에 가까운 곳에 이르렀다.

바위들, 회색의 침묵하는 바위들이 목장에 풀어 놓은 양떼처럼 해질녘의 햇볕을 되새김질하고 있었다.

바위들은 회색의 단단한 눈동자로 나를 바라보았지만, '매에-' 하는 울음소리는 한 마디도 내지 않았다. 이것으로 나는 구름의 가장자리까지 왔으나 왔으나, 밤이 찾아왔기에 더 나아갈 수 없었다. 하지만 돌아섰을지언정, 나는 이미 저 아래에서 파도치며 흘러가고 잔물결을 일으키는 메인 지방을 본 뒤였다.

돌아가 보니, 일행들은 계류의 가장자리를 야영지로 택하고 땅에 앉아 쉬고 있었다. 한 명은 아파서 담요로 몸을 둘둘 말고 축축한 선반 모양 바위 위에 누워 있었다. 충분히 야만적이고 우울한 풍경이었다. 너무 험하고 거친 곳이라 텐트를 칠 공간이 있는 평평한 곳을 찾는 데 시간이 오래 걸린 모양이었다.

땔감이 필요했기에 고도가 더 높은 곳에서 야영을 할 수도 없었다. 이곳의 나무들도 너무 푸르고 수액이 많아서 불의 영향력을 받아들이기는 할지 의심이 됐다. 하지만 결국에는 불이 우세해서 이나무들도 전 세계의 훌륭한 시민들과 똑같이 활활 타올랐다.

이 고도에서도 우리는 곰과 무스의 발자국을 자주 발견했다. 이곳에는 향나무가 없었으므로, 우리는 듬성듬성 깃털처럼 잎이 난 가문비나무로 침대를 만들었다.

어쨌든 살아 있는 나무에서 뽑은 깃털이었다. 야생의 나무와 계류를 이웃으로 둔 곳이었으니, 밤에 묵어가기에는 이곳이 산 정상보다 더 넓고 황량했을 것이다. 가볍고 상쾌한 바람이 밤새도록 소리를 내며 골짜기를 누볐고, 때때로 불길을 살려 잉걸불을 여기저기 퍼뜨렸다. 마치 어린 회오리바람의 둥지 안에 누워 있는 것 같은 기분이었다.

한밤중에 돌연 전나무 하나가 꼭대기까지 불길에 휩싸였다. 아마도 열기 때문에 살아 있는 가지의 습기가 말라서 불이 옮겨 붙은 모양이었다. 이에 동료 하나가 놀라서 잠에서 깨어났다. 그는 온 세상이 다 불타는 줄 알고 자리에서 벌떡 일어나 소리를 지르며 캠프 전체를 이동시켰다.

다음날 아침, 익히지 않은 돼지고기 약간과 얇은 건빵 한 조각, 그리고 농축된 구름, 다시 말해 샘물 한 바가지로 식욕을 달래고 우리는 다시 앞서 설명한 것과 같이 폭포로 올라갔다. 이번에는 내가 갔던 길이 아니라 최고봉이 있는 오른쪽을 선택했다. 하지만 일행들은 곧 내 뒤의 산등성이에 가려 보이지 않게 되었다. 앞에 보이는 산등성이는 여전히 내게서 점점 멀어지는 듯했다. 나는 1마일 조금 넘게 아슬아슬하게 균형을 잡고 있는 거대한 바위들을 넘어 계속해서 구름 쪽으로 향했다 ― 다른 곳은 다 청명한 날이었으나 정상은 안개에 가려져 있었기 때문이다.

산은 느슨하게 놓인 바위들의 거대한 집합체인 듯했다. 언젠가 하늘에서 바위 비가 내려서 떨어진 그 자리에 그냥 있는 것처럼 안정감 있는 바위는 어디에도 없고, 불안정한 흔들바위들이 서로 기대어 있을 뿐이었다.

따라서 바위 사이사이에는 빈 공간이 있었고, 흙이나 판판한 선반 모양의 지형은 거의 찾아볼 수 없었다. 이것들은 보이지 않는 채석장에서 떨어진 한 행성의 원료이다. 자연이 곧 이것들을 가지고 이리저리 대규모 화학작용을 일으켜 청명하고 푸른 평원과 계곡을 만들어낼 것이다.

그러니 바위투성이인 이곳은 아직 화학작용이 끝나지 않은 세상의 끝인 셈이었다. 석탄이 만들어지는 도중 생기는 갈탄처럼 말이다.

드디어 나는 구름의 끝자락 안으로 들어갔다. 구름은 영원히 정상 위를 부유하며 결코 사라지지 않는 듯했다. 흘러가는 듯해도 그 흐름과 같은 속도로 순수한 공기 속에서 구름이 만들어지는 것이다. 4분의 1마일 더 가자, 산등성이의 정상에 도달했다. 더 맑은 날 이곳을 본 사람의 말에 의하면, 길이가 약 5마일이고 1천 에이커의 고원이 있다고 하는데, 나는 적개심 넘치는 구름 속에 파묻혀 있었던 탓에 뭐 하나 제대로 보이지 않았다.

밝은 햇빛이 있는 곳에서도 바람이 불어와 빛을 몰아냈다. 회색빛 어스름이 그 안에서 볼 수 있는 유일한 빛이었다. 층을 이룬 구름은 바람의 강도에 따라 끝없이 오르락내리락했다.

때때로 잠시 구름이 걷혀 정상이 햇빛 속에 미소를 짓는 듯한 순간도 있었지만, 한쪽이 얻는 것이 있으면 다른 한쪽은 잃는 것이 있는 법이었다. 그러니까 굴뚝 속에 앉아서 연기가 사라지기를 기다리는 꼴이었다.

이곳은 실상 구름 공장이었다 ─ 구름은 이 공장에서 생산한 세공품이고, 완성된 구름은 바람이 차가운 바위에서 다른 곳으로 밀어낸다. 이따금씩 바람기둥이 내게 부딪쳐올 때면 오른쪽 또는 왼쪽에 어둡고 축축한 바위산이 모습을 드러냈다. 그리고 바위산과 나 사이를 안개가 지치지도 않고 파고들었다. 그 모습을 보니 아틀

라스, 불카누스, 키클롭스, 프로메테우스⁵¹ 등을 다룬 옛 서사시와
비극 시인이 떠올랐다.

프로메테우스가 묶여 있던 코카서스의 바위산도 이와 같았을 것
이다. 아이스킬로스⁵²도 분명 이런 풍경을 접한 적이 있을 것이다.
광활한 티탄 족의 영토, 사람이 절대 살지 않는 곳. 이 장관을 지켜
보는 이는 산을 오르는 사이 갈비뼈 사이 느슨한 틈으로 자신의 일
부를, 심지어는 아주 중요한 일부를 잃어버린다.

그는 상상보다 더 고독하다. 원래 살던 곳에서와 달리 이곳에서
그는 충분히 생각을 할 수도, 깊이 이해할 수도 없다. 이성은 흩어지
고 흐려져 공기처럼 희박해진다. 티탄 족과 같이 거대하고 잔혹한
자연은 그의 약점을 파고들어 홀로 사로잡고 그의 신성한 능력을
조금씩 앗아간다. 자연은 평지에서처럼 그에게 미소를 지어주지 않
는다. 대신 준엄하게 말하는 듯하다.

그대는 어찌하여 정해진 시간보다 앞서 이곳에 왔는가? 이곳은

---

51 아틀라스: 티탄 족으로 올림포스 신족에게 져서 지구를 어깨로 받치는 벌을 받았다.
　　불카누스: 로마 신화에 나오는 불과 대장간의 신. 그리스 신화의 헤파이스토스와 동일한
　　신이다.
　　키클롭스: 외눈박이 거인으로 불카누스의 제자이다.
　　프로메테우스: 티탄 족으로 올림포스 신족에게 투항했으나, 인간에게 불을 전해준 죄로 코
　　카서스의 바위산에 묶여 매일 독수리에게 간을 쪼아 먹히는 신세가 되었다.
52 그리스의 비극 시인.

그대를 위해 준비한 땅이 아니거늘. 골짜기에서 내 미소 짓는 것만으로 충분치 않단 말인가? 이 흙은 그대가 발을 디디라고 만든 것이 아니며, 이 공기는 그대가 숨 쉬라고 만든 것이 아니고, 이 바위는 그대가 이웃으로 삼으라고 만든 것이 아니다. 이곳에서 나는 그대를 동정할 수도 응석을 받아줄 수도 없다. 영원토록 그대를 무자비하게 몰아낼 수밖에 없다. 내가 친절한 곳으로. 어째서 내 그대를 부른 적 없는 곳으로 찾아와 내가 계모와 같다고 불평하는가? 그대가 여기에서 추위와 배고픔에 몸을 떨며 죽어간들, 이곳에는 성지도 없고 제단도 없으며 내 귀에 그 소식이 들릴 수도 없다.

> 혼돈과 태고의 밤이여, 내 엿보러 오지 않았으니
> 조사할 의도도, 어지럽힐 의도도 없다
> 그대 왕국의 비밀을. 그러나 […]
> […] 내 가는 길이
> 그대들 너른 제국에 걸쳐있음이니, 나는 빛을 찾아 가노라.[53]

산의 정상은 미완의 세계에 속하므로 그곳에 올라가 신들의 비밀을 엿보고, 인간에게 미치는 영향력을 시험하는 것은 신들에 대한

---

53 밀턴의 『실낙원』 인용.

가벼운 모욕이다. 어쩌면 대담하고 무례한 인간들만 그곳으로 향하리라. 미개인들처럼 단순한 종족은 산에 오르지 않는다 — 그들에게 정상은 신성하고 신비로운 곳이므로 결코 찾아가지 않는 것이다. 파몰라는 크타든 정상에 오르는 이들에게 언제나 분노하지 않는가.

지질 조사관으로서 능력을 발휘해 정확히 고도를 잴 수 있었던 잭슨의 말에 의하면 크타든의 고도는 5,300피트, 다시 말해 해발 1마일이 조금 넘는다. 그는 "그러므로 이곳은 분명 메인 주에서 가장 높은 곳이며, 뉴잉글랜드 지역에서 가장 가파른 화강암 산이다"라고 덧붙인다.

내가 서 있는 이 넓은 고원의 특징은 동쪽의 경이로운 반원형 절벽 혹은 분지와 마찬가지로 안개에 가려져 있었다. 나는 정상까지 내 짐을 전부 들고 올라왔다. 배를 두고 온 강까지, 어쩌면 메인 주의 정착지까지 혼자 내려가야 할 가능성이 있을지도 모르고, 올라온 길과 다른 길로 가야 할지도 모른다고 생각해서 장비를 완전히 갖추고 있길 원했기 때문이다.

하지만 일행들은 밤이 오기 전에 강까지 가고 싶어서 안절부절 못할 것이었다. 또 구름이 며칠 내내 산에 머물러 있을지도 모르는 점을 생각하면 결국 내려갈 수밖에 없었다. 내려가는 길에 가끔씩 바람이 불어와 눈앞에 장관을 펼쳐주었다. 동쪽으로 끝없는 숲과 호수가 펼쳐졌고, 햇빛에 반짝이는 개천들이 있어 일부는 동쪽 지류로 흘러들어갔다. 같은 방향으로 새로운 산들도 보였다. 가끔 앞에서 참새 일족에 속하는 작은 새가 날아다녔는데, 바람에 날리는 회색 돌멩이처럼 스스로 갈 길을 정하지 못하고 바람에 휩쓸렸다.

일행들은 나와 헤어진 산비탈에서 바위틈마다 자라고 있는 월귤과 블루베리를 모으고 있었다. 블루베리는 고도가 높은 탓에 더 쏘는 듯한 맛이 났지만, 우리 입맛에 부족한 맛은 아니었다. 이 지역에 사람들이 자리를 잡게 되고 길이 만들어지면 이 월귤은 아마 상업적으로 팔 만한 품목이 될 것이다. 구름의 끝자락에 막 접어든 높이였기에, 우리는 서쪽과 남쪽 지역을 100마일 너머까지 내려다볼 수 있었다. 그곳에 메인 주가 있었다. 지도에서 본 바로 그곳이었으나 지도와는 많이 달랐다.

한없이 펼쳐지는 숲이 햇빛을 받고 있었다. 매사추세츠 주에서 말하고들 하는 동부의 자원이 그 안에 있었다. 개간지도, 집도 없었다. 외로운 여행객이 지팡이로 삼고자 가지를 꺾는 것처럼 사소한 일조차 일어난 적 없는 듯이 보였다. 호수도 수를 헤아릴 수 없었다. 남서쪽에는 길이 40마일, 폭 10마일의 무스헤드 호수가 있어서 식탁 가장자리에 놓은 은 접시 같았다.

길이 18마일, 폭 3마일의 체선쿡 호수에는 섬도 하나 없었다. 반면, 남쪽의 밀리노켓 호수에는 섬이 1백 개나 있었고, 이름 없는 섬도 1백 개는 더 있었다. 마찬가지로 산도 많았지만 그 이름은 대부분 인디언들만이 안다. 숲은 빈틈없는 풀밭처럼 보였고, 그 가운데 있는 호수들은 같은 장소를 방문한 적이 있는 이가 멋지게 비유했던 것처럼 "천 개의 조각으로 깨진 거울을 풀밭 위로 널리 흩뿌려놓아 태양의 눈부신 빛을 하나도 빠짐없이 반사하고 있는 것"처럼 보였다.

개척만 하면 누군가를 위한 큰 농장이 될 것이다. 주와 주의 경계 문제가 해결되기 전에 발간된 지명사전을 보면, 과거에는 지금 우리가 있는 페놉스콧 카운티 하나가 카운티 열네 개로 이루어진 버몬트 주보다 더 컸다. 게다가 페놉스콧 카운티는 메인 주의 미개척지 중 일부에 지나지 않았다. 하지만 지금 우리의 관심사는 정치적 한계가 아니라 자연적인 한계였다.

새들이 날아오는 직선거리로 따지면 뱅거에서 약 80마일, 우리가 마차를 타고, 걸어서, 노를 저어가며 온 대로라면 150마일 떨어진 곳. 우리는 이곳에서 보는 풍경이 정상에서 보는 풍경만큼 좋으리라, 그만큼 멀리 보이리라, 구름과 안개가 없는 산이 산이겠는가 생각하며 자신을 위로했다. 우리와 마찬가지로 먼저 왔던 베일리도 잭슨도 정상에서 맑고 깨끗한 전망을 바라보지는 못했다.

우리는 아직 이를 때 강가에 돌아가기로 하고 이동경로에서 아주 멀리 떨어지지 않는 한, 머치 개울이라고 추정하고 있는 계류를 따라가기로 결정했다. 그리하여 우리는 아예 계류 안으로 들어가 이편에서 저편으로 건너고 건너기를 반복하며, 바위에서 바위로 건너 뛰며, 7에서 8피트 높이의 폭포에서 물살을 타고 뛰어내리며, 가끔은 얕은 물에 등을 뉘이고 미끄러지며 4마일을 나아갔다. 이 골짜기에서는 봄에 어마어마한 홍수가 있었고, 산사태도 동반했던 것이 분명했다.

그리고 그때는 물과 돌이 가득 차서 지금보다 수위가 최소 20피트는 더 높았을 것이 틀림없었다. 그로 인해 1에서 2로드 정도 가는 동안, 물길 양편으로 껍질이 벗겨지거나 꼭대기까지 쪼개진 나무들이 눈에 띄었다. 자작나무는 구부러지거나 꼬여 있었고, 마구간 청소용 빗자루처럼 가늘게 쪼개진 경우도 간혹 있었다.

직경이 1피트인 나무는 부러져 있었고, 위에 쌓인 바위의 무게 때문에 나무숲 전체가 구부러진 곳도 있었다. 어떤 곳에서는 높이 20피트에 가까운 나무의 가지가 갈라지는 부분에 지름 2에서 3피트짜리 바위가 올라가 있는 것도 발견했다. 4마일을 가는 내내 이 계류로 흘러들어오는 실개천은 하나밖에 보지 못했으며 수량도 처음에 비해 늘어나지 않은 듯했다.

덕분에 우리는 내리막길의 기세를 받아 아주 빨리 이동했고, 점점 바위에서 바위로 건너뛰는 부분에 있어 굉장한 달인이 되어갔다. 적당한 거리에 바위가 있든 없든 건너뛰어야만 했고, 실제로도 건너뛰었기 때문이다.

제일 앞장서서 가다가 뒤돌아서서 바위와 녹색 숲으로 둘러싸인 구불구불한 골짜기를 올려다보면 유쾌한 광경이 보였다. 1에서 2로 드마다 흰 계류를 배경으로 빨간 셔츠 또는 녹색 재킷을 입은 등산객이 있는데, 등에 짐을 짊어진 채 물길을 따라 껑충껑충 뛰어내려오기도 하고, 계류 가운데 알맞은 바위에 앉아 찢어진 옷을 기우기도 하고, 물을 한 모금 마시려고 허리띠에 묶어둔 바가지를 풀기도 했다.

어떤 곳에서는 계류 한편의 작은 모래톱 위에 생긴 지 얼마 안 된 사람 발자국이 있어서 우리 모두 깜짝 놀라기도 했다. 로빈슨 크루소가 비슷한 일을 겪었을 때 어떤 심정이었을지 잠깐이었지만 알 수 있었다.

하지만 결국 우리는 정확히 어딘지 말할 수는 없지만 올라오는 길에 이 길을 지나갔던 것과, 한 사람이 물을 마시러 이 골짜기에 내려온 적이 있다는 사실을 기억해냈다. 위로는 공기가 찼고 계속해서 족욕, 좌욕, 관수욕, 전신욕 대신 산속의 물에 몸을 담그고 있자니 아주 상쾌한 여행이 되었다. 그리고 대기의 특별한 성질 때문인지 계류에서 나와 1에서 2마일만 가면 옷이 한 올도 남김없이 평소처럼 바짝 말랐다.

계류에서 나와 맞는 방향으로 가고 있는지 확신할 수 없게 되자, 톰이 가까이의 제일 높은 가문비나무 밑에 짐을 던져놓고 잎도 가지도 없는 줄기를 20피트 가량 타고 올라갔다. 톰은 곧 녹색 탑 속으로 사라져 보이지 않게 되었다. 하지만 조금 뒤 제일 꼭대기의 가지를 잡는 손이 나타났다.[54] 맥코슬린은 젊은 시절 아무개 장군이 이끄는 군단과 함께 미개척지를 행진한 적이 있었다고 했다. 그는 다른 한 사람과 함께 정찰 업무와 조사를 도맡았다. 장군은 "저 나무의 꼭대기를 잘라 넘어뜨리도록" 하고 지시했는데, 그런 경우에도 너무 높다는 이유로 무사히 넘어간 나무는 메인 숲에 없었다고 한다.

---

54 [원주] 스프링어는 1851년 이렇게 말했다. "디딜 가지가 많아 나무에 오르려는 사람에게 편리하다는 점을 주로 고려하여 보통 가문비나무를 선택한다. 나무의 첫 번째 가지까지 가려면 지면에서 20~40피트 올라가야 하므로 작은 나무의 밑동을 도끼로 찍어 자르고 가문비나무에 기대도록 쓰러뜨려 꼭대기까지 기어 올라간다. 아주 높은 곳까지 갈 필요가 있을 때는 가문비나무를 키가 큰 소나무에 기대게끔 쓰러뜨려 주변 숲보다 두 배 높은 위치까지 올라간다."

"소나무가 뻗은 방향을 보여주기 위해서는 가지를 아래로 떨어뜨린다. 그러면 지면에 있는 사람이 방향을 파악한다."

나는 이런 숲에서 길을 잃은 두 남자의 이야기를 들은 적이 있다. 여기보다는 정착지에 가까운 숲이었다. 그들은 주변에서 찾을 수 있는 가장 높은 소나무에 올라갔다. 지면에서 쟀을 때 직경이 6피트인 큰 나무였다. 꼭대기에서 보니 고독한 개척지에서 연기가 피어오르는 것이 보였다. 그러나 약 200피트나 되는 높이에 올라간 탓에 한 사람은 정신이 혼미해져서 동료의 팔에 안겨 혼절해버렸다. 결국 남은 하나가 혼절했다 다시 깨어나기를 반복하는 동료를 데리고 최선을 다해 나무를 내려오는 수밖에 없었단다.

우리는 톰을 향해 외쳤다. 정상은 어디쯤인가? 불탄 땅은 어디 있나? 톰은 불탄 땅이 어디인지는 짐작만 할 수 있다고 했다. 하지만 우리가 갈 방향으로 보이는 곳에 작은 목초지와 연못이 있다고 했기에 우리는 그리 가기로 결론을 내렸다. 고립된 목초지에 도착해 보니 연못가에 갓 생긴 무스 발자국이 있었다. 우리가 오기 직전에 달아났는지 아직도 연못의 물결이 잠잠하게 가라앉지 않은 상태였다.

더 나아가 빽빽한 덤불 속까지 가보니 그곳도 역시 무스가 지나간 길인 듯했다. 몇 에이커밖에 안 되는 산비탈의 작은 목초지는 숲에 가려져 있었으므로, 아마도 지금까지 백인의 눈에 띈 적이 없었을 것이다. 오직 무스가 풀을 뜯고, 몸을 씻고, 평화롭게 쉬었을 뿐이리라. 그 방향으로 계속 나아가자 금방 탁 트인 곳이 나왔다. 페놉스콧으로 몇 마일 내려가는 내리막이었다.

어쩌면 나는 산의 이 부분을 내려오는 동안, 태고의 길들여지지 않은, 그리고 영원히 길들일 수 없는 — 다른 사람들은 뭐라고 부를지 모르겠지만 — 자연을 완전히 실감했다. 우리는 '불탄 땅'을 지나고 있었다. 이 땅이 불에 탄 것은 아마도 번개 때문일 것이다.

하지만 최근에 화재가 있었던 흔적은 없었고, 새까맣게 숯이 된 나무 밑동도 없었다. 오히려 무스와 사슴이 사는 천연 목장처럼 보였다. 대단히 야성적이며 쓸쓸한 곳으로 이따금씩 길게 조각난 나무가 쓰러져 있고, 키 작은 포플러 나무가 불쑥불쑥 모습을 드러냈으며, 여기저기 블루베리 군락이 나타났다. 그러나 나는 이곳이 헛되이 버려둔 목장이나 사람이 일부 개간한 목장이라도 되는 듯 익숙하게 나무들 사이를 돌아다녔다.

이 목장을 만들고 소유권을 주장한 사람은 어떤 사람일까, 형제일까 아니면 자매일까, 나와 동족일까 생각하다 보니 목장 주인이 나타나 멋대로 가로질러 가는 내게 한 마디 할 것 같았다. 이처럼 사람이 살지 않는 곳을 상상하기란 힘든 법이다. 우리는 습관적으로 어디에서나 사람의 존재와 영향력을 가정한다. 그러나 이렇게 광활하고 음울하며 잔혹한 자연을 본적이 없다면 순수한 자연을 본 적이 없는 것과 같다. 도시들 가운데에서라도 말이다. 이곳의 자연은 아름다울지언정 야만적이고 무시무시하다.

나는 경외심을 품으며 스스로 밟고 선 땅을 바라보았다. 힘 있는 이Powers[55]들이 그곳에 무엇을 만들었는지, 그 작품의 형태와 양식과 소재를 알고자 했다. 이것이 우리가 혼돈Chaos과 오래된 밤Old Night[56]에서 만들어졌다고 들었던 바로 그 땅이었다. 사람이 만든 정원은 존재하지 않고 오직 손대지 않은 세상만 존재했다. 잔디밭도 아니고, 목장도 아니고, 목초지도 아니고, 삼림도 아니고, 초원도 아니고, 농경지도 아니고, 황무지도 아니었다. 영원하도록 만들어진 행성 지구의 신선하고, 천연 그대로의 표면이었다.

우리는 이 땅을 두고 사람이 살게끔 만들어진 곳이라고, 자연이 그렇게 만들었다고, 그러니 할 수 있다면 사람이 이용해도 된다고 말한다. 허나 사람은 이 땅과 연관되어서는 안 되었다. 그것은 광활하고 엄청난 물질일 뿐, 우리가 들어본 적이 있는 어머니 대지가 아니었다. 사람이 발을 디딜 곳도, 묻힐 곳도 아니었다 ― 그렇다. 사람의 뼈를 누이는 것조차 지나치게 뻔뻔스러운 일이 될 것이다. 이

---

55   밀턴의 『실낙원』에 나오는 "한때 천상의 왕좌에 앉았던 힘 있는 자들" 다시 말해 천사들을 의미한다.

56   밀턴의 『실낙원』 중 "혼돈과 오래된 밤의 치세"

곳은 필연과 운명이 머무르는 곳이었다. 사람에게 상냥하도록 속박되지 않은 힘의 존재가 분명히 느껴졌다. 이단과 미신의 의식이 이루어지는 곳, 우리보다 바위에, 야생동물에 훨씬 가까운 사람들이 살아가야 하는 곳이었다.

우리는 어떤 경외심에 사로잡힌 채로 길을 걷다가 간간이 그곳에서 자라는 블루베리를 땄다. 날카롭고 톡 쏘는 맛이 났다. *매사추세츠*의 야생 소나무가 자라고 잎을 떨어뜨리는 콩코드 숲의 땅은 아마도 한때 농부들이 곡식을 심고 수확을 했던 곳이리라. 하지만 이곳의 지면은 사람이 생채기를 낸 적조차 없었으므로 신께서 이 세상에 적합하다고 판단하신 것의 표본이 된다. 박물관에 입장 허가를 받아 특별한 물건들을 수없이 많이 볼 수 있게 된다고 해도 어떤 별의 표면을 보는 것, 어떤 견고한 물질을 그 물질이 원래 속한 곳에서 보는 것에 비교하면 아무것도 아닐 것이다!

나는 내 몸에 두려움을 느끼며 서 있다. 내가 속박된 이 물질이 아주 낯설어졌다. 나는 영혼도, 유령도 두려워하지 않는다. 나 자신이 그중 하나이기 때문이다 ─ 내 몸은 그것들을 두려워할지 모르나 ─ 나는 육체들을 두려워하고 육체를 맞닥뜨릴 때면 마음을 졸인다. 나를 사로잡은 이 타이탄은 정체가 무엇인가? 신비에 대해 말해 보자! 자연 속에서의 우리 삶에 대해 생각해 보자. 매일 물질을 보고 그 물질과 접촉하는 삶 — 바위, 나무, 뺨에 스쳐가는 바람과! *단단한* 대지와! 실제 세계와! *공통의 감각*[57]과! *접촉! 접촉!* 우리는 *누구*인가? 우리가 있는 이곳은 *어디*인가?

오래 지나지 않아 우리는 의도적으로 기억에 남기려고 애썼던 풍경 속 바위와 지형을 알아보고 걸음을 재촉했다. 그리고 2시경 배토를 두고 갔던 곳에 도착했다.[58] 우리는 여기에서 송어로 점심을 먹을 생각이었는데, 눈부신 태양 아래에서 송어들이 미끼를 잘 물지 않았으므로 어쩔 수 없이 건빵과 돼지고기를 최대한 활용해야 했다. 이제 둘 다 거의 떨어져가고 있었다. 식사를 하면서 우리는 상류로 1마일 더 올라가 소와드너훈크에 있는 옛 깁슨 농장으로 갈 것인지 의논했다.

그곳에는 버려진 통나무집이 있으니, 쇠침을 박은 장대의 수선에 쓸 반 인치짜리 나사송곳을 구하자는 생각이었다. 주위에 어린 가문비나무도 충분했고 여분의 쇠침도 있었지만 구멍을 만들 도구가

---

57 스코틀랜드 상식 학파에서 말하는 'Common Sense(상식)'로 사람의 마음속에 내재된 믿음과 신념에 따르는 자연스러운 판단 능력을 말한다. 이 용어에 대해 철학자 조지 캠벨은 학습한 것이 아닌 본질적이며 즉각적인 판단이라는 점에서 감각(Sense)과 같고, 비슷한 판단이 사람들에게서 공통적(Common)으로 나타난다고 설명한다. 따라서 공통의 감각(Common Sense)으로 풀어 번역했다.

58 [원주] 곰들이 우리 짐은 하나도 건드리지 않았다. 하지만 곰들은 이따금 배토에 바른 타르를 먹으려고 배를 산산조각 내기도 한다.

없었던 것이다.

하지만 거기까지 가도 송곳을 구할 수 있을지는 불확실했기 때문에 결국 최선을 다해 부러진 장대를 손보기로 했다. 내리막이니 장대를 쓸 일도 많지 않을 터였다. 더군다나 우리는 시간을 낭비하고 싶지 않았다. 큰 호수에 도착하기 전에 바람이 불면 이곳에 발이 묶일까봐 걱정이 되었던 것이다. 이런 곳은 보통 정도의 바람만 불어도 바다처럼 변해 배토가 한 순간도 버틸 수 없게 된다. 맥코슬린도 노스 트윈 호수 상류에서 일주일 동안 물이 잠잠해지길 기다린 적이 있다고 했다. 폭이 겨우 4마일밖에 안 되는 호수였는데도 말이다.

우리는 식량이 거의 바닥난 상태였고, 배에 문제가 생길 경우에 대한 대비도 형편없었다. 정말 그런 일이 벌어지면 강가나 호숫가를 따라 걸어야 할 테고, 수많은 개천을 건너고 숲을 누벼야 하니 우회하는 데에 일주일은 걸릴 것이었다.

과거, 맥코슬린이 벌목에 참여한 적이 있다는 체선쿡 호수와 알라가시 강에서 등을 돌려야 하는 것은 유감이었다. 상류에는 아직도 더 긴 급류와 운반로가 남아 있었다. 그중에서도 마지막 운반로인 리포지너스 운반로를 두고 맥코슬린은 이 강에서 제일 힘든 구간이며 길이가 3마일이나 된다고 설명했다. 페놉스콧 강은 전체 길이가 275마일인데, 우리가 간 곳에서 수원지까지는 아직도 100마일 정도 남아 있었다.

　주 소속 지질조사관보 호지는 1837년에 이 강을 거슬러 올랐고, 1과 4분의 3마일 떨어진 운반로를 통과해 알라가시 강으로 건너갔다. 그리고 다시 알라가시 강을 따라 내려가 세인트존 강으로 접어든 다음, 마다와스카 강을 거슬러 올라가서 그랜드 운반로로 이동, 세인트로렌스 강[59]까지 이르렀다. 그의 기록이 내가 아는 한, 이 방향으로 캐나다까지 간 유일한 탐사 기록이다. 작은 것을 큰 것에 비교하는 것이 되지만, 그가 세인트로렌스 강을 처음 보았을 때 받은 인상은 발보아[60]가 다리엔 지협[61]의 산맥에서 태평양을 처음 보았을 때와 비슷하다.

　"높은 언덕에서 세인트로렌스 강이 처음 눈에 들어오자, 더할 나위 없이 인상적이고 흥미로운 풍경이 펼쳐졌다. 지난 두 달 동안 숲속에 파묻혀 있던 나에게는 더욱 그러했다. 우리 발밑에 넓은 강이 바로 펼쳐져 있어 9에서 10마일 뻗어 있고, 그 수면이 몇 군데 섬과 암초에 닿아 부서졌다. 강변에는 배 두 척이 정박해 있었다. 그 너머로 개척하지 않은 언덕들이 줄지어 강과 나란히 서 있었다. 태양이

59　캐나다 동남부에 있는 캐나다 최대 크기의 강.

60　스페인의 탐험가. 유럽인으로서는 처음 태평양을 발견했다.

61　파마나 동부 지방의 지협으로 북아메리카와 남아메리카를 잇는 지형이다.

막 언덕 뒤로 넘어가며 작별의 빛줄기를 내뿜어 풍경 전체를 훑고 지나갔다."

같은 날 오후 4시경, 우리는 다시 배에 올랐다. 이번에는 돌아가는 여정이었다. 장대가 필요할 만한 일은 극히 적을 듯싶었다. 쏜살같이 흐르는 급류 속에서 사공들이 장대 대신 크고 넓은 노를 이용해 배의 방향을 잡았기 때문이다. 엄청나게 빠른 속도로 미끄러지듯 물살을 타고서, 올라갈 때 적지 않은 노력이 필요했던 곳을 순조롭게 내려가긴 했지만, 실상은 내려가는 여정이 훨씬 더 위험했다. 우리를 둘러싸고 있는 천 개의 바위 중 하나에만 제대로 부딪쳐도 배가 즉각 뒤집어질 것이기 때문이었다.

이런 환경에서 배가 뒤집어져 가라앉으면 보통 사공들은 처음부터 무난히 물에 뜨곤 한다. 물살이 짐과 함께 그들을 띄우고 개천을 따라 한참 내려 보내 주기 때문이다. 수영을 할 줄 아는 사람도 물살에 몸을 맡기다가 천천히 기슭까지만 헤엄치면 된다. 제일 위험한 상황은 큰 바위 뒤에 생기는 소용돌이에 사로잡히는 것이다. 이런 곳에서는 물이 하류로 흘러내려가는 그 어느 곳보다도 더 빠르게 상류로 돌진한다. 따라서 이곳에 빠진 사람은 수면 위에서 빙글빙글 돌고 돌다가 결국 익사하고 만다.

맥코슬린은 이런 종류의 치명적인 사고가 일어났던 바위들을 가리켜 보였다. 가끔은 죽은 뒤에도 몇 시간이 지나도록 소용돌이를 벗어나지 못한다. 맥코슬린도 그런 소용돌이에 휘말린 적이 있었다고 했다. 상반신이 물속에 빨려 들어가 동료들 눈에는 빙글빙글 도는 그의 다리만 보였던 모양인데, 다행히 시기적절하게 소용돌이 밖으로 밀려난 덕에 호흡을 되찾을 수 있었단다.[62]

쏜살같이 흐르는 급류 속에서 사공은 다음과 같은 문제를 해결해야 한다. 4분의 1마일에서 반 마일에 이르는 강물 속 천 개의 바위 사이를 피해가도록 안전한 길을 선택하는 것. 그와 동시에 시속 15마일을 꾸준히 유지하며 이동하는 것. 멈추는 것은 불가능하다. 어디로 갈 것인가? 그것만이 유일한 문제다. 뱃머리에 선 사공은 온 신경을 동원해 물길을 살펴보며 항로를 정한다. 그리고 노를 들어 전력을 다해 물을 크게 가르며 자신이 선택한 길로 힘껏 배를 이끈다. 선미의 사공은 충실하게 선두의 움직임을 따른다.

우리는 곧 애볼자카메거스 폭포에 이르렀다. 조금이라도 시간을 지체하고 싶지 않았고, 육로로 배를 운반하는 수고를 덜고 싶었으므로 사공들이 앞서 지형을 살펴본 다음, 짐만 육로로 옮기고 배토

---

62 [원주] 다음은 신문에서 발췌한 것이다.

"이달 11일 [1849년 5월] 라포제너스 폭포에서 메인 주 오로노 출신 존 델란티 씨가 목재 운반 도중 익사했다. 오노로 시민으로 향년 26세. 동료들이 시신을 발견해 나무껍질로 감싸 엄숙한 숲에 매장했다."

는 폭포를 이용해 내려 보내기로 결정했다. 우리는 바위를 건너뛰고 또 뛰어 거의 강 중간까지 갔고, 배를 받아 첫 번째 폭포에서 수직으로 대략 6에서 7피트 내려 보낼 준비를 마쳤다.

사공들은 1에서 2피트 깊이의 급류 속으로 들어가, 선반 모양으로 돌출된 바위 가장자리에 자리를 잡았다. 거기에서부터 폭포는 수직으로 9에서 10피트 높이였다. 사공들은 배의 양 옆을 잡고 부드럽게 배를 밀어 뱃머리가 공중으로 10에서 12피트쯤 나가게 한 다음 똑바로 떨어뜨렸다. 이때 한 사람이 배에 묶인 밧줄을 잡고 있는 사이 다른 하나가 배에 뛰어들면 밧줄을 잡고 있던 사람도 따라서 뛰어들었다. 그렇게 급류 속을 질주해 새로운 폭포로 아니면 잔잔한 수면으로 나아가는 것이다.

순식간에 둘은 무사히 폭포를 내려갔다. 실력 없는 서툰 사공이라면 나이아가라 폭포를 내려가려고 하는 것만큼 무모한 도전이 되었을 테지만 말이다. 하지만 우리 사공들 실력을 보니 지형에 조금 익숙해지고 기술을 조금만 더 쌓으면 나이아가라 폭포 같은 데라도 안전하게 내려갈 수 있을 것만 같았다. 그들이 너무나도 냉정하고 침착하게 풍부한 지략을 발휘하며 폭포를 향해 실제 뛰어드는 모습을 보자, 탁자암 위의 급류 정도는 전혀 비관적으로 생각할 필요가 없어졌다.

그 전에는 이것은 폭포라고, 진흙 웅덩이 따위와 달리 무사히 건널 수 있는 것이 아니라고 생각했을지도 모른다. 하지만 사람을 해칠 수 없다는 것을 알게 되자 폭포에서 느껴지던 숭고함마저 사라질 위험에 처했다. 익숙해지면 얕보게 되는 법이니 말이다. 사공이 잠시 멈춰 섰다. 폭포 아래 탁자암 밑으로 여울목이 있는데, 아마도 한 사람이 폭포 뒤에서 물이 역류해 나가는 2피트 깊이의 후미진 곳에 서 있는 듯, 거친 목소리가 물보라를 뚫고 들려왔다. 이번에 배를 낙하시킬 방향을 지시하는 침착한 목소리였다.

포크워코무스 폭포를 우회하고 노를 저어 나가자 금세 카텝스코니건 폭포, 그러니까 오크홀 운반로에 도착했다. 우리는 배토를 두고 절반쯤 가서 야영을 한 뒤, 다음날 아침 어깨의 피로가 풀리면 그때 배를 옮기기로 했다. 두 사공 모두 한쪽 어깨에 사람 손바닥만 한 붉은 반점이 있었다. 이번 여정에서 배토를 옮기느라 생긴 것이었다. 또 오랫동안 한쪽만 쓴 결과 다른 쪽에 비해 이 어깨가 눈에 보일 정도로 낮게 처져 있었다.

이런 격한 노동을 하면 아주 튼튼한 체질을 타고난 사람도 금방 몸이 망가지고 만다. 목재 운반인들은 봄이면 차가운 물속에서 일하며, 몸을 말릴 새도 없이 바쁘게 지내는 것에 익숙하다. 온몸이 젖도록 물에 들어가도 밤까지 옷을 갈아입는 것조차 불가능하다. 물에 젖지 않으려고 애쓰는 사람은 특정한 별명으로 불리거나 해고된다. 거의 양서류가 되지 않고는 목재 운반인 생활을 할 수 없는 것이다.

맥코슬린은 목재가 밀집되어 흐름이 막힌 곳에서 장정 여섯이 동시에 잠수해 어깨로 지레를 미는 모습을 본 적이 있다고 사뭇 진지하게 말했다. 통나무가 꼼짝도 하지 않으면 수면 위로 머리를 내밀어 숨을 쉬어야 했단다. 주위에 들려줄 만한 좋은 이야기였다. 목재 운반인들은 새벽부터 밤까지, 앞이 보이는 한 계속 일을 한다. 덕분에 밤이 되면 저녁을 먹거나 옷을 말릴 시간조차 없이 향나무 침대에 눕는다. 그날 밤 우리는 바로 그 목재 운반인들이 만든 침대에 몸을 뉘었다. 아직 선 채로 남아 있는 장대가 있어 그 위로 텐트를 펼쳤지만, 축축하게 젖거나 너덜너덜해진 침대에는 새로 잎을 깔아야 했다.

아침이 되자, 우리는 바람이 불기 전에 서둘러 배를 옮겨와 물길로 들어갔다. 사공들은 파사마가멧 폭포로 내려갔고, 암베지지스 폭포도 금방 통과했다. 그 사이 우리는 짐을 들고 우회로를 따라 걸었다. 그리고 암베지지스 호수의 상류에서 남은 돼지고기로 서둘러 아침을 먹은 뒤, 곧 잔잔한 수면 위로 노를 저어나갔다. 북동쪽의 맑은 하늘 저편으로 구름이 걷힌 크타든이 보였다. 교대로 노를 저으며 우리는 시속 6마일로 딥 코브와 파마덤쿡 호수의 하류, 그리고 노스 트윈 호수를 재빨리 지나갔다. 아직 방해가 될 정도로 바람이 거세지 않았던 덕에 정오 즈음에는 댐에 도착했다.

사공들은 배에 탄 채로 목재를 떠내려 보낼 때 쓰이는 수문 중 하나를 통과해 10피트나 되는 높이를 내려온 뒤 밑에서 우리를 다시 태웠다. 이곳에는 이번 여정 중에 만난 가장 긴 급류가 있었고, 이곳을 지나는 것이 아마 그 어느 때보다도 위험하고 힘든 일이었던 것 같다. 우리는 쏜살같이 급류를 따라 내려갔다.

우리 생각대로라면 시속 15마일은 되었을 것이다. 이때 바위에 부딪쳤으면 순식간에 배가 둘로 쪼개졌을 것이다. 강에 사는 괴물을 잡기 위해 소용돌이 속으로 던진 미끼처럼 넘실넘실 흔들리다가 강의 이쪽을 향해 쏜살같이 내려가고, 그러다가 이번에는 저쪽을 향해가고. 금방이라도 배가 부딪칠 것 같은 곳을 물 흐르듯 빠르게 미끄러져 내려가거나 노를 들어 크게 물살을 가르면서 오른쪽, 왼쪽으로 온힘을 다해 바위를 피하는 여정이었다.

슈피리어 호수[63] 하구에 있는 수생트마리 강 급류에서 배를 탄다면 이와 비슷하리란 생각이 들었다. 그리고 우리 사공들은 아마 그 지역 인디언들에 비해 뒤처지지 않는 솜씨를 보여줄 것이다. 우리

---

63   북아메리카 오대호 중 가장 큰 호수로 미국과 캐나다 국경에 걸쳐 있다.

는 곧 이곳을 통과해 퀘이키시 호수로 접어들었다.

한번 이렇게 험한 급류를 지났더니 한때는 너무 무시무시해서 만만하게 보면 안 될 것 같았던 거칠고 성난 물결이 유순하고 차분해 보였다. 배가 지나는 길마다 이리 밀리고 저리 밀리고 멋대로 흔들리는 것은 물론, 쇠침을 박은 장대며 노에 찔리고 얻어맞으니 물결이 사람에게 굴복하게 된 것이다. 덕분에 기세도 위험도 사라진 물길을 거듭해서 무사히 건너갈 수 있었고, 이후에는 물이 불어나 최고로 격렬했던 강조차 장난감처럼 여겨졌다. 그리고 마침내 급류에 익숙해진다는 것과 급류를 얕보게 되는 사공들의 마음을 이해하기 시작했다.

맥코슬린 부인은 "저 파울러 형제는 딱 물 만난 오리라고 할 수 있답니다"라고 말하며 이런 일화를 들려준 적이 있었다. 한번은 맥코슬린 형제가 밤에 의사를 불러오기 위해 30에서 40마일 정도 배토를 타고 링컨까지 내려간 적이 있었다. 1로드 앞도 보이지 않을 만큼 어두운 밤이었고, 강물이 불어나서 한순간도 쉬지 않고 급류가 계속되는 시기였다. 다음날 아침, 형제가 의사를 데리고 올라오는데 의사가 이렇게 *외쳤다*고 한다.

"세상에! 톰, 자네 배를 어떻게 조종했나?"

톰은 이렇게 대답했다.

"그다지 방향을 바꿀 필요는 없었어요. 그냥 배를 똑바로 유지하기만 했죠."

그러고도 형제는 사고 한번 당한 적이 없었다는 이야기였다. 틀림없는 사실이다. 더 까다로운 급류는 이보다 더 높은 곳에 있으니 말이다.

우리는 밀리노켓에 도착해 톰네 집 맞은편에서 강을 건네줄 사람들을 기다렸다. 그랜드 폭포에 배토를 남겨두고 왔기 때문이다. 이때 사람이 둘씩 탄 카누 두 대가 섀드 연못에서부터 여기까지 거슬러 올라왔다. 한 대는 우리 맞은편의 작은 섬 쪽으로 갔지만, 다른 한 대는 우리가 서 있는 쪽으로 다가와 기슭을 따라가며 사향쥐가 있는지 살폈다. 알고 보니, 이 배에 탄 것은 루이스 넵튠과 그 일행이었다. 이제야 무스 사냥을 하기 위해 체선쿡으로 올라가는 길이었다.

하지만 변장이 너무 심해서 우리는 그들을 거의 알아보지 못했다. 조금 떨어진 곳에서 보면 이 숲속에 정착지를 구하러 온 퀘이커교도라고 생각할 수 있을 정도였다. 뱅거에서 전리품으로 손에 넣은 챙이 넓은 모자를 쓰고 넓은 망토가 달린 오버코트를 입고 있었기 때문이다. 더 가까이에서 보면 옷차림이 화려한 신사들이 밤새 흥청망청 술을 마시고 아침이 되어 돌아가는 것처럼도 보였다.

얼굴을 마주보았을 때는 그들의 고향인 숲속에 있는데도 도시에서 거리를 지날 때 마주치곤 하는 부류처럼 보였다. 몸을 구부정하게 숙이고 길가에 떨어진 끈과 종이를 줍는 사악한 부류 말이다.

사실 대도시의 하층민과 타락한 미개인 사이에는 생각지도 못했던 놀라운 유사점이 있다. 이제 더는 자연의 자식이 아니라는 점에서 우열을 가리지 못하는 것이다. 타락하는 과정 속에서 종족의 특징은 금방 사라진다. 처음에 넵튠은 우리 일행 하나가 손에 자고새를 들고 있는 것을 보고 오로지 우리가 뭘 '죽였는지'가 알고 싶어서 안달이었다. 하지만 우리는 너무 화가 나서 대답조차 하고 싶지 않았다. 전에 우리는 인디언들에게 긍지 같은 것이 있는 줄 알았다. 하지만 이것이 현실이었다.

"나 아팠소. 오, 지금도 좋지 않소. 당신들 거래하면 나 가겠소."

사실 인디언들이 이렇게 한참 늦은 것은 파이브 제도에서 술을 마시고 놀았기 때문이다. 게다가 그들은 아직도 숙취에서 벗어나지 못하고 있었다. 카누에는 어린 사향쥐를 몇 마리 싣고 있었다. 강기슭을 괭이로 파서 잡은 것이었는데, 가죽을 얻는 것이 아니라 식량으로 쓸 목적이었다. 사냥을 떠날 때면 사향쥐가 그들의 주식이었기 때문이다. 그렇게 그들은 밀리노켓 강을 거슬러 올라갔고, 우리는 톰의 집에서 그가 만든 맥주를 한 모금씩 얻어 마시며 휴식을 취한 뒤 그와 헤어져 페놉스콧 강의 기슭까지 내려갔다.

이렇게 한 사내가 이곳에서 살아가리라. 야생의 끝자락, 인디언들의 밀리노켓 강가에서. 이 대륙의 아득한 저 멀리 숨어 있던 신세계에서. 그리고 저녁이면 이곳에서 플루트를 불 것이다. 늑대 울음소리가 들려오는 가운데 그가 연주하는 가락이 별에 메아리치리라.

그는 원시 시대를 살아가는 원시인처럼 살 것이다. 허나 그는 햇빛 찬란한 하루를 보내며, 이 세기를 사는 동시대인도 될 것이다. 어쩌면 여기저기 흩어진 문학의 단편을 읽고 때때로 내게 말을 걸 것이다. 여러 시대도, 여러 세대도 모두 현재라면 어찌하여 역사를 읽는가? 그는 3천년의 시간을 거슬러 올라가 시인들이 아직 묘사한 적 없는 시대를 산다.

이보다 더 멀리 역사를 거슬러 올라갈 수 있을까? 물론! 물론이다! ― 지금 막 밀리노켓 강 하구로 훨씬 더 먼 옛날의 원시인이 나타났기 때문이다. 그의 역사는 앞서 말한 사내에게도 전해지지 않았다. 가문비나무 뿌리로 엮은 나무껍질 배를 타고 서어나무 노를 저으며 강물을 헤치고 나아간다. 나무껍질 카누와 배토 사이에 자리한 영겁이 가로막아 내게 그는 흐릿하고 희미하게만 보인다.

그는 통나무집을 짓지 않는다. 동물 가죽으로 둥근 천막을 세울 뿐이다. 그는 뜨거운 빵도 스위트 케이크도 먹지 않는다. 사향쥐와 무스 고기, 곰의 기름을 먹는다. 그는 밀리노켓 강을 따라 올라가고 내 시야에서 사라진다. 저 먼 곳의 희미한 구름이 가까운 구름 뒤로 스쳐 지나가는 듯하다가 그 공간에서 사라지는 것처럼. 그렇게 그는 자신의 운명을 살아갈 것이다. 붉은 얼굴, 인디언의 운명을.

우리는 조지 아저씨네 집에서 밤을 보내고 마지막으로 부츠에 버터를 발랐다. 아저씨가 돌아오자, 개들이 얼마나 기뻐했는지 거의 아저씨를 잡아먹을 것처럼 핥아댔다. 그리고 다음날 우리는 강을 따라 걸어서 8마일을 내려갔고, 한 남자에게 배토에 태워줄 것을 부탁해 그가 장대로 10마일, 마타왐키그를 건네주었다.

긴 이야기를 짧게 정리하자면, 우리는 그날 밤 마차를 타고 올드타운의 아직 반밖에 완성되지 않은 다리 위에 도착했다. 결코 쉬는 법이 없는 백 개의 톱에서 날카롭고 멍멍한 소음이 서로 뒤섞인 채 울려 퍼졌다. 그리고 다음날 아침 여섯 시, 나는 매사추세츠로 돌아가는 기선에 올랐다.

메인 주의 황야에서 가장 인상 깊었던 것은 끝없이 이어지는 숲이었다. 빈 간격이나 빈터가 상상보다 훨씬 드물었다. 극히 드문 불탄 땅 몇 군데와 강이 지나는 좁은 구간, 높은 산의 벌거벗은 정상, 호수와 개천. 이것들을 제외하면 숲은 끝없이 이어진다.

상상했던 것보다 훨씬 더 냉혹하고 거칠며, 축축하고 복잡한 황야. 봄이 되면 이곳은 어느 한 군데 빠짐없이 흠뻑 젖어 진흙 수렁처럼 변한다. 어디에서 봐도 가혹하고 잔인한 곳이다.

멀리 언덕에서 바라보는 숲과 호수의 풍경만이 예외로, 평온하고 다소 세련돼 보인다. 호수는 생각지도 못했던 모습이다. 너무 높은 곳에서 전면으로 빛을 받고 있다 보니 숲이 줄어들어 호수 가장자리를 장식한 술처럼 보였고, 군데군데 파란 산은 마치 최고급 보석 주위에 박은 자수정 같았다. 이 보석은 주위에서 발생할 모든 변화보다도 훨씬 두드러지고 우월할 것이며, 지금도 더할 나위 없이 유아(幽雅)하고, 세련되고, 아름답다.

이곳은 영국 왕이 소유한 인공적인 숲, 왕립 사냥터와는 다르다. 이곳에서는 산림법이 아니라 자연의 법칙이 우세하다. 토착민들이 쫓겨나는 일도, 자연이 숲을 잃는 일도 결코 일어난 적이 없다.

상록수와 이끼 덮인 흰자작나무, 수액 가득한 단풍나무가 한가득 자라고, 땅 위로는 점점이 작고 맛없는 빨간 열매가 얼굴을 내밀며, 이끼가 자라는 축축한 바위가 여기저기 흩어져 있는 곳. 송어를 비롯한 여러 민물고기, 연어, 청어, 꼬치고기 따위가 사는 수많은 호수와 급류로 다채로워지는 곳. 드문드문 박새며 큰어치며 딱따구리 노랫소리가 숲으로 울려 퍼지고 물수리와 수리의 날카로운 울음소리, 아비새 웃음소리, 오리 꽥꽥거리는 소리가 개천을 따라 들려오는 곳. 밤이면 부엉이 부엉부엉 울고, 늑대 울부짖는 소리도 들려오는 곳. 백인들에게는 늑대보다도 더 무서운 등에와 모기가 여름이면 무수히 몰려다니는 곳. 이곳이 무스와 곰, 카리부, 늑대, 비버, 그리고 인디언들의 집이다.

이 엄숙한 숲의 말로 설명할 수 없는 다정함과 불멸하는 생명력을 그 누가 묘사할 수 있을까? 이곳의 자연은 한겨울에도 언제나 봄을 맞은 듯 이끼가 자라고, 시들어 가는 나무마저 늙지 않고 영원한 젊음을 즐기는 듯하다. 기쁨이 넘치는 순수한 자연은 평온한 아기와 같다. 아기가 큰 소리를 내기에는 너무 행복해서 딸랑이 소리, 혀 짧은 소리를 내듯 짤막한 새소리와 실개천이 졸졸 흐르는 소리만 들려온다. 이런 곳을 어떻게 표현할 수 있을까?

살아가기에, 죽음을 맞아 묻히기에 얼마나 멋진 곳인가! 이곳에서 사람은 분명 영원히 살며 죽음과 무덤을 비웃으리라. 시골 묘지와 연관된 생각은 떠오르지도 않으리라. 아니, 이 축축한 상록수 언덕에 무덤을 만든다는 생각조차 떠오르지 않으리라!

그리 하려거든 죽어도 묻혀도 좋으나,
나는 이곳에서 계속 살아가리.

내 본성은 점점 더 젊어지네,

이 원시의 소나무 사이에서.

　여행을 다녀온 덕에 나는 이 나라가 아직도 얼마나 상상 이상으로 새로운 곳인지 깨달았다. 사람이 산 지 오래된 여러 주(州)에서조차 단 며칠만 깊숙이 들어가면 바이킹이, 캐벗이, 고스널드가, 스미스가, 롤리가 찾았던 바로 그 아메리카가 나오는 것이다.[64] 최초로 서인도제도를 발견한 사람이 콜럼버스라면 아메리고 베스푸치와 캐벗, 청교도들, 그리고 그들의 후손인 우리는 아메리카의 해변만 발견한 것에 지나지 않는다.

　아메리카라는 공화국은 이미 국제 역사 속에 자리를 잡은 지 오래지만, 아메리카라는 대륙은 아직도 개척이, 탐사가 필요한 것이다. 뉴 홀랜드[65]의 영국인들처럼 우리는 아직도 대륙의 해안가에서만 살고, 우리 함대를 띄우는 강이 어디에서부터 흘러오는지는 알

64　존 캐벗: 이탈리아의 항해가로 16세기에 북아메리카를 탐사했다.
　　바솔로뮤 고스널드: 17세기 영국의 항해가로 메인과 남부 지방을 탐사하고 케이프코드를 명명했다.
　　존 스미스: 영국의 군인이자 탐험가로 제임스타운에 북아메리카 최초의 식민지를 건설했다.
　　월터 롤리: 영국의 군인이자 탐험가. 플로리다 북부 지방을 버지니아로 명명하고 식민지를 건설했다.
65　오스트레일리아의 옛 이름.

지 못한다.

우리가 집을 지을 때 쓰는 목재며 널빤지, 지붕널은 인디언들이 사냥을 하고 무스들이 뛰어다니는 황야에서 바로 어제까지 자라던 것이다. 뉴욕 주 경계 안에도 그런 황야가 있다. 하지만 유럽의 선원들도 허드슨 강의 수심에 익숙하고, 풀턴이 증기선을 발명해 허드슨 강에 띄운 지 오래라 해도 과학자들이 애디론댁 지역에 있는 허드슨 강 상류로 가려면 여전히 인디언 안내인이 필요하다.

그렇다면 해안가라고 해서 많은 것을 발견하고 제대로 개척했을까? 누구 한 사람 해안을 따라 메인 주의 패서머콰디 강부터 텍사스 주의 사빈 강, 혹은 리오 브라보 강[66]까지, 아니면 어디든 지금 국경으로 정해진 곳까지 걸어가게 해보자. 걸음이 날래다면 모든 만과 곶을 따라 구불구불한 지형을 파도의 음악 소리에 맞추어 걸으며 충실히 따라가게 하자.

고적한 어촌에서 일주일에 한 번, 도시의 항구에서 한 달에 한 번 원기를 회복해가며, 등대가 있으면 그곳에 묵어가며 여행을 하게 하는 것이다. 그리고 이곳이 그 존재가 발견된 나라처럼, 개척된 나라처럼 보이는지 아니면 쓸쓸한 섬들과 아무도 살지 않는 땅이 대부분으로 보이는지 내게 가르쳐주었으면 한다.

---

66   미국과 멕시코 국경 사이를 흐르는 리오 그란데 강의 멕시코 이름.

우리는 순조롭게 태평양까지 나아갔지만 오레곤이나 캘리포니아보다 못한 많은 지역을 조사하지 않은 채 남겨두었다. 메인 주의 해변에 철도와 전신선이 설치되어 있다 해도 인디언들은 여전히 메인주 깊숙한 곳의 산에 올라 이 모든 것 너머로 바다를 내다본다.

페놉스콧 강에서 50마일 올라가면 뱅거라는 도시가 있다. 최대규모의 배가 여행을 시작하는 곳, 이 대륙의 목재가 모이는 주요 집결지, 인구 1만2천 명에 밤의 끝자락에서 빛나는 별과 같은 도시. 숲을 베어 만든 도시는 이미 유럽에서 고상한 사치품을 잔뜩 들여오고 식료품 수입을 위해 스페인, 영국, 서인도제도로 배를 보내지만, 여전히 숲의 나무들을 베고 있다. 그러나 극히 소수의 벌목꾼만이 '상류'로, 도시를 먹여 살리는 쓸쓸한 황야로 향한다.

도시의 경계 안에서 여전히 곰과 사슴이 발견되고 페놉스콧 강에서 헤엄치던 무스들은 선박들에 가로막힌다. 그리고 외국 선원들은 이렇게 사로잡은 무스를 자신들의 항구로 데려간다. 12마일 더, 철도를 타고 깊숙이 들어가면 오로노와 인디언 섬들이 나타난다. 페놉스콧 족의 고향이자 배토와 카누, 그리고 군용도로가 출발하는 곳이다. 여기에서 60마일 더 올라가면 말 그대로 지도에도 없고, 탐험한 적 없는 곳이 나온다. 그곳에서는 아직도 아무도 찾은 적이 없는 '신세계'의 숲이 바람에 흔들리고 있다.

산의 정상은 미완의 세계에 속하므로
그곳에 올라가 신들의 비밀을 엿보고,
인간에게 미치는 영향력을 시험하는 것은
신들에 대한 가벼운 모욕이다.
어쩌면 대담하고 무례한 인간들만 그곳으로 향하리라.

THE MAINE WOODS

II. 두 번째 여정

체선쿡

—

1853년 9월 13일 오후 5시, 나는 보스턴을 출발해 기선을 타고 바다로 나가 뱅거로 향했다. 따뜻하고 고요한 밤이었다 ─ 아마도 바다 위가 육지보다 더 따뜻했을 것이다 ─ 바다는 여름날의 어느 작은 호수처럼 잔잔해서 잔물결이 일 뿐이었다. 승객들은 갑판 위에서도, 객실에서도 10시까지 계속 노래를 불렀다. 우리는 섬들 바로 바깥에 있는 바위 위에, 옆으로 기울어져서 올라가 있는 배를 지나쳤다. 우리들 중 일부는 그 배가 채프먼이 묘사했던 '넋을 잃은 배'라고 생각했다.

측면을 지나치게 낮게 기울인 탓에

배가 물을 마시고 용골로 하늘을 가르고 나아간다.[67]

그러나 주위에는 바람도 불지 않았고, 그 배에는 돛도 달리지 않았다는 점을 고려하지 않은 판단이었다. 이제 우리는 섬들을 뒤로 하고 나한트 반도를 지나는 중이었다. 이 땅을 발견한 사람들이 봤던 풍경이 눈에 들어왔는데, 보아하니 그때와 하나도 달라지지 않은 듯했다. 이제 케이프 앤의 불빛이 보이고 작은 마을을 이룬 듯, 한군데 모여 닻을 내리고 있는 고등어잡이 어선들 사이를 지나간다. 아마도 글로스터 즈음일 것이다.

어부들은 낮은 갑판에 서서 큰 소리로 우리에게 인사를 건넨다. 하지만 그들의 "안녕하세요"는 "부딪치지 않게 비켜 가주세요"와 같은 뜻임을 나는 안다. 깊은 바다가 전해주는 경이로움과 조우하고 나서 우리는 더 깊은 잠으로 빠져든다. 그러면 한밤중에 구두를 닦지 않겠냐며 구두닦이가 잠을 깨우는 터무니없음이란! 이는 뱃멀미 보다도 더 피하기 어려운 일이다. 어쩌면 뱃멀미가 나는 이유와 관련이 있을지도 모른다. 마치 처음으로 적도를 지나 항해하는 사람의 얼굴을 물속에 처박는 의식과도 같다. 이런 케케묵은 관습은 폐지되었다고 생각했지만 말이다. 그들이 승객의 얼굴을 검게 칠하겠

---

67 영국의 극작가 조지 채프먼의 작품 『바이런 공작 찰스의 음모와 비극』 중 인용.

다고 우겨도 똑같은 상황이 펼쳐질 것이다.

나는 한밤중에 부츠를 도둑맞았다고 투덜대는 누군가의 목소리를 들었다. 막상 부츠를 되찾자, 그는 이제 도둑이 부츠에 무슨 짓을 했는지 알고 싶어졌다 — 부츠가 못쓰게 돼서 돌아왔던 것이다 — 부츠에는 그가 절대 바른 적 없는 물질이 발려 있었다. 그러나 구두닦이는 아슬아슬하게 부츠 값을 배상하지 않고 넘어갔다.

고래 배 속[68]에서 나가고 싶어 안절부절 못하던 나는 일찍 일어나서 경험이 많은 선원들 틈에 끼었다. 그들은 갑판 위에 칸막이를 쳐둔 곳에서 희미한 불빛에 의지해 담배를 피우고 있었다. 우리는 막 강으로 들어가는 중이었다. 그들은 배의 움직임에 관해서는 당연히 뭐든지 다 알고 있었다. 나는 내가 항해를 아주 잘 견뎌냈고, 고래 배 속에 있으면서도 아무 영향도 받지 않았다는 사실에 자부심을 느꼈다.

우리는 몸단장을 마치고 탁 트인 항구 쪽에 해가 뜰 조짐이 있는지 지켜보았다. 그러나 날이 밝으려면 아직 한참 걸릴 모양이었다. 몇 시인지 물어보았지만, 일행 중 크로노미터[69]를 가지고 있는

---

68   고래 배 속에서 사흘을 버틴 이스라엘 예언가 요나의 이야기에 빗대어 배를 고래 배 속으로 표현했다.

69   항해할 때 쓰는 정밀한 시계.

사람은 아무도 없었다. 마침내 아프리카 왕자[70]가 급히 지나가며 "12시랍니다, 신사 여러분!"이라고 말하고는 바람을 불어서 불을 껐다. 달이 떠 있었다. 나는 결국 슬그머니 고래 배 속으로 다시 들어갔다.

해가 뜨기 전 처음으로 정박한 곳은 몬히건 섬이었고, 그 다음은 세인트조지 섬이었다. 이곳에서는 불빛이 두세 군데 보였다. 화이트 헤드 섬에서는 밖으로 드러난 민숭민숭한 바위와 장례식 종소리가 흥미로웠다. 기억하기로 그 다음으로 내 눈을 사로잡았던 곳은 캠던 힐즈였고, 이어서 프랭크퍼트의 언덕들이 있었다. 그리고 정오경 우리는 뱅거에 도착했다.

도착했을 때는 나와 있기로 했던 일행이 먼저 강을 거슬러 올라가 인디언을 고용해둔 상태였다. 조 에이티언이란 청년으로 추장의 아들이었고, 우리와 함께 체선쿡 호수 여행에 가게 되었다. 지난해에도 무스를 사냥하러 그쪽으로 가는 백인 두 사람을 안내한 적이 있었다.

조는 그날 저녁 마차를 타고 뱅거에 도착했다. 카누도 가지고 왔고 사바티스 솔로몬이란 사람도 함께였다. 그는 다음 월요일에 조

---

70   흑인을 가리키는 말. 아프리카의 왕자였다가 노예로 팔려온 실존 인물에서 착안한 표현이다.

의 아버지와 함께 뱅거를 떠나 페놉스콧을 경유한 뒤, 조가 우리와 일을 마치면 체선쿡 호수에서 합류해 무스 사냥을 할 예정이었다. 그들은 내 친구네 집에서 저녁을 먹고, 숲에서라면 훨씬 더 열악하게 하룻밤을 보내야 했을 거라며 헛간에서 묵었다. 덕분에 집 지키는 개는 조금밖에 짖지 않았다. 그들이 밤에 물을 얻으러 문간으로 왔을 때에만 짖었을 뿐이다. 이 개는 인디언들을 싫어했다.

다음날 아침, 조는 카누를 챙겨들고 60여 마일 떨어진 무스헤드 호수행 역마차에 올랐다. 그로부터 한 시간 뒤, 우리도 지붕 없는 마차를 타고 여행을 시작했다. 건빵, 돼지고기, 훈제 소고기, 차, 설탕 따위를 챙겼는데, 1개 연대도 먹일 수 있는 양처럼 보였다. 그것들을 한자리에 모아 놓고 보니, 먹는 것이란 조악한 수단으로 우리 삶의 기반을 지금까지 유지해왔음이 다시금 실감났다. 우리는 애비뉴 로드를 달려갔다. 곧고 상태가 꽤 좋은 길이었다. 북서쪽의 무스헤드 호수까지 뻗어 있었으며 마을 10여 군데를 지나갔다.

이 마을들은 한창 번성 중으로 거의 대부분 학교가 있을 정도였다. 하지만 이 마을들 중 제너럴 아틀라스 지도집에 실려 있는 곳은 단 한군데도 없었다. 아아! 1824년판이었는데도 말이다. 이 마을들이 시대를 너무 앞서간 것이 아니면, 내가 시대에 뒤처진 것이리라!

1824년에는 제너럴 아틀라스[71]가 어깨 위로 짊어진 지구가 분명 꽤 가벼웠을 것이다.

이날은 종일 비가 내렸고, 이 비는 다음날 오전이 반쯤 지나고서야 그쳤다. 비에 가려 풍경이 거의 하나도 보이지 않았다. 하지만 우리는 어차피 뱅거의 거리로 나가지 않았다. 안개를 뚫고 지평선 너머로 살짝 솟은 야생 전나무와 가문비나무 꼭대기, 그리고 태고부터 자란 상록수들 꼭대기를 보고 내가 흥분하기 시작할 때까지는 말이다. 그건 마치 어린 아이에게 맛있는 냄새가 나는 케이크를 보여준 것과 같았다.

밟고 다져서 만든 길로 마차를 타고 가다 보면, 주로 울타리를 관찰하게 된다. 뱅거 근처는 땅이 점토질이라 서리가 앉으면 울타리 말뚝이 밀려 올라가기 때문에 말뚝을 땅에 박지 않았다. 대신 지면에 옆으로 가로질러 목재를 놓고, 거기에 접합해서 고정했다.

마차를 타고 더 내려가자, 통나무 울타리가 많이 보였다. 그리고 가끔씩 버지니아식 울타리나 십자로 교차한 말뚝에 가로대를 기대 만든 울타리도 있었다. 이런 지그재그 울타리 또는 장난감 같은 울타리가 호수까지 가는 길 내내 앞장서서 나타났다.

---

71 그리스 신화에서 지구를 어깨에 짊어지는 벌을 받은 티탄 족 아틀라스와 지도집의 이름이 같음을 이용한 비유이다.

페놉스콧 골짜기에서 빠져나오자, 생각지도 못했던 평평한 지대가 나타났다. 높이가 균일한 구릉으로 이루어진 곳이었는데, 이런 곳이 20에서 30마일 정도 이어졌다. 다른 곳보다 더 높이 솟은 곳은 없지만, 날씨가 맑으면 전망이 아주 좋다고 한다. 크타든의 모습도 자주 보이고 곧은길과 기나긴 언덕도 보인단다.

집들은 멀리 떨어져 있었고, 보통 작은 단층집이었지만 뼈대를 세워 만든 집들이었다. 경작하는 땅도 상당히 적은 편이었으나 그래도 숲과 도로가 맞닿아 있는 곳은 많지 않았다. 그리고 사람의 머리 높이까지 오는 나무 밑동들이 있어 눈이 얼마나 쌓이는지 알 수 있었다.

들판에는 콩이나 옥수수를 수확해 조금씩 쌓아두고 비를 맞지 않도록 흰 캔버스 천을 덮었는데, 이것이 내게는 신선한 광경이었다. 우리는 크게 무리를 지은 비둘기들을 보았고, 길가의 자고새들한테도 가까이 다가갈 수 있었다. 새와 우리 사이 간격이 1에서 2로드밖에 안 되는 경우도 여러 번 있었다. 일행은 뱅거에서 아들과 함께 여행을 떠났을 때 마차에 탄 채로 자고새 60마리를 쏘아 잡은 적이 있다고 했다.

그 즈음 마가목은 아주 늠름했고 여행자의 나무인 오리잎분꽃나무도 보라색과 붉은색이 뒤섞인 잘 익은 열매를 자랑하고 있었다.

외래종인 캐나다 엉겅퀴가 호수로 가는 내내 가장 많이 보이는 잡초였다. 많은 길가와 최근 개척한 밭에 캐나다 엉겅퀴가 마치 키우는 작물인 것 마냥 빽빽하게 들어서 있어서 다른 그 무엇도 자랄 틈이 없었다.

들판 전체가 양치식물로 가득한 곳도 있었는데, 색이 변해 시들어가고 있었다. 개척된 지 오래된 지역에서라면 흔히 축축한 땅에서만 사는 식물이다. 꽃은 계절이 늦은 것을 고려해도 극히 적었다. 한 50마일만 가도 길가에 만개한 애스터 하나 보지 못했다. 매사추세츠에서라면 이 시기에 흐드러지게 피어 있을 텐데 말이다. 어떤 곳에 겨우 한 종류Aster acuminatus만 한두 송이가 피어 있을 뿐이었다.

미역취 역시 보이지 않았다. 먼슨을 20마일 남겨둔 곳까지 가서야 잎이 세 줄기로 갈라진 것 하나만 발견했을 뿐이다. 하지만 때늦은 미나리아재비는 많았다. 또 불탄 자리에 나는 잡초 두 포기, 붉은서나물, 불 탄 지대에서 흔히 보이는 바늘꽃, 그리고 마침내 산떡쑥[72]까지 나타났다. 길가에는 가끔씩 물을 공급해 주는 아주 긴 물통이 비치되어 있었다. 일행에게 듣기로는 여행객들이 쓸 수 있게끔 길가에 적당한 크기의 물통을 두고 관리하며, 물을 공급하는 사람이 학군마다 한 사람씩 있고 주에서 이 사람들에게 매년 3달러씩

---

[72]   트리플리네르비스떡쑥

준다고 한다. 내게는 물 자체만큼 신선하게 여겨지는 정보였다. 주의회가 헛되이 앉아만 있는 것이 아니라는 이야기였으니 말이다.

동쪽의 훌륭한 법 덕분에 나는 더욱 더 동쪽으로 가보고 싶은 마음이 들었다. 메인 주에는 매사추세츠 주에도 있었으면 하는 법이 또 있었다. 대로 주변에 술집을 금지하고, 산속의 샘을 그리로 끌어온 것이다.

뱅거로부터 25에서 30마일 정도 가자 갈런드, 생어빌부터 처음으로 풍경에 산이 많이 보이더니 계속 비슷한 풍경이 이어졌다. 오후가 무르익을 무렵, 우리는 몸을 말리고 덥히기 위해 생어빌에서 쉬어갔다. 여관 주인 말로는 그곳도 원래 황야였다고 한다. 무스헤드 호수에서 20마일 가다 보면 갈림길이 나오는데 한쪽은 애벗으로, 한쪽은 먼슨으로 가는 길이다. 그 갈림길에는 무스 뿔 한 쌍 위에 얹어 놓은 안내판이 있었다. 4에서 5피트 길이로 한쪽 면에는 '먼슨'이라고 적혀 있었고, 반대쪽에는 다른 마을의 이름이 있었다.

무스 뿔은 사슴뿔과 마찬가지로 가끔 현관문 앞의 장식용 모자걸이로 쓰인다. 그러나 앞으로 이야기할 모종의 일을 겪은 뒤로는 나 자신이 무스 사냥을 하려면 뿔에 모자를 걸 수 있다는 것보다 더 좋은 이유를 대야 한다고 생각하게 되었다. 우리는 어둠이 내린 뒤 먼슨에 도착했다. 뱅거에서 50마일, 호수에서 13마일 거리였다.

다음날 아침 4시, 아직 어두운 가운데 여전히 비가 내리고 있었지만 우리는 계속해서 여정을 이어나갔다. 이 마을에서는 학교 근처에 일종의 교수대 같은 것을 세워 학생들이 운동을 할 수 있게 해두었다. 나는 이렇게 새로운 고장에서도 그런 운동이 필요한 사람이라면 즉시 전부 목을 매달아도 되겠다고 생각했다. 야외 활동을 가로막을 장애물이라고는 아무것도 없는 동네가 아닌가. 집에 틀어박혀 블레어[73]를 읽느니 나가서 공기를 마시는 것이 좋다.

호수의 남쪽 끝 부근이 그럭저럭 산악지대로 접어들었고, 길도 그 영향을 받기 시작했다. 올라가는 시간을 계산해 보면 25분이 걸리는 산이 하나 있었고, 많은 곳의 길이 흔히 '보수했다'고 말하는 상태였다. 삽과 흙을 긁는 도구로 반원 모양이 되게끔 나무를 잘라 숲속에 막 길을 낸 것을 말했다. 길 가운데가 울퉁불퉁하긴 했지만 극히 부드러웠고, 털을 세운 돼지 등과 같은 모양이라 마부가 그 위에 올라탈 것만 같았다.

가리는 것 없는 양편의 하늘로 눈을 돌려 지평선 쪽을 살펴보면 보기에도 끔찍한 배수로가 있었다 — 널찍하고 텅 빈 그 홈은 토성과 그 고리 사이의 간극처럼 보였다. 근처 여관에 들르자, 손님들 말

---

73   스코틀랜드의 이론가이자 에딘버러 대학 교수였던 휴 블레어를 말한다. 소로는 그의 저작인 『수사학과 순수 문학에 관한 강의』에 대해 비판적인 입장이었다.

을 돌보는 사람이 우리 마차를 끌던 말을 오랜 친구처럼 맞아주었다. 마차를 끌고 온 마부 쪽은 기억하지 못했다. 그는 자기가 1, 2년 전에 키네오 산장에서 이 어린 암말을 잠시 돌보았다고 하며, 지금 말의 상태가 그때만큼 좋지 않다고 했다. 사람마다 천직이 있는 것이다. 나는 이 세상의 말들 중 단 한 마리와도 아는 사이가 되지 못했는데 말이다. 심지어는 날 걷어찼던 녀석도 알아보지 못한다.

우리는 언덕 위에서 머나먼 저지대를 넓게 채운 안개를 보고서 벌써 무스헤드 호수를 본 줄 알고 있었다. 하지만 이는 착각이었다. 호수의 남쪽 끝을 1에서 2마일 정도 남겨둔 거리에 들어가서야 처음으로 호수가 보였던 것이다. 무스헤드라는 이름이 걸맞은 야생의 호수 위로 여기저기 작고 낮은 섬들이 보였고, 저마다 가문비나무와 다른 야생의 나무들이 무성했다.

생긴 지 얼마 안 되는 그린빌의 항구에서 보면 호수 양쪽과 저 멀리 북쪽으로 산들이 고개를 내밀었고, 기선의 지붕 위로 솟은 연통이 보였다. 우리는 한쪽 구석에 무스 뿔 한 쌍을 장식해둔 여관에 말을 맡겼다. 그곳에서 몇 로드 떨어진 곳에 킹 선장이 이끄는 작은 기선 무스헤드가 서 있었다. 그린빌에서 호수 동쪽을 지나 릴리 베이까지 12마일을 가는 동안, 그 방향으로는 더 이상 마을도, 여름용 길도 없었다. 험한 길을 고르게 덮어줄 만큼 눈이 많이 쌓여야만 갈 수 있는 겨울용 길이 있을 뿐이었다.

나는 여기에서 처음 조를 소개받았다. 그는 전날 마차를 타고 오는 동안 부인들에게 자리를 양보하고, 내내 바깥에 앉은 탓에 비에 흠뻑 젖었던 모양이었다. 이날도 계속해서 비가 오고 있었으므로 그는 우리가 '비를 뚫고' 갈 생각인지 물어보았다. 조는 잘생긴 인디언 청년으로 스물네 살이었으며 명백히 순수한 혈통으로 보였다. 키가 작고 튼튼한 체격에 얼굴이 넓고 안색은 붉었다. 눈은 내 생각에 우리들보다 가늘고 바깥쪽 꼬리가 더 올라간 것 같다. 딱 그의 종족을 묘사하는 그대로의 외모였다.

그는 속옷 위에 빨간색 플란넬 셔츠와 모직 바지를 입고 검은색 코슈트 모자를 썼다. 이는 벌목꾼들이 평소에 입는 복장이기도 했고, 꽤 넓게 보면 페놉스콧 인디언들의 평상복이기도 했다. 이후 그가 신발과 양말을 벗어야 하는 때가 있었는데, 발이 너무 작아서 깜짝 놀랐다.

그는 벌목꾼으로 꽤 오래 일했고, 스스로도 자기 직업은 벌목꾼이라고 생각하는 듯했다. 일행 중 천연 고무 재킷을 가지고 있는 것도 조뿐이었다. 조가 가져온 카누는 마차에 싣고 오는 도중 생긴 마찰 때문에 상단 가장자리가 거의 다 닳아버렸다.

8시가 되자, 기선이 경적을 울려 무스들을 놀라게 하며 탑승 시각을 알렸다. 작은 배였지만 선장도 신사적이었고 시설도 좋았다. 특허 받은 구명 의자도 있고, 금속으로 만든 구명정도 있었으며 원한다면 선상에서 식사를 할 수도 있었다. 승객은 주로 벌목꾼들로 배토나 물자를 옮기는 것이 목적이었지만, 사냥꾼이나 관광객도 있었다. 가까이에 기선이 하나 더 정박하고 있었다. 암피트리테[74]호였다. 오래 된 선체만큼이나 케케묵은 이름이 아닐 수 없었다.

항구에는 그 외에도 큰 범선이 두세 척 더 있었다. 황야 속에 자리 잡은 호수에서 상업이 시작되는 광경은 매우 흥미로웠고 이 배들은 갈매기와 어울리기 위해 찾아온 거대한 흰 새처럼 보였다. 우리 배는 승객이 많지 않았고, 그중 여자는 한 명도 없었다. 세인트프랜시스 인디언[75] 하나가 카누와 무스 가죽을 들고 탔으며 좋은 목재를 찾아 나서는 조사원이 둘, 샌드바 섬에서 내린 남자 셋, 그리고 신사 한 사람이 있었다.

이 신사는 호수에서 11마일 올라가면 있는 디어 섬에서 살았고 슈거 섬도 소유하고 있었다. 기선이 이 두 섬 사이로 지나갔다. 내 생각으로는 우리를 제외하면 이 정도가 남은 승객 전부였던 것 같다.

사교실에는 성난 파도를 잠재우기 위한 케루빔인가, 세라핌인가

---

74 바다의 여신이자 포세이돈의 아내.
75 웨스턴 아베나키에 속하는 부족인 소코키 족을 부르는 별칭.

하는 악기가 있었다.[76] 그리고 아주 적절하게도 메인 주와 매사추세츠 주의 국유지 지도가 벽에 걸려 있었는데, 내 주머니 속에도 같은 지도가 들어 있었다.

비가 세차게 내려서 우리는 사교실에 한동안 갇혀 있어야 했다. 그 동안 나는 슈거 섬의 소유주와 구약 시대의 세계가 어떤 상황이었을지 이야기를 나누었다. 하지만 결국 이 주제는 결론을 내리지 않고, 그냥 처음 이야기를 시작했을 때 그대로 남겨두기로 했다. 대신 그는 이 부근에서 2,30년을 살았지만, 21년 동안 상류로 가본 적이 없다고 말했다. 반대편을 보며 살기 때문이었다.

조사원들은 새로 만든 훌륭한 자작나무 카누를 배에 싣고 있었다. 우리 것보다 크기도 더 컸는데, 그 카누를 타고 하울랜드에서 피스카타퀴스강까지 올라와 벌써 여러 번 송어 낚시를 했다고 했다. 그리고 이제는 이글 호수와 체임벌린 호수 근처, 즉 세인트존 강의 상류로 가는 도중이었다. 그들은 우리에게 갈 수 있는 데까지는 같이 가자고 제안해 왔다.

이날 호수는 내가 갈 때와 올 때 겪었던 바다보다 더 거칠었다. 조는 카누라면 파도에 집어삼켜졌을 것이라고 말했다. 릴리 베이

---

76   천사는 아홉 등급으로 나뉘는데, 세라핌이 최고이고 케루빔이 두 번째이다. 여기서 말하는 악기는 영국의 존 그린이 발명한 일종의 오르간, 세러핀을 말한다.

너머의 호수는 폭이 12마일이나 됐지만, 곳곳에 섬들이 있어 맥이 끊겼다. 그저 야생의 풍경만 있는 것이 아니라 변화하고 있기에 흥미로운 곳이었다.

북서쪽만 제외하면 멀고 가까운 산들이 어디에서든 다 보였고, 산 정상은 구름이 가리고 있었다. 그래도 여기에서 가장 볼 만한 것은 오직 이 호수하고만 연결된다고 볼 수 있는 키네오 산이었다. 남쪽에 있는 그린빌은 8에서 10년밖에 안 된 마을의 중심지로 이곳을 떠나 약 40마일, 즉 호수 전체 길이를 따라 가는 동안에는 집이 서너 채밖에 없다. 그중 세 채는 여관으로, 기선이 정박한다고 광고한다.

하지만 호숫가는 손대지 않은 황야였다. 이곳에서 가장 많이 자라는 나무는 가문비나무, 전나무, 자작나무, 사탕단풍나무[77]인 듯했다. 활엽수와 '검은 나무'라고들 부르는 침엽수는 꽤 멀리에서도 쉽게 구분할 수 있다. 활엽수는 꼭대기가 매끈하고 둥글며, 옅은 녹색의 잎이 우거져서 잘 가꾼 듯한 모습이다.

배가 들르는 키네오 산은 연결부가 좁은 반도로 동쪽에서 호수 가운데까지 돌출되어 있었다. 이 반도의 동쪽, 그러니까 육지 쪽으로 유명한 벼랑이 아주 높게 직각으로 서 있었다. 여기에서 뛰어내

---

77 국가표준식물목록 추천명은 글라브룸단풍.

리면 돌출부 뒤쪽을 채우고 있는 수면까지 수백 피트라고 한다. 승객 하나가 여기에서 닻을 내리면 닻이 90패덤[78]이나 가라앉아야 밑바닥에 닿는다고 알려주기도 했다! 과거 사랑을 위해 이곳에서 몸을 던진 인디언 소녀의 이야기가 아마도 머지않아 발견되리라. 진정한 사랑이 이보다 더 나은 길을 찾을 수는 없었을 테니 말이다.

우리는 이곳의 바위를 아슬아슬하게 스쳐 지나갔다. 기슭이 아주 가팔랐기 때문인데, 4에서 5피트 정도 물이 불어났던 흔적도 보였다. 세인트프랜시스 인디언은 여기에서 아들을 배에 태울 생각이었지만, 배가 정박한 곳에 아들이 나와 있지 않았다. 하지만 부친은 날카로운 눈으로 저 멀리 산 밑에서 아들이 탄 카누를 찾아냈다. 그 외에는 누구도 보지 못했지만 말이다.

"카누가 어디 있소? 안 보이는데."

선장은 이렇게 물으면서도 기다려주었다. 그러자 곧 카누가 시야에 떠올랐다.

우리는 정오 무렵, 호수 상류에 도착했다. 산 정상은 아직 구름에 덮여있었지만 그 사이 날씨가 개었다. 이곳에서 보면 키네오 산은 다른 두 산과 함께 북동쪽으로 뻗어 있었다. 세 산이 한 가족처럼 똑같이 닮아 있는 모습이 한 거푸집에서 찍어낸 것처럼 보였다.

---

78   물의 깊이를 측정하는 단위로 1패덤이 1.8미터, 즉 6피트에 해당된다.

기선은 북쪽 황야에서 길게 뻗어 나온 부두로 다가갔다. 그 황야의 통나무로 만든 부두였다. 기적을 울렸지만 오두막 하나, 사람 그림자 하나 보이지 않았다. 호숫가는 지대가 낮고 판판한 돌로 이루어져 있었다. 들메나무, 측백나무 따위가 무성했지만, 한눈에 보기에도 나무들은 기적 소리 따위에 아랑곳하지 않는 듯했다.

"마차가 왔습니다!" 하고 소리치면서 우리를 구슬려 유나이티드 스테이츠 호텔로 데려갈 마부 한 사람 없었다. 그래도 이 '운반로'의 반대편 끝에 캠프를 가지고 있다는 힌클리 씨가 황소와 말이 끄는 짐수레와 함께 숲을 통과하는 소박한 나무 철길을 따라 마침내 나타났다.

다음으로 할 일은 카누와 소지품을 케네벡 강 상류에 있는 이 호수에서부터 페놉스콧 강으로 옮기는 것이었다. 호수에서 강으로 이어지는 철길은 숲속에 완벽하게 직선으로 만들어졌고, 폭이 2에서 3로드의 빈터 가운데를 지나갔다. 짐을 수레에 실어 끌고 오는 동안 우리는 걸어서 이동했다. 일행은 자고새를 잡으려고 앞서 나갔고, 나는 그 뒤를 따르며 온갖 식물들을 구경하면서 걸었다.

남쪽에서 온 사람에게는 흥미로운 식물이 자라는 곳이었다. 우선 매사추세츠 주 동부에서는 다소 보기 드문 식물이 많았고, 아예 자라지 않는 종도 한두 가지 있었는데, 이런 식물들이 철길 사이사이

에 잔뜩 자라고 있었다. 래브라도 차, 폴리폴리아칼미아Kalmia glauca
는 물론, 아직까지 열매가 달려 있고 두 번째 꽃을 피운 캐나다 블
루베리, 나도옥잠화Clintonia, 벌목꾼들이 목슨이라고 부르는 린네풀
Linnaea borealis, 크리핑 스노베리, 연령초, 꽃이 큼직한 초롱꽃 등이었
다. 또 애스터 두 종Aster radula, Diplopappus umbellatus과, 미역취의 일종
Solidago lanceolatus, 붉은 등골나무, 그 외 호숫가와 운반로에 활짝 핀
꽃들이 특히 사람의 손이 닿지 않은 원시 그대로의 모습을 보여주
는 것 같았다.

길 양 옆에는 가문비나무와 전나무가 빽빽하게 서서 우리를 반겨
주었고, 잎이 갈색으로 물들어가는 측백나무가 서두르라고 우리를
재촉했다. 그리고 흰자작나무가 눈에 들어오자 절로 서두르게 되었
다. 때때로 구과(毬果)가 잔뜩 달린 채로 길 위에 쓰러진 상록수를
지나쳤는데, 매사추세츠 주의 최고로 좋은 위치에서 자라는 나무들
보다 훨씬 더 생명력이 넘쳐 보였다. 이런 야생의 숲에서 이렇게 멋
진[79] 나무들을 찾으리라고는 생각지 못할 것이다. 이런 곳에서도
매일 아침 몸단장을 하는 것이 분명했다. 이와 같은 앞마당을 지나
우리는 황야로 접어들었다.

호수 위는 완만한 오르막이었다. 일부 늪처럼 보이는 곳이 있었

---

79 가문비나무를 뜻하는 spruce에는 멋진, 말쑥한 등의 의미가 있다.

는데, 실제 늪일지도 모르겠다. 이어서 페놉스콧 강으로 가는 완만한 내리막길로 접어들었다. 놀랍게도 폭이 12에서 15로드나 되는 큰 물줄기가 서쪽에서 동쪽으로, 2.5마일밖에 떨어지지 않은 호수와 직각을 이루며 흐르고 있었다. 하지만 국유지 지도와 콜턴 사(社)의 메인 주 지도상에서는 거리가 거의 두 배 가까이 멀었고, 러셀 하천은 훨씬 더 아래로 내려가는 것으로 나와 있었다.

메인 주의 지질조사관인 잭슨은 무스헤드 호수가 포틀랜드 항구의 수면보다 960피트 더 높다고 기록했다. 이는 체선쿡 호수보다 높은 것으로, 벌목꾼들은 우리가 지금 도착한 페놉스콧 강이 무스헤드 호수보다 25피트 낮다고 생각한다. 비록 8마일 더 올라가면 페놉스콧 강이 가장 높은 지점이 돼서 양쪽 호수로 다 흐를 수 있게 되지만 말이다. 그래서 지금 이곳과 체선쿡 호수 사이의 강은 상당한 높이 차를 두고 흘러간다.

운반인은 여기가 뱅거에서 강으로는 140마일, 바다로는 200마일 떨어져 있으며 캐나다로 가는 길에 있는 힐튼 농장에서부터는 55마일 남쪽이라고 했다. 힐튼 농장은 이 위로 처음 생긴 개척지이다. 페놉스콧 강의 수원지에서 고작 4.5마일 떨어진 곳에 있다.

운반로의 북쪽 끝에는 60에이커가 넘는 개간지가 있고, 흔히 볼 수 있는 방식으로 지은 통나무집 캠프가 있었다. 옆에는 좀 더 집다운 건물이 있어서 목재 운반인들의 가족들과 지나가는 벌목꾼들의 숙소로 쓰였다. 시든 전나무 가지로 만든 침대는 아주 달콤한 냄새가 났지만, 사실은 심히 더러웠다. 강둑에는 가게도 있어서 돼지고기, 밀가루, 인두, 배토, 카누를 팔았으나 이때는 잠겨 있었다.

우리는 점심을 먹었다. 그래봤자 항상 차를 곁들인 간단한 음식에 불과했지만 말이다. 다음으로는 카누에 피치[80]를 발랐다. 강기슭에는 이 작업에 쓸 수 있도록 영구 비치해 둔 큰 철제 솥이 있었다. 이 작업에는 목재 조사원들도 참여했다. 인디언도 백인도 같은 목적을 달성하기 위해 모두 송진과 기름 섞은 것을 사용했다. 물론 목적이란 점심이 아니라 피치 바르기를 말한다.

조는 모닥불에서 불이 붙은 작은 가지 하나를 꺼내 들고 그쪽을 향해 바람을 불었다. 불꽃이 카누에 바른 피치에 닿게 하는 것이다. 그러면 피치가 녹아서 넓게 퍼졌다. 가끔은 카누에 입을 가져다대고 빨아서 공기가 통하는지 확인하기도 했다. 어딘가에서 잠시 머물렀을 때에는 교차해서 박아둔 말뚝 위에 카누를 올리고 안에 물을 부어 보기도 했다.

나는 그의 움직임을 주의 깊게 바라보고, 그가 하는 말에도 귀를 기울였다. 우리가 인디언을 고용한 주된 이유는 내가 인디언의 방

---

80   지붕이나 배 등에 바르는 방수용 재료. 여기에서는 송진이 주재료로 쓰였다.

식을 연구할 기회를 원했기 때문이다. 이 작업을 하는 동안 그는 단한 번 가볍게 욕설을 내뱉었다. 칼이 괭이처럼 무디다는 불평이었다. 욕은 그가 백인들과 교류하면서 배운 것이었다. 그리고 조는 이렇게 말했다.

"출발하기 전에 차를 좀 마셔야죠. 무스를 잡기에 앞서 배가 고파질 테니까요."

한낮이 다되어 우리는 페놉스콧 강을 출발했다. 우리가 탄 카누는 길이가 19.5피트고, 가장 넓은 부분의 폭이 2.5피트였다. 양쪽끝의 깊이는 각 14인치 정도로 비슷했고 초록색으로 칠했다. 조는페인트 때문에 피치에 영향이 가서 물이 새지 않을까 걱정했다. 내생각에 이 카누는 중간 크기인 것 같다. 목재 조사원들의 카누는 훨씬 더 컸다. 하지만 길이는 더 길지 않았던 것 같다.

카누에 우리 셋이 타고 짐까지 실었으니, 무게는 전부 다 해서550에서 600파운드 사이였다. 우리에게는 가늘지만 무게가 꽤 나가는 노도 두 개 있었다. 사탕단풍나무로 만들었는데 한쪽에는 새눈무늬[81]가 있었다. 조는 우리가 앉을 수 있게 바닥에 자작나무 껍질을 깔아주었고, 가로대에 얇은 향나무 널빤지를 대어 등을 보호할 수 있게 했다. 그리고 그 자신은 고물의 가로대 위에 앉았다. 짐

---

81   사탕단풍나무로 만든 판재에 새의 눈처럼 둥근 얼룩점이 나타난 것.

은 카누 중앙의 가장 넓은 부분에 놓았다.

우리는 교대로 뱃머리에서 노를 저었는데, 다리를 뻗은 채로 앉아도 보고, 무릎을 꿇은 채로 앉아도 보고, 무릎을 땅에 대고 몸을 세우기도 했지만 어떻게 해도 견디기가 힘들었다. 덕분에 과거 예수회 선교사들도 퀘벡에서 휴런 지방까지 먼 길을 카누에 갇혀 한정된 자세로만 버텨야 했고, 그와 같은 경험이 고문이었다며 불평했던 것이 생각났다. 하지만 그 뒤로 가로대 위에 앉거나 일어서서 노를 저으니 더는 불편하지 않았다.

2마일 가량 고인 물이 나왔다. 강물은 비가 온 탓에 2피트 정도 수위가 올라가 있었다. 벌목꾼들은 봄에 떠내려 보내고 남은 통나무가 떠내려 오기 충분할 만큼 물이 불어났으면 했다. 강기슭은 7에서 8피트 높이였으며, 흰가문비나무[82]와 검정가문비나무로 빽빽하게 뒤덮여 있었다. 이 둘이 그 근방에서 가장 흔한 나무였다고 확신한다. 그밖에 전나무, 측백나무, 흰자작나무, 노랑박달나무, 검정자작나무, 사탕단풍나무, 미국산겨릅, 꽃단풍 몇 그루, 너도밤나무, 들메나무, 마가목이 있었고 잎이 들쭉날쭉한 사시나무, 이제 갈색으로 물들어 공손해 보이는 느릅나무가 강을 따라 드물게 있었다. 그리고 처음으로 솔송나무도 몇 차례 눈에 띄었다.

---

82 국가표준식물목록 추천명은 글라우카가문비.

멀리 가지 않아 놀랍게도 인디언 야영지처럼 보이는 곳이 나타났다. 강기슭에 붉은 깃발이 덮여 있었다. 나는 "캠프다!"라고 소리쳐서 동료들에게 나의 발견을 알렸다. 하지만 그것이 깃발이 아니라 서리 때문에 색이 변한 꽃단풍이란 사실은 더디게 알아차렸다.

바로 옆의 기슭은 물오리나무, 노랑말채나무, 키 작은 버드나무, 호랑버들 등으로 발 디딜 틈이 없었다. 노란 수련 잎도 몇 장 남아 있었지만, 기슭을 따라 반쯤 물에 잠겨 있었다. 가끔 흰 수련도 보였다. 물이 얕은 곳과 기슭에서는 새로 생긴 무스 발자국이 다수 발견되었다. 수련 줄기에도 무스가 뜯어 먹은 새로운 흔적이 역력했다.

2마일 노를 저어간 뒤 우리는 조사원들과 헤어져서 오른쪽, 다시 말해 동남쪽에서 흘러오는 랍스터 개천으로 향했다. 폭이 6에서 8로드고, 페놉스콧 강과 거의 평행하게 흘렀다. 조는 작은 민물 가재(랍스터)가 발견되기 때문에 랍스터 개천으로 불린다고 했다. 지도에는 *마타홍키*라고 적혀 있었다.

일행은 무스의 흔적을 찾고 싶어 했다. 그리고 그럴 만한 가치가 있다면 야영을 할 생각이었다. 인디언이 그렇게 조언했기 때문이다. 페놉스콧 강의 수위가 올라가는 바람에 물이 넘쳐서 이 개천 역시 1에서 2마일 정도 떨어진 동명의 호수로 꽤 많이 흘러들어갔다. 이제는 정면에서 무스헤드 호수의 북동쪽에 있는 스펜서 산이 확실히 보였다.

앞으로는 물총새가 날고, 노랑텃멧새 우는 소리가 들렸으며, 동고
비와 박새도 근처에 있었다. 조는 인디언말로 박새는 *케쿠니레수*라
고 가르쳐주었다. 한번도 글로 적을 가능성이 없는 단어이므로 철
자는 보장하지 않는다. 하지만 조가 그만 하면 됐다고 할 때까지 그
를 따라 반복해서 발음해보기는 했다.

우리는 누른도요새 옆을 아주 가깝게 지나갔다. 이 새는 아픈 것
처럼 강가에서 깃털을 부풀리고 미동도 없이 서 있었다. 누른도요
새는 *닙퀘코호서스*라고 했다. 물총새는 *스커스쿠먼석*, 곰은 *와수스*,
인디언 악마는 *런서스*, 마가목은 *우파시스*였다. 이곳은 마가목이 아
주 풍부하고 아름다웠다. 이 강을 따라서 발견한 무스 발자국은 그
리 새것이 아니었다. 1마일 정도 올라가서 있는 작은 개울만 예외
였다. 봄에 가져다둔 큰 통나무가 하나 남아 있었는데, 'W-십자-
띠-화살표' 표시가 찍혀 있었다. 그리고 개울가에 무스 뿔 한 쌍이
있었다.

나는 조에게 이 뿔이 무스가 스스로 떨어뜨린 것인지 물어보았
다.[83] 하지만 조는 내 질문을 알아듣지 못하고 뿔에는 머리가 달려
있는 법이라고 대답했다. 무스가 일생에 한 번 이상 머리를 떨어뜨

---

83 무스의 뿔은 겨울에 떨어지고 봄에 새로 돋아난다.

리지 않는다는 사실은 나도 알고 있다.

랍스터 개천 가까이로 1.5마일 올라가본 뒤, 우리는 페놉스콧 강으로 돌아왔다. 랍스터 개천으로 들어가는 길 바로 아래에는 급류가 있었고 강폭도 20에서 30로드로 넓어졌다. 이곳의 무스 발자국은 수도 꽤 많고 생긴 지 얼마 안 된 것들이었다. 우리는 밟아서 만든 좁은 길을 꽤 여러 곳에서 발견했다. 무스들이 강까지 내려오는 길이었다. 가파르고 점토질로 이루어진 기슭을 미끄러지면서 내려오기 때문에 발자국은 강가나 얕은 물속에만 남아 있었다.

강가의 발자국들에서는 새끼의 발자국을 다른 발자국과 쉽게 구분해낼 수 있었다. 부드러운 바닥이 발에 눌려 만들어진 구멍은 꽤 오랫동안 사라지지 않았다. 특히 포크로건이라고 부르는 작은 만, 그 안에서도 길고 좁은 목초지가 나란히 선 곳이나 거친 풀과 솔방울고랭이가 무성한 낮은 돌출부에 가로막혀 강과 만이 분리되는 지점에 발자국이 많았다. 무스들은 이런 곳을 왔다 갔다 하며 물에 뜬 잎을 먹는다. 우리는 비슷한 곳에서 무스가 먹다 남은 잎을 발견했다.

일행이 명중시킨 미국원앙새를 찾으려고 어딘가에 배를 대기도 했다. 조는 사냥용 나팔을 만들기 위해 흰자작나무의 껍질을 벗기고 우리에게 다른 오리도 잡으러 갈지 물어보았다. 날카로운 눈으로 또 다른 오리가 조금 앞쪽의 덤불로 떨어진 것을 보았던 것이다. 일행은 그 오리도 손에 넣었다. 강변에 오리나무, 풀산딸나무와 뒤섞여 8에서 10피트 높이로 자란 백당나무의 선명하고 빨간 열매가 눈에 띄기 시작했다. 처음에 비해 이곳은 활엽수가 적은 편이었다.

럽스터 개천 하구에서 1마일하고도 4분의 3마일을 더 내려가자, 해가 질 무렵 조가 무스혼 못이라고 부르는 곳 상류의 작은 섬에 도착했다(조는 그날 밤 3마일 더 내려가면 나오는 무스혼 강에서 사냥을 할 생각이었다). 우리는 섬의 위쪽에서 야영을 하기로 했다. 아래쪽에는 한 달 혹은 그보다 전에 살해당한 무스의 시체가 있었기 때문이다. 일단 야영 준비만 해놓은 다음 짐을 두고 무스 사냥을 가기로 했다. 돌아오면 모든 준비가 되어있도록 말이다.

나는 사냥을 하러 온 것이 아니라서 사냥꾼들과 함께 가자니 약간 죄책감이 느껴졌다. 하지만 가까이에서 무스를 보고 싶었다. 또 인디언이 무스를 잡는 방식을 배우고 싶다는 생각에는 그리 죄책감이 들지 않았다. 그래서 사냥꾼들과 동행하는 종군기자 또는 종군신부가 된 셈치고 사냥에 나섰다. 종군신부도 총을 직접 들고 다닌다고 알려져 있다.

우리는 빽빽하게 들어선 가문비나무와 전나무 사이에 작은 빈터를 만든 뒤, 축축한 지면에 전나무 가지를 겹쳐서 올렸다. 그 사이 조는 사냥용 나팔을 만들고 카누에 피치를 바를 준비를 했다. 이 작업은 불을 지피기 위해 어딘가에 오래 머무를 때면 꼭 해야 하는 작업이었고, 그럴 때마다 조가 책임지고 주로 하는 일이기도 했다.

우리는 밤에 쓸 땔감으로 상류 쪽에 있던 축축하고 썩어가는 큰 통나무들을 모았다. 나무를 베려 했지만, 우리가 가져간 손도끼가 너무 작아서 쓸모가 없었다. 하지만 무스가 냄새를 맡으면 안 되니까 불은 붙이지 않았다. 조는 두 갈래로 갈라진 말뚝 두 개를 박고, 장대를 여섯 개 준비했다. 밤에 비가 올 경우, 담요를 올릴 수 있게 준비한 것이다. 하지만 다음날 밤부터는 지붕 준비를 생략하게 되었다. 또한 우리는 오리를 잡고 털을 뽑아 아침거리를 마련해두었다.

해질 무렵 이렇게 여러 가지로 준비를 하고 있자니, 멀리 강 아래에서 어렴풋하게 나무꾼이 두 번 도끼질을 한 것 같은 소리가 음산한 황야를 뚫고 둔탁하게 메아리치며 들려왔다. 우리는 숲속 먼 곳에서 들려오는 많은 소리를 도끼질 소리로 착각하곤 한다. 이런 환경에서는 어떤 소리든 다 비슷하게 들리기도 하고, 보통 도끼질 소리가 제일 자주 들리는 소리이기도 하기 때문이다. 조에게 이 소리에 대해 말하자 그는 이렇게 외쳤다.

"맹세코 장담하는데, 그건 무스 소립니다! 무스가 그런 소리를 낸다고요."

우리는 기묘하고도 강렬한 인상을 받았다. 두 소리의 발생원이 완전히 다를 텐데도 우리에게 익숙한 소리와 그렇게 닮았다니, 쓸쓸하고 야성적인 인상이 한층 더 강해졌던 것이다.

별빛 속에서 물길을 따라 3마일, 무스혼 강까지 이어지는 고인 물을 따라 내려갔다. 조는 우리에게 아주 조용히 해야 한다고 이른 뒤 그 자신도 소리 없이 노를 저었다. 그래도 카누는 제대로 추진력을 받아 앞으로 나아갔다. 고요해서 사냥을 하기 딱 좋은 밤이었다. 혹 바람이라도 세게 불었으면 무스가 사람 냄새를 맡았을 테니 말이다. 조는 무스를 몇 마리 잡을 거라고 단단히 믿고 있었다.

추분 무렵의 보름달이 막 떠오르고, 한결같은 달빛이 오른편에 있는 숲을 밝히기 시작했다. 우리는 소소한 산들바람을 거스르며, 오른쪽에 드리워진 그림자 속에서 미끄러지듯 앞으로 나아갔다. 이 넓은 물길의 양쪽 경계 부근에는 가문비나무와 전나무가 높이 솟아 있어 하늘과 대비를 이루었다. 덕분에 나무들은 아주 검고, 낮에 비해 훨씬 더 멀리 있는 것처럼 보였다. 달이 숲 위로 모습을 드러냈을 때, 이곳의 풍경이 얼마나 아름다웠는지는 말로 표현하기가 어렵다.

머리 위로 박쥐가 날았고, 때때로 희미한 새소리가 들렸다. 아마도 목흰미국솔새 소리거나 사향쥐가 물에 뛰어드는 소리일 것이다.

우리 앞에서 강을 가로지르는 사향쥐를 보기도 했으니 말이다. 그
것도 아니면 최근 내린 비로 물이 불어난 실개천이 강으로 흘러드
는 소리일 수도 있었다.

섬에서 약 1마일 내려가 매순간 고독이 점점 더 완연해지던 그때,
기슭에서 돌연 불빛이 나타났고 모닥불 타는 소리가 들렸다. 목재
조사원 두 사람이 야영을 하고 있었던 것이다. 그들은 붉은 셔츠를
입은 채, 모닥불 앞에 서서 그날의 모험과 소득에 대해 큰소리로 이
야기하고 있었다. 그리고 어떤 거래에 대해 이야기했는데, 내가 이
해한 바로는 누군가가 25달러를 번 모양이었다. 우리는 딱히 그들
에게 말을 걸지 않고, 2로드 정도 떨어진 기슭 아래에 바짝 붙어서
그곳을 지나갔다.

조가 나팔을 들어 무스의 울음소리를 흉내 냈다. 하지만 그들이
우리 쪽으로 총을 쏠지도 모른다고 하자, 곧 그만두었다. 이때 이후
로 우리는 조사원들을 다시 만나지 못했다. 그러니 그들이 우리를
알아보았는지, 아니면 우리가 지나가는 낌새를 알아차렸는지 알 길
이 없었다.

이때 이후로 나는 자주 그들과 함께 갔으면 좋았을 거라고 생각
하곤 했다. 목재 조사원들은 정해진 영역 안에서 목재를 찾는다. 산
에 오르고 멀리 살펴보기 위해 높은 나무에도 오른다. 목재를 떠내

려 보낼 강 따위를 조사하며, 마을에서 100마일 떨어진 숲속에서 단 둘이 대여섯 주를 함께 보내는 것이다. 이리저리 돌아다니고 밤이 덮쳐오면 땅 위에서 잠을 자며 ― 사냥감이 보이면 주저하지는 않지만 ― 먹을 것은 주로 가져온 식량에 의존한다. 그리고 가을이 되면 마을로 돌아가 다음 겨울에 황소를 몇 마리나 데려가야 하는지 고용주에게 보고한다.

경험 많은 조사원들은 일당으로 3에서 4달러 정도를 받는다. 고독하고 모험적인 삶이다. 아마도 서부의 덫 사냥꾼[84]과 가장 가까운 삶일 것이다. 언제나 총과 도끼를 들고 다니며, 수염도 자라든 말든 내버려두고, 이웃도 없이, 넓은 평원이 아닌 머나먼 황야 안에서 살아가는 삶이다.

조사원들을 발견하고 나니 우리가 들은 소리의 정체를 알 수 있었다. 따라서 무스를 볼 수 있을 것이란 희망도 당분간 없어졌다. 조사원들에게서 한참 멀어진 뒤, 조는 노를 내려놓고 자작나무 껍질로 만든 사냥용 나팔을 꺼냈다. 쭉 뻗은 모양의 나팔로 길이는 대략 15인치였다. 입이 닿는 부분은 직경이 3에서 4인치 정도였으며, 같은 나무껍질을 길게 잘라서 감싸 묶었다. 조는 자리에서 일어나 무스의 울음소리를 냈다 ― 억 억 억 혹은 우 우 우 하는 소리를 내고

---

84 모피를 구하기 위해 덫을 놓아서 동물을 잡는 사냥꾼.

이어서 길게 늘어지는 *우-우 —* 소리를 낸 다음 몇 분간 귀를 기울였다.

우리는 조에게 무슨 소리가 들려야 하냐고 물었다. 조는 무스가 나팔 소리를 들었는지 아닌지 알 수 있을 것이라고 했다. 반 마일 떨어진 곳에서 대답하는 소리가 들려올 것이라고 말이다. 그리고 조는 이런 경우 무스가 가까이 다가올 테고 어쩌면 물속으로 들어올 수도 있으니, 시야가 확보될 때까지 기다렸다가 정확히 어깨 뒤를 노려야만 한다고 일행에게 조언했다.

무스는 밤이 되면 풀을 뜯어먹고 물을 마시러 강가로 나온다. 이른 사냥철이라면 사냥꾼들은 나팔을 불어 무스를 불러내지 않고 풀을 뜯어 먹는 무스에게 강가를 따라 서서히 다가가는 방법을 쓴다. 많은 경우 무스의 존재 여부를 알아차릴 수 있는 첫 번째 신호는 주둥이에서 물이 떨어지는 소리다.

나는 조의 나팔보다 훨씬 더 긴 나팔로 무스 울음소리는 물론 카리부와 사슴 소리까지 내는 인디언을 만난 적이 있는데, 그는 간혹 첫 번째 대답이 8에서 10마일 떨어진 곳에서부터 들려오는 일도 있다고 했다. 무스의 울음소리는 크고 우렁차다. 소가 음매 하고 우는 소리보다 훨씬 명확하고 낭랑하다. 카리부는 힝힝거리는 콧소리 같은 소리를 내고, 작은 사슴은 양과 비슷한 소리를 낸다.

드디어 무스혼 강으로 접어들었다. 운반로에 있던 인디언들이 전날 밤, 무스를 잡았다고 알려준 곳이었다. 아주 구불구불한 강이었다. 폭은 1에서 2로드밖에 안 되었지만, 비교적 깊었고 오른쪽에서 흘러 들어왔다. 구불구불한 모양새나 그곳의 주민들을 생각하면 무스혼[85]이란 이름이 정말 잘 맞았다. 강과 끝없이 이어지는 숲 사이로 좁은 목초지가 여기저기 경계를 짓고 있어 무스가 풀을 뜯기에 더없이 좋은 곳이자 무스를 불러내기에도 딱 맞는 곳이었다.

우리는 이 강을 따라 반 마일 더 올라갔다. 좁고 구불구불한 물길 양 옆으로 검정가문비나무, 전나무, 측백나무가 달빛 속에 높이 솟아 있어 수직으로 깎은 듯 숲의 경계를 이루었다. 베니스의 첨탑을 숲에 세운 것처럼 엄청난 높이였다.

강기슭에 건초를 조금씩 쌓아둔 곳이 두 군데 정도 눈에 띄었다. 겨울에 벌목꾼들이 쓸 수 있게 마련해둔 것이었지만, 이곳에서는 충분히 낯선 광경이었다. 우리는 어떤 신사가 이 땅의 소유자가 되어 말끔하게 깎은 목초지를 감싸며 강물이 흐르는 날이 온다면 어떨지 상상해 보았다. 그때에도 달빛 속에서 이곳을 바라보면 조금도 달라진 것 같지 않으리라! 지금 이곳을 에워싼 숲을 제외하면 말이다.

---

85 '무스의 뿔'이라는 뜻. 그곳의 주민 역시 무스를 말한다.

다시, 또 다시, 조는 몇 번이고 무스를 불렀다. 무스가 다가오길 바라며 목초지에서도 특히 선호할 만한 곳 가까이에 카누를 댔다. 하지만 숲속에서 무스가 뛰어가는 소리조차 들리지 않았다. 우리는 이 주변에서 무스 사냥이 너무 많았던 탓이라고 결론을 내렸다. 뿔 달린 거대한 무스처럼 보이는 상상의 산물이 숲의 경계에서 어렴풋하게 여러 번 나타났지만 그날 밤 본 것은 오로지 숲이었을 뿐, 그 숲의 주민은 없었다.

결국 우리는 발길을 돌렸다. 머리 위로는 맑고 깨끗한 밤하늘이 펼쳐져 있었지만, 물 위에는 이제 옅은 안개가 끼어 있었다. 숲의 정적을 깨는 소리는 드물었다. 몇 번 수리부엉이가 둥지에서 운 것이 다였다. 고향에서 듣던 것과 똑같은 소리였다. 우리는 조에게 수리부엉이가 그를 대신해 무스를 불러내줄 거라고 했다. 부엉이 소리와 조가 나팔을 불어서 내는 소리가 상당히 비슷했기 때문이다. 하지만 조는 무스는 그 소리를 천 번이나 들었으니 훨씬 더 잘 알 거라고 대답했다.

수리부엉이소리보다 더 자주 우리를 놀라게 한 것은 사향쥐가 물에 뛰어드는 소리였다. 조가 다시 나팔을 불어서 무스 소리가 나는지 우리 모두 귀를 기울이고 있을 때였다.

이끼투성이 숲길을 뚫고 급히 움직이는 소리가 둔탁하면서 건조하게 메아리처럼, 또는 먼 곳에서 살며시 새어나오는 것처럼 희미하게 들려왔다. 확실한 존재감이 있는 소리였지만, 나무가 울창하고 균류처럼 빽빽하게 들어선 숲에 가로막혀 반쯤 억눌린 소리처럼 들렸다. 마치 축축하고 나무가 무성한 황야로 들어가는 머나먼 입구가 있어서 그곳의 문을 닫는 소리 같았다. 그곳에 우리가 없었다면 그 소리를 들은 사람도 없었으리라. 우리는 조에게 이게 무슨 소리냐고 속삭였다. 그가 대답했다 — "나무가 쓰러지는 소리요."

이처럼 완벽하게 고요한 밤, 나무가 쓰러지는 소리에는 특별히 장엄하고 인상적인 무언가가 있다. 나무를 쓰러뜨리기 위해서는 격한 힘이 필요한 것이 아니라 섬세하고 신중하며 의식적인 힘, 즉 보아뱀과 같은 힘이 필요한 것처럼, 그리고 바람이 부는 낮보다 고요한 밤 쪽이 훨씬 더 효과적인 것처럼 느껴진다. 정말 낮과 밤에 차이가 있다면, 아마도 밤에 이슬을 머금은 나무가 더 무겁기 때문일 것이다.

10시경 야영지로 돌아와 불을 피우고 침대로 들어갔다. 각자 담요를 한 장씩 덮고, 전나무 가지 위에 누워 모닥불 쪽으로 발끝을 뻗었다. 머리맡에는 아무것도 없었다. 이렇게 큰 불을 피울 수 있는 곳에 눕는 것은 그럴 만한 가치가 있는 경험이었다. 모닥불은 우리 세계의 온전한 일면, 밝은 면인 것이다. 우리는 밤새 태울 장작으로 길이 10피트, 직경 18인치짜리 큰 통나무를 먼저 굴려왔다. 그리고 그 위에 3에서 4피트 높이로 나무를 쌓되, 아무리 푸르고 축축한 가지라도 상관하지 않았다.

사실 우리는 그날 밤, 도시의 가난한 집에서 경제적이고 밀폐가 잘되는 난로를 썼을 때 겨울 내내 땔 수 있을 만큼 많은 나무를 태웠다. 야외의 공기를 마시며 누워 있자니, 아주 쾌적하고 독립적인 기분이 들었다. 담요를 덮지 않은 발치도 모닥불 덕에 충분히 따뜻했다. 예수회 선교사들은 인디언들과 캐나다를 여행했을 때, 지진만 아니라면 천지창조 이후 한번도 흔들린 적이 없는 침대에 눕는다고 말하곤 했다. 항상 사방이 막힌 방 안의 따뜻한 침대에 누워 열심히 찬바람을 피하던 사람이 긴 폭풍이 막 지나가고 서리가 내린 가을밤, 모닥불 앞에서 담요 한 장에 몸을 말고 칸막이조차 없는 땅 위에 누워 안심하고 편안함을 느낄 수 있다니, 게다가 신선한 공기를 즐기고 가치 있게 여길 수 있게 되다니 놀라운 일이었다.

나는 깨어 있는 채로 누워서 잠시 전나무 사이로 피어오르는 불꽃을 바라보았다. 가끔씩 불꽃은 반쯤 꺼진 재가 되어 내 담요 위로 내려앉았다. 피어오른 불꽃이 끝도 없이 연이어 솟아오르며 열심히 나선 모양을 그리다가, 나무 꼭대기보다 5에서 6로드 정도 더 높게까지 올라가 꺼지는 모습은 불꽃놀이만큼이나 재미있었다. 우리는 굴뚝이 얼마나 많은 것을 숨겨왔는지 짐작조차 하지 못한다. 그런데 이제는 밀폐형 난로가 나머지까지 모두 숨기게 되었다. 밤중에 나는 한두 번 자리에서 일어나 모닥불에 새로 장작을 넣었다. 그때마다 열기를 느낀 일행들이 다리를 오므렸다.

다음날(9월 17일 토요일) 아침에 일어나 보니, 서리가 꽤 많이 내려서 나뭇잎이 하얗게 변해 있었다. 붉은 다람쥐의 울음소리가 들리고, 새들이 짤막하게 지저귀는 소리도 어렴풋하게 몇 차례 들렸다. 또 섬 근처의 수면에서 오리가 우는 소리도 들렸다. 나는 이슬이 사라지기 전에 이 지역의 군락을 식물학적인 관점에서 살펴보았다. 캐나다 주목나무 혹은 미국 주목나무[86]라고 하는 작은 관목이 가장 많았다. 우리는 차와 건빵, 오리 고기로 아침 식사를 했다.

안개가 거의 다 걷히기 전에 강으로 나가 금방 무스혼 강의 하구를 지났다. 무스헤드 호수와 체선쿡 호수 사이를 흐르는 이 페눕스콧 강 20마일 유역은 비교적 잔잔하고 대부분이 고인 물이었다. 하지만 때때로 얕고 급류가 흐르며 바닥이 돌이나 자갈로 가득한 곳이 나타났다. 이런 곳은 강물을 헤치며 걸어서 지나갈 수 있다. 물길이 넓게 트이는 곳도 없고, 숲이 끊기는 빈 터도 없었으며, 단지 여기저기 테두리에 목초지가 있을 뿐이었다. 강 주변에도, 시야에 들

86　국가표준식물목록 추천명은 카나덴시스주목.

어오는 거리에도 언덕은 없었고 몇 군데에서만 먼 산이 하나 둘 보였다.

강기슭은 6에서 10피트 높이로 한두 번 완만하게 솟아, 더 높은 고지로 이어졌다. 기슭의 숲은 가는 띠 모양으로 들어서 있는지라, 뒤편의 오리나무가 자라는 늪이나 목초지에서부터 빛이 통과해 들어오는 곳이 많았다. 기슭을 따라가다 보면, 산딸기류의 열매가 달린 덤불이나 나무가 눈에 띄었다. 희끄무레한 열매가 달리는 노랑말채나무, 오리잎분꽃나무, 마가목, 백당나무, 열매가 무르익은 산벚나무[87]가 있었고 잎이 어긋나는 풀산딸나무, 벌거벗은 누둠분꽃나무도 있었다. 조를 따라 산분꽃나무와 오리잎분꽃나무의 열매를 먹어보았는데, 다소 맛이 없고 씨가 많았다.

나는 카누를 타고 기슭을 지나치는 동안 식물을 면밀하게 관찰했다. 식물을 뽑기 위해 조에게 자주 카누를 돌려달라고 부탁하기도 했다. 우리 지역에서 자라는 토착 식물과 비교해 어떤 것이 더 오래된 종인지 알고 싶었기 때문이다. 흰털박하[88], 모나르다[89], 야산고비가 버드나무와 오리나무 아래, 강기슭 가장자리 부근까지 자랐고

87　국가표준식물목록 추천명은 비르기니아나벚나무.

88　국가표준식물목록 추천명은 불가레마루비움.

89　국가표준식물목록 추천명은 풍크타타모나르다 '판타지'.

섬 안에는 솔방울고랭이가 자라는 것은 콩코드의 어새벳 강과 비슷했다. 꽃이 피기에는 너무 늦은 시기였으나 애스터, 미역취 등은 예외였다.

강과 접한 숲에는 몇 군데 야영을 했던 흔적이 조금 남아 있었다. 우리가 야영지에서 준비했던 것과 같은 흔적인 것으로 보아 벌목꾼이나 사냥꾼이 하룻밤을 보내고 간 것이었다. 가끔은 야영지 앞의 진흙 혹은 점토로 이루어진 기슭을 깎아서 계단을 만든 곳도 있었다.

우리는 래그머프라는 작은 개천의 하구에 멈춰서 송어 낚시를 했다. 무스혼 강에서 약 2마일 내려가 서쪽에서부터 흘러들어오는 개천이었다. 여기에는 다 망가진 벌목꾼 캠프가 있었고, 과거에 화전을 일구었던 작은 공간이 있었다. 지금은 붉은 버찌와 산딸기가 무성했지만 말이다.

우리가 송어를 잡으려고 애쓰고 있는 사이, 조는 인디언답게 자기 볼일을 보러 래그머프 개천의 상류로 올라갔다. 덕분에 우리가 출발 준비를 마쳤을 때는 너무 멀어져서 불러도 들리지 않게 되었다. 우리는 시간을 낭비하지 않기 위해 어쩔 수 없이 이곳에 불을 피우고 점심을 해결해야 했다.

머리 위로, 또 모닥불 연기 위로 6에서 8마일 정도 높은 곳에서

검붉은 새가 날았다. 암컷은 좀 더 회색빛을 띠었다(아마도 붉은양지
니일 것이다). 여름을 맞아 털갈이를 한 목흰미국솔새도 있었다. 어
쩌면 익어가는 돼지고기 냄새를 맡았는지도 모르겠다. 목흰미국솔
새가 숲에서 들었던 짤막한 울음소리를 냈다. 아니면 두 새 모두 그
런 소리를 냈을 수도 있다.

　이 새들로 보아, 과수원이나 개간지의 새들이 농부를 대하는 것
에 비하면, 황야에 사는 작은 새들은 벌목꾼이나 사냥꾼을 훨씬 익
숙하게 여긴다는 것을 알 수 있었다. 이후 만난 캐나다어치와 자고
새 역시 둘 다 짙은 색의 흔히 볼 수 있는 새이지만, 사람을 믿으면
안 된다는 것을 전혀 배우지 못했는지 이곳에서는 다른 새들과 똑
같이 순하게 굴었다. 박새는 이 원시림에서나 고향의 숲속에서나
흔히 볼 수 있는 새인데, 숲만이 아니라 마을에서도 상당히 대담하
게 군다.

　1시간 반 후 마침내 조가 돌아왔다. 그리고 말하기를, 개천을 따
라 2마일을 살펴보았고 무스 한 마리를 보았지만, 총이 없어서 잡
을 수가 없었다고 했다. 우리는 불평은 하지 않았지만, 다음에 같은
일이 벌어지면 조를 찾아 나서자고 결론을 내렸다.

　하지만 이번 일은 단순히 실수에 불과했던 것 같다. 이후로는 조
에 대해 불평할 이유가 전혀 생기지 않았기 때문이다. 계속해서 개

천을 따라 내려가는 동안 놀랍게도 조는 노를 저으며 「오! 수재너」
와 그 비슷한 노래 몇 곡을 휘파람으로 불었다. 또 한번은 "옛, 서
리"[90]라고 대답하기도 했다. 게다가 입버릇처럼 '사테인'[91]이라고
말했다.

그는 평소처럼 배의 한쪽 면에서만 노를 저었다. 그 면을 지레받
침으로 사용해 카누에 추진력을 주는 것이다. 나는 조에게 배의 측
면 난간에 늑재를 고정하는 방법을 물어보았다. 하지만 그는 "몰라
요. 주의해서 본 적이 없어서요"라고 대답했다. 또 사냥감, 물고기,
나무 열매 등 숲에서 구할 수 있는 것들만으로 살아가는 생활에 대
해 이야기하다가 그의 조상들도 그렇게 살았을 거라고 했더니, 자
신은 그렇게 살 수 없는 방식으로 자랐다고 대답했다.

"그렇죠. 그렇게들 살았을 겁니다. 야만인들처럼, 곰이나 다를 바
없이 야만스럽게요. 세상에나! 저라면 식량을 챙기지 않고는 숲에
들어가지 않을 겁니다. 건빵, 돼지고기 같은 것들 말이죠."

실제로 조는 사냥할 때 쓰려고 큰 나무통 하나 가득 건빵을 가져
와 운반로에 보관해두었다. 하지만 추장의 아들인데도 글을 읽는

---

90 '예스, 서(Yes, Sir)'에서 Sir를 강조한 은어.

91 sartain. certain의 방언으로 '물론이죠, 그럼요'라는 뜻의 Certainly라고 말하려는 의도
로 보인다.

법은 배우지 못했다.

더 아래로 내려가니 동쪽에 다른 곳보다 높고 건조하며, 강변에서부터 완만하게 높아지는 기슭이 있었다. 20에서 30에이커 가량의 나무들을 누가 베어두었는데, 그대로 말려서 태우려는 것이었다. 이것이 무스헤드 운반로와 체선쿡 호수 사이에서 유일하게 집을 짓고자 준비를 하는 곳이었다. 아직 오두막집도, 그곳에서 살 주민도 보이지 않지만 이렇게 개척자가 집 지을 곳을 정하면 그곳이 아마도 마을의 기원이 될 것이다.

나는 내내 나무에 시선을 고정하고 검정가문비나무와 흰가문비나무, 전나무를 구별했다. 끝없는 숲을 통과하는 좁은 수로를 따라 노를 저어가는 여정이다. 내 마음속에는 아직도 키 큰 전나무와 가문비나무의 작고 뾰족한 꼭대기, 그리고 탑처럼 솟은 측백나무가 여러 활엽수와 뒤섞여서 양편에 서있는 광경이 선하다.

어떤 측백나무는 높이가 최소 60피트에 달했다. 활엽수는 가끔씩 자기들끼리만 모여서 자랐으므로 내 눈에는 야성적인 느낌이 덜한 듯했다. 뒤에 농장이 있어서 누군가 장식 목적으로 심은 것이란 상상을 하게 되는 것이다. 흰자작나무, 노랑박달나무, 너도밤나무, 단풍나무, 느릅나무는 색슨 족이나 노르만 족에 해당된다. 하지만 가문비나무, 전나무, 소나무류는 인디언인 셈이다.

매년 출판되는 문학잡지에 실리는 동판화로는 이와 같은 야생의 하천이 어떤 모습인지 전혀 감을 잡을 수 없다. 지질조사관 잭슨이 「메인 주 지질 조사 보고서」에 실은 거친 스케치가 훨씬 더 도움이 된다. 어떤 곳에서는 호리호리한 스트로브잣나무 묘목으로 이루어진 작은 숲을 보았다. 이번 여행에서 본 유일한 소나뭇과의 나무였다.

여기저기 키가 크고 가늘며 성장이 다 끝난 스트로브잣나무가 있기는 했지만, 알고 보면 흠이 있는 나무들이었다. 벌목꾼들은 도끼를 쓰거나 옹이를 살펴봐서 문제가 있는 나무를 확인하고 그 나무들을 콘셔스 나무라고 부른다.

이 말이 인디언 말인지 영어인지는 확인하지 못했다. 하지만 소라고둥이나 조개를 뜻하는 그리스어 '콘치($\kappa \acute{o} \gamma \chi \eta$)'가 떠오르는 말이다. 나는 나무를 내리칠 때 나는 둔탁한 소리를 의미하는 것일지도 모른다고 상상하며 혼자 즐거워했다. 다 자란 멀쩡한 스트로브잣나무는 전부 베어내고 없었다.

집을 지을 재료를 찾아 사람은 얼마나 멀리까지 가는가! 시대를 막론하고 가장 문명화된 도시에 사는 주민들도 평소 사용하는 소나무 널빤지를 구하려면 문명의 경계를 넘어 머나먼 원시림으로, 무스와 곰과 야만인이 사는 곳으로 가야 한다. 반대로 야만인은 도시에서 철제 화살촉, 손도끼, 총 등을 금방 받아들이고 자신의 야성까지 조준한다.

빽빽하게 들어차서 윤곽선이 분명한 전나무 꼭대기는 뾰족하고 균형 잡힌 창끝처럼 하늘과 검게 대비를 이루며, 숲에 독특하고 어두우며 침울한 인상을 부여한다. 가문비나무도 비슷하지만 윤곽선은 좀 더 들쭉날쭉하다. 또 줄기에도 잎이 그저 깃털처럼 퍼진 모양으로 달려있을 뿐이다. 반면 전나무는 그럭저럭 자주, 규칙적으로 등장하는 밀도 높은 피라미드와 같았다.

나는 이 숲의 상록수들이 전부 첨탑처럼 우뚝 솟은 모습에 깊은 인상을 받았다. 꼭대기는 가늘고 첨탑처럼 뾰족하게 솟은 반면, 아래로 가면 나무 사이 간격이 좁아지는 경향이 있었다. 가문비나무, 전나무만이 아니라 측백나무, 스트로브잣나무까지, 한번도 보지는 못했지만 벌목이 끝난 후 부드럽게 퍼지며 다시 자라나는 재생림과 달리 빛과 하늘을 향해 빽빽한 원뿔형 창끝을 어떻게든 들어 올리고 있었다. 가지는 원하는 곳을 찾아 제멋대로 자라나 있었지만 말이다.

이 모습은 인디언들이 구기 경기를 할 때 필사적인 상황에서 몰려 있는 선수들 머리 위로 공을 들어 올리는 것처럼 보였다. 이런 면에서 이 나무들은 풀하고 닮았으며, 야자나무하고도 다소 유사하다. 또 지면부터 산 정상까지 텐트처럼 생긴 피라미드 모양의 솔송나무가 흔히 눈에 띄었다.

긴 격랑과 큰 섬을 지난 뒤 우리는 래그머프 개천에서 약 6마일 내려가 파인 개천 못이라는 흥미로운 곳에 이르렀다. 강폭이 30로드로 확장되며 생긴 곳으로 섬이 많았고, 가장자리에는 노랗게 물들기 시작한 느릅나무와 흰자작나무가 자라고 있었다. 여기에서 처음으로 크타든을 볼 수 있었다.

약 2시경, 이곳에서 우리는 무스의 자취를 찾아보기 위해 남쪽에서부터 오른쪽으로 흘러들어오는 작은 지류로 접어들었다. 파인 개천이라고 부르는 곳으로 폭이 약 3에서 4로드 정도였다. 몇 로드 가지 않아 물가를 따라 아주 최근의 것으로 보이는 흔적이 나타났다. 무스의 발에 밟혔다가 들린 진흙의 상태가 꽤 신선했기에, 조는 무스가 방금 이곳을 지나간 것이라고 단언했다.

우리는 금방 동쪽으로 비스듬히 자리 잡은 작은 목초지에 이르렀다. 대부분 오리나무가 빽빽하게 들어서 있었다. 우리는 이곳의 가장자리를 따라 평소보다 다소 조용히 앞으로 나아갔다. 아마도 무스의 흔적이 새것이었기 때문일 것이다. 전망이 밝아 보이면 이 개천에서 야영을 할 생각이었다. 이때 오리나무들 사이 저 깊은 곳에서 잔가지를 밟은 듯한 소리가 살짝 들려왔고, 나는 조의 관심을 그리로 돌렸다.

그 결과 조는 재빨리 카누를 뒤로 밀기 시작했다. 우리는 그렇게 6로드 정도 뒤로 물러났다. 별안간 무스 두 마리가 서 있는 것이 보였다. 우리가 지나갔던 목초지의 빈터 가장자리였다.

거리는 6에서 7로드가 채 되지 않았고, 우리 주위로는 오리나무가 둘러서 있었다. 무스는 겁에 질린 거대한 토끼 같았다. 귀가 길었으며 반쯤은 호기심에 찬 듯한, 또 반쯤은 겁에 질린 듯한 표정을 하고 있었기 때문이다.

진정한 숲의 주민이, (나는 즉시 알아보았다) 버몬트 그레이 색상의 수수한 옷을 입은 무스 족이(*나무를 먹는 자*들을 의미하기 위해 쓴 단어이다) 진공 상태였던 공간을 채우고 있었다. 내게 이 공간이 텅 빈 진공 상태와 같았다는 것은 지금 처음 발견한 사실이었다.

뒤로 후퇴한 탓에 우리의 니므롯은 이제 사냥감에서 가장 멀리 떨어져 있었다. 하지만 주변 상황에 마음이 급해져서 서둘러 자리에서 일어나더니, 맨 앞의 무스를 향해 숙이고 있던 우리들 머리 위로 총알을 발사했다. 무슨 동물인지 알지도 못했지만, 유일하게 눈에 들어온 사냥감이었던 것이다.

그러자 무스는 초원을 맹렬하게 가로질러 북동쪽의 높은 비탈로 올라갔다. 어찌나 빠른지 마음속에 무스의 형태가 어렴풋하게만 남았다. 동시에 또 한 마리의 무스가 강으로 뛰어드는 모습이 고스란히 보였다. 말만큼 컸지만 아직 어린 녀석이었다. 잠시 몸을 웅크리고 있었는데, 사실 웅크렸다기보다는 몸의 뒷부분이 불균형적으로 낮아서 그렇게 보인 듯하다. 어린 무스가 두세 번 끽끽거리는 소리로 울부짖었다.

막연하게 기억나기로는 도망가던 무스가 비탈 위의 숲에서 잠시 멈춰 서더니, 떨고 있는 무스 쪽을 바라보았다가 그대로 다시 달려갔던 것 같다. 두 번째 총알은 어린 무스를 겨누었다. 우리는 이 무스가 물속으로 쓰러지는 모습을 보게 되리라 예상했다. 하지만 이 녀석 역시 잠시 머뭇거리더니 물 밖으로 나와 언덕 위로 달려갔다. 방향은 조금 달랐지만 말이다.

이 모든 것이 단 몇 초 만에 일어난 일이었다. 우리의 사냥꾼은 전에 무스를 본 적이 없었고 무스들이 반은 물속에 잠겨 있었기에, 자기가 노리는 사냥감이 사슴 종류라는 것만 알았지 정확히 무엇인지는 파악하지 못했다. 또 한 사냥감에게 두 번 총을 쐈는지 아닌지도 알지 못했다. 무스들이 도망친 방식이나 일행이 카누에서 일어나 선 채로 총을 쏘는 데에 익숙하지 않다는 사실을 고려했을 때, 나는 이 무스들을 다시 보지 못할 것이라고 판단했다.

조는 우리가 본 무스가 어미와 새끼로 새끼는 한 살배기, 아니 어쩌면 두 살일 것이라고 했다. 무스들이 그 정도로 오래 어미와 함께 다닌다는 이유에서였다. 하지만 내가 보기에는 두 무스의 몸집은 별 차이가 없어 보였다.

초원을 가로질러 언덕 밑까지는 겨우 2에서 3로드밖에 되지 않았다. 언덕에는 주변과 다름없이 나무가 빽빽하게 들어서 있었다. 하지만 놀랍게도 무스가 숲의 장막 속으로 들어가자마자, 그 숲을 카펫처럼 덮고 있는 부드럽고 축축한 이끼 때문에 발소리 하나 들려오지 않았다. 카누가 뭍에 닿기까지 긴 시간 동안 완벽한 침묵이 흘렀다. 그러다가 조가 말했다.

"무스에 상처만 입혔으면 제가 반드시 잡습니다."

우리는 일단 모두 배에서 내렸다. 일행은 총알을 다시 장전했다. 인디언은 카누를 묶고 모자를 벗어던진 뒤, 머리끈을 조정하고 손도끼를 든 다음 앞장서서 출발했다. 나중에 나한테 무심코 말하기를 상륙하기까지 2에서 3로드 정도 남았을 때 비탈에 떨어진 핏방울을 보았다고 했다.

그는 민첩하게 비탈을 올라 숲으로 들어갔다. 특유의 탄력 있고 아무런 소리도 나지 않는 은밀한 걸음걸이로, 지면의 좌우를 살피며 상처 입은 무스의 희미한 흔적을 되짚어 나갔다. 그리고 가끔씩 입을 다문 채로 사방을 뒤덮고 있는 나도옥잠화Clintonia borealis의 윤기 흐르는 잎사귀 위를 가리켜 보였다. 그때마다 그곳에는 피가 한

방울씩 떨어져 있었다. 아니면 갓 으스러진 마른 고사리 줄기를 가리키기도 했다. 이렇게 무스를 추적하는 내내 조는 어떤 잎사귀 아니면 스프루스 검[92]을 씹었다.

나는 무스의 흔적보다는 조의 움직임을 지켜보며 뒤따라갔다. 우리는 한 40로드 정도 꽤 일직선에 가까운 경로로 무스의 흔적을 따라갔다. 쓰러진 나무를 밟기도 했고, 나무 사이사이를 구불구불 돌아서 가야 할 때도 있었다.

그러다 결국 조는 무스를 놓치고 말았다. 다른 무스의 발자국이 너무 많았다. 마지막 혈흔이 있던 지점까지 다시 돌아가 조금 더 따라가 보았지만, 역시 놓치고 말았다. 나는 완전히 포기하는 시점이 좋은 사냥꾼치고는 너무 이르다고 생각했다. 그는 새끼의 발자취도 몇 걸음 따라가 보았지만, 혈흔이 없었기에 추적을 포기했다.

무스를 쫓는 동안 조는 말수를 줄이고 절제했다. 백인이라면 자신이 발견한 여러 가지 흥미로운 사실을 이야기했을 텐데 그는 그러지 않았다. 나중에 무심코 입에 올렸을지는 몰라도 말이다. 어렴풋이 잔가지가 부러지는 소리가 났다고 하자, 정찰을 하러 혼자 배에서 내린 적도 있었다. 그때도 그는 가볍고 우아한 발걸음으로 살금살금 가능한 한 소리를 적게 내며 덤불 속으로 들어갔는데, 백인

---

92 가문비나무에서 나오는 수지. 껌의 재료로 쓰인다.

들에게는 불가능한 걸음걸이였다 — 마치 발을 디딜 지점을 매번 찾는 것처럼 보였다.

무스를 본 지 대략 30분쯤 지난 뒤, 우리는 파인 개천을 따라 배를 저어나갔다. 그러자 금방 수심이 아주 얕으면서 물살이 급해지는 곳에 접어들었다. 나와 일행이 짐을 들고 우회로로 돌아서 가면, 조가 혼자 카누를 타고 물살을 거슬러 올라오기로 했다. 우리가 육로로 이동을 막 마치고 내가 식물 관찰에 빠져 있을 때였다. 큰잎애스터Aster macrophyllus의 너비가 10인치나 되는 잎에 감탄하거나 잎이 크고 둥근 일종의 제비난초에서 씨를 얻고 있자니 조가 개천에서 무스를 잡았다고 외치는 소리가 들렸다.

개천 중간에서 암컷 무스가 죽은 채로 누워 있는 것을 발견했던 것이다. 그래도 아직 몸이 꽤 따뜻했다. 너무 얕은 곳이라 바닥에 쓰러졌는데도 몸의 3분의 1이 물 밖으로 드러나 있었다. 무스는 총에 맞은 지 약 1시간이 지난 뒤였고, 물 때문에 부풀어 있었다. 100로드 정도 달려와 다시 물을 찾고자 개천이 살짝 굽어 들어온 곳까지 온 것이었다. 분명 실력이 뛰어난 사냥꾼이라면 처음부터 이곳까지 추적해왔을 것이다.

나는 거의 말만 한 무스의 거대한 몸집에 놀라움을 금치 못했지만, 조는 암컷 무스치고 그리 큰 편은 아니라고 했다. 일행은 다시 새끼를 찾아 나섰다. 나는 무스의 귀를 잡고 있었고, 조는 적당한 물가를 찾아 카누를 하류로 밀었다. 그 다음 우리는 무스를 더 얕은 곳으로 끌고 갔다. 무스의 긴 코가 자꾸 개천 바닥을 찌르는 바람에 힘이 좀 들기는 했지만 말이다.

무스의 등과 옆면은 갈색을 띤 검은색, 아니면 짙은 철회색에 가까웠지만 배와 정면은 더 옅은 색이었다. 나는 카누를 묶어두는 밧줄 역할을 하던 노끈을 들고 조의 도움을 받아 무스의 크기를 신중하게 쟀다. 우선 제일 긴 부분부터 재고, 측정이 끝나면 매번 매듭을 지었다. 그리고 배를 묶을 밧줄이 필요했기에, 그날 밤 각 길이를 내 우산 전체의 길이와 일부분의 길이로 변환했다. 측정한 수치 중 가장 작은 길이부터 시작해 진행하면서 매듭을 하나씩 풀었다.

이 길이는 다음날 체선쿡 호수에 도착했을 때, 그곳에서 2피트짜리 자를 발견한 뒤 피트와 인치로 환원했다. 그뿐만 아니라 나는 얇고 가는 들메나무 조각으로 내가 쓸 2피트짜리 자를 편리하게 6인치씩 접히도록 만들기도 했다. 이 모든 수고를 들인 것은 단순히 무스가 아주 컸다고 말해야만 하는 상황을 원치 않았기 때문이다.

여러 군데 수치를 쟀지만, 그중 두 가지만 언급하겠다. 다리를 쭉 폈을 때 앞발의 발굽 끝에서부터 어깨 사이로 솟은 등 꼭대기까지의 길이는 7피트 5인치였다. 나는 내가 직접 잰 이 길이를 믿을 수가 없었다. 키가 큰 말보다 약 2피트나 더 큰 것이었기 때문이다[사실 지금은 이 길이가 틀렸다고 확신하고 있다. 하지만 여기에서 밝히는 또 다른 수치는 최근 이 숲에 다시 찾아가 확인했기에 보증할 수 있다]. 그리고 최대 몸길이는 8피트 2인치였다. 이 근방의 숲에서 줄자로 재본 또 다른 암컷 무스는 발굽 끝에서 어깨까지 6피트에 불과했으며, 누웠을 때 길이가 8피트였다.

나중에 운반로에서 한 인디언에게 수컷은 암컷에 비해 얼마나 더 키가 크냐고 물어보았다. 그는 "18인치"라고 대답하고, 모닥불 위로 교차해서 박아둔 말뚝의 높이를 보라고 했다. 지면에서 4피트가 넘는 높이였는데, 이것으로 가슴의 두께를 가늠하라는 의미였다. 올드 타운에서 만난 또 다른 인디언은 수컷의 키가 등의 가장 높은 지점까지 9피트이고, 자기가 무게를 달아본 바 800파운드나 나갔다고 했다.

두 어깨 사이로 튀어나온 척추의 길이도 상당하다. 내가 만나본 사냥꾼들 중 가장 권위가 있었던 백인 사냥꾼 말로는 수컷이 암컷보다 18인치 더 크지는 *않다*고 한다. 하지만 그 역시 때때로 등의 최고점까지 높이가 9피트에 달하고, 무게가 1천 파운드씩 나가는 무스가 있다는 점에는 동의했다. 뿔은 오로지 수컷에게만 있고, 어깨보다 2피트 이상 높게 자란다. 옆으로는 3에서 4피트, 가끔은

6피트까지 퍼진다. 그러니 뿔의 높이까지 포함하면 키가 11피트나 되는 것이다!

이 계산에 따르면, 무스는 크기는 몰라도 키 하나만은 먼 옛날에 존재했던 큰뿔사슴Megaceros Hibernicus만큼 큰 셈이다. 맨텔[93]에 의하면 큰뿔사슴은 "골격의 크기가 살아 있는 모든 종을 훨씬 초월"하고 "지면에서 가지가 갈라진 뿔의 최고점까지 10피트 높이"이니 말이다. 조는 무스가 매년 뿔 전체를 떨어뜨리는 것은 사실이지만, 해마다 새로 나는 뿔에 가지가 하나씩 더 생긴다고 했다. 하지만 나는 한쪽 뿔이 다른 쪽에 비해 가지가 더 많은 경우를 몇 번 본 적이 있다.

발굽이 섬세하고 부드럽다는 사실이 무척 인상 깊었다. 발굽은 아주 높이까지 갈라져 있어서, 한쪽이 다른 한쪽보다 훨씬 뒤를 딛는 것이 가능하다. 그 덕에 아마도 울퉁불퉁한 지면이나 이끼로 미끄러운 원시림의 통나무 위를 단단히 딛고 설 수 있는 듯하다. 말이나 황소의 딱딱하고 닳은 발과는 전혀 다르다. 앞발에는 뿔과 같은 재질이 드러난 부분이 있는데, 길이가 6인치이고 두 부분이 끝에서 4인치 간격으로 벌어질 수 있다.

---

93   기디언 앨저넌 맨텔. 의사이자 지질학자, 고생물학자로 공룡의 이빨 화석을 최초로 발견해 공룡 연구의 시초가 되었다.

무스는 몹시 기괴하고 흉하게 생겼다. 왜 어깨가 그렇게까지 높이 솟은 것일까? 왜 머리가 그렇게 긴 것일까? 왜 꼬리에 대해서는 말할 것이 없는가? 나는 무스를 조사하면서 꼬리의 존재를 완전히 간과하고 말았다. 동물학자들 말로는 길이가 1인치 반이라고 한다.

　무스를 보니 즉각 기린이 떠올랐다. 기린도 앞이 높고, 뒤가 낮은 체형이다. 그러니 나뭇잎을 뜯어먹기 좋은 것도 당연하다. 같은 목적으로 윗입술도 아랫입술보다 2인치 더 튀어나와 있었다. 이것이 무스, 이 숲을 터전으로 삼은 종족이었다. 내가 아는 한, 숲은 사람이 사는 곳이었던 적이 없었으니 말이다. 인디언에게도 거주지라기보다는 사냥터에 가까웠다. 무스는 아마도 언젠가 멸종할 것이다. 하지만 화석 유물로만 존재하고 실제로 보이지는 않게 되는 날이면 시인과 조각가는 이와 같은 숲의 주민으로 멋진 동물을 탄생시킬 것이다. 해초나 이끼가 덮여서 푸릇푸릇하고 여러 갈래로 갈라진 뿔이 달린 동물을!

　이곳, 졸졸 흐르는 급류의 상류에서 조는 내가 구경하는 가운데 주머니칼 하나로 무스의 가죽을 벗겼다. 지켜보기 끔찍한 작업이었다 — 아직 체온이 남아 있고 심장이 고동치는 몸에 칼을 찔러 넣는 장면, 찢어진 유방에서 따뜻한 젖이 흐르는 장면, 보기 좋은 옷 속에

숨기고[94] 있던 벌거벗은 붉은 시체의 섬뜩함. 총알은 어깨뼈를 대각선으로 통과해 반대편 피부 아래에 박혔고, 부분적으로 납작해져 있었다.

일행은 손자들에게 보여주려고 이 총알을 보관하고 있다. 그에게는 그 후에 잡은 또 다른 무스의 정강이도 있다. 가죽을 벗기고 박제한 것이라 두꺼운 가죽 밑창만 대면 바로 부츠로 만들 수 있다. 조는 무스가 정면에 서 있으면 절대 총을 쏘지 말라고 했다. 대신 무스 쪽으로 다가가야 한다. 그러면 무스가 천천히 돌아서기 때문에 유효한 사정거리를 확보할 수 있다는 것이다.

양편에 가문비나무와 전나무가 높은 벽을 만들고 있는 이 좁고 거칠며 바위투성이인 개천 바닥에서, 이 숲에 개천이 만들어낸 틈에 불과한 곳에서 작업이 계속되었다. 마침내 조는 가죽을 다 벗기고, 무스를 물가까지 질질 끌고 나와서는 무게가 1백 파운드는 나간다고 단언했다. 하지만 실제로는 50파운드에 가까울 것이다.

그는 가지고 갈 목적으로 살코기를 큼직하게 잘랐다. 그리고 또 한 덩어리를 잘라 혀와 코까지 가죽과 함께 그날 밤 내내, 즉 우리가 돌아올 때까지 물가에 놔두었다. 시체 옆에 다 보이게 고기를 두고 가도 된다고 생각한다는 점이 놀라웠다. 아주 단순하게만 생각

---

94   숨긴다는 뜻의 hide에는 '짐승의 가죽'이라는 뜻도 있다.

해도 다른 동물이 건드릴 것을 염려하지 않는 셈이니 말이다. 하지만 실제 아무도 건드리지 않았다. 매사추세츠 동쪽 지역 강가에서라면 거의 일어날 수 없는 일이었다. 주위에 돌아다니는 작은 야생 동물이 우리 동네보다 더 적은 것 같기는 했다. 이번 여행에서 큰 쥐 종류를 두 번 보긴 했지만 말이다.

이 개천은 아주 깊숙이 들어와 있고 무스의 발자국도 갓 생긴 것이었기에, 일행은 계속해서 사냥에 열중하려 했다. 이에 좀 더 올라가서 야영 준비를 하고, 밤에 개천을 따라 오르락내리락 하며 사냥을 하기로 결정했다. 반 마일 상류로 노를 저어 가다가 애스터Aster puniceus와 개암나무가 있는 곳까지 갔을 때, 조가 오리나무 사이에서 살짝 바스락거리는 소리를 들었다. 그리고 2로드 가량 떨어진 곳에서 무언가 검은 것을 보았다. 조는 자리에서 뛰어 올라 속삭였다.

"곰이에요!"

하지만 사냥꾼이 총알을 내보내기도 전에 정정했다.

"비버! ─ 고슴도치!"

총알은 몸길이가 2피트 8인치를 넘는 커다란 고슴도치에게 맞았다. 등 뒷부분만 그 부분을 기대고 누웠던 것처럼 가시가 방사상으로 펼쳐져 납작하게 눌려 있었다. 하지만 그 부분과 꼬리 사이의 가시는 길게 서 있었다. 자세히 살펴 보면, 가시 끝에는 가는 수염 혹은 까끄라기 같은 것이 나 있고 송곳 모양인데, 살짝 오목해서 이 까끄라기들이 효과적으로 작용할 수 있게 되어 있었다.

1마일 가량 잔잔한 물을 지난 뒤, 우리는 오른쪽에 있는 꽤 큰 폭포 바로 아래에서 야영 준비를 했다. 그날 밤에는 장작을 패지 않았다. 무스가 놀랄 수 있었기 때문이다. 우리는 저녁으로 무스 고기를 기름에 구워 먹었다. 부드러운 소고기 맛이 났는데 풍미는 더 있었던 것 같다. 때때로 송아지 고기처럼 느껴지기도 했다.

저녁을 먹고 달이 뜨자 우리는 사냥을 나섰다. 1마일 더 개천을 따라 올라가 먼저 폭포를 '우회'했다. 물가를 따라 일렬종대로 행진하고 바위와 통나무에 오르는 모습은 남이 보면 마치 그림의 한 장면 같았을 것이다. 맨 뒤에서 따라오던 조는 카누를 들지 않고는 이동하기 힘든 곳을 지나게 되면, 카누가 깃털이라도 되는 듯 손에 들고 빙빙 돌렸다.

우리는 물이 떨어져 내리는 절벽의 선반 모양 바위 위로 카누를 다시 띄웠다. 하지만 사냥하기 좋은 잔잔한 물결을 반 마일 정도 지나자 다시 급류가 생겨났기 때문에 물가로 나가 이동하는 수밖에 없었다. 그 사이 조는 혼자 카누를 타고 물살을 거슬러 오르기 위해 애썼다. 하지만 밤에 바위들 사이로 길을 찾아내는 것은 그에게도 여전히 아주 힘든 일이었다.

물가 역시 걷기에는 최악의 상태였다. 쓰러지거나 떠내려 온 나무들이며, 물 위로 지나치게 튀어나온 덤불들 때문에 완전히 뒤죽박죽이었다. 이따금씩 오리나무가 그물처럼 얽혀 있는 작은 지류의 입구를 지나기도 했다. 그렇게 우리는 그림자가 진 물가를 어둠 속에 넘어져 가며 걸어갔다. 정말로 근처의 무스와 곰들을 놀라게 했을지도 모르겠다.

마침내 걸음을 멈추고 조가 앞서서 정찰을 다녀왔다. 하지만 돌아와서 보고하기를, 그가 가본 데까지는 계속해서 급류가 이어졌다고 했다. 그러니까 반 마일 정도 계속 급류였다는 말이었는데, 산에서부터 흘러내려오는 물살인 듯해서 더 가봤자 나아질 기미가 보이지 않았던 모양이다. 그래서 우리는 발길을 돌려 잔잔한 물을 지나 야영지로 돌아갔다.

달빛이 멋진 밤이었고 시간이 늦어지면서 — 할 일도 없었으므로 — 점차 졸음이 몰려와 내가 지금 어디에 있는지 알아차리기도 어렵게 되었다. 개천의 큰 줄기에 비하면 이곳은 사람이 훨씬 드물게 찾는 곳이었다. 이 지역에서 더는 벌목을 하지 않기 때문이었다. 폭이 겨우 3에서 4로드 정도밖에 되지 않아서 지류가 흐르는 물가에 자라는 전나무와 가문비나무가 대조 효과로 더 커보였다.

몽롱한 상태가 달빛으로 인해 더 심해졌다. 나는 물가를 분명히 알아보지 못했고, 대부분 둥둥 뜬 채로 잘 꾸며 놓은 정원을 지나간다고 생각했다. 전나무 꼭대기를 특정한 광경과 연관 지어서 보았기 때문이다. 즉 어떤 대로에 아주 높은 건물이 서 있고 그 건물의 꼭대기 아래로, 아니면 그 사이로 끝없이 이어지는 포르티코[95]와 기둥들, 코니스[96], 파사드[97], 베란다, 교회를 보고 있다고 생각했다. 그냥 상상을 한 것이 아니라 졸린 상태에서 환상을 본 것이다.

나는 몇 번이나 잠이 들었고, 계속해서 그런 건물과 그 안에 살면서 모습을 드러낼지도 모르는 고귀한 사람의 꿈을 꾸었다. 하지만 돌연 잠에서 깨어나 현실 감각을 되찾을 수 있었다. 침묵이 흐르던 와중에 무스를 부르는 조의 나팔 소리가 억, 억, 우우, 우우, 우우 ― 하고 울려 퍼졌기 때문이다. 나는 화가 난 무스가 숲속의 장애물들을 뚫고 달려 나오는 소리가 들리지 않을까, 아니면 옆에 있는 작고 긴 목초지로 불쑥 모습을 드러내지 않을까 기대했다.

하지만 아무래도 내게 무스 사냥은 한 번으로 족했다. 사냥을 하러 이 숲에 온 것도 아니었고, 인디언의 사냥 방식을 배우고 싶었던 것은 사실이지만 실제로 사냥을 하게 될 줄은 예상도 못했다. 무스

---

95   주랑 현관. 큰 건물의 입구에 여러 기둥을 줄지어 세우고 지붕을 받쳐서 만든 현관.

96   처마 돌림띠. 처마의 가장자리에 길게 돌려서 댄 띠로 장식 효과를 준다.

97   출입구가 있는 건물의 정면부를 가리키는 말.

한 마리를 죽인 것은 열두 마리를 죽인 것과 진배없는 경험이었다. 열두 마리나 죽이는 것만큼 나쁘지는 않다고 해도 말이다.

그날 오후, 내가 가담했던 비극으로 인해 이번 탐사는 고결성이 떨어졌고 즐거움도 사라졌다. 내가 사냥꾼에 가까워졌던 점, 그리고 나 자신의 가능한 일면으로서 그리워한다는 점은 사실이다. 지금으로서는 1년간 숲속에서 스스로를 부양하는 데에 필요한 만큼만 낚시와 사냥을 하면 만족스럽게 살아갈 수 있으리라 생각한다.

스스로 기른 열매를 먹으며 살아가는 철학자의 삶과 비슷할 것이며, 나는 이런 생활에도 역시 매력을 느낀다. 하지만 이런 식의 무스 사냥은 단순히 무스를 죽이는 것에 만족하는 행위이다 ― 심지어는 가죽을 얻기 위한 사냥도 아니다 ― 어떤 특별한 노력을 하거나 자신을 위험에 처하게 하는 것도 아니다. 밤에 숲 근처의 목장으로 가서 이웃의 말을 쏘아 죽이는 것과 조금도 다르지 않다. 키가 9피트나 되는데도 사람의 냄새를 맡자마자 엄청난 속도로 도망치는 이 가엾고 겁 많은 동물들은 신께서 기르시는 말인 것이다.

조는 1, 2년 전에 왔던 사냥꾼들이 밤에 메인 숲 어딘가에서 황소들을 무스로 착각하고 몇 마리 쏘아 죽인 적이 있다고 했다. 어떤 사냥꾼이라도 그럴 수 있다. 허나 사냥이라는 이름만 내세웠을 뿐, 행위 자체는 무엇이 다르단 말인가? 앞서 말한 사냥은 어떤가. 사냥꾼은 신의 소유이자 그 자신의 소유[98]인 황소 중 하나를 죽이고 그 가죽을 벗긴다. 가죽이 흔한 전리품이기도 하지만, 더 나아가 모카신 재료로 잘 팔린다고 들었기 때문이다. 허리에서는 스테이크 감을 한 덩이 자르고, 거대한 시체는 하늘까지 냄새가 진동하게 물가에 내버려둔다. 도축장에서 보조로 일하는 것과 다름없다.

이날 오후의 경험은 사람을 황야로 불러들이는 동기가 얼마나 비도덕적이고 야비한지를 시사했다. 목재 조사원과 벌목꾼들은 대개 고용인이라 날마다 노동한 대가를 받는다. 따라서 그들은 톱장이들이 숲에 품는 애정 이상으로 야생의 자연을 사랑하지 않는다. 이곳을 찾은 다른 백인들과 인디언들은 대부분 사냥꾼이다. 그리고 그들의 목적은 무스를, 다른 야생동물들을 최대한 많이 죽이는 것이다.

하지만 바라건대, 이 고독하고 광대한 황야에서 사냥이 아닌 다른 일 ─ 지극히 기분 좋고 악의라고는 찾아볼 수 없는 고상한 일을 하며 몇 주를, 몇 년을 보낼 수는 없단 말인가? 연필을 들고 스케치를 하거나 노래를 부르러 오는 사람이 하나라면 총과 도끼를

---

98 창세기 1장 28절을 의미하는 부분. "하느님께서 그들에게 복을 내리며 말씀하셨다. '자식을 많이 낳고 번성하여 땅을 가득 채우고 지배하여라. 그리고 바다의 물고기와 하늘의 새와 땅을 기어 다니는 온갖 생물을 다스려라'"에 의해 사람이 다스리는, 즉 사람이 소유하는 것도 된다.

들고 오는 사람은 1천 명에 달한다. 인디언들과 사냥꾼들은 얼마나 이 자연을 거칠고 불완전하게 이용하는가! 동물들이 당장이라도 멸종할 상황이라는 사실 역시 그리 놀랍지 않다. 나는 숲에서의 이 경험으로 인해 내 본성이 천해진 것을 이미 느꼈고, 이 느낌은 그 후로도 몇 주간 이어졌다. 그리고 우리의 삶도 흙에서 꽃을 뽑아들 때처럼 부드럽고 섬세하게 살아가야 한다는 점을 다시금 떠올리게 되었다.

이런 생각 끝에 야영지에 도착했다. 그리고 나는 일행들이 강을 따라가며 무스 사냥을 계속하게 내버려둔 채, 그 사이 혼자 야영 준비를 하기로 결정했다. 일행들은 사냥감이 겁을 먹지 않도록 나무를 많이 베거나 큰 모닥불을 피우지는 말아달라고 했다.

달빛이 밝은 밤 9시경, 그들은 사냥을 하러 떠났고, 나는 이끼 덮인 강기슭에 높이 솟은 축축한 전나무 사이에서 불을 피웠다. 그리고 폭포 소리가 들리는 가운데 전나무 가지 위에 앉아 모닥불 빛에만 의존해 오후에 수집했던 식물 표본을 조사하고, 앞서 적었던 바와 같이 내 생각을 기록했다. 아니면 물가를 따라 걷거나 물결을 바라보았다. 폭포 위의 모든 공간이 그윽한 빛으로 가득 찼다.

나는 모닥불 앞 전나무 방석 위에 앉았다. 주위에도, 머리 위에도 나를 가로막는 벽은 하나도 없었다. 그러자 사람이 나무를 베고 경작지로 만들기 전에는 황야가 사방으로 얼마나 멀리까지 뻗어 있었는지 생각했다. 그리고 곰이나 무스가 이 모닥불을 보고 있을지도 모른다는 생각을 했다. 무스를 살해한 나를 자연이 준엄하게 지켜보고 있었기 때문이다.

이상하게도 소나무가 살아가는 모습을, 하늘 높이 자라 태양을 향해 늘 푸른 가지를 뻗어 올리는 모습을 — 그 완벽한 성과를 보러 숲으로 오는 이는 극히 드물다. 대부분 시장에 나온 수많은 판자의 넓적한 모양으로 소나무를 보는 것에 만족하고 그것이 진정한 성과라고 여긴다.

하지만 인간이 목재가 아니듯 소나무도 본래 목재가 아니다. 사람이 죽어서 거름으로 돌아가는 것이 사람의 가장 진정한 쓰임이 아니듯, 소나무가 널빤지며 집으로 만들어지는 것 역시 소나무의 가장 진정한 쓰임도, 최고의 쓰임도 아니다. 세상에는 사람과 사람과의 관계뿐만 아니라 사람과 소나무 사이의 관계에도 영향을 미치는 더 높은 법, 도덕률이 존재한다. 죽은 이의 시신이 더는 사람이 아니듯 베어서 쓰러뜨린 죽은 소나무 역시 더는 소나무라 할 수 없다.

고래 뼈와 고래 기름의 가치를 일부만 발견한 사람이 있다면 그가 고래의 진정한 쓰임을 발견했다고 할 수 있을까? 상아를 얻기 위해 코끼리를 죽인 사람을 두고 '코끼리를 봤다(고난을 극복하고 인생 경험을 쌓았다는 뜻 -옮긴이)'고 할 수 있을까? 이런 것들은 하찮고 우연한 쓰임에 불과하다. 사람의 뼈로 단추나 플래절렛[99]을 만들겠다며 우리보다 더 강한 종족이 우리를 죽이려고 하는 것과 똑같다. 만물에는 더 높은 쓰임과 함께 더 낮은 쓰임도 있기 때문이다. 모든 생물은 죽은 것보다 살아 있는 것이 더 낫다. 사람도, 무스도, 소나무도. 이 사실을 제대로 이해한 사람이라면 그 생명을 파멸시키기보다는 보존하려 할 것이다.

　그렇다면 벌목꾼이야말로 소나무의 친구이자 연인이고, 소나무에 가장 가까이 다가가며, 소나무의 본질을 가장 잘 이해하는 사람일까? 아니면 무두질에 쓰려고 소나무 껍질을 벗기는 무두장이인가? 그것도 아니면 테레빈을 얻으려고 나무에 흠집을 내는 사람인가? 후세의 전설 속에서 결국 소나무로 변하게 될 누군가인가? 아니! 아니다! 소나무의 친구이자 연인은 바로 시인이다. 소나무를 가장 진실하게 쓰는 이 ― 소나무를 도끼로 애무하지도, 톱으로 간질이지도, 대패로 문지르지도 않는 이 ― 소나무를 자르지 않고도 그 본질의 부실함을 알아볼 수 있는 이 ― 소나무가 서 있는 지역의 벌채권을 사지 않는 이.

99　17~19세기 유행한 목관악기로 리코더와 비슷한 모양이다.

시인과 정반대되는 *이런* 사람들이 숲에 발을 들이면 모든 소나무가 몸을 떨며 신호를 보낸다. 그렇다. 소나무를 하늘에 드리운 자신의 그림자처럼 사랑하고, 그대로 서 있게 내버려두는 시인이야말로 소나무의 연인이다. 나는 벌목지, 목공소, 무두질 공장, 유연(油煙) 공장, 테레빈유 채집지에 가본 적이 있다. 하지만 저 멀리, 숲 전체보다 높이 서서 바람에 흔들리고 빛을 반사하는 소나무의 정점을 보고서야 앞서 언급한 것들이 소나무를 가장 높이 쓰는 것이 아님을 알게 되었다.

내가 가장 사랑하는 것은 소나무의 뼈도, 가죽도, 수지도 아니다. 바로 소나무의 살아 있는 정기이다. 내가 교감하는 것은 상처를 치료할 때 쓰는 테레빈유[100]의 정기가 아니란 말이다. 내 영혼이 불멸이듯 소나무의 정기도 불멸이다. 어쩌면 저 높이 천국까지 올라가 그곳에서도 계속 내 머리 위로 높이 솟아 있을지도 모른다.

머지않아 사냥꾼들이 돌아왔다. 무스는 한 마리도 보지 못했다고 했다. 하지만 내 제안에 따라 죽은 무스의 4분의 1을 가져왔다. 우리 자신까지 합하면 카누에 신기에는 꽤 많은 짐이었다.

무스 고기로 아침을 먹은 뒤, 우리는 파인 개천으로 내려가 체선쿡 호수로 향했다. 호수까지는 약 5마일 거리였다. 반 마일 가까이

---

100 테레빈유는 송진을 증류해서 얻어내는 기름으로 소독제로도 사용되었다.

갔을 때 파인 개천에 누워 있는 무스의 붉은 시체가 보였다. 이 개천의 하구 바로 아래에 두 호수 사이를 흐르는 심한 급류가 있어서 파인 개천 폭포라고 불렸다. 그곳에는 물에 씻겨서 매끈해진 크고 납작한 바위들이 있어서 이번에는 그 위로 올라가 물살을 헤치며 쉽게 건너갈 수 있었다.

조가 혼자서 카누를 타고 내려가는 동안 우리는 육로로 이동했다. 일행은 고향 친구들에게 줄 스프루스 검을 모았고 나는 꽃을 관찰했다. 우리는 체선쿡 호수가 마치 대학이라도 되는 것처럼 큰 기대를 품고 다가갔다. 우리 인생의 흐름이 그렇게 넓은 곳으로 이어지는 일은 자주 있지 않기 때문이었다.

근처에는 섬들이 있었고, 기슭에 낮은 목초지가 있어 나무들이 여기저기 서 있었다. 흰자작나무, 노랑박달나무가 물 위로 고개를 숙였고 단풍나무도 있었다. 흰자작나무는 죽은 것이 많았는데 물이 범람한 탓으로 보였다. 이곳에서 자생하는 풀도 꽤 많았다. 심지어는 소도 몇 마리 방목되고 있었다. 보이지는 않았지만 움직이는 소리가 들렸다. 처음에는 무스라고 착각했지만 말이다.

동남쪽으로 흐르는 물결을 따라 호수로 들어가기 조금 전, 크타든(*카타디너귀*라고 부른다는 사람도 있다) 주변의 산들이 보였다. 동남쪽으로 25마일에서 30마일쯤 떨어진 먼 곳에 마치 푸른 버섯들이

한 군데에 줄지어 자라나는 것처럼 산들이 나란히 서 있었다. 다만 정상은 구름에 가려져 있었다. 조는 이 산들 중 일부를 소와드너엉크 산이라고 불렀다. 그곳에 흐르는 강과 같은 이름으로 다른 인디언에게 듣기로는 '산 사이를 흐른다'는 뜻이다.

조금 낮은 정상 쪽은 나중에 구름이 걷히긴 했지만, 숲속을 지나는 동안 크타든의 완전한 모습은 볼 수 없었다. 우리가 향하고 있는 개척지는 강 하구의 오른편에 있었고 지대가 낮은 돌출부를 돌아가야 했는데, 물가에서 꽤 먼데도 수심이 얕았다.

체선쿡 호수는 북서쪽에서 남동쪽으로 뻗어 있다. 폭은 3마일, 길이는 18마일로 섬 하나 없다고 한다. 우리는 이 호수의 북서쪽 구석으로 들어갔다. 호숫가에 가까워지자, 아래로 펼쳐지는 호수가 일부분만 모습을 드러냈다. 그리고 호숫가로 올라가니 주로 남동쪽과 동쪽 사이에 앞서 언급했던 산들이 보였다. 북쪽에서 서쪽으로 조금 치우친 곳에도 산 정상이 몇 개 보였다. 하지만 세인트존 강과 영국령의 경계 근처로 보이는 북쪽과 북서쪽의 지평선은 대부분 비교적 평평했다.

앤설 스미스 농장은 이 호수 주변에서 가장 오래되었으며, 가장 주요한 개척지로 배토와 카누를 세울 수 있는 꽤 그럴듯한 항구처럼 보였다. 배토가 일고여덟 대 있고, 건초를 나르는 작은 나룻배가 한 대 있었으며, 부두에는 캡스턴[101]이 나와 있었다. 지금은 높은 곳에서 바짝 말라 있지만, 언제라도 물에 띄우고 닻을 내려 뗏목을 끌어올 준비가 되어 있었다. 배들이 나무 그루터기 사이로 끌려오는 아주 원시적인 종류의 항구였다. 생각건대, 아르고 호가 출항한 항구도 이랬을 것이다.

호수 반대편에는 작은 개척지들이 있고 각각에 딸린 오두막집이 다섯 채 있었다. 모두 한쪽 끝에 있어 이쪽에서도 다 보였다. 스미스가의 누군가가 그 오두막집 사람들은 여기가 이만큼 개척이 된 뒤인 4년 전에 와서 지금의 집을 지었고, 가족 전체가 온 것은 불과 몇 개월 전이라고 알려주었다.

나는 이 지역의 개척자가 살아가는 방법에 관심이 있었다. 개척자의 삶은 어떤 면에서는 서부로 간 형제들의 삶보다 더 모험적이었다. 그는 황야만이 아니라 겨울하고도 씨름해야 하기 때문이다. 그리고 그의 뒤를 따라 군대가 들어오기까지 걸리는 시간도 서부보다 더 길다. 이곳에서 이주란 조수와 같은 것으로 소나무류의 벌목이 끝나면 사람도 썰물처럼 빠져나간다. 서부의 이주는 조수가 아니라 범람이며, 그 뒤를 따라 도로와 기타 개발이 쇄도한다.

우리는 호수에서 12로드 거리의 꽤 높은 지대에 있는 통나무집

---

101 밧줄을 감아 무거운 짐을 움직이는 장치.

으로 다가갔다. 모서리마다 몇 피트씩 불규칙하게 겹쳐진 통나무 끝이 돌출된 모습이 아주 멋지고 그림 같았다. 조악한 물막이판과는 전혀 달랐다. 아주 넓고 낮은 건물로 길이가 80피트 정도였고 큰 방이 많았다.

벽을 보니 위쪽과 아래쪽을 제외하면 크고 둥근 통나무 사이사이에 점토를 깔끔하게 발라 안쪽도 외벽처럼 볼 만했다. 불룩 튀어나온 가로기둥을 연속으로 쌓되 올라갈수록 점차 길이를 줄이고 도끼로 각 통나무들을 맞춘 것이 팬파이프처럼 보였다. 아마도 음악을 사랑하는 숲의 신들이 아직 버리지 않은 악기인 듯했다. 신들은 나무가 쪼개지거나 껍질이 벗겨지기 전에는 결코 악기를 버리지 않는다.

비트루비우스[102]가 묘사한 바 없는 건축 양식이었지만, 오르페우스[103]의 전기에서는 암시하고 있을 가능성이 있으리라고 본다. 겨우 지붕 끝과 건축주의 (그리고 일반 대중의) 허세를 받치자고 가짜로 불룩하게 깎아 만든 주름 장식 기둥이나 세로무늬 기둥은 존재하지 않는다.

102　고대 로마의 건축가.
103　그리스 신화에 나오는 음유시인. 리라의 명수로 그가 연주를 하면 초목과 짐승도 감동했다고 한다.

'장식'이란 말은 무의미한 꼬리가 달린 말들 중 하나로, 건축가들이 자신들의 번영을 묘사할 때 아주 적절하게 사용한다. 이곳에는 누가 억지로 만들어낸 것이 아닌 이끼와 나무껍질 주름이 있을 뿐이다. 도시에 사는 우리는 나무의 껍질을 벗겨내고 백연이 들어간 페인트[104]를 칠해 독을 마시며, 사실상 가장 멋진 페인트와 물막이판자는 숲에 남겨두는 셈이다. 숲의 전리품을 반만 쓰는 것이다.

아름다움을 추구하고자 한다면 내게 이끼 덮인 나무를 달라. 이 집은 자연이 사용하지 않는 컴퍼스와 직각자는 쓰지 않고, 숲의 주민이 자유롭게 도끼를 휘둘러 설계하고 지은 것이다. 창문이나 문 옆에 통나무를 잘라낸 곳은 나무끼리 번갈아 겹치지 못해 고정되지 않는다. 이런 곳은 양옆의 가지가 있었을 법한 부분에 커다란 쐐기를 비스듬하게 박아서 하나로 고정하고, 위아래로 바짝 붙여서 잘라 불룩한 통나무보다 더 튀어나오지 않게 했다. 마치 통나무들이 팔을 뻗어 서로 꽉 붙들고 있는 것처럼 말이다.

이 통나무들은 기둥, 징, 널빤지, 물막이판자, 윗가지, 회반죽, 못 역할을 모두 한다. 도시 사람들이 겨우 나뭇조각이나 판자를 사용할 때 개척자들은 나무줄기를 통째로 사용하는 것이다. 이 집은 돌

---

104 백연은 납을 가공한 것으로 인체에 유해하기 때문에 현재는 납이 들어간 페인트의 사용이 금지되었다.

로 커다란 굴뚝을 만들었고 가문비나무 껍질로 지붕을 이었다. 창문은 창틀을 제외하고는 전부 외부에서 들여온 것이었다. 집의 한쪽 끝은 평범한 벌목꾼 캠프로 하숙을 하는 곳이었다. 바닥은 흔히 그러듯 전나무로 깔았고 통나무 벤치가 있었다. 따라서 이 집은 곰이 들어가서 사는 구멍 난 나무가 조금 나아진 것에 불과하다. 나무를 쌓아올려 구멍을 만들었으니 말이다. 곰의 집과 마찬가지로 껍질도 붙은 채였다.

지하 저장고는 얼음 저장고처럼 별도의 건물이었고 이 계절에는 냉장고 역할을 했다. 우리가 가져온 무스 고기도 이곳에 보관했다. 영구적인 지붕을 만든 감자 저장용 구덩이가 그것이었다. 이곳의 구조물이나 시설은 아주 원시적이어서 한눈에 무엇으로 만들었는지 알아볼 수 있었다. 하지만 우리가 사는 도시의 건물들은 대개 기원이나 목적 그 어느 것도 시사하지 않는다.

이곳에는 농부들이 칭찬할 만한 큼직한 헛간이 있었다. 헛간을 만들 때 톱질 구덩이를 파고, 가늘고 긴 톱으로 널빤지를 잘라서 집 앞에 톱밥이 잔뜩 쌓여 있었다. 헛간의 일부를 이루고 있는 길게 자른 판자들이 서로 겹쳐지지 않은 부분이 1피트 가량 외부에 노출되어 있어 날씨가 어떤지 알 수 있었다.

카리부 호수의 그랜트 헛간은 여기보다 훨씬 크다고, 50피트×

100피트나 되는 이 숲에서 제일 큰 축사라고들 한다. 원시림 안에서 나무 꼭대기 위로 잿빛 등을 들어 올리는 괴물처럼 커다란 헛간을 생각해 보라! 다람쥐나 다른 수많은 야생 동물들이 자신을 위해 그러하듯, 사람도 가축을 위해 그 동물들과 똑같이 둥지를 만들고 마른 풀과 꼴을 넣는다.

이곳에는 대장간도 있었는데 누가 봐도 작업량이 많았다. 벌목에 쓰이는 황소와 말의 발에 편자를 박아야 하고, 썰매에도 철제 부속이 필요하기 때문이다. 그 모든 것들의 수리와 제조가 이 대장간에서 이루어졌다. 나는 다음 화요일, 무스헤드 운반로에서 이 대장간으로 가져갈 철봉(鐵棒) 1,300파운드를 배토에 싣는 것을 보았다.

이에 나는 불카누스[105]의 직업이 얼마나 오래되었고 명예로운 것인지 되새기게 되었다. 신들 중에 목수나 재단사가 있다는 이야기는 들어보지 못했다. 올림푸스에서와 마찬가지로 체선쿡에서도 대장장이(스미스)[106]는 목수, 재단사를 비롯해 다른 모든 직공들보다 앞서서 온 듯하다. 그의 가족 역시 가장 널리 흩어져서 살고 있다. 세례명이 존이든, 앤설이든 말이다.

스미스는 호수를 따라 길이 2마일, 폭 반 마일의 토지를 소유했

---

105 로마 신화에 나오는 불과 대장간의 신. 그리스 신화의 헤파이스토스와 동일한 신이다.

106 스미스(Smith)는 고유명사로 사람의 성이 되기도 하지만 대장장이라는 뜻이기도 하다.

다. 그리고 약 100에이커를 개척해 올해는 그곳에서 사료용 건초를 70톤, 또 다른 개척지에서 20톤 더 수확했다. 이 건초들은 벌목 작업 때 그가 직접 쓸 것이다. 헛간은 압축한 건초와 압축 기계로 꽉 차있었다. 순무, 비트, 당근, 감자 등 뿌리채소가 가득한 큰 정원도 있었다. 하나같이 큼직했다. 이 채소들은 여기에서도 뉴욕만큼의 가치가 나간다고 한다. 나는 까치밥나무 열매로 만든 소스를 제안했다. 특히 여기에는 사과나무가 없었기 때문이다. 까치밥나무 열매를 얼마나 쉽게 손에 넣을 수 있는지도 알려주었다.

원시림의 나무로 만든 손잡이가 긴 도끼가 언제나처럼 문 옆에 있었다. 길이가 3.5피트나 되었다 — 들메나무로 만든 새 자가 꾸준히 활약했다 — 크고 털이 텁수룩하게 난 개도 있었는데, 듣기로 이 개의 코에 호저의 가시털이 가득 박혀 있다고 한다. 하지만 나는 이 개가 아주 멀쩡해 보였다는 점을 증명할 수 있다. 사실 이는 개척지의 개들이 흔히 맞이하는 운명이었다. 종족을 위해 전투에 나가 날카로운 공격을 받아야 하고, 의도하지 않았더라도 아르놀트 빙켈리트[107]의 역할을 해야 하기 때문이다.

이 개가 무스 고기와 궁극의 자유를 선사하겠다며 마을에 사는

---

107 스위스의 전설적인 영웅. 오스트리아가 침략해 왔을 때, 홀로 달려 나가 적군의 대열을 무너뜨렸다고 한다.

친구를 여기까지 초대하면 그 친구는 "자네 코에 박힌 그건 뭔가?" 하고 적절한 질문을 던질 것이다. 그리고 한두 세대가 적들의 날카로운 가시를 모두 소진해버리면 그들의 후계자들은 비교적 편안한 삶을 영위한다. 우리도 선조들에게 비슷한 축복을 빚지고 있다. 내가 보기에는 나이든 사람들 다수가 연금을 받는 것도 다른 이유가 있어서가 아니라, 오래전 그런 삶을 살아온 보상인 듯하다. 분명 우리 마을의 개들은 아직도 코를 시련에 맡겨야 했던 시대에 대해 킁킁거리며 이야기할 것이다.

그러나 고양이를 어떻게 여기까지 데려왔는지는 모르겠다. 카누에 타야 하는 상황에서 고양이는 우리 숙모님 못지않게 겁이 많을 텐데 말이다. 게다가 도중에 나무 위로 올라가지 않은 이유도 궁금하다. 어쩌면 올라갈 나무가 너무 많아서 당황했을지도 모르겠다.

양키 또는 캐나다인 벌목꾼들이 20에서 30명씩 오고 갔다 ─ 그 중에는 알렉이란 사람도 있었다 ─ 그리고 인디언들도 가끔 이곳에 들렀다. 겨울에는 때에 따라 한번에 100명씩 머무르는 경우도 있다. 이들 사이에서 가장 흥미로운 뉴스는 스미스 씨 소유의 말 네 마리에 관한 것이었다. 값어치가 700달러나 되는데 일주일 전 숲속 깊은 곳으로 달아난 모양이었다.

스트로브잣나무가 이 모든 것의 기저에 있거나 궁극적인 지향점에 있었다. 소나뭇과의 나무들과 벌이는 전쟁. 이것만이 진짜 아루스투크 전쟁, 페놉스콧 전쟁인 것이다. 나는 호메로스의 시대에도 벌목꾼들이 꽤 비슷한 삶을 살았으리라 확신한다. 사람은 언제나 싸우는 것보다는 먹는 것을 더 생각하기 때문이다. 그러니 지금처럼 그 시대에도 그들의 마음은 주로 '뜨거운 빵과 스위트 케이크'를 향했을 것이다.

또 모피나 목재 거래는 아시아나 유럽에서는 오래전부터 있어 왔다. 하지만 나는 사람이 용맹을 거래한 적이 있었던 것일지에 대해서는 확신하지 못한다. 심지어는 아킬레스가 살았던 시대에도 그들은 큰 헛간에서, 그리고 어쩌면 압축한 건초에서 기쁨을 느꼈고 가장 가치 있는 가축들을 소유한 사람을 최고의 친구로 여겼다.

우리는 저녁에 1에서 2마일 정도 떨어진 코콤고목 강 하구로 가서 약 10마일 떨어진 동명의 호수까지 갈 생각이었다. 하지만 코콤고목 강 근처에서 카누를 만드는 인디언들이 여기까지 왔는데, 마침 조와 친분이 있는 이들이었다. 듣자 하니, 최근 그쪽에서 무스가 너무 많이 잡힌 탓에 무스 사냥이 아주 어려워진 모양이었다. 그래서 일행은 그쪽까지는 가지 않기로 했다.

조는 일요일 낮과 밤을 그들과 함께 보냈다. 벌목꾼들은 이 근처에 무스는 많지만, 카리부나 사슴은 없다고 가르쳐주었다. 올드타운에서 온 한 남자는 일 년 사이에 무스를 열에서 열두 마리나 잡았다고 한다. 그것도 이 집에서 얼마나 가까운 곳에서 잡았는지 그가 총을 쏠 때마다 그 소리가 들렸단다.

어쩌면 그의 이름은 헤라클레스일지도 모르겠다. 그렇다면 총소리보다는 곤봉 휘두르는 소리가 들리길 기대해야 하겠지만 말이다. 하지만 헤라클레스도 시대의 발전에 발맞추어 이제는 샤프스 라이플을 사용할 것이 분명하다. 아마 총알 구입도, 총 수리도 모두 스미스의 대장간에서 해결하리라.

또 지난 2년 동안 집이 보이는 거리 내에서 무스 한 마리가 잡혔고, 한 마리는 총에 맞은 채 달아났다고 했다. 지금쯤 스미스가 소를 돌봐줄 시인을 구했는지 모르겠다. 얼음이 일찍 깨지면 소는 어쩔 수 없이 숲속에서 여름을 보내야 하기 때문이다. 하지만 나라면 시작(詩作)과 사냥을 사랑하는 내 지인에게 이 일을 제안하겠다.

내게는 최고의 사치품이 아닐 수 없는 사과 소스를 곁들여 점심을 먹었다. 그러나 우리가 가져온 무스 고기는 벌목꾼들이 제일 자주 가져오는 것들이었다. 식사가 끝난 뒤, 나는 개척지를 가로질러 남쪽 숲으로 들어갔다가 호숫가를 따라 돌아왔다. 디저트로 체선쿡 숲을 큼직하게 한 조각 마음껏 섭취했다. 그리고 내 모든 감각을 동원해 숲에 흐르는 물을 한껏 들이마셨다.

숲은 비오는 날의 이끼처럼 신선한 식물들의 생명력으로 충만했다. 흥미로운 식물들도 많았다. 하지만 여기서는 스트로브잣나무가 아니라면 뭐든 곰팡이처럼 하찮게 여긴다. 스트로브잣나무라고 해도 훨씬 더 빨리 베어질 뿐이지만 말이다.

호숫가는 굵고 판판한 점판암이 종종 석판 형태를 하고 있었고 그 위로 파도가 밀려왔다. 바위와 표류한 통나무들이 무성한 숲 쪽을 향해 늘어선 것을 보면 물이 6에서 8피트 정도 불어났다가 줄어든 것을 알 수 있었다. 일부는 강어귀에 있는 댐 때문에 발생한 일이었다. 사람들 말로는 겨울이 되면 이곳에 눈이 3에서 4피트 높이로 평평하게 쌓이며, 가끔 4에서 5피트까지 쌓일 때도 있다고 한다. 강의 얼음은 두께가 2피트로 투명하고 눈이 온 것까지 합하면 두께가 4피트씩 되기도 한단다. 이미 대접에 든 물이 얼어붙는 날씨였다.

우리는 일요일 밤을 이곳의 안락한 침실에서 보냈다. 보아하니 가장 좋은 침실인 것 같았다. 그리고 밤에도 마치 캠프에 들어온 스파이처럼 노트에 글을 쓰고 있었던 덕에 알게 된 사실이었지만, 그날 밤 평소와 달랐던 점은 딱 하나 옆방에서 누군가 움직이면 방을 나눈 판자가 삐걱거린다는 것뿐이었다.

이런 것이 마을이 생겨나는 소박한 시초일 것이다. 옆방 사람들은 무스헤드 운반로로 이어지는 겨울용 도로의 실용성에 대해 이야기하고 있었다. 건설 비용은 그리 많이 들지 않을 테고 도로가 생기면 증기선, 역마차 등 바쁜 세상의 모든 것과 그들이 연결될 것이라고 했다. 나는 그렇게 되면 호수가 지금과 똑같은 호수일지, 호숫가를 개척해 사람들이 집을 짓고 자리를 잡으면 지금과 같은 형태와 독자성이 보존될지 의심이 들었다. 조사원들이 세상에 나가 보고하는 이 강과 호수들이 도시 사람들의 출현을 결코 기다리지 않는 것처럼 느껴졌다.

황야 속에서 수많은 여름과 겨울, 그 무엇에도 굴하지 않고 자신들의 땅을 가꾸어온 이들이 사는 변경의 집, 거대한 통나무로 만들어진 이 집을 보고 있으면 기억에 남을 만한 포위 작전이 있었던 타이콘데로가나 크라운 포인트가 생각난다.[108] 이런 집들은 특히 겨울용 숙소라 이 계절에는 일부 버려진 듯한 모습을 하고 있었다. 말하자면 적군의 포위가 조금 풀린 듯 집 앞에 둑처럼 쌓여 있던 눈이 녹으면서 수비대도 줄어든 것 같았다.

나는 그들이 매일 먹는 음식을 일종의 군대식 배급이라고 본다. 여기에서는 '물자'라고 부른다. 성경과 두꺼운 외투는 전쟁을 위한 군수품이고, 부지 근처에 홀로 눈에 띄는 사람은 임무 수행 중인 보초병이다. 보초는 암호를 요구할지도 모른다. 아니면 나를 대륙

---

108 뉴욕 주 동북부에 있는 두 마을로 미국의 독립전쟁 당시 요새가 있었다.

회의[109]의 이름으로 항복하고 요새를 넘기라고 요구하는 이선 앨런[110]과 같은 사람으로 받아들일지도 모른다.

이들이 하는 일은 일종의 치안대 일과 같다. 아놀드의 원정[111]은 이런 정착민들에게는 일상인 것이다. 이들도 거의 항상 밖에서 지내다시피 했음을 입증할 수 있다. 나는 첫 세대 개척민 모두 멕시코 전쟁에 나갔던 이들보다 더 많은 연금을 받을 자격이 있다고 생각한다.

다음날 아침 일찍 우리는 페놉스콧 강으로 올라가 돌아가는 여정을 시작하기로 했다. 일행은 무스헤드 운반로에서 25마일 가량 더 가면 나오는 강이 둘로 나뉘는 분기점 근처의 캠프로 가서 무스를 찾아보고 싶어 했다. 집주인은 우리가 잘라서 가져온 4분의 1만큼의 무스 고기를 기쁘게 받으며 숙박비를 조금 깎아주었다.

체임벌린 호수에서 온 목재 조사원 두 사람도 우리와 같은 시간에 출발했다. 숲에서는 빨간색 플란넬 셔츠를 입어야 한다. 빨간색이 상록수나 물과 함께 멋진 대조를 이루는 것밖에 장점이 없다고

---

109 미국 독립전쟁 당시 1식민지 13개 주의 대표들이 모였던 회의.

110 미국 독립전쟁 때 그린 마운틴 민병대를 이끌고 타이콘데로가 요새로 가서 영국군 수비대에게 항복을 받아낸 인물.

111 이선 앨런과 함께 그린 마운틴 민병대를 이끌었던 지휘관. 타이콘데로가 요새 점령 후 영국령인 퀘벡을 공략하고자 군사를 이끌고 메인 숲을 통과해 캐나다로 가는 원정을 떠났다.

해도 말이다. 머나먼 숲을 배경에 두고 카누에 탄 조사원들이 장대를 이용해 우리 앞의 급류를 통과하는 모습을 보았을 때 그런 생각이 들었다. 빨간색은 측량사의 색이기도 했다. 어떤 환경에서도 가장 눈에 띄는 색이기 때문이다.

우리는 전과 같이 래그머프에 멈춰서 점심을 먹었다. 이번에는 일행이 무스를 찾아 강을 따라 올라갔고, 조는 강둑에서 잠을 잤다. 덕분에 우리는 그가 없어질 일이 생기지 않아서 안심했다. 나도 이 기회를 틈타 식물을 채집하고 목욕을 했다. 우리는 금방 다시 길을 떠났다. 하지만 프라이팬을 잊고 와서 조가 카누를 타고 되돌아가야 했고, 그 동안 우리는 소스 만들 때 쓸 백당나무 열매를 두 쿼트[112] 정도 땄다.

놀랍게도 조는 내게 무스혼 강의 길이가 얼마냐고 물어보았다. 그는 이 강을 꽤 잘 알고 있었다. 하지만 내가 거리에 관심이 있고 지도도 몇 종류 가지고 있는 것을 눈여겨 보았던 것이다. 조를 비롯해 내가 이야기를 나누어 본 일반적인 인디언들은 치수나 거리를 우리들의 측정 방식에 따라 정확하게 표현하지 못한다. 아마 얼마나 시간이 지나야 도착할지는 알려줄 수 있을 것이다. 하지만 얼마나 먼 거리인지는 말하지 못한다.

---

112 1쿼트는 미국 기준 약 0.9L에 해당되는 양이다.

미국원앙새, 혹부리오리, 미국오리가 몇 마리 보였다. 그러나 이 계절에는 내 고향의 강가에 비해 개체수가 그리 많지 않았다. 우리는 앞서가는 딱따구리 일가족을 놀라게 했는데, 전에 겁을 주었던 그 가족이었다. 딱따구리 소리와 다소 비슷한 물수리 소리도 들었다. 그리고 곧 우리가 처음 야영을 했던 섬 앞의 죽은 스트로브잣나무 꼭대기에 앉아 있는 물수리를 발견했다. 쇠청다리도요사촌 한 무리가 저지대의 모래 구덩이 바로 위에 있는 무스 시체 위에 불안정하게 앉아서 재잘거리고 있었다.

우리는 몇 마일 가는 동안 물수리를 앞에 있는 가지에서 더 먼 가지로 몰았고, 그때마다 물수리는 비명 소리 아니면 새된 소리를 냈다. 상류를 지나고 있었기에 우리는 전보다 훨씬 더 열심히 일해야 했고, 더 자주 장대를 사용해야 했다. 이따금 우리 셋이 모두 함께 일어서서 노를 저어야 할 때도 있었다. 카누는 작고 짐은 무거웠다. 무스헤드에서 6마일 정도 가자, 호수 북쪽 끝에서 동쪽 방향으로 산들이 보이기 시작했다. 그리고 4시쯤 우리는 운반로에 도착했다.

인디언들은 여전히 이곳에서 야영을 하고 있었다. 우리와 함께 증기선을 타고 왔던 세인트프랜시스 인디언까지 총 세 명이었다. 다른 인디언 중 한 명은 사바티스라고 불렸다. 조와 세인트프랜시스 인디언은 순수한 인디언이 분명했지만, 다른 둘은 보아하니 인디언과 백인 혼혈인 듯했다. 하지만 내가 보기에 다른 점은 이목구비와 피부색뿐이었다.

우리는 여기에서 무스의 혀를 요리해 저녁으로 먹었다. 최고급 부위로 여겨지는 코는 체선쿡에 남겨두고 왔다. 끓여야 하므로 요리하기가 너무 힘들었기 때문이다. 백당나무 열매Viburnum opulus도 설탕을 넣어 달콤하게 졸였다. 벌목꾼들도 당밀을 넣어 백당나무 열매를 가끔씩 요리해 먹는다. 아놀드의 캐나다 원정대도 이 열매를 먹었다고 한다.

그간 건빵과 돼지고기, 무스고기만 먹어 왔던 우리에게 이 소스는 아주 반가운 존재였다. 씨가 많았는데도 우리 세 명 모두 넌출월귤 못지않다고 입을 모았다. 하지만 숲속의 식생활을 계속한 탓에 그렇게 느껴질 수도 있다는 점을 고려해야 할 것이다. 그래도 백당나무는 관상용이나 식용으로 기를 가치가 있어 보인다. 나중에 뱅거의 한 정원에서 백당나무를 보기도 했다. 조에 의하면, 인디언 말로는 *에비메나르*라고 부른다.

우리가 저녁을 준비하는 동안 조는 무스 가죽의 보존 처리를 시작했다. 이 가죽은 꽤 오랫동안 카누에 탈 때마다 내가 깔고 앉았다. 털은 이미 코콤고목에서 칼로 대부분 잘라둔 상태였다. 조는 강둑에 끝이 둘로 갈라진 튼튼한 막대 두 개를 세웠다. 높이가 7에서

8피트였고, 동에서 서로 역시 그 만큼 간격을 두었다. 그리고 가죽의 테두리를 가장자리와 가깝게끔 같은 간격으로 8에서 10인치씩 베어 틈을 만들었다. 그 틈 사이로 막대기들을 끼운 다음, 그중 하나를 둘로 갈라진 말뚝에 올리고 다른 하나를 밑바닥으로 내려 단단히 묶는 것이다. 양쪽 끝 역시 짧은 간격으로 낸 작은 구멍을 통과시켜 수직으로 꽂은 막대를 인디언들이 보통 끈처럼 쓰는 향나무 껍질로 묶었다.

이렇게 쫙 펼쳐진 가죽은 살짝 북쪽을 향하게 비스듬히 기울인다. 살이 붙은 쪽이 햇볕에 노출되게 하려는 것이다. 가죽의 크기는 최대 한도로 쟀을 때 길이 8피트, 높이 6피트였다. 아직 살점이 붙어 있는 곳은 조가 칼로 대담하게 갈라 햇빛을 향해 열리게 했다. 이제 가죽은 다소 얼룩덜룩해져서 오리 사냥용 총알을 맞아 상처를 입은 것처럼 보였다. 이 숲속의 수많은 야영지에서 이와 같이 가죽을 펼치기 위해 사용했던 오래된 틀을 찾아볼 수 있다.

어떤 이유에서인지 페놉스콧 강의 분기점으로 가는 것을 포기하고 우리는 여기에서 여정을 멈추기로 했다. 일행은 밤에 강을 따라 내려가며 사냥을 할 생각이었다. 인디언들은 그들과 함께 머무르자고 우리를 초대해 주었다.

하지만 일행은 운반로에 있는 통나무집 캠프로 갔으면 했다. 그 캠프는 폐쇄적이고 지저분했으며 이상한 냄새가 났다. 따라서 나는 인디언들의 제안을 받아들이는 쪽이 좋았다. 우리가 직접 야영 준비를 하지 않는다면 말이다.

인디언 캠프 역시 지저분하긴 했지만, 그래도 바깥 공기에 더 많이 노출되어 있었다. 또 인디언들이 벌목꾼들보다 유쾌할뿐더러 품위도 있어서 어울리기 더 좋다는 점도 있었다. 벌목꾼 캠프에서 들을 수 있는 가장 흥미로운 질문은 누가 운반로에서 다른 누군가를 '처리'할 수 있느냐 정도였다. 그리고 내게 허락되지 않은 자질은 그들에게도 대부분 허락되지 않았다. 그래서 우리는 인디언들의 캠프, 즉 인디언 천막으로 갔다.

다소 바람이 불었으므로 조는 자정이 지난 후 사냥을 하기로 결정했다. 바람이 좀 잠잠해지기를 기다리자는 것이었다. 하지만 다른 인디언들은 남풍인 것으로 보아 바람이 잠잠해지지 않으리라 생각했다. 그래도 혼혈 인디언 둘은 우리가 캠프에 도착하기 전에 어둠 속에서 무스를 잡으려고 강을 따라 올라갔다.

인디언 캠프는 작고 여기저기 수선한 것으로 몇 주 동안 이곳에서 있었다. 오두막처럼 만들었으며, 서쪽을 터두어 모닥불을 마주보게 했다. 풍향이 바뀌면 캠프도 방향을 바꿔 돌려서 설치했다. 둘로 갈라진 말뚝 두 개와 가로대 하나가 있어 여기에서부터 서까래가 비스듬하게 지면까지 기울어져 있었다.

이 틀을 일부는 오래된 돛이, 일부는 자작나무 껍질이 덮고 있었다. 상당히 불완전했지만 단단히 묶어서 고정했고, 사방에서 지면까지 내려왔다. 또 큼직한 통나무를 뒤쪽으로 굴려와 헤드보드 용도로 사용했고, 바닥에는 털이 붙은 쪽이 위로 가게 무스 가죽을 두세 장 깔아두었다.

인디언들이 가져온 옷가지 여러 벌이 천막 옆이나 모서리, 지붕 밑에 끼어 있었다. 그들은 나무틀 위에 무스 고기를 올려 훈제를 하고 있었다. 이 나무틀은 1592년에 출간된 드 브리[113]의 『콜렉티오 페레그리나티오눔(순례 기록 모음)』에 나오는 것과 똑같았다. 브라질 원주민들이 *부칸*boucan이라고 부르는 것으로, 여기에서 해적을 뜻하는 단어인 버캐니어buccaneer가 비롯되었다.

이 책의 삽화에서는 틀 위에 동물 고기와 함께 사람의 살점을 올려서 말리는 모습으로 자주 등장했다. 이 틀은 캠프 앞에 늘 피워두는 커다란 모닥불 위에 세워 놓았으며 직사각형 모양의 길쭉한 형태였다. 양 갈래로 갈라진 튼튼한 말뚝 두 개를 4에서 5피트 간격으로 벌려 5피트 높이가 되게 땅에 박아 세우고, 10피트 길이의 막대 두 개를 그 위에 올려 불 위에 오게 한 다음, 더 작은 막대를 이 두

---

113 네덜란드의 동판화가로 초기 아메리카 대륙 원정에 참여했다.

막대를 가로지르게 1피트 간격으로 올린 것이었다. 마지막으로 그 위에 큼직하고 얇게 자른 무스 고기를 걸쳐 연기를 쏘이며 건조시켰다. 모닥불 중심에 해당되는 부분에는 아무것도 올리지 않고 공간을 비워두었다. 한쪽 구석에는 통째로 떼어낸 심장도 있었는데, 32파운드짜리 대포알만큼 컸다.

인디언들 말로는 이렇게 고기를 보존 처리하는 데 사나흘이 걸리지만, 훈제해두면 1년 이상 보관할 수 있다고 한다. 필요 없는 부분은 땅바닥에 널려 있었고, 부패의 징후가 여러 단계로 나타났다. 일부는 불 속에 있어 재에 반쯤 파묻힌 채로 지글거리는 소리를 내고 있었는데, 오래된 신발만큼이나 검고 더러웠다.

처음에는 버린 것인 줄 알았는데, 나중에 알고 보니 요리하는 중이었다. 또한 거대한 갈비 조각이 있었는데, 뼈 사이사이로 들락날락하게 꼿꼿한 막대를 꽂아서 불에 굽고 있었다. 우리 것과 마찬가지로 막대로 잘 펴서 보존 처리를 하고 있는 무스 가죽도 있었고, 이미 처리가 끝난 가죽도 근처에 한 더미 쌓여 있었다.

그들은 2개월 사이에 무스를 스물두 마리나 잡았다. 하지만 고기는 극히 조금만 사용할 수 있었기 때문에 시체를 땅 위에 그냥 내버려두었다. 이 모든 것이 내가 본 장면 중 가장 야만적인 광경이었기에, 나는 300년 전으로 돌아간 기분이 들었다. 바깥의 나무 밑동 위에는 곧게 뻗은 주석 뿔피리 잔처럼 생긴 자작나무 껍질 횃불을 언제든 사용할 수 있게 잔뜩 마련해 두었다.

우리는 옷이 더러워질 것을 염려해 인디언들이 깔아둔 가죽 위에 우리가 가져간 담요를 깔아 어디에도 몸이 닿지 않게 했다. 처음에는 세인트프랜시스 인디언과 조밖에 없었으므로 우리는 등을 기대고 누워 자정까지 그들과 이야기를 나누었다. 두 사람은 아주 사교적이고 우리와 이야기할 때가 아니면 인디언 말로 자기들끼리 계속 대화를 나누었다.

어둠이 내린 직후 작은 새의 울음 소리가 들려왔다. 조는 밤마다 특정 시간대에 지저귀는 새라고 말했다. 꼭 10시에 운다고 믿고 있었다. 십자청개구리와 청개구리가 우는 소리, 4분의 1마일 떨어진 캠프에서 벌목꾼들이 노래하는 소리도 들렸다.

나는 인디언들에게 오래된 책에서 이런 나무틀에 사람 고기를 말리는 그림을 보았다고 말했다. 그러자 그들은 모호크 족의 식인 전통과 그들이 특히 좋아한 부위 등에 관해 이야기를 늘어놓았다. 또 과거 무스헤드 호수 근처에서 모호크 족과 전투가 있었고, 많은 모호크 족이 전사했다고도 한다. 하지만 그들은 자기 종족의 역사에 대해서는 조금밖에 알지 못했다. 그래서 그들의 조상에 관해 이야기하면 금방 즐거워했다.

처음에 나는 거의 구워지다시피 하고 있었다. 캠프의 한쪽에 등을 기대고 있었는데, 열기가 위쪽의 자작나무 껍질에서만이 아니라 옆에서도 느껴졌기 때문이다. 나는 또 한번 예수회 선교사들의 고통, 인디언들이 견딘다고 알려져 있는 극한의 열기와 한기에 대해 생각했다. 그런데도 나는 이 자리에 남아서 계속 대화를 나누고 싶은 마음과 뛰어나가 차가운 풀밭에 눕고 싶은 충동 사이에서 한참 동안 갈등하고 있었다. 그리고 내가 막 뛰어나가려는 순간, 내 신음 소리를 들은 건지, 아니면 그 자신도 불편했는지 조가 일어나서 모닥불을 일부 흩뜨려 불길을 줄였다 — 자기 자신을 지키는 것. 나는 그것이 인디언의 방식이리라 생각했다.

누워서 인디언들의 대화를 듣고 있는 동안, 나는 그들의 몸짓이나 도중에 나오는 고유명사를 바탕으로 대화 주제를 맞추려고 애쓰며 즐거워했다. 이들이 독특한 종족이며, 비교적 토착민에 가까움을 입증하는 가장 놀라운 증거는 변함없는 인디언 언어, 백인은 말할 수도 이해할 수도 없는 그 말을 듣는 것이다.

우리는 거의 모든 면에서 이들의 변화와 타락을 의심할 수 있다. 하지만 우리가 전혀 이해하지 못하는 그 언어만은 예외다. 수많은 화살촉을 발견해왔지만 그들의 언어를 듣고 나서야 놀라움을 금치 못하며, 인디언이 역사가나 시인의 창조물이 아니라는 사실을 확신할 수 있었다.

인디언 말은 붉은 다람쥐가 우는 소리만큼이나 순수하게 야성적이고 원시적인 발성이었으며, 나는 단 한 음절도 이해할 수 없었다. 하지만 포거스[114]가 이 자리에 있었다면 그들의 말을 알아들었을 것이다. 아베나키 인디언 둘은 엘리엇의 인디언 성경에 쓰인 언어로 세상에 떠도는 소문에 관해 이야기하고 웃음을 터뜨리며 농담을 주고받았다. 뉴잉글랜드 지역에서 이 언어가 얼마나 오래 쓰였는지 누가 있어 대답해줄 수 있을까?

그 소리는 콜럼버스가 태어나기도 전에 이 지역의 천막에서 들려오던 소리다. 그리고 아직 사라진 말도 아니었다. 아주 드문 예외가 있을지언정 선조들이 쓰던 언어는 지금 그들이 쓰기에도 충분할 만큼 풍부한 어휘로 이루어져 있다. 그날 밤 나는 이 땅을 처음 발견한 이들만큼 아메리카의 원주민과 가까이 서 있다고, 아니 누워 있다고 느꼈다.

대화 도중 조는 불쑥 무스헤드 호수의 길이를 알려 달라고 했다.

우리가 누워 있는 동안 조는 자정이 지나면 사냥을 할 수 있게끔 사냥용 나팔을 만들고 시험해 보았다. 세인트프랜시스 인디언도

---

114 페쿼켓 족의 추장으로 17세기 미국 원주민과 식민지 주민들 사이에서 벌어진 전쟁에서 전사했다.

즐거워하며 나팔을 불었다. 아니, 소리를 통과시켰다. 이 나팔은 공기를 불어 넣는 것이 아니라 목소리를 울려서 소리를 내는 것이기 때문이다. 그는 무스 가죽을 다루는 투기꾼인 모양으로 일행이 잡은 무스의 생가죽을 2달러 25센트에 샀다. 조는 올드타운에서라면 2달러 50센트는 받았을 거라고 했지만 말이다.

무스 가죽은 주로 모카신을 만드는 데 쓰인다. 이 인디언들 중 하나인가 둘인가도 모카신을 신고 있었다. 듣기로 메인 주의 최신 법에 따르면, 외국인은 계절과 무관히 무스를 죽일 수 없다고 한다. 미국인이라도 백인은 특정 계절에만 사냥이 가능하고, 메인 주의 인디언들만이 사계절 내내 무스를 사냥할 수 있다. 따라서 세인트프랜시스 인디언은 외국인이었기에 내 일행에게 *위그히긴*, 즉 법안을 보여 달라고 부탁했다.

그는 캐나다의 소렐 근방에서 살았고, 자기 이름을 아주 잘 쓸 수 있었다. 그의 이름은 *타문트 스웨이슨*이었다. 무스헤드 호수의 남단에서 그리 멀지 않은 곳에 우리가 이번 여행을 하며 지나치기도 했던 길포드라는 마을이 있는데, 이곳에 사는 엘리스라는 백인 노인이 이 근방에서 가장 유명한 무스 사냥꾼이었다. 인디언도 백인도 그에 대해 이야기할 때는 똑같이 존경심을 표한다.

타문트는 전에 사냥을 하러 갔던 뉴욕 주의 애디론댁 지방보다

이곳에 무스가 더 많다고 했다. 3년 전에는 그 수가 상당했고 지금
도 숲속에 많은 무스가 살고 있지만, 물가로 나오지 않는다는 것이
다. 또 한밤중에 무스를 사냥하는 것은 헛수고라고 했다. 그 시간에
는 무스가 나오지 않으니 말이다. 나는 사바티스가 돌아온 뒤 그에
게 무스의 공격을 받은 적이 있는지 물어보았다. 그는 무스에게 총
을 여러 발 쏘면 절대 안 된다고 했다. 무스를 화나게 하기 때문이다.
"저는 한 발만 급소에 맞춥니다. 그리고 아침에 찾으러 가죠. 멀리
못 가거든요. 하지만 계속 쏘면 무스의 화를 돋우는 겁니다. 한번은
총알 다섯 발을 다 심장에 관통시킨 적이 있는데, 무스가 눈 하나
깜짝 안 합디다. 화만 더 돋울 뿐이었어요."

나는 사냥개는 데리고 다니지 않느냐고 물어보았다. 그는 겨울에
는 데리고 다니지만, 여름에는 있어도 소용이 없다고 했다. 무스가
엄청난 속도로 달아나 한번에 100마일씩 가기 때문이었다.

다른 인디언도 무스는 한번 겁을 먹으면 종일 달아난다고 했다.
사냥개가 입술을 물고 늘어져도 매단 채로 달려가다 보니 결국 나
무에 부딪쳐서 떨어져나간다. 무스는 눈이 4피트씩 쌓여도 달릴 수
있지만 '얼어붙은 물'에서는 달리지 못한다. 하지만 카리부는 얼음
위에서도 달릴 수 있다.

인디언들은 보통 두세 마리씩 함께 있는 무스를 찾아내는데, 무

스 파리에게서 벗어나려고 물속에 들어가 코만 내놓고 있는 무스들도 있다. 그는 '저지대로 간 검은 무스'라고 부르는 뿔을 가지고 있었다. 이 뿔은 옆으로 3에서 4피트 정도 펼쳐진 모양이었다. '붉은 무스'라는 '산속을 뛰어다니는' 또 다른 종류는 6피트나 펼쳐지는 뿔을 가지고 있다. 이것이 그가 무스를 구분하는 방식이었다.

하지만 두 종류 모두 뿔을 움직일 수 있다. 뿔의 평평하고 넓은 부분은 털로 덮여 있는데, 무스가 살아 있을 때는 아주 부드러워서 칼로 벨 수 있을 정도이다. 인디언들은 뿔이 돌아가는 방향이 길흉을 나타낸다고 생각한다. 그에게는 카리부의 뿔도 있었는데, 천막 안에 두었더니 쥐들이 갉아먹었다고 한다. 하지만 그는 무스든 카리부든 살아 있는 동안에는 뿔을 갉아먹히는 일이 없다고 생각했다. 다른 인디언은 갉아먹힌다고 단언했지만 말이다.

이 여행이 끝나고 올드타운에서 만났던 인디언은 구경거리로 곰 한 마리와 메인 주의 다른 동물들을 데리고 다녔는데, 30년 전에는 메인 주에 지금처럼 무스가 많지 않았다고 한다. 또한 무스는 길들이기가 아주 쉬워서 한번 먹이를 주면 되돌아온다고도 했다. 그런 면에서는 사슴도 마찬가지지만 카리부는 다르다고도 덧붙였다.

이 근방의 인디언들은 여러 세대에 걸쳐 오랫동안 무스와 어우러져 살아왔기에, 우리가 황소를 익숙하게 다루는 것처럼 무스에 익숙하다. 아베나키 언어 사전을 펴낸 레일 신부는 수컷 무스를 가리키는 단어 *아이안베aianbé*와 암컷 무스를 가리키는 단어 *에라르hèrar* 뿐만 아니라 무스의 심장 한가운데에 있는 뼈를 가리키는 단어, 왼쪽 뒷다리를 가리키는 단어까지 실었다.

이런 상류에서는 작은 사슴이 하나도 보이지 않았다. 사슴들은 정착지 주변에서 가장 흔히 나타난다. 2년 전 사슴 한 마리가 뱅거 시로 가서, 값비싼 판유리로 만든 유리창을 깨고 집안으로 뛰어 들어간 것으로도 모자라 거울에 몸을 부딪친 일이 있었다. 거울 속에 동족이 있다고 생각한 것이었다. 사슴은 집에서 나와 군중들 머리 위로 깡충깡충 뛰어다니다가 붙잡혔다. 이에 마을 주민들은 이 사슴을 '쇼핑 나온 사슴'이라고 불렀다.

마지막으로 언급했던 인디언은 메인 숲에서 인간이 두려워해야 할 유일한 동물은 인디언들의 악마인 *런서스*(나는 울버린Gulo luscus이 아니라 쿠거라고 본다)라고 했다. 런서스는 사람을 쫓아오며 불을 두려워하지 않기 때문이다. 또 우리가 갔던 곳에 비버가 다시 늘어나기 시작해서 꽤 많아지긴 했지만, 비버 가죽은 값이 떨어져서 사냥해 봤자 수익이 나지 않는다고도 했다.

나는 우리가 잡은 무스의 귀를 보존하고 싶어서 불 위에서 건조시키고 있는 무스 고기 옆에 올렸다. 귀 하나의 길이가 10인치씩이었다. 하지만 사바티스는 반드시 가죽을 벗겨서 보존 처리를 하지 않으면 털이 모두 빠진다고 했다. 그리고 말하기를, 무스의 귀에서 벗긴 가죽 두 장을 안쪽끼리 맞닿게 해서 담배 주머니로 만든다고 했다. 나는 그에게 불은 어떻게 피우냐고 물어보았다. 그는 작은 원통에 든 프릭션 사의 성냥을 꺼내서 보여주었다. 그에게는 또 부싯돌과 부시도 있었고, 채 마르지 않은 부싯깃도 있었다.[115] 내 생각에는 노랑박달나무인 것 같았다.

"만약 배가 뒤집어져서 이것들이랑 화약이 다 젖어버리면 어쩔 텐가?"

이렇게 묻자, 그가 대답했다.

"그렇다면 어딘가 불이 있는 곳에 도착할 때까지 기다리죠."

나는 주머니에서 성냥이 든 조그만 방수 유리병을 꺼내들고, 우리 배는 뒤집어졌지만 여전히 마른 성냥을 가지고 있다고 말했다. 그는 아무 말 없이 병을 바라보았다.

우리는 이렇게 이야기를 나누며 한참 깨어 있었다. 그들은 근처의 호수와 개천에 붙은 인디언 이름들의 뜻을 가르쳐주었다. 특히 타문트가 중심이 되었다. 나는 무스헤드 호수의 인디언 이름이 무

---

115 부시는 쇳조각으로 부싯돌을 쳐서 불을 피울 때 쓰인다. 이때 불이 붙도록 가져다 대는 것이 부싯깃이다. 보통 말린 식물이나 썩은 나뭇조각 등을 말한다.

엇인지 물어보았다. 조는 *세바묵*이라고 했다. 타문트는 *세베묵*이라고 발음했다. 뜻이 뭐냐고 묻자, 그들은 무스헤드 호수라고 대답했다. 그러다가 마침내 내 질문이 무슨 뜻인지 알아차리고 언어학자처럼 그 단어를 몇 번이나 되뇌었다. 세바묵 — 세바묵 — 때때로 그 어조를 비교하기도 했다. 지방에 따라 약간 차이가 있었기 때문이다. 그리고 마침내 타문트가 말했다.

"아! 알겠군요."

그리고 그는 무스 가죽에서 반쯤 일어나더니 가죽의 다른 쪽을 가리키며 말했다.

"여기가 한 장소인 것처럼 저기도 장소지요. 그리고 저기에서 물을 가져와 이곳을 채우면 물이 여기 머무릅니다. 그게 *세바*묵이에요."

내가 이해하기로는 물이 흐르지 않는 저수지를 의미하는 것 같았다. 한쪽에서 흘러들어온 강이 가까이로 다시 흘러나가며 영구적인 만을 만드는 것이다. 또 다른 인디언도 *세바묵*은 큰 만 호수Large-Bay Lake라는 뜻이며 다른 호수들에 붙은 *세바고, 세벡* 같은 이름들도 비슷한 단어로 물이 넓게 개방된 것을 의미한다고 했다. 조는 *세부이스*가 작은 강을 의미한다고 했다.

자주 기록에서 접했던 바와 같이, 인디언들에게는 추상적인 개념을 전하는 능력이 없었다. 불명확하긴 하지만 어떤 개념을 떠올리기는 하는데, 기억을 더듬어 그것을 표현할 말을 찾으려 해도 소용이 없는 것이다. 타문트는 백인들이 '무스헤드 호수'라는 이름을 붙인 것은 그 호수를 내려다보고 있는 키네오 산이 무스의 머리처럼 생겼기 때문이고, 무스 강도 "그 산이 강 건너 하구 쪽을 가리키고 있기 때문"이라고 생각했다.

1673년 즈음 존 조슬린이 남긴 기록에는 "캐스코 만에서 12마일, 사람과 말이 통과할 수 있는 곳에 호수가 있어서 인디언들은 세벅이라고 부른다. 그 강의 한쪽 끝에 유명한 바위가 있는데, 무스 사슴이나 엘크 같은 모양에 속이 비치며 무스 바위라고 부른다"라고 적혀 있다. 그는 세바묵과 더 가까이에 있는 세바고를 착각하고 있는 듯하다. 하지만 무스헤드 호수 기슭엔 '반투명한' 바위는 존재하지 않는다.

가치가 있을지는 모르겠지만, 인디언식 정의를 더 적어보겠다. 일부 흔히 받아들이는 것과 뜻이 다른 경우가 간혹 있기 *때문*이다. 인디언들은 이 이름들을 분석해본 적이 없었다. 따라서 이는 아주 골치 아픈 문제였고, 오래 심사숙고하며 단어를 반복해 말해봐야 했다. 타문트는 생각 끝에 *체선쿡*은 많은 강이 흘러들어오는 곳을 의미한다며(?) 그 강들의 이름을 열거했다. 페놉스콧, 움바죽스쿠스,

쿠사베섹스, 레드 브룩 등이었다.

"*코콤고목*, 이건 무슨 의미입니까?"

"그 크고 하얀 새들을 뭐라고 합니까?"

"갈매기요."

"아하! 그럼 갈매기 호수군요."

*퍄마덤쿡*은 조가 생각하기로 바닥이 자갈밭인 호수를 의미했다. *켄더스케그*에 대해 타문트는 그리 잘 아는 곳이 아니었으므로, 카누가 거기까지 올라가는지 물어보고 고심한 끝에 이렇게 결론을 내렸다.

"페놉스콧 강을 거슬러 올라가면 켄더스케그 강이 나오는데, 그냥 지나가면 그곳에 도착하지 못하죠. 그게 *켄더스케그*입니다."(?)

하지만 그 강을 더 잘 아는 또 다른 인디언이 나중에 켄더스케그 강은 작은 장어의 강이라고 알려주었다. *마타왐키그*는 두 강이 만나는 곳을 뜻했다.(?) 또 *페놉스콧*은 바위투성이 강이라는 의미였다. 한 작가가 말하길, 페놉스콧은 "원래 조수가 흐르는 강어귀의 머리 쪽부터 올드타운 위쪽까지의 짧은 거리에 해당되는, 큰 물줄기의 일부만을 부르는 이름"이었다고 한다.

우리는 나중에 넵튠의 사위를 만났는데, 그는 아주 똑똑한 인디언이었다. 그 역시 여러 지명이 무슨 뜻인지 알려주었다. *움비죽스*

쿠스는 초원의 강, *밀리노켓*은 섬들이 있는 곳, *애볼자카메거스*는 매끄러운 바위 턱의 폭포(그리고 못), *애볼자카메거스쿡*은 흘러들어 오는 강이었다(마지막 지명은 내가 *애볼자크내거식*에 대해 물었을 때, 그가 알아듣지 못하고 대답한 단어다). 또 *마타훔키그*는 모래 개울 연못, *피스카타퀴스*는 강의 지류라는 뜻이었다.

나는 캠프의 주인들에게 매사추세츠 주 콩코드 강의 인디언 이름인 *머스케타퀴드*가 무슨 의미인지 물어보았다. 하지만 그들은 *머스케티쿡*으로 알아듣고, 그렇게 반복해 몇 번 말해보았다. 그러다가 타문트가 죽은 물결(고인 물)을 뜻한다고 대답했는데, 아마도 맞을 것이다. 쿡이 물결을 뜻하는 듯하고, *퀴드*가 그 장소나 땅을 가리키는 듯하다. 우리 지역에 있는 언덕 두 군데의 이름이 무슨 뜻인지 물었을 때는 그건 자기들 말이 아니라고 대답했다. 타문트가 퀘벡에서 장사를 했다고 말하자, 내 일행이 *퀘벡*은 또 무슨 뜻이냐고 물었다. 퀘벡의 의미에 대해서는 수많은 의문이 존재해 왔다. 타문트는 답을 알지 못했지만 추측을 시작했다. 그리고 병사들을 태우고 다니는 큰 배를 뭐라고 하는지 물었다. 우리는 '군함Men-of-war'이라고 대답했다.

"그렇군요. 영국 배가 강에 들어오면 폭이 너무 좁아져서 더 전진하지 못합니다. 반드시 돌아가야 하죠. 돌아가다go back, 고-백, 그게 퀘백입니다."

나는 다른 사례에 관해 그의 권위가 어느 정도인지 보여주기 위해 이 일화를 언급하는 것이다.

그날 밤 늦게 다른 두 인디언이 빈손으로 무스 사냥에서 돌아왔다. 그들은 불길을 키우고 파이프에 불을 붙여 잠시 담배를 피웠다. 그리고 무언가 독한 음료를 마시며 무스 고기를 얼마 안 되게 먹고 나서, 조금이나마 여유가 있는 곳으로 비집고 들어와 무스 가죽 위에 누웠다. 우리는 그렇게 밤을 보냈다. 백인 두 사람과 인디언 네 사람이 나란히 누워서.

아침에 일어났을 때는 비가 부슬부슬 내리고 있었다. 인디언 한 사람은 좁은 곳에서 자는 것을 견디지 못하고, 바깥으로 나와 모닥불 앞에 담요를 말고 누워 있었다. 조가 일행을 깨우지 않았기에, 그는 전날 밤 사냥을 하지 못했다. 타문트는 특이하게 생긴 칼로 카누에 쓸 가로대를 만들고 있었는데, 이후 만난 다른 인디언도 이렇게 생긴 칼을 썼다. 폭이 약 3.25인치에, 길이가 8에서 9인치인 얇은 날이 평면 모양이었다가 고리처럼 굽어졌다. 타문트 말로는 널빤지를 얇게 깎을 때 훨씬 편리하다고 했다.

먼 북쪽이나 북서쪽 출신의 인디언들이 이와 같은 종류의 칼을 사용하는 것으로 보아, 나는 이 칼이 인디언 고유의 양식으로 만들어진 것이 아닐까 생각한다. 비슷한 모양의 칼을 사용하는 백인 장인들도 일부 있을 수 있지만 말이다.

인디언들은 다리가 달린 팬을 모닥불 가장자리에 놓고, 아침으로 밀가루 빵을 한 덩이 구웠다. 나는 일행이 차를 준비하는 동안 페놉스콧 강에서 큼직한 물고기를 열두 마리 잡았다. 서커 두 종류와 송어였다.

우리끼리 아침을 먹고 나자, 밤을 함께 보낸 인디언 한 사람이 아침을 먹고 찾아왔다. 우리는 그에게 차를 권했다. 그런데 그는 차만 마신 것이 아니라, 결국 우리가 공용으로 썼던 큰 접시를 깨끗하게 핥아버렸다. 하지만 이 인디언은 백인 벌목꾼에 비하면 아무것도 아니다. 이 벌목꾼은 인디언들의 무스 고기로 끊임없이 배를 채웠고, 그 때문에 동료들에게 조롱거리가 되었다. 그는 인디언들이 '남김없이 먹어치우는' 연회를 벌이는 줄 알았던 것 같다. 흔히 인디언의 땅에서 백인이 마침내 인디언을 뛰어넘었다고들 하는데, 이 경우에는 사실이 아닐 수 없었다. 나는 그가 밤 시간 동안 무슨 일을 했는지에 대해서는 증언하지 못하지만, 해가 밝자마자 고기를 먹어대는 그를 다시 볼 수 있었다는 것은 말할 수 있다. 그가 일하는 벌목꾼 캠프는 4분의 1마일 떨어져 있었는데도 말이다.

비가 와서 우리는 숲속으로 더 들어갈 수 없었다. 그래서 가지고 있던 식량과 식기를 일부 인디언들에게 넘겨주고 그들과 작별했다. 이날은 증기선이 오는 날이었기에 우리는 즉시 호수로 출발했다.

나는 운반로를 홀로 걸어가 호수의 상류 쪽에서 증기선을 기다렸다. 수리 같기도 하고, 다른 종류 같기도 한 큰 새 한 마리가 다가오는 나를 보더니 날카로운 소리를 지르며 앉아 있던 물가의 가지에서 날아올랐다. 호숫가에 도착하고 한 시간 동안 사람이라고는 보이지 않았기에 그 광활한 전망을 나 혼자 누렸다. 먼저 소리가 들리는 듯하더니, 넓은 호수 위로 증기선이 모습을 보이기 시작했다.

기선이 호수 안으로 들어와 정박한 곳에는 함께 야영을 했던 인디언도 한 사람 와있었다. 전날 밤 무스 사냥에 나갔다 돌아온 사람이었는데, 지금은 하얀 셔츠와 질 좋은 검은 바지를 대단히 말쑥하게 차려입고 있었다. 진정한 인디언 멋쟁이다웠다. 무스헤드 호수의 북쪽 기슭에 도착하는 사람들에게 자신을 보여주려고 운반로를 건너온 것이 분명했다. 뉴욕의 멋쟁이들이 브로드웨이에 나타나 호텔 계단 위에 서 있는 것처럼 말이다.

호수 중간 지점에서 남자다워 보이는 중년의 남성 두 사람이 배 토를 가지고 배에 탔다. 6주 동안, 멀게는 캐나다 국경까지 조사를 마치고 온 사람들로 턱수염을 자르지 않고 그냥 내버려둔 채였다. 그들은 최근에 잡은 비버 가죽을 타원형 틀에 끼워 반반하게 펴두었다. 하지만 이 계절에는 모피 질이 그리 좋지 않다.

　나는 그중 한 사람과 이야기를 나누었다. 이 먼 곳까지 내가 여행을 오게 된 이유 중 하나가 집을 짓는 재료인 동부의 자원, 스트로브잣나무가 자라는 것을 보고 싶어서라고 말했다. 하지만 이번 여행 때도 그랬고, 메인 주의 다른 쪽을 찾았던 지난번 여행 때도 스트로브잣나무는 보기 힘들었다고 덧붙였다. 그리고 그에게 어디로 가야만 좋을지 물어보았다.

　그는 미소를 지으며 자기도 정확히 어디라고 말하기는 어렵다고 대답했다. 다만, 쓸 만한 나무가 하나도 남지 않았다고 여겨졌던 곳에서 다음 겨울에 소떼 두 무리를 데리고 가도 좋을 만큼 많은 스트로브잣나무를 발견했다고 말했다. 현재 '최고급'으로 여겨지는 나무들은 20년 전, 그가 처음 목재 산업에 뛰어들었을 때에는 거들떠보지도 않았던 나무라고 한다. 덕분에 그들은 과거 질이 떨어진다고 여겨졌던 목재들로 지금 아주 큰 성공을 거두고 있다고 했다.

　옛날에 목재 조사원은 목재의 중심이 꽉 들어찼는지 확인하기 위해 점점 더 위를 잘라보았다. 그리고 중심의 썩은 부분 크기가 자기 팔보다 크면 그 나무는 그냥 내버려두었다. 하지만 이제는 그런 나무도 잘라서 썩은 부분 주위를 톱으로 잘라낸다. 그러면 최고급 널빤지가 만들어지고, 이렇게 만들어진 널빤지에는 절대 균열이 생기지 않는다.

뱅거에서 목재 사업에 관여하고 있는 사람에게 듣기로 그의 회사에서 소유한 가장 큰 소나무는 지난겨울에 벤 것인데, 숲속에서 '재적을 어림한' 결과 4,500 보드 피트[116]였고 올드타운의 뱅거 방재 구역에서 통째 90달러의 값어치가 매겨졌다고 한다. 그들은 이 나무 하나를 옮기기 위해 3.5마일이나 길을 내야 했다. 그가 봤을 때 페놉스콧 강을 따라 자라는 스트로브잣나무는 이제 동쪽 지류와 알라가시 강의 상류, 웹스터 개천과 이글 호수, 체임벌린 호수 근방에 있을 것이다.

지금까지 많은 목재들이 국유지에서 도난당해 왔다(정말이지 국유지라는 이름만 붙인다고 삼림 감시가 이루어진단 말인가). 나는 국유지 경계 바로 안쪽에서 특히 훌륭한 나무를 발견한 사람의 이야기를 들은 적이 있다. 그는 감히 공범을 구하지 못하고, 혼자 나무를 잘랐다. 또 소도 데려오지 못하고 오직 도르래 장치만 써서 나무를 굴려 강 속에 집어넣었다고 한다. 최소한의 도움도 받지 않고 혼자서 말이다. 분명 이런 식으로 소나무를 훔치는 것은 닭을 훔치는 것만큼 비열한 짓은 아니리라.

우리는 그날 밤 먼슨에 도착했고, 다음날에는 마차를 타고 뱅거

---

116 목재를 측정하는 단위로, 가로세로 1피트 길이에 두께가 1인치인 널빤지를 기준으로 한다.

로 갔다. 갈 때와는 다른 길을 택했는데, 내내 비가 내렸다. 이 길의 도중에 있는 일부 여관들은 아주 더러워서 캠프와 집의 중간 상태로 보였다.

　다음날 오전, 우리는 올드타운으로 갔다. 올드타운 강변에서 호리호리한 인디언 노인이 내 일행을 알아보고 프랑스인처럼 과장된 몸짓을 하며 만면에 미소를 지어 보였다. 우리는 가톨릭 사제 한 사람과 함께 배토를 타고 인디언 섬으로 건너갔다. 인디언 집들은 나무로 틀을 짠 단층집이 대부분이었고 몇 군데 흩어져 있는 집을 제외하면 대개 이 섬의 남단까지 앞뒤로 줄지어 서 있었다.

　세어 보니, 성당과 일행이 의사당이라고 부르는 집을 빼면 총 40여 채였다. 의사당은 내 생각에 시청 같은 곳인데, 균형 잡힌 틀을 세우고 나머지 집들처럼 지붕에 널을 이었다. 가까운 곳에는 앞마당이 있는 이층집도 몇 채 있었고, 적어도 한 채에는 녹색 블라인드가 달려 있었다. 또 집 주위 여기저기에 무스 가죽을 팽팽하게 펴서 말리고 있었다. 마차가 지나갈 길도, 말이 다닐 길도 없었고 오로지 걸어 다닐 수 있는 길만 있었다.

　경작지는 아주 조금밖에 없었지만, 토종 잡초나 토착화된 외래종 잡초가 무성했다. 쓸모 있는 채소보다 외래종 잡초가 더 많다니, 인디언들이 백인들의 미덕보다는 악덕을 더 기른다는 말과 다를 바 없었다. 그래도 마을은 내 생각보다 깨끗했다. 예전에 본 적이 있는 어느 아일랜드인들의 마을보다도 훨씬 더 깨끗했다.

아이들도 누더기를 입거나 더러운 행색이 아니었다. 사내애들은 손에 활을 쥐고 시위에 화살을 먹이고는 우리를 보자 "1센트 주세요"라고 외쳤다. 사실 이제 인디언들의 활은 무력하기만 하다. 하지만 백인들의 호기심은 채워지는 법이 없고, 처음부터 줄곧 숲의 산물인 이 활을 보고 싶어 안달해 왔다. 깃털 달린 화살의 탄력 있는 나무 막대 부분은 문명과 접함으로써 이제 시위에 닿지 못할 것이 너무나도 분명하지만, 야만인의 문장으로써 어떤 종류의 역할을 할 것이다. 아, 가엾은 사냥꾼 일족이여! 백인들이 그대들의 사냥감을 몰아내고 그 자리를 1센트로 대신했구나.

나는 물가에서 인디언 여인이 빨래하는 것을 보았다. 바위 위에 서서 개천에 옷가지를 담갔다 꺼낸 다음 짧은 방망이로 두드렸다. 무덤이 가득한 묘지는 곳곳에 잡초가 무성했고, 나무로 세운 묘비에는 인디언 말로 적은 비문도 있었다. 이 섬에는 거대한 나무 십자가도 있었다.

우리는 일행과 아는 사이였던 추장 넵튠의 집에 방문했다. 그는 인디언 섬의 집들 중 가장 초라한 10평방피트짜리 작은 집에서 살았다. 공적인 위치에 있는 사람에 대해 말할 때는 인물 비평도 허용되는 법이므로 이번 방문에 대해 자세히 적어보겠다.

그는 잠자리에 누워 있었다. 하지만 집의 절반에 해당되는 방에 우리가 들어가자 침대 한쪽에 기대앉았다. 한쪽 구석에는 시계가 달려 있었다. 그는 검은 색 프록코트와 닳고 닳은 검은 색 바지를 입었다. 흰 셔츠는 면으로 만든 것이었고, 양말을 신었으며, 목에 붉은 색 실크 손수건을 둘렀다. 그리고 밀짚모자를 썼다. 검은 머리에는 흰머리가 약간만 섞여 있었다. 광대가 아주 넓었으며 생김새는 내가 만나본 토착 미국인 당Native American Party[117] 소속의 벼락출세한 이들과 확실히 신기할 정도로 달랐다. 피부색도 백인 노인들에 비해 더 어둡지 않았다.

그는 내게 자기는 여든아홉 살이라고 밝히며 지난 가을과 마찬가지로 이번 가을에도 무스 사냥에 갈 예정이라고 했다. 아마도 사냥은 그의 일행들이 하는 것이리라. 민첩하게 다른 사람들을 피해 돌아다니는 인디언 여자들이 많았다. 한 명은 추장의 옆에 앉아서 그가 이야기하는 것을 거들었다. 다들 놀랍도록 비대했다. 얼굴은 매끈하고 둥글었으며, 아주 쾌활해 보였다. 매사추세츠 주의 훨씬 엉

---

117 19세기 중반에 결성된 정당으로 이민법을 강화하고 가톨릭 신자나 외국인을 배척해야 한다고 주장했다.

망진창인 날씨도 그녀들의 지방질을 말려 없애지는 못할 것이다. 우리가 머물러 있는 동안 — 꽤 오래 머물러 있었던 까닭에 — 한 사람이 올드타운에 갔다가 돌아왔다. 그리고 그 방의 또 다른 침대에 앉아서 사온 원단을 잘랐다. 드레스를 만드는 것이었다. 추장이 이렇게 말했다.

"나는 무스가 훨씬 더 컸던 시절을 기억한다오. 무스는 원래부터 숲속에서 살았던 게 아니야. 다른 사슴들처럼 물에서 나왔지. 무스는 한때 고래였다오. 메머릭 강을 따라 한참 아래로 내려가면 나오는 얕은 만에 고래 한 마리가 나타나 물가로 올라갔지. 바다는 고래를 남기고 물러가버렸고, 그 고래가 뭍으로 와서 무스가 된 거요. 처음에 무스가 고래라는 걸 알게 된 건 말이지, 덤불 안에서 뛰어다니게 되기 전에는 무스 배 속에 내장이 없었기 때문이라오. 대신……."

추장의 시중을 들기 위해 옆에 앉아 있던 여자가 해변에서 찾을 수 있는 부드러운 생물을 뭐라고 하는지 물어보았다.

"해파리라고 합니다."

"그래, 내장이 없고 해파리가 있었소."

무스가 전에는 몸집이 더 컸다는 추장의 이야기는 어느 정도 사실일 수도 있다. 17세기에 바로 이 메인 지방에서 몇 년간 지낸 적이 있는 별난 의사, 존 조슬린은 이런 기록을 남겼다. 무스의 뿔 끝이 "2패덤 깊이에서 따로따로 발견되는 때도 간혹 있다." 그는 특히 1패덤이 6피트 길이라고 자세히 설명하며 "그리고 [무스는] 앞발의 발가락부터 어깨의 높이 솟은 곳까지 쟀을 때 높이가 12피트이나, 의심 많은 독자 일부는 둘 다 엄청난 거짓말로 받아들인다." 그리고 "모든 생물에는 초월 특성[118]이 있다. 신께서 부여하신 지울 수 없는 특성, 그로 하여금 신을 발견하게 하는 특성이다"라고 덧붙였다.

믿을 수도, 믿지 않을 수도 없는 커다란 딜레마이다. 런던 어퍼 브룩 스트리트의 토머스 스틸 씨가 소유하고 있는 어린 베추아나 황소의 두개골 역시 명백히 또 다른 초월 특성에 해당되며 딜레마를 느끼게 하나, 이 정도는 아니다. 이 황소는 "뿔 전체 길이가 끝에서 끝까지 곡선을 따라 재면 13피트 5인치. 각 뿔의 끝에서 직선으로 간격을 재면 8피트 8.5인치이다." 하지만 내가 보기에는 무스와 쿠거의 크기는 과장되었다기보다는 오히려 과소평가되고 있다. 대중적인 추정치에 조슬린의 기록에서 가져온 값의 일부를 더하고 싶은 생각이 들기도 한다.

하지만 우리는 추장보다는 주로 추장의 사위와 이야기를 나누었다. 아주 분별력이 있는 인디언이었다. 추장은 너무 늙고 귀가 어두

---

118 스콜라 철학에서 말하는 형이상학 용어로 본성과 무관하게 모든 사물에 존재하는 특성을 말한다. 아리스토텔레스가 규정한 존재(ens), 하나(unum), 선(bonum), 진실(verum), 사물(res), 어떤 것(aliquid)에도 속하지 않으므로 초월 특성이라고 한다.

워서 우리가 추장 대신 사위에게 질문하는 것을 꺼리지 않았다. 추장의 사위는 그들에게 정치적인 면에서 두 당파가 있다고 했다. 한쪽은 학교에 찬성하는 쪽, 다른 한쪽은 학교에 반대하는 쪽인데 학교에 반대하는 신부님 뜻을 거스르고 싶지 않은 이들이었다.

선거에서는 첫 번째 당이 우세했고, 주 의회에 대표를 보냈다고 한다. 넵튠과 에이티언, 그리고 그 자신은 학교에 찬성하는 쪽이었다. 촌장의 사위는 "인디언이 교육을 받으면 돈을 모으게 될 겁니다"라고 말했다. 우리가 조의 아버지인 에이티언이 어디에 있는지 묻자 곧 무스 사냥을 떠나기는 하겠지만, 지금은 틀림없이 링컨에 있을 거라고 했다. 몇 가지 서류에 사인을 받아야 해서 그에게 막 전령을 보냈기 때문이다. 나는 넵튠에게 인디언들이 옛날부터 길러온 품종의 개를 아직도 기르는지 물어보았다. 그가 대답했다.

"물론이오."

"하지만 저건…… 양키 개군요."

나는 방금 안으로 들어온 개를 가리키며 말했다.

넵튠도 그렇다고 동의했다. 그리고 내가 그리 좋은 개가 아닌 것처럼 보인다고 하자 "오, 아니라오!"라고 말하며, 이 개는 늑대를 잡아서 목을 꽉 물고 버텼던 적이 있다고 아주 열렬하게 옹호했다. 아주 작은 검은 색 강아지도 방 안으로 달려와 추장의 발에 달려들었다. 그가 양말만 신고 침대에 걸터앉아 발을 흔들고 있었기 때문이다. 추장은 손을 비비더니 달려드는 개에게 이리 오라고 부추기며 신나게 개와 장난을 치기 시작했다. 내가 알기로는 대화를 나누며 이보다 더 중요한 일은 일어나지 않았다. 추장을 찾아간 것은 이번이 처음이었다. 하지만 한 자리 부탁하려고 간 것이 아니라 더 자유롭게 말할 수 있었다.

어떤 집 뒤편에서 카누를 만들던 인디언이 일손을 멈추고 기분 좋게 우리를 바라보았다. 내 일행과 아는 사이였던 것이다. 그의 이름은 올드 존 페니웨이트라고 했다. 나는 오래전 그에 관해 들은 적이 있었기에, 그와 동시대를 살아온 다른 인디언에 대해서도 물어보았다. 존 포펜스 헤이페니 말이다. 하지만 슬프게도! 그는 더 이상 이 세상을 떠돌아다니지 않는다고 했다.

나는 카누 만드는 작업을 신중하게 살펴보았다. 그리고 한 계절 동안 견습생으로 일하고 싶다고 생각했다. '스승님'과 같이 나무껍질을 구하러 숲속으로 들어가 그곳에서 카누를 만든 뒤 그 카누를 타고 돌아오는 것이다.

우리를 데려갈 배토가 건너오는 동안 나는 기슭에서 화살촉 파편과 돌로 만든 망가진 끌을 주웠는데, 이런 것들은 나보다 인디언들이 더 새롭게 여긴다. 이후 나는 뱅거에서 3마일 위로 올라가 페놉스콧 강이 굽어지는 올드 포트 언덕에서 인디언 마을 터를 찾아보았다. 그 근처에 마을이 있었다고 생각하는 사람들이 있기 때문이었다. 그곳에서는 화살촉이 더 나왔고, 잿더미 속에서 작고 어두운 도자기 파편도 두 조각 나왔다. 섬의 인디언들은 꽤 행복하게 사는 것처럼 보였고, 올드타운 주민들도 잘 대해주는 듯했다.

우리는 이 섬 바로 아래에 있는 비지 제재소에 들렀다. 이곳에는 톱이 열여섯 조 있었는데, 그중에는 톱 열여섯 개가 하나의 틀에 고정된 갱톱도 있었고, 당연히 둥근톱도 있었다. 한쪽에서는 수력을 이용해 기울어진 판 위로 통나무를 끌어올리고, 또 한쪽에서는 널빤지, 판자, 톱질한 목재를 옮겨가며 뗏목을 만들고 있었다. 나무는 말 그대로 끌고 와서 이곳에 보관했다.

여기에서는 뗏목을 만들며 아래쪽 3피트는 어린 활엽수를 사용하되, 굵은 끝부분이 구부러지고 튀어나온 나무를 골라 뗏목 양옆의 모서리에 낸 구멍으로 통과시키고 쐐기를 박아 고정시켰다. 또 다른 구역에서는 끄트머리 나무로 뉴잉글랜드 전역에 서 있는 것과 똑같은 울타리용 널조각을 만들었다. 이 널조각들이 고향에서 내가 살던 집 뒤에 있던 말뚝 울타리일지도 모른다.

놀랍게도 나무가 잘리는 것과 같은 속도로 잘려나간 널빤지의 긴 테두리 나무를 모아 호퍼 안에 밀어 넣는 소년이 있었다. 그러면 이

나뭇조각들이 제분기를 통과해 가루가 되어서 나오는 것이다. 그러지 않으면 건물 한쪽에 나뭇조각이 엄청난 높이로 쌓여서, 화재의 위험성이 높아지거나 강으로 떠내려가 강을 막아버릴 수 있다. 그렇게 보면 이곳은 제재소이기도 하지만, 제분소이기도 했다.

올드타운, 스틸워터, 뱅거의 주민들은 분명 불쏘시개가 없어서 고생하는 일은 없을 것이다. 떠내려 오는 나무만 주워서 겨울에 1코드[119] 단위로 판매해 먹고 사는 사람도 있다. 어딘가에서 본 아일랜드인은 이를 목적으로 소떼와 고용인까지 거느리고, 목재가 흘러내려오는 강변의 상당히 긴 거리를 도맡아 정기적으로 활동했다. 듣기로 그는 1년에 1,200달러를 벌었다고 한다. 강가에 사는 또 다른 사람은 자기 집 별채와 울타리 재료는 전부 강에서 얻었다고 말하기도 했다. 그 근방에서는 흔히 모래 대신 이런 자투리 나무로 구멍을 메운다고 한다. 흙보다 이쪽이 더 싸기 때문이다.

나는 뱅거에서 북서쪽으로 2마일 떨어진 한 언덕에서 이번 여행 들어 처음으로 가리는 것 없이 확실하게 크타든을 볼 수 있었다. 그러기 위해 이 언덕에 오른 것이었다. 크타든을 보고나자 매사추세츠로 돌아갈 준비가 되었다.

---

119 장작의 체적 단위. 8피트 길이의 장작을 폭과 높이가 4피트가 되도록 쌓은 양.

훔볼트는 원시림에 대해 흥미로운 글을 쓴 바 있다. 그러나 한때 미국에서 가장 오래된 마을이 있었던 야생의 숲과 오늘날 그곳에 사람이 나무를 심어 만든 숲의 차이에 대해 쓴 사람은 아무도 없다. 그러나 생각해 볼 만한 차이일 것이다. 문명인은 광활한 땅을 영구적으로 개척해 밭을 일굴 뿐만 아니라 어느 정도 숲 자체를 만들고 경작한다.

인간은 거의 그 존재만으로 나무의 본질을 바꿔버린다. 다른 어떤 생물도 하지 못하는 일이다. 태양을, 공기를, 어쩌면 불까지 들여와 숲이 있는 곳에 곡식을 기른다. 숲은 그 야성을, 습기를, 무성한 가지를 잃는다. 나무는 수도 없이 쓰러지고 썩어서 사라져버린다. 그 결과 나무를 뒤덮으며 살아가던 두꺼운 이끼도 사라진다. 가려져서 보이지 않던 흙이 반반하게 메마른 모습을 드러낸다.

우리에게 남은 가장 원시적인 공간은 늪이다. 아직도 소나무 겨우살이[120]와 더불어 가문비나무가 무성하게 자라는 곳. 메인 숲의 지면은 어디로 가나 폭신폭신하고 물기가 잔뜩 어려 있다. 나는 그 숲의 지면을 뒤덮고 있는 식물들이 우리 지역으로 오면 대개 늪지대에서만 볼 수 있는 식물이라는 사실을 깨달았다. 나도옥잠화의 일종Clintonia borealis, 난초, 크리핑 스노베리 따위 말이다. 가장 많이

---

120 나무의 줄기와 가지에 실타래처럼 매달려서 사는 지의류.

자라는 애스터류는 소용돌이애스터*Aster acuminatus*로 우리 지역에서는 축축하고 그늘진 숲에서 자란다. 파란나무애스터Aster cordifolius와 큰잎애스터Aster macrophyllus도 흔하고 색깔이 옅거나 아예 없는 것, 때때로 꽃잎이 없는 것도 있다.

베어낸 그루터기에서 다시 자라나는 나무는 부드럽고 넓게 퍼지며 껍질도 매끈해서 벌목꾼이 지나갔던 곳임을 알 수 있게 된다는데, 이런 스트로브잣나무는 보지 못했다. 어린 스트로브잣나무조차 모두 키가 크고, 굵기가 가늘며, 껍질이 거칠었다.

메인 숲은 기본적으로 매사추세츠의 숲과 다르다. 황야로 들어가서 결국 이곳이 마을 누군가가 소유한 식림지라거나 어느 미망인이 물려받은 유산이라는 것을 깨닫게 되는 일은 결코 없다. 반면, 매사추세츠의 황야란 그 미망인의 조상들이 여러 세대에 걸쳐 땔감을 실어온 곳, 오래된 증서에 상세하게 적혀 있으며 나라에 등록되어 있는 곳이다.

주인에게는 그곳의 도면도 있고 찾아보면 매 40로드마다 오래된 경계 표시가 있을지도 모른다. 지도를 보면 지금 서 있는 곳이 주 정부가 어느 학교에 양도한 땅, 아니면 빙엄 씨가 구입한 땅이라는 것을 알 수 있다. 그것은 사실이다. 하지만 이런 이름들은 사람을 압도하지 못한다. 학교나 빙엄 씨를 떠올릴 만한 것은 아무것도 보이지 않기 때문이다.

이런 숲에 비교하면 영국의 '왕실 숲'은 어떤가? 한 작가는 찰스 2세 시대의 와이트 섬에 대해 이렇게 썼다.

"이 섬의 숲은 너무나도 무성하고 광활해서 여기저기에서 다람쥐가 나무 꼭대기로만 몇 리그씩 이동할 수 있다고들 한다."

메인의 숲이 바로 강만 없다면(혹은 강의 상류로 돌아서 간다면) 다람쥐가 그런 식으로 숲 전역을 여행할 수 있는 곳이다.

우리는 아직 원시 소나무 숲에 대한 적절한 설명을 접하지 못했다. 매사추세츠 주에서 최근 발간되고, 학교에서 사용하는 지도책을 보면 북미의 '삼림 지대'는 거의 오하이오 주의 골짜기와 오대호 주변 일부로 한정되어 있다. 그리고 지구 최대의 소나무 숲은 나오지 않는다. 예를 들어 뉴브런즈윅과 메인 근방은 그린란드와 마찬가지로 아무것도 없는 것처럼 나온다. 무스헤드 호수 남단의 그린빌에 사는 아이들, 부엉이를 두려워하지 않을 것이 분명한 그 아이들에게 오하이오 주의 골짜기에서 숲이라는 개념을 배우게 하는 것이다.

하지만 그렇게 해서는 근방의 무스, 곰, 카리부, 비버 등을 어떻게 다뤄야 할지 알 수 없다. "북아메리카, 즉 미국과 캐나다에 세계 최대의 소나무 숲이 있다"고 영국인이 우리에게 알려주게끔 내버려둬야 할까? 뉴브런즈윅의 상당 부분과 메인 주의 북쪽 절반, 그곳에 인접한 캐나다 지역, 그리고 말할 것도 없지만 뉴욕 주 북동부, 그보다 더 깊이 들어간 지역은 아직도 사람의 손이 거의 닿지 않은 소나무 숲으로 뒤덮여 있다.

하지만 아마도 메인 주는 곧 지금의 매사추세츠처럼 될 것이다. 그 지역의 상당 부분이 이미 내가 사는 곳 부근만큼 헐벗고 흔한 곳이 되어 있었다. 메인의 마을 대부분이 우리 지역 마을에 비해 그늘을 드리울 나무가 더 적었다. 우리는 대지가 사람이 살 만한 곳이 되기에 앞서 양을 치는 목장이란 시련의 단계를 거쳐야만 한다고 생각하는 듯하다. 보스턴에서 크게 유행하고 있는 휴양지 나한트를 생각해 보라. 내가 증기선을 타고 메인으로 향할 때, 황혼 속에서 막연히 바라보며 이 대륙이 발견된 이래 변함이 없다고 생각했던 나한트 반도 말이다.

1614년, 존 스미스는 이곳을 두고 "마타헌트, 과수원과 정원, 옥수수밭이 있는 기분 좋은 두 섬"이라고 묘사했다. 한때 숲이 우거진 곳이었다고 말하는 이들도 있었다. 보스턴의 부두를 만드는 데 쓰인 목재를 다 공급했을 정도라고 말이다.

하지만 이제 그곳에서는 나무를 기르기가 힘들다. 방문객들은 배나무 몇 그루 보호하겠다고 튜더 씨가 고안한 높이 1로드짜리 흉측

한 울타리를 보고 발길을 돌린다. 그렇다면 매사추세츠 주 미들섹스 카운티의 마을들에는 무엇이 있어 온단 말인가? 노골적이고 요란한 마을 사무소 건물과, 열매도 잎도 달리지 않는 벌거벗은 자유의 깃대[121]. 이것이 내게 보이는 전부이다. 이후로 다시 자유의 깃대를 세우려면 목재를 수입하거나 이미 가지고 있는 막대들을 이어 붙여야 하리라.

자유에 관한 우리의 관념 역시 이처럼 보잘것없다. 버드나무 길의 가로수마저 3년마다 한 번, 땔감이나 화약을 얻기 위해 잘라낸다. 큼직한 소나무와 참나무, 그 외 다른 숲속의 나무들을 베어낸 것이 그때를 기억하는 사람이 있을 만큼 가까운 과거의 일이다! 마치 개인 투기꾼들이 하늘에서 구름을, 아니면 별을 하나씩 타지에 팔아넘겨도 된다는 허가를 받게 되는 것과 다르지 않다. 우리는 영양소를 얻기 위해 지면을 형성하는 껍질 자체를 씹는 처지가 될 것이다.

사람들은 더 작은 표적을 찾을 정도로 타락했다. 듣자하니 최근에는 월귤나무를 잘게 잘라서 땔감으로 바꿔주는 기계를 발명했다고 한다! 열매 하나만으로도 이 나라 배나무를 모두 합친 것보다 몇배는 더 가치가 있는 나무인데 말이다(원한다면 제일 가치 있는 품종

---

121 꼭대기에 자유의 모자나 공화국의 깃발을 거는 깃대.

세 가지를 순서대로 들어줄 수도 있다). 이런 속도라면 우리는 오직 헐벗은 땅을 감추고, 나무가 자라는 듯한 모습을 가장하기 위해서 최소한 수염이라도 길러야 하는 처지가 될 것이다.

때때로 농부들은 옷을 입은 땅, 즉 자연적으로 자라는 초목을 몸에 두른 땅보다 벌거벗은 땅이 더 나아 보이는 것처럼 땅을 '깨끗하게 손질한다'고 말한다. 야생의 자연이 만드는 생울타리가 아마도 훗날 옆에 있는 농부의 농장 전체보다 자손들에게 더 가치가 있을 텐데도 마치 무가치한 것처럼 여긴다.

나는 나무 혐오자라고 부를 만한 사람을 하나 알고 있다. 그는 자손들에게 나무 혐오를 새로운 유산으로 남길지도 모른다. 쓰러지는 나무에 깔려 죽을 것이라는 예언을 듣고, 운명을 앞지르기로 결심한 사람이라 생각해도 될 정도다.

저널리스트들은 농사에 있어서 '개선'이란 아무리 호의적으로 말해도 모자란 것이라고 생각한다. 독실한 신앙만큼 안전한 주제이기 때문이다. 하지만 이런 개선에 의해 탄생한 '모델 농장'을 아름답다고 생각하느니, 나는 기꺼이 특허 받은 교유기와 그걸 돌리는 사람을 바라보겠다. 모델 농장들은 보통 누군가 돈을 버는 곳에 불과하다. 겉모습뿐인 가짜일지도 모른다. 전에 풀 한 포기가 자라던 곳에 풀 두 포기를 키우는 일의 미덕은 초인이 되어야만 행동으로 옮길 수 있는 것이 아니다.

그런데도 평온하면서도 아직 다양한 풍경이 존재하는 우리 고장으로 돌아간다는 사실에 나는 안도감을 느꼈다. 영구적인 거주지로 이곳과 황야를 비교하는 것은 내게는 어불성설처럼 느껴진다. 후자가 우리의 문명 전체를 이끌어낸 원천이자 배경, 원자재로 반드시 필요하긴 하지만 말이다.

황야는 단순하고 거의 불모지에 가깝다. 어느 문학의 큰 덩어리를 만들어낼 시인의 운율에 영감을 선사해 왔고, 앞으로도 계속 영감을 줄 것은 일부가 개발된 지역이다. 매사추세츠의 숲에는 나무가 많이 자라고, 그곳의 주민은 숲에서 사는 사람들과 농부이다. 즉 이곳이 셀바자selvaggia[122]이고 주민들은 샐비지salvage[123]인 것이다. 평범한 감각으로 자신의 개념과 연상을 담아 숲이라는 단어를 사용하는 문명인은 가공하지 않고, 용해되지 않는 토탄을 수염뿌리로 꽉 움켜쥐고 있는 경작지의 식물처럼 결국에는 숲을 애타게 그리워해야만 한다. 최북단의 뱃사공들은 일자리를 얻으려면 춤을 추고 연극을 해야 한다.

어쩌면 우리의 숲과 들판은 ― 월귤나무에 대해 논쟁조차 필요하

---

122 이탈리아어로 '황야'를 뜻한다.
123 현대 영어의 savage, 즉 '야만인'을 뜻한다.

지 않을 만큼 나무가 많은 마을에 있는 숲과 들판은 그 안으로 여기저기 흩어져 있되, 과도하지 않은 원시의 습지와 더불어 완벽한 공원이자 과수원, 정원, 쉼터, 산책로, 전망, 풍경일 것이다. 이는 사람으로서 우리에게 내재된 예술성과 품위에 기인한 자연적인 결과이다. 따라서 각 마을이 소유한 공유지야말로 그 마을의 진정한 낙원이다.

이에 비하면 공들여서 계획적으로, 비싼 값을 치르며 만든 공원과 정원은 하찮은 모조품이라 할 수 있다. 아니, 그보다는 우리의 숲이 20년 전 그런 모습이었다고 말하겠다. 보통 시인의 길은 벌목꾼의 길이 아니라 숲에서 사는 사람의 길이다. 벌목꾼과 개척자는 세례자 요한처럼 시인을 앞질러 간다. 요한처럼 야생의 꿀과 메뚜기를 먹으며[124] 죽은 나무와 그 나무를 먹고 살던 푹신한 이끼를 없애고 난로를 만들어 자연을 인간적인 곳으로 바꾼다. 시인을 위해.

하지만 소박하다고 해서 무미건조한 것이 아니라고 생각하는 조금 더 개방적인 정신의 소유자들도 존재한다. 숲에는 위엄 넘치는 소나무만이 아니라 연약한 꽃도 있다. 정제하지 않은 토탄 덩어리에서 영양소를 추출하지 못할 정도로 지나치게 섬세한 나머지 재배

---

124 마태복음 3장 4절 "요한은 낙타 털로 된 옷을 입고 허리에 가죽 띠를 둘렀다. 그의 음식은 메뚜기와 들꿀이었다."에 비유한 부분.

를 할 수 없다고 흔히 알려져 있는 난초 같은 꽃들 말이다. 이런 것들을 보면 힘은 물론 미(美)를 위해서도 시인은 때때로 벌목꾼의 길을, 인디언의 길을 따라 여행을 해야 한다는 생각이 든다. 머나먼 황야로 깊숙이 들어가 새롭고 더 상쾌한 뮤즈들의 샘물을 마시려면 말이다.

영국의 왕들은 재미 또는 식량을 얻기 위해 "왕의 사냥감을 보관하고자" 숲을 소유했다. 이런 숲을 만들거나 늘리기 위해 때로는 마을을 파괴하기도 했다. 그들은 진짜 본능에 좌우되는 사람들이기 때문이다.

하지만 왕의 권위를 부인해 온 우리에게 국가적인 삼림 보호 구역이 있은들 어떠한가. 어떤 마을도 파괴할 필요가 없는 곳. 곰이나 흑표범, 그리고 일부 사냥꾼들까지 여전히 살아 있을지도 모르는 곳. "대지의 표면에서 초목이 사라질 만큼 문명화"되지 않은 곳 — 단순히 왕의 사냥감을 보관하기 위해서가 아닌, 창조주이신 왕까지 모시고 보존하기 위한 곳. 게으른 재미나 식량을 위해서가 아니라 영감과 우리만의 진정한 유희를 위한 곳. 그런 숲이 존재한들 어떠한가? 아니면 악당들처럼 우리 국경 안의 땅에 자라는 모든 것을 움켜쥐고 뽑아버려야 할 것인가?

인간이 목재가 아니듯 소나무도 본래 목재가 아니다.
사람이 죽어서 거름으로 돌아가는 것이
사람의 가장 진정한 쓰임이 아니듯,
소나무가 널빤지며 집으로 만들어지는 것 역시
소나무의 가장 진정한 쓰임도, 최고의 쓰임도 아니다.

THE MAINE WOODS

Ⅲ. 세 번째 여정

알라가시 강과 동쪽 지류

—

1857년 7월 20일 월요일, 나는 일행 한 명과 메인 숲을 향한 세 번째 여정을 시작해 다음날 정오 무렵 뱅거에 도착했다. 우리는 증기선에서 내리기가 무섭게 거리에서 몰리 몰라세스[125]와 스쳐 지나갔다. 그녀가 있는 한, 페놉스콧 족은 하나의 부족으로서 현존한다고 여겨질 것이다. 다음날 아침, 페놉스콧 인디언들을 잘 알고, 나와 지난 두 차례 메인 숲 여행을 같이했던 친척이 나를 마차에 태워 올드타운으로 데려가주었다. 이번 여정을 함께할 인디언을 찾을 수 있도록 돕기 위해서였다.

---

125 마술과 예언 능력이 있다고 알려진 인디언. 페놉스콧 족은 아베나키 동맹을 맺은 부족 중 하나이다.

우리는 정기선 역할을 하는 배토를 타고 인디언 섬으로 건너갔다. 섬으로 들어가는 입구의 열쇠는 사공의 아들이 가지고 있었다. 하지만 대장장이이기도 한 사공은 잠시 망설이다가 금속용 정으로 바위 위의 사슬을 끊어버렸다. 그리고 인디언들이 대부분 해안지방이나 매사추세츠 주로 떠나고 없다는 소식을 전해주었다. 그중 일부는 올드타운에서 그들이 매우 두려워하는 천연두가 발발했기 때문에 떠났고, 우리가 고향에 남은 인디언들 중 적당한 인물을 구할 수 있을지 의심스럽다고 했다. 하지만 나이 든 추장 넵튠은 아직 남아 있었다.

섬에 들어가서 제일 처음 만난 인디언은 조지프 폴리스였다. 내 친척은 어릴 때부터 그와 아는 사이였으므로 친근하게 '조'라고 불렀다. 그는 자기 집 마당에서 사슴 가죽을 손질하고 있었다. 비스듬하게 기대 놓은 통나무 위에 가죽을 펼친 뒤, 양손으로 막대기를 잡고 가죽을 문지르는 작업이었다. 폴리스는 몸이 다부지고 중간보다 큰 키였으며 얼굴이 넓적했다. 사람들 말처럼 생김새와 피부색이 완벽한 인디언이었다.

그의 집은 하얀 이층집이었고 블라인드를 달았다. 이곳에서 본 집 중 제일 좋아 보이는 집이었고, 뉴잉글랜드 거리에 있는 평범한 집들만큼 좋았다. 집 주위에는 과일 나무가 자라는 정원이 있고, 콩

사이로 드문드문 옥수숫대가 하나씩 섞여서 자라고 있었다. 우리는 그에게 숲으로 가려고 하는데, 함께 가줄 괜찮은 인디언이 없냐고 물어보았다. 무스헤드를 경유해 알라가시 강까지 갔다가 페놉스콧 강의 동쪽 지류로 돌아올 생각이지만, 기분에 따라 어느 길로 갈지는 달라질 수 있다고 했다. 그러자 그가 인디언들이 백인들과 대화할 때면 늘 그러듯, 이상한 거리감이 느껴지는 길게 끄는 말투로 대답했다.

"나, 내가 가고 싶소. 나 무스 잡고 싶소."

그리고 나서 폴리스는 계속해서 가죽을 문질렀다. 1년인가 2년 전에 그의 동생도 내 친척과 함께 숲으로 간 적이 있었다. 그는 동생이 돌아오지 않았다며, 내 친척에게 어떻게 된 거냐고 물어보았다. 그 후로 동생을 보지도 못했고, 연락도 받지 못했다고 말이다.

우리는 겨우 더 흥미로운 주제로 화제를 돌렸다. 정기선 사공도 실력 있는 인디언들은 다 떠나버렸고, 상류계급인 폴리스만 남았다고 했다. 그러니 그는 분명 우리가 구할 수 있는 최고의 인디언이었다. 하지만 그가 가기로 한다면 대가를 비싸게 부를 터였다. 그래서 우리는 그와 함께 갈 수 있으리라고는 생각하지 않았었다.

처음 폴리스는 하루 2달러를 요구했지만, 결국 1달러 50센트에 합의했다. 그리고 그의 카누를 사용하는 대가로 일주일에 50센트씩 받기로 했다. 그는 카누를 가지고 그날 저녁 7시 기차를 타고 뱅거까지 오기로 했다 — 의지할 만한 사람 같았다. 우리는 성실하고 믿을 만하다고 평판이 자자한 사람을 고용하게 되어서 행운이라고 생각했다.

그날 오후, 나는 뱅거에 남아 있던 일행과 함께 여행 준비를 했다. 건빵, 돼지고기, 커피, 설탕 등 식량을 사고 천연고무를 먹여 만든 우비를 준비했다.

우리는 원래 세인트존 강을 그 수원에서부터 하구까지 탐험하거나, 동쪽 지류를 따라 페놉스콧 강을 거슬러 올라 세인트존 강 근처의 호수들까지 갔다가 체순국과 무스헤드 호수를 경유해 돌아올 생각이었다. 결국에는 후자 쪽으로 마음이 기울었는데, 순서만 반대로 바꾸기로 했다. 무스헤드를 경유해 북쪽으로 올라가서 페놉스콧 강을 따라 돌아오기로 한 것이다. 그러지 않으면 계속 강을 거슬러 올라가기만 해야 하기에, 시간이 두 배로 오래 걸리리라 판단했기 때문이다.

그날 저녁, 폴리스가 기차를 타고 도착했다. 내가 앞장서고 그가 뒤따라오는 방식으로 4분의 3마일 떨어진 내 친구네 집으로 향했다. 폴리스는 머리에 카누를 이었다. 사실 나도 길을 잘 몰랐지만, 보스턴에서처럼 지형을 보고 판단하며 움직였다. 그리고 폴리스와 이야기를 나누어 보려고 했지만, 그는 카누를 옮길 때 보통 사용하는 기구를 가져오지 않아서 머리에 인 카누의 무게 때문에 헐떡거리고 있었다. 하지만 무엇보다도 그는 인디언이니 말이 통하지 않을 터였고, 그 시간 동안 카누 바닥을 두드리는 편이 나을지도 몰랐다. 어색한 분위기에서 벗어나려고 여러 번 말을 걸어보았지만, 폴리스는 카누 밑에서 한두 번 희미하게 끙 하는 신음소리를 냈을 뿐이다. 자신이 거기 있다는 것을 내가 알 수 있게 말이다.

　다음날 아침 일찍(7월 23일) 마차가 와서 우리를 불렀다. 우리와 함께 아침을 먹은 인디언이 이미 카누에 짐을 넣고 괜찮을지 살펴보고 있었다. 나와 일행은 각각 최대한으로 가득 채운 배낭을 챙겼고, 식량과 식기가 든 커다란 천연 고무 방수 가방도 두 개 더 있었다. 인디언의 경우, 짐이라고는 도끼와 총을 제외하면 손에 들고 있는 담요 한 장이 다였다. 하지만 그는 이번 여행을 위해 담배를 다량 구입하고 새 파이프도 하나 장만했다. 카누는 마차 위에 대각선으로 올려서 단단히 묶었다. 또 가장자리 밑에 카펫 조각을 쑤셔 넣어서 쓸리지 않게 했다. 아주 싹싹한 마부는 모자 상자처럼 카누도 이런 식으로 운반하는 데 상당히 익숙한 것 같았다.

　마차는 뱅거 하우스 호텔에서 사냥에 나가는 남자 넷을 태웠다. 그중 하나는 요리사였다. 그들은 중간 크기의 얼룩무늬 잡종 개를 하나 데리고 있었는데, 마차 옆을 달려서 따라오게 했다. 주인이 가끔씩 창문으로 머리를 내밀고 휘파람을 불어 격려했다. 하지만 3마일쯤 가자 갑자기 개의 모습이 사라졌고, 두 사람이 개를 데리러 돌아갔다. 그 사이 만석이었던 마차는 멈춰 서서 그들을 기다렸다. 나는 개가 뱅거 하우스로 돌아갔을 가능성을 제기했다. 마침내 한 사람이 돌아왔지만, 다른 한 사람은 계속 개를 찾는 중이었다.

사냥꾼 일행 전원이 개를 찾을 때까지 움직이지 않겠다는 의사를 표명했다. 하지만 아주 친절한 마부는 처음부터 한동안 기다려줄 생각이었다. 분명 이렇게 많은 승객을 잃고 싶지 않았던 것이다. 기다려주지 않으면 그들은 개인 소유의 마차를 전세내거나, 다음날 다른 노선의 역마차를 탈지도 몰랐다.

그날 60마일이 넘는 여정을 소화해야 했지만, 이런 식으로 지연이 되었고 폭풍우까지 시작되려 하고 있었다. 기다리는 동안 우리는 더 할 이야기가 없어질 때까지 개의 본능이란 주제에 관해 대화를 나누었다. 이때 바라보았던 뱅거 교외의 풍경은 아직도 내 기억 속에 남아 있다.

30분을 꼬박 채우고 나자, 밖으로 나갔던 사냥꾼 일행이 개를 줄에 묶어서 끌고 왔다. 개가 뱅거 하우스 호텔로 들어가려는 찰나에 잡았다고 했다. 이제 개는 역마차 위에 묶이는 신세가 되었지만, 축축하게 젖은 데에다가 추웠던 탓에 가는 동안 몇 번이나 마차에서 뛰어내렸다. 그리고 목에 끈이 묶인 채로 매달리곤 했다.

이 개는 곰을 막기 위해 필요했다. 이미 뉴햄프셔 어딘가에서도 곰을 막은 적이 있다고 했다. 나는 이 개가 메인의 역마차를 막은 적이 있다는 것도 증명할 수 있다. 사냥꾼 일행 넷은 아마도 개 앞으로는 마차 요금을 내지 않았을 것이다. 개가 도망가서 기다린 대가도 지불하지 않았다. 반면, 우리 셋은 9달러를 내고도 마차 위에서 꼼짝하지 않는 가벼운 카누 운송료로 4달러를 더 내야 했다.

금세 비가 내리기 시작했고, 시간이 갈수록 날씨가 더 험악해졌다. 나는 세 번째로 이 길을 지났는데, 세 번 모두 하루 종일 끊임없이 비가 내렸다. 그러므로 우리는 풍경을 조금밖에 즐기지 못했다. 마차는 가는 내내 붐볐고, 나는 마차에 탄 여행객들 쪽으로 주의를 돌렸다. 누군가 이 마차 안을 들여다보면 강도단이 덮칠까봐 단단히 준비를 한 줄 알 것이다. 앞좌석에는 인디언의 총까지 포함해 총이 다해서 네다섯 정은 있었고, 뒷좌석에도 한두 정 더 있어서 각자 아끼는 총을 품에 끼고 있었기 때문이다. 한 명은 12게이지[126] 산탄총을 가지고 있었다.

알고 보니 사냥꾼들도 우리와 같은 방향으로 가고 있었다. 단, 알

---

126 납 1파운드로 12발의 총알을 만들었을 때 그 총알의 구경을 12게이지라고 한다.

라가시 강과 세인트존 강을 우리보다 더 깊이 따라 내려갔다가 다른 물길을 따라 올라가 리스티구슈 강과 샬루어 만을 건널 예정이었다. 총 6주간의 일정이었다. 그들은 카누와 도끼, 그 외 물자를 도중에 얼마씩 거리를 두고 보관해두었다. 또 밀가루를 가져가서 매일 갓 만든 빵을 먹을 예정이었다.

사냥꾼들의 리더는 서른 살 정도의 잘생긴 청년으로, 키는 컸지만 겉보기에는 강건해 보이지 않았다. 그는 흠잡을 데 없는 신사처럼 옷을 차려입고 있어서 브로드웨이에서 마주칠 법한 모습이었다. 사실 대중적인 언어 감각으로 말하자면, 마차 안에서나 길에서 본 사람들 중 가장 '신사다운' 인물이었다. 늘 햇빛이 없는 곳에서 살아온 것처럼 얼굴색이 희고, 생김새가 지적으로 보였으며, 조용조용한 태도 덕에 세상사를 조금 알고 있는 신학생이라고 해도 될 정도였다.

나는 그날의 마차 여행 도중 그와 이야기를 나누다가 그 역시 사냥꾼이라는 것을 알고 깜짝 놀랐다. 총을 겉으로 드러나게 들고 있지 않았기 때문에 예상하지 못한 것도 있었다. 그리고 더욱 놀라운 것은 그가 메인의 백인 사냥꾼 중 최고로 꼽히고, 이 길가의 마을들 중 그의 이름이 알려지지 않은 곳이 없다는 사실이었다. 그는 남부와 서부에서도 사냥을 한 적이 있었다. 나중에 그에 대한 평판을 들었는데, 비바람 속에서 지내며 엄청난 피로에 시달리는 상황에서도 티 하나 내지 않고 묵묵히 견딜 수 있는 사람이라고 했다. 게다가 그는 총을 사용하기만 하는 것이 아니라 직접 만들기까지 했다.

지난봄에는 이 길을 따라가다 보면 나오는 폭스크로프트 지역의 피스카타퀴스 강 역류에서 물에 빠진 역마차 마부와 승객 두 사람을 구하기도 했다. 얼음처럼 차가운 물에서 헤엄쳐 강가로 나간 다음, 뗏목을 만들어 사람들을 구한 것이다 — 비록 말은 익사했지만 말이다 — 목숨을 건 행동이었다. 당시 수영을 할 수 있었던 남자가 한 사람 더 있었지만, 몸이 얼어붙을까봐 제일 가까이에 있는 집으로 가버렸기 때문이다. 그때의 공으로 그는 이제 이 길을 오가는 역마차를 무료로 탈 수 있다. 그는 우리가 고용한 폴리스를 알고 있었으며, 훌륭한 인디언이자 뛰어난 사냥꾼이라고 했다. 그리고 폴리스의 재산이 6천 달러라는 이야기가 있다고 덧붙였다. 인디언도 그를 알고 있었고, 내게 "위대한 사냥꾼"이라고 말했다.

사냥꾼 리더는 일종의 스틸 헌팅[127]을 연습했다고 했는데, 이 근방에서는 새롭거나 흔치 않은 기술이었다. 예를 들어 한 목초지를 빙글빙글 돌며 풀을 먹는 카리부의 경우, 같은 길을 따라 돌아오는 습성이 있으므로 그곳에서 기다리는 방식이었다.

인디언은 앞좌석에 앉아 아무하고도 이야기를 나누지 않았다. 무

---

127 한자리에서 사냥감이 지나가기를 기다렸다가 사냥하는 방식.

신경한 표정 때문에 지금 어떤 이야기가 오가는지 거의 알아듣지 못하는 것처럼 보였다. 역마차에서도, 여관에서도 누가 말을 걸면 특유의 모호한 답으로 일관해서 나는 다시 한번 깊은 인상을 받았다. 그는 사실 아무 말도 하지 않은 것이다. 단지 야생의 짐승처럼 감정이 생겨나면 소극적으로 무의미한 답을 중얼거릴 뿐이었다. 그런 경우 그의 대답은 확실한 사고(思考)에 의해 발생한 결과가 아니라, 담배 연기처럼 모호한 것이라 어떠한 *책임*도 시사하지 않는다. 그래서 그 대답을 곰곰이 생각해 보면, 그에게서 아무런 답도 얻지 못했다는 사실을 알게 된다. 이런 방식은 그럴듯한 말로 영리하게 대응하는 백인들의 방식을 대신할 수 있었고 똑같이 효과적이었다.

그러나 사람들은 대부분 인디언에게서 이 이상의 대답을 듣지 못했기에 그를 둔감하다고 했다. 나는 메인 지역의 남자들이나 여행객들이 그를 바보 같고 무례한 태도로 대해서 크게 놀랐다. 마치 어린애를 대하듯이 했다. 그래도 폴리스의 눈은 조금 반짝일 뿐이었다. 한 여관에서는 술에 조금 취한 캐나다인이 질질 끄는 말투로 담배를 피냐고 물어봤다. 폴리스는 불분명하게 대답했다.

"음."

"잠시 파이프를 빌려주지 않겠나?"

폴리스는 그 남자의 머리를 똑바로 바라보며 주변의 관심이라고는 아예 신경 쓰지도 않는 특유의 멍한 표정으로 말했다.

"나 파이프 없소."

하지만 그날 아침 나는 그가 담배와 함께 새로 산 파이프를 주머니에 넣는 것을 보았다.

우리의 작은 카누는 균형이 잘 잡히고 튼튼해서 가는 곳마다 술집에서 시간을 때우는 자칭 전문가들에게 좋은 평가를 받았다. 길가에는 바퀴 가까이에서 꽃잎 테두리가 들쭉날쭉한 자주색의 제비난초가 화려한 자태를 뽐내고 있었다. 꽃차례가 바늘꽃만큼 커서 선뜻 역마차를 세우고 손에 넣고 싶었지만, 난초가 마차 위의 잡종개처럼 곰을 막았다는 소리는 들어본 적이 없었기에, 마부는 아마도 시간 낭비라고 생각했을 것이다.

그날 저녁 8시 반경 우리는 호수에 도착했다. 아직도 계속해서 전보다 더 심하게 비가 내리고 있었다. 신선하고 차가운 공기에 감싸인 호수 근처에서는 매사추세츠의 봄날처럼 어디 한군데 빠짐없이 힐로데스 개구리가 빽빽거리며 울고, 두꺼비도 꼭꼭거리며 울었다. 마치 계절이 두세 달 되돌아간 것 같았다. 아니, 끝없이 계속되는 봄의 거처에 들어선 기분이었다.

우리는 곧바로 호수에 카누를 띄우고 2에서 3마일 정도 노를 저어간 뒤, 섬 한군데에서 야영을 할 계획이었다. 하지만 비가 계속해서 점점 더 거세게 내렸기에, 여관으로 가서 밤을 보내기로 했다. 내 입장에서는 야영을 하는 쪽이 더 좋았지만 말이다.

다음날(7월 24일) 아침 4시경, 꽤 흐린 날씨였지만 우리는 여관 주인과 함께 여명을 헤치고 호숫가로 향했다. 그리고 바위 위의 카누를 내려 무스헤드 호수의 수면에 띄웠다. 4년 전 이곳에 왔을 때, 나와 일행들은 셋이 타기에 다소 작은 카누를 탔다. 그래서 이번에는 더 큰 카누를 구하겠다고 생각하고 있었다. 하지만 이번 카누는 저번 것보다 훨씬 더 작았다. 길이가 18과 4분의 1피트, 폭이 중간에서 쟀을 때 6과 2분의 1인치였고 깊이가 1피트였다. 길이를 재고 보니 무게는 80파운드를 넘지 않을 것으로 보였다.

이 카누는 폴리스가 최근에 직접 만든 것이었다. 크기가 작다는 문제는 신품이라는 점을 고려하면 일부 상쇄되었다. 아주 두꺼운 나무껍질과 늑재를 사용해 물이 스며들지 않고 견고하다는 점도 포함해서 말이다. 우리가 가져온 짐의 무게가 166파운드였으니 카누는 우리까지 도합 600파운드, 남자 네 명의 무게를 싣는 셈이었다. 가장 중요한 짐은 언제나처럼 중간의 가장 넓은 부분에 놓았고, 우리는 짐 앞이나 뒤에 남는 틈이 있으면 그 안으로 비집고 들어갔다.

다리를 펼 공간도 없었다. 따로 묶어두지 않은 짐은 뒷부분에 쑤셔 넣었다. 그렇게 카누는 장바구니처럼 빈틈없이 꽉 들어찼다. 뒤집어지더라도 짐과 사람이 쏟아져 나오지 않을 가능성도 있어 보였다. 인디언은 선미의 가로대에 앉았지만, 우리는 배 바닥에 앉았으므로 등이 가로대에 부딪치지 않게 뒤에 얇은 나무판이나 나뭇조각을 받쳤다.

우리 중 한 사람은 대개 인디언과 함께 노를 저었다. 그는 움바죽스쿠스 강에 도착할 때까지는 장대가 필요 없을 것으로 예상했다. 한동안 고인 물이나 하류로 내려가는 길이 계속되었기 때문이다. 또 순풍이 불 때를 대비해 자신이 가져온 담요로 뱃머리에 돛을 만들 준비를 해두었다. 하지만 실제 쓸 일은 없었다.

지난 4일 동안 거의 매일 비가 내렸기에, 우리는 맑은 날씨를 조금 기대해도 좋으리라 생각했다. 처음에는 남서풍이 불었다.

고요한 아침, 호수의 동쪽 가장자리를 따라 노를 저으니 곧 혹부리오리가 몇 마리 보였다. 이 새를 인디언은 *세코웨*이라고 불렀다. 호숫가의 바위 위에는 쇠청다리도요사촌(*나라메케추*)도 있었다. 또한 아비새 소리도 들려왔다. 인디언 말로는 *메다위슬라이*다. 폴리스는 이 새의 울음소리가 바람이 불 징조라고 했다.

노가 우리의 지느러미나 물갈퀴라도 된 듯, 규칙적으로 물에 들어갔다 나오는 소리를 들으니 기분이 좋아졌다. 그리고 드디어 배에 올라 진짜 여행을 시작했다는 사실이 실감났다. 역마차 승객으로도, 여관 숙박객으로도 불편한 느낌이 들었던 우리는 갑자기 호수와 동화되어 호수와 숲이 선사하는 자유를 즐겼다.

호수의 하류에서 대략 2에서 3마일 정도 떨어진 바위투성이 작은 섬들을 지난 뒤, 우리는 잠시 이동을 멈추고 어느 쪽으로 갈지 의논했다. 그 결과, 바람이 닿지 않는 서쪽 가장자리를 따라가는 쪽으로 의견이 기울었다. 그렇지 않으면 바람이 거세져서 동쪽부터 호수 중간까지 돌출된 키네오 산에 가는 것은 불가능할 터였다. 하지만 서쪽 길을 선택하면 아마도 제일 좁은 구역을 횡단해 다시 반대편으로 돌아갈 수 있었다.

호수를 건널 때는 바람이 주된 장애물이다. 특히 카누가 작을 때는 더 그렇다. 인디언은 여러 번 '작은 카누'로 호수를 건너는 것은 좋아하지 않는다고 말했다. 하지만 그런데도 "방금 말한 것처럼 나에게는 별 차이 없소"라고 덧붙였다. 바람이 불지 않으면 그는 가끔씩 호수 중앙의 슈거 섬과 디어 섬 사이를 똑바로 통과하기도 했으니 말이다.

지도에서 재면 무스헤드 호수는 제일 넓은 곳의 폭이 12마일이었고 직선거리가 30마일이었다. 그러나 호수 모양대로 재면 더 길었다. 증기선 선장이 배를 조종하며 38마일이라고 했으니, 우리는 약 40마일 정도 가야 할 것이다. 폴리스는 무스헤드 호수의 인디언

이름을 알려주었다.

"*므스파메. 큰물이기 때문이오.*"

왼쪽에는 스쿼 산이 검게 솟아 있었고, 케네백 강 하구 근처에는 동쪽으로 인디언이 스펜서 베이 산이라고 부르는 산이 있었다. 그리고 북쪽에서 이미 키네오 산이 보이기 시작했다.

호숫가 가까이에서 노를 저어가자, 옆구리가 올리브색인 딱새가 피피 우는 소리며 또 다른 종류의 딱새와 물총새 소리가 이른 아침이라 그런지 자주 들렸다. 인디언이 먹지 않으면 일을 할 수 없다는 점을 일깨워주었기에, 우리는 디어 섬 남서쪽의 제일 넓은 호숫가에서 아침을 먹었다. 물꽈리아재비의 일종Mimulus ringens이 풍부하게 자라고 있는 곳이었다.

우리는 가방을 옮겼고, 인디언이 상당히 크고 하얗게 벗겨진 통나무 아래에서 불을 피웠다. 땔감으로는 나무 그루터기에서 벗겨온 스트로브잣나무 껍질을 썼는데, 솔송나무가 더 낫다고 했다. 불쏘시개로는 흰자작나무 껍질을 사용했다. 식탁은 새로 벗겨낸 큼직한 자작나무 껍질을 안쪽이 위로 올라오게 놓은 것이었고 아침 메뉴는 건빵과 기름에 구운 돼지고기, 독한 커피였다. 커피는 달콤하게 만들어서 우유가 없는 것이 아쉽지 않았다.

우리가 아침을 먹고 있는 동안 물까마귀 열두 마리가 3에서 4로드 거리로 들어왔다. 반쯤 성장한 크기였고 사람을 보고도 놀라지 않았다. 이 새들은 우리가 머무르는 내내 빈둥거리며 돌아다녔는데, 다시 보면 직경 18인치짜리 원형을 이루며 한데 모여 있고, 또 다시 보면 나란히 긴 직선 대열을 이루기도 했다. 아주 교묘한 움직임이 었다. 그래도 무스헤드 호수의 넓은 가슴 위를 떠다니며 호수와 조화를 이루고 있으니, 아기 새들이 보호를 받고 있는 것 같은 기분이 들었다.

이곳에서 북쪽을 바라보니 이대로 가면 커다란 만에 들어갈 것처럼 보였다. 우리는 가려던 길에서 벗어나 앞에 보이는 돌출부의 바깥쪽으로 계속 가야 할지, 아니면 여기와 내륙 사이에서 길을 찾아야 할지 알 수 없었다. 나는 지도를 살펴보고 망원경으로 지형을 살펴보았다. 인디언 역시 그렇게 했다. 하지만 지금 우리가 있는 곳이 지도에서 정확히 어디인지도 알 수 없었고, 호숫가에서 나가는 곳을 찾을 수도 없었다. 인디언에게 길을 묻자 "모르겠소"라는 대답이 돌아왔다. 놀라운 대답이 아닐 수 없었다. 이 호수를 잘 안다고 하지 않았던가. 알고 보니 그는 한번도 이쪽으로 와 본 적이 없었다.

안개가 끼고 무더운 날씨였다. 우리는 이미 비슷한 종류의 작은 만을 통과했다가 되돌아온 참이었다. 그때는 섬과 호숫가 사이의 작은 모래톱 위를 지나가야만 했는데, 폭과 깊이가 카누 한 대가 지나갈 수 있을 만큼은 되기에 통과할 수 있었다. 인디언은 "여기 다리 만들긴 아주 쉽겠소"라고 말했다. 하지만 이번에는 이대로 계속 가면 꽤 깊은 만으로 들어갈 터였다.

그런데 우리가 움직이기 전에 안개가 다소 걷히더니 북쪽 호숫가로 나가는 곳이 드러났다. 돌출부는 디어 섬의 일부였고, 우리가 갈 길은 그곳의 서쪽이었다. 망원경으로 봐도 계속 이어져서 나갈 곳이 없어 보이던 호숫가는 양쪽이 겹쳐져서 그렇게 보였을 뿐, 이제 맨눈으로 봐도 한쪽 호숫가가 반대쪽보다 훨씬 더 멀어 보였다. 먼 쪽에 아직 짙은 안개가 남아 있는 것만으로도 쉽게 알 수 있었다. 반면 가까운 쪽, 즉 섬과 이어진 쪽은 비교적 안개가 걷혀서 푸르렀다.

두 곳을 나누는 선이 아주 확실하게 보였으므로, 인디언은 즉각 "당신들하고 나 저리 가도 되겠소. 저리 가면 카누 지나갈 공간 있을 거요"라고 말했다. 그는 '우리'라는 말을 쓰지 않고 보통 이렇게 말했다. 또 그는 우리를 절대 이름으로 부르지 않았다. 이름의 철자나 의미는 알고 싶어 했지만 말이다. 그에 반해, 우리는 그를 '폴리스'라고 불렀다. 그는 벌써 우리의 나이를 아주 정확하게 추측했고 자신은 마흔여덟이라고 했다.

아침을 먹고 나는 녹은 돼지기름 남은 것을 호수에 버려 선원들이 말하는 '유막(油幕)'을 만들었다. 그리고 유막이 얼마나 퍼져나가는지, 물결이 이는 수면을 얼마나 매끄럽게 만드는지 지켜보았다. 그 모습을 인디언도 잠시 지켜보다가 말했다.

"기름 있으면 노젓김 힘들어지오. 카누 기름에 갇히니까. 옛날부터 전해오는 말이오."

우리는 서둘러 짐을 싣고 다시 길을 나섰다. 접시들은 원할 때 금방 꺼내 쓸 수 있게 싸지 않고 그대로 뱃머리에 실었다. 서쪽 호숫가 가까이로 노를 저어 나가자, 기슭이 서서히 높아지더니 꽤 높이 솟아올랐다. 빽빽하게 들어선 숲은 활엽수 비율이 커서 생동감이 들었고, 전나무나 가문비나무가 상대적으로 두드러져 보였다.

인디언은 나무에 매달린 소나무겨우살이는 인디언 말로 *초초쿠에*라고 가르쳐주었다. 우리는 아침에 울음소리를 들었던 작은 새들의 이름도 물었다. 숲지빠귀가 꽤 자주 보여서 물어보니 폴리시는 울음소리를 흉내 낸 다음, *애덜룸쿠아묵툼*이라고 했다. 하지만 울음소리가 들리고, 내가 잘 아는 새라 물어보면 그가 이름을 대지 못하는 경우도 가끔 있었다. 그러나 그는 이렇게 말했다.

"나는 이 근처 새들 다 알아볼 수 있소. 이 지역 새들 다. 작음 소리면 말 못해 주지만 보면 알 수 있소."

나는 그에게 인디언 섬에서 한동안 머무르며 인디언 말을 배우는 학교에 가고 싶은데 가능하냐고 물어보았다. 그는 "오, 물론. 그런 사람 아주 많소"라고 대답했다. 얼마나 걸릴지 물어보자, 일주일이라고 했다. 나는 이번 여행 동안 내가 아는 걸 그에게 가르쳐줄 테니, 그가 아는 걸 내게 가르쳐 달라고 했다. 그러자 그는 흔쾌히 동의했다.

새들의 노랫소리는 매사추세츠의 숲에서 듣는 것과 꽤 비슷했다. 붉은눈비레오새, 솔새, 지빠귀, 딱새 등이었다. 하지만 여정 내내 파랑새는 눈에 띄지 않았다. 이곳에는 파랑새가 살지 않는다는 이야기를 뱅거에서도 몇 사람에게서 들었던 적이 있다. 키네오 산은 대부분 잘 보였지만, 때때로 정면의 섬이나 본토에 가려져서 보이지 않을 때도 있었다. 정상은 층구름에 가려졌고, 호수 주위의 산 정상은 모두 같은 높이였다. 혹부리오리, 미국원앙새 등 다양한 오리 종류가 아주 흔했고, 말이 빨리 걷는 정도의 속도로 우리 앞을 지나갔다. 그리고 금세 멀어져서 보이지 않게 되었다.

인디언이 어떤 단어의 뜻을 물어보았는데, 내가 알아들은 바로 제일 가까운 단어는 *리얼리티*(현실)였다. 그는 우리 둘 중 하나가 이 단어를 사용한다고 말했다. 또 '*인테렌트*'에 대해서도 물어보았는데, *인텔리전트*(똑똑한)를 말하는 것이었다. 나는 그가 R 발음을 거의 하지 못하고 대신 L로 발음하지만, 가끔은 L대신 R로 발음할 때도 있는 것을 알아차렸다. 길road 대신 짐load이라고 말하고, 피커럴pickerel(강꼬치고기)은 *피켈렐pickelel*로 발음했으며, 슈거Sugar 섬은 *수글Soogle* 섬, 바위rock는 자물쇠lock가 되는 식이었다. 그래도 그는 나를 따라 혀를 굴려가며 R자를 꽤 훌륭하게 발음했다.

그는 대개 할 수 있으면 단어 끝에 '엄um'이란 음절을 덧붙였다. 패들paddle(노)을 *패들럼padlum*이라고 말하는 것처럼 말이다. 전에 나는 치페와 족[128]의 강의를 들은 적이 있다. 연사는 군이 필요하지 않은 투too라는 단어를 계속 사용했는데, 끝에 미음 받침m을 더해서 의도하지 않았지만 청중들을 웃기고 말았다. 그것도 미음 받침에 힘을 주고 길게 끌어서 음-아m-ah라고 낭랑하게 발음했다. 그는 영어를 말할 때면 턱을 비틀고 혀를 입안 구석구석으로 가져가야 한다고 불평하곤 했는데, 마치 그것에 대한 보상으로 발음 기관을 편안하게 해줄 토착어 발음을 많이 섞으려면 그 발음이 꼭 필요한 것처럼 보였다.

인디언 악센트가 많이 섞인 그의 영어를 두고 내 이웃은 "활-화살 말투"가 많이 섞였다고 했다. 하지만 나는 그 단어가 그에게는 최선의 발음으로 들렸으리라 확신한다. 그것은 야성적이고 신선한 소리였다. 소나무 사이로 불어오는 바람 소리, 바닷가로 부딪쳐오는

---

128 슈피리어 호수 지방에 사는 북미 최대의 원주민 부족.

파도 소리처럼.

나는 폴리스에게 *머스케티쿡*이란 단어의 의미를 물어보았다. 콩코드 강의 인디언 이름이었다. 그는 *머스키티쿡*이라고 특이한 후두음을 내서 두 번째 음절을 강조하며 발음했고 '죽은 물결(고인 물)'을 의미한다고 대답했다. 이는 1853년 나와 이야기를 나누었던 세인트프랜시스 인디언의 답과 정확히 일치하는 정의였다.

우리는 샌드바 섬에서 남서쪽으로 몇 마일 떨어진 본토의 돌출부에 내렸다. 그리고 그제야 다리를 펴고 식물을 관찰하면서 내륙 쪽으로 조금 들어갔다. 나는 재 밑에서 아직 붉게 타오르는 불씨를 발견했다. 누군가가 아침을 먹은 곳이었다. 밤을 대비해 만든 나뭇가지 침대도 있었다. 따라서 이곳에 있던 사람들이 금방 떠났고 다시 돌아올 계획임을 알 수 있었다. 침대의 넓이로 보아 혼자는 아닐 것으로 보였다. 이곳에서부터 6피트 이내의 거리에 들어와도 이런 흔적들을 못 보고 지나쳤을 수도 있었다.

이곳에는 코르누타개암나무가 자라고 있었는데, 이번 여정에서 본 유일한 개암이었다. 애기병꽃Diervilla도 있었고, 7피트 높이의 운향은 호숫가와 강가라면 어디에나 풍성하게 자랐다. 노랑말채나무Cornus stolonifera도 있었는데, 인디언 말로는 껍질이 담배처럼 피우기 좋다고 했다. 인디언 이름은 *마쿠오시길,* '이 나라에 백인이 오기 전의 담배, 인디언 담배'였다.

인디언은 언제나 아주 신중하게 기슭으로 다가갔다. 바위에 부딪쳐서 카누가 상하기라도 할까봐 옆으로 천천히 빙 돌아서 들어갔다. 그리고 탈 때에도 이음매가 벌어지거나 바닥에 구멍이 생길까봐, 기슭에서 바로 올라탄다거나 묶어둔 상태에서 타지 못하게 했다. 밧줄을 풀어 카누가 물 위에 자유롭게 떠 있을 때에만 부드럽게 안을 딛고 서야 했고, 점프할 때를 알려주겠다고 하기도 했다.

이 돌출부를 지나자, 우리는 곧 케네벡 강 하구를 지났다. 그리고 그곳의 댐에서 폭포를 바라보며 물소리를 들었다. 무스헤드 호수에까지 댐이 있었던 것이다. 디어 아일랜드를 지나자, 그린빌에서 출발한 작은 증기선이 보였다. 멀리 동쪽, 호수 중앙에 있는 증기선은 거의 멈춘 듯 보였다. 가끔은 증기선과 나무 몇 그루가 자라는 섬을 구별하기가 어려웠다.

여기에서 우리는 호수 전면으로 불어오는 바람과 마주하게 되었고, 큰 물결이 덮쳐서 조금 위험해졌다. 큰 물고기가 뛰어오른 곳에 내가 시선을 고정하고 있는 사이, 1에서 2갤런의 물이 배 안으로 들어와 무릎까지 차오르기도 했다. 그래도 우리는 금세 기슭에 도달했고, 카누를 샌드바 섬의 폭이 몇 피트밖에 되지 않는 모래톱 위로 올려 상당한 거리를 절약했다. 먼저 한 사람이 바람을 피하기 좋은 곳에 내려서 빙 돌아와 뱃머리를 잡고, 카누가 기슭에 쏠려 상하지 않게 했다.

우리는 다시 무스 강 하구 맞은편의 넓은 만을 건너 키네오 산의 좁은 여울에 이르렀다. 그리고 그 여울을 뱃사공들 표현대로 *횡단* 했다. 물살이 꽤 거칠었다. 이렇게 넓은 호수에서는 바람이 약간만 불어도 카누를 전복시킬 만한 파도가 생겨난다. 바람이 불지 않는 물가에서 보면 수면에 물결이 아주 조금만 이는 것 같고, 1마일만 떨어져도 아주 잔잔해 보이겠지만 말이다.

하얀 물마루가 조금 보일 때에도 호수의 나머지 부분들과 높이 차이가 거의 없어 보일 수도 있다. 하지만 멀리 나가보면 상당히 높은 파도가 일고, 머지않아 깨닫지 못하는 사이에 파도가 카누의 옆면을 타고 올라와 무릎을 적실 것이다. 마치 사람을 집어 삼키기 전에 일부러 점액을 뒤덮는 괴물처럼. 아니면 파도는 격렬하게 카누에 부딪혀와 그 안을 덮칠 것이다.

갑자기 바람이 불기 시작했을 때도 같은 일이 벌어질 수 있다. 단 몇 분 전까지만 해도 완벽하게 고요하고 잔잔했던 호수 역시 예외는 아니다. 그런 경우에는 헤엄쳐서 물가로 가지 않는 한, 살아남기 힘들다. 일단 뒤집어진 카누는 다시 탈 수 없기 때문이다. 게다가 큰 위험이 곧바로 닥쳐오지 않는다고 해도 바닥에 앉아 있을 때는 물이 조금이라도 들어오면 대단히 불편하다. 식량이 젖는 것은 말할 것도 없다. 따라서 돌출부에서 돌출부까지 만을 건널 때에도 바람이 불면 직선 경로를 택하지 않았다. 대신 다소 물가에 가깝게 완만한 곡선을 그리며 이동했다. 바람이 거세지면 바로 물가에 닿을 수 있도록 한 것이다.

바람이 고물 쪽에서 그리 강하지 않게 불 때는 인디언이 담요로 기울어진 돛을 만들었다. 그러면 수면 위로 미끄러지며 호수 전체를 하루 만에 쉬이 건널 수 있다.

인디언이 한쪽에서 노를 저으면 우리 둘 중 하나가 반대편에서 노를 저어 카누의 균형을 잡았다. 손을 바꾸고 싶으면 인디언은 "반대쪽"이라고 말하곤 했다. 그는 우리 질문에 자신은 카누를 전복시킨 적이 없지만, 다른 사람 때문에 전복된 적은 있다고 대답했다.

작은 달걀 껍데기 같은 카누가 너른 호수를 건너는 것을 생각해 보라. 호수 위로 솟아오른 독수리에게는 그저 작고 검은 얼룩으로 보이리라!

우리가 노를 젓는 사이, 일행은 송어를 잡으려고 트롤 낚시를 했다. 하지만 인디언은 큰 물고기가 잡히면 카누가 뒤집힐지도 모른다고 경고했다. 이 호수에는 아주 큰 물고기가 살기 때문이었다. 일행은 입질이 오면, 고물에 있는 인디언에게 재빨리 낚싯줄을 넘기기로 했다. 듣기로 이 호수에는 송어 말고도 모캐와 송어의 친척뻘인 고기가 잡힌다고 한다.

정면으로 2에서 3마일 정도 너머, 검은 키네오 산이 보이는 만을 건너는 동안 인디언은 이 산이 옛날에는 암컷 무스였다는 설화를 들려주었다. 이름은 잊어버렸지만 위대한 인디언 사냥꾼이 힘든 시련 끝에 무스 족의 여왕을 죽였다는 이야기였다. 또 이 여왕이 낳은 어린 무스도 페놉스콧 만의 섬들 중 어딘가에서 잡혀 죽음을 맞았다고 했다. 그의 눈에는 키네오 산이 아직도 비스듬히 누운 무스의 모습으로 보였다. 가파른 쪽이 머리의 윤곽선을 나타냈다.

그는 아주 오래는 아니었지만, 꽤 긴 시간 이 이야기를 했고 굳게 믿고 있는 것 같았다. 그리고 이렇게 거대한 무스를 그 사냥꾼은 어떻게 잡을 수 있었을까 우리에게 묻기도 했다. 우리라면 어떻게 잡겠냐고도 물었다. 이에 군함이 대포로 일제 사격을 한다는 등의 대답이 나왔다. 이런 이야기를 할 때 인디언은 긴 시간을 들여서 말할 만한 화젯거리라고 판단하는 것처럼 보이지만, 결국에는 할 말이 떨어진다. 그래서 부족한 시간을 채우려고 무언의 경이를 담아 느릿느릿 장황하게 말하며, 듣는 이들에게도 그 경이가 퍼져나가기를 바란다.

우리는 꽤 거친 물결을 건너 육지에 다가갔고, 그 다음에는 호수의 가장 좁은 부분을 곧바로 건너 동쪽 기슭으로 갔다. 그리고 금방 바람이 없는 산그늘 밑으로 들어갔다. 키네오 하우스에서 북쪽으로 약 1마일이었지만, 배로는 20마일 거리였다. 이제 정오였다.

우리는 오늘 오후와 밤을 이곳에서 보낼 계획이었다. 따라서 호숫가를 따라 북쪽으로 이동하며 야영을 하기 좋은 곳을 찾아 30분쯤 탐색을 했다. 한곳에 짐을 모두 옮기기도 했지만, 바위가 너무 많고 지면이 울퉁불퉁했기 때문에 헛수고로 돌아갔다. 이렇게 야영지를 찾는 사이 우리는 처음으로 무스 파리[129]를 보았다. 반 마일 더 북쪽으로 가자, 가문비나무와 전나무가 산기슭에 빽빽이 들어서서 지하실처럼 어두운 곳이 나왔다. 그리로 6로드 정도 들어가니 나무 덤불 몇 그루만 잘라내면 그럭저럭 방해물도 없고, 바닥도 평평해서 누울 만한 곳이 나왔다.

우리에게 필요한 공간은 침대를 마련할 7피트×6피트 크기에 불과했고, 그 앞으로 4에서 5피트 정도 떨어진 곳에 모닥불을 피울 수 있으면 되었다. 불을 피우는 곳은 아무리 지면이 거칠어도 상관이 없었다. 하지만 이런 숲속에서 이만한 곳을 찾는 것은 언제나 쉽지 않다. 인디언이 먼저 도끼를 들고 호숫가에서 여기까지 오는 길을 만들었다. 우리는 짐을 모두 가져온 뒤 텐트를 치고, 날씨가 나빠질

---

129 쇠파리의 일종으로 무스의 비공과 인두강을 공격한다.

때와 밤을 대비해 침대를 마련했다.

이후 정말로 험한 날씨가 우리를 위협했다. 인디언은 전나무 가지를 한 아름 모은 뒤 가지들을 부러뜨렸다. 그는 침대로는 이게 최고라고 했지만, 내 생각에는 이 가지들이 제일 크고 쉽게 모을 수 있다는 점도 일부 작용한 듯했다. 거의 네댓새 동안 비가 내렸으므로 숲은 평소보다 훨씬 더 축축했다. 하지만 인디언은 언제나 찾을 수 있다며, 구부러진 솔송나무 밑에서 불 피울 때 쓸 마른 나무껍질을 구해왔다.

그날 정오, 인디언의 마음속에는 법에 관한 의문이 가득 차 있었다. 일행이 변호사였으므로 나는 그를 일행에게 맡겼다. 알고 보니 인디언은 최근 토지를 매입하려 한 모양이었다(100에이커였던 것 같다). 하지만 이 토지에는 채무가 걸려 있었다. 제3자가 그해에 생산되는 목초의 일부를 샀다고 주장한 것이다. 폴리스는 목초가 누구 소유인지 알고 싶었다. 그리고 토지를 매입하기 전에 목초를 샀다는 사실을 상대가 증명할 수 있다면, 그 사실을 알았든 몰랐든 목초는 그 사람 소유라는 대답을 들었다. 그러자 폴리스는 이렇게 말할 뿐이었다.

"이상하군!"

그는 나무에 기대앉아서 열렬한 태도로 몇 번이고 다시 확인했다. 마치 우리도 앞으로 이 주제에 관해서만 이야기를 나눠야 하는 것처럼 말이다. 하지만 대화에 더 이상 진전이 없고, 설명이 끝날 때마다 백인들의 제도에 놀라움을 표시하는 막다른 골목에 도달할 뿐이었다. 그래서 우리는 화제를 이어나가지 않고 이야기가 끝나게 내버려두었다.

그에게는 집 옆의 정원 말고도 올드타운 북쪽 어딘가에도 50에이커 가량 토지를 소유하고 있어서 목초와 감자 등을 키운다고 했다. 곡괭이질 같은 농사일의 상당 부분을 고용인에게 맡겼는데, 인디언보다 백인을 선호한다며 "백인은 착실하고 일할 줄 아니까"라고 말했다.

점심을 먹고 우리는 카누를 타고 호숫가를 따라 남쪽으로 돌아갔다. 카누를 탄 것은 높은 바위와 쓰러진 나무를 걸어서 넘어가기가 힘들었기 때문이다. 그리고 절벽 가장자리를 따라 산으로 올라가기 시작했을 무렵, 갑자기 소나기가 맹렬히 쏟아지기 시작했다. 인디언은 카누 밑으로 기어들어갔다. 반면, 고무 우비가 있었던 우리는 식물을 관찰하기 위해 등산을 계속했다. 인디언은 비를 피할 수 있게 야영지로 돌려보냈다. 단, 밤이 오기 전에 카누로 우리를 데리러 오기로 했다.

오전에도 비가 조금 왔으므로 우리는 이 비가 금방 개는 소나기

일 거라 믿었고 정말로 그랬다. 하지만 우리의 발과 다리는 덤불들 때문에 완전히 젖어버렸다. 구름이 조금 걷히자, 위로 올라갈수록 장엄하고 야성적인 풍경이 보였다. 북에서 남으로 뻗은 거대한 호수에 물결이 넘실거리고, 숲이 들어선 섬들도 수없이 많았다. 나무가 호밀밭처럼 빽빽하게 들어선 숲이 끝없이 펼쳐져 있었다. 이 숲은 기복이 있었지만, 호숫가부터 사방으로 펼쳐져 이름 없는 산들을 연이어 감싸고 있었다. 무엇보다도 서쪽의 큰 섬 너머로 아주 먼 호수가 조금 보였는데, 그때는 그 호수가 무스헤드 호수일 거라고는 생각도 못했다.

처음에는 나무 꼭대기 사이로 건초를 덮는 천같이 하얀 선이 띄엄띄엄 보였을 뿐이다. 하지만 높이 올라갈수록 그 선이 점점 퍼져서 호수가 되었다. 그 뒤로는 약 25마일 떨어진 페놉스콧 강 수원지 부근의 산이 보였는데, 지도에는 볼드 산이라고 나와 있었다. 완벽한 숲속의 호수였다. 하지만 아직 비가 완전히 그친 것이 아니었기에 잠깐의 미명(微明)에 지나지 않았다.

남쪽을 보면 하늘이 완전히 구름으로 뒤덮여 있고, 산 정상도 구름에 덮여 있었으며, 호수는 어둡고 폭풍우가 몰아칠 것 같은 모습이었다. 하지만 6에서 8마일 정도 떨어진 슈거 섬 바로 북쪽의 수면은 안개 너머 머나먼 곳의 보이지 않는 하늘에서 밝은 파란색 빛을 받아 우리에게 비추고 있었다. 그러니 아마도 호수 남쪽의 그린빌에서는 밝은 하늘이 보였을 것이다. 호수 한가운데의 산 위에서 날씨가 개는 첫 번째 징후를 알려면 어디를 봐야 할까? 아무래도 하늘이 아니라 호수인 듯했다.

보슬비가 내리는 가운데, 우리는 키 큰 나무줄기나 나무 그루터기가 남아 있는 작은 바위섬을 또 다시 연기 파이프가 달린 증기선으로 착각했다. 하지만 30분이 지나도 위치가 바뀌지 않았으므로 진실을 깨달았다. 사람이 만든 것은 아주 많은 부분에서 자연의 산물과 닮았다. 설혹 무스라고 하더라도 증기선을 섬으로 착각하고 연기를 뿜는 소리나 기적 소리가 들리기 전까지는 겁도 내지 않을 것이다.

산이나 풍경을 제일 좋은 징조 하에서 감상하고 싶다면 날씨가 나쁠 때 가겠다. 하늘이 갤 때 그곳에 있기 위해서 말이다. 그때 우리는 풍경을 감상하기 가장 적합한 기분이 된다. 자연 역시 그 어느 때보다 신선하고 영감을 불러일으킨다. 원래 눈물 어린 눈에 갓 비친 풍경만큼 아름다운 풍광은 없는 법이다.

1838년, 〈메인 주 지질 조사 보고서〉에서 잭슨은 이 산에 대해 다음과 같이 기록했다.

"부싯돌로 쓰기 좋은 각암[130]으로 이루어져 있다. 각암은 석영질의 점판암에 트랩 작용이 일어나는 메인 주 곳곳에서 발견된다. 세계에서 가장 큰 각암 덩어리로 알려진 무스헤드 호수의 키네오 산은 전체가 각암으로 이루어진 듯하며, 수면에서 700피트 높이까지 솟아 있다. 나는 뉴잉글랜드 전 지역에서 인디언 화살촉, 손도끼, 끌 등의 형태로 다양한 각암을 접해 왔다. 아마도 이 지역 원주민들이 이 산에서 얻은 각암일 것이다."

나 역시 같은 재질로 만든 화살촉을 수백 개 발견했다. 대부분 회색에 하얀 얼룩이 있고, 빛과 공기에 노출되는 곳에서는 균일한 흰색으로 변한다. 조개 모양으로 부서지고, 절단면이 울퉁불퉁하다. 직경 1피트 이상의 조개 모양 홈도 발견했다. 또 작고 얇은 조각을 주웠는데, 가장자리가 아주 날카로워서 무딘 칼로 사용해 이것으로 무엇을 할 수 있을지 알아보기로 했다. 이 칼로는 굵기가 1인치인 사시나무를 그럭저럭 자를 수 있었다. 나무를 구부리고 여러 번 베야 했지만 말이다. 이 과정에서 나는 이 파편의 뒷면에 의해 손가락을 심하게 베었다.

산으로 이루어진 이 반도의 남쪽과 동쪽 테두리를 형성하는 5백에서 6백 피트 높이의 절벽은 이곳에서 가장 볼 만한 장관으로 손

---

130 점판암이 열 변성 작용을 받아서 만들어지는 석영질의 퇴적암.

꼽힌다. 이 절벽의 꼭대기에서 주변을 바라보니, 물속이나 내륙과 이어지는 좁은 지협의 작게만 보이는 나무들 위로 뛰어내릴 듯한 기분이 들었다. 이곳은 신경 안정을 시험하기에는 위험한 장소이다. 호지는 이 절벽이 수면 아래에서 "수직으로 90피트" 깊이까지 내려간다고 전한다.

　이 산에서 주로 우리의 관심을 끈 식물은 산에 피는 양지꽃의 일종Potentilla tridentata으로 산 밑의 물가에 풍성한 꽃을 피우고 있었다. 매사추세츠에서라면 보통 산 정상에나 가야 볼 수 있는 꽃이다. 아름다운 초롱꽃도 절벽에 가득했고, 넌출월귤도 있었다. 우리 지역에서 제일 오래된 종인 펜실베니아 블루-베리Vaccinium Pennsylvanicum와 비슷한 모습의 캐나다 블루-베리Vaccinium Canadense도 있었는데, 잎이 둥글고 줄기와 잎이 솜털로 뒤덮여 있다는 점이 달랐다. 매사추세츠에서는 본 적이 없다. 트리피다애기병꽃Diervilla trifida과 우리에게는 새로운 이삭단엽란의 일종Microstylis ophioglossoides, 야생 호랑가시나무Nemopanthes Canadensis도 보였으며, 크고 잎이 둥근 제비난초Platanthera orbiculata의 경우 개화 기간이 길지 않았다.

　꼭대기에는 타래난초의 일종Spiranthes cernua이 있었고, 풀산딸나무는 위로 갈수록 익어가서 산 밑에서는 초록색이었던 열매가 꼭대기에서는 빨갛게 익어 있었다. 다발로 모여서 자라는 두메우드

풀Woodsia ilvensis은 이제 열매를 맺었고, 이곳에서 키다리난초Liparis liliifolia도 손에 넣었다.

산속의 경이를 탐험하다 보니 날씨도 맑아졌기에, 우리는 산을 내려가기 시작했다. 그리고 3분의 2쯤 내려간 곳에서 숨을 헐떡이며 몰아쉬는 인디언을 만났다. 그는 자기가 정상에 다 온 줄 알고서는 숨쉬기가 힘들다고 했다. 나는 미신도 그가 느끼는 피로와 관련이 있으리라 생각했다. 거대한 무스의 등을 타고 오르는 중이라고 믿었을 테니 말이다. 그는 한번도 키네오 산에 오른 적이 없다고 했다. 카누로 돌아가니 그가 잡은 물고기(송어의 일종)가 있었다. 우리가 산에 가 있는 동안 수심 25에서 30피트쯤에서 잡은 것으로, 무게가 3파운드 정도 나갔다.

야영지로 돌아온 뒤 우리는 카누를 물에서 꺼내 뒤집어 놓고, 바람에 날아가지 않도록 통나무를 위에 얹어 놓았다. 인디언은 축축하고 썩은 활엽수를 베어 큰 장작을 몇 개 마련했다. 밤사이 서서히 타면서 모닥불이 꺼지지 않게 유지하는 데 필요했다. 물고기는 기름에 구워 저녁으로 먹었다.

텐트는 얇은 무명천으로 만들었으며 상당히 작았다. 지면까지 합하면 뒷면이 막힌 삼각기둥 모양이었다. 길이 6피트, 폭 7피트, 높이 4피트였으므로 한가운데에 일어나 앉기도 힘들 정도였다. 이 텐트를 만들려면 가지가 둘로 나뉘는 막대 두 개와 매끈한 들보용 막대 하나, 그리고 천을 고정할 핀 열댓 개가 필요했다. 텐트는 이슬과 바람, 보통 수준의 비를 막아주었으므로 우리의 목적에는 충분히 부합했다. 우리는 잘 시간이 될 때까지 텐트 안에서 각자의 짐을 베개 삼아 비스듬히 기대 누워 있거나, 모닥불 옆에 서 있었다. 또 모닥불 앞에 둔 막대에 젖은 옷을 걸어 그날 밤 내내 말렸다.

밤이 되기 전, 앉아서 어스름한 나무 사이를 바라보고 있는데 인디언이 무슨 소리를 들었다. 뱀이 내는 소리라고 했다. 그리고 내 요청에 따라 낮게 속삭이는 듯한 소리를 흉내 냈다 — 핏 — 핏 하고 두세 번 반복했는데, 힐로데스 개구리가 핍핍 우는 소리랑 비슷했지만 그렇게 큰 소리는 아니었다. 내 질문에 대한 대답으로 폴리스는 뱀이 소리를 내고 있는 모습을 본 적은 없지만, 소리가 들리는 곳으로 가면 뱀을 찾을 수 있다고 했다. 또 다른 때에는 이 소리가 비가 올 징조라고 말하기도 했다.

내가 야영지로 이곳을 선택했을 때에도 여기에는 뱀이 있다고 했다. 직접 봤다는 것이었다. 하지만 내가 사람을 해치지 않을 거라고 하자 "오, 그렇소. 당신 말대로 나한테도 아무 문제없소"라고 대답했다.

폴리스는 텐트 안에서 오른쪽으로 돌아누워 있었다. 한쪽 귀가 잘 안 들려서 잘 들리는 귀가 위로 올라오게 눕기를 원했기 때문이다. 다 같이 누워 있으니, 그가 '인디언 노래'를 들어본 적이 있냐고 물어보았다. 나는 별로 없다고 대답하며 한 곡 들려주면 어떻겠냐고 부탁했다. 그는 흔쾌히 그러기로 하고, 담요를 몸에 만 채로 방향을 바꿔 등을 대고 누웠다.

느리고 다소 비음이 섞인 듣기 좋은 노래였다. 가사는 인디언 말이었지만, 가락은 아마도 오래 전 가톨릭 선교사들이 그의 부족에게 가르친 것이리라. 그는 가사를 문장 별로 한 줄씩 번역해 주고, 나중에 우리가 제대로 기억하고 있는지 확인하고 싶어 했다. 가사로 보아 이 노래는 아주 단순한 종교 의식용 노래 혹은 찬송가였다. 후렴은 온 세상을 다스리는 유일한 신이 계시다는 내용이었다. 그러나 아주 빈약하게 표현(노래)하고 있으므로 일부 가사는 거의 아무것도 의미하지 않았고, 그저 그런 느낌만 유지할 뿐이었다.

그 다음, 폴리스는 라틴어 노래를 한 곡 불러주겠다고 했다. 하지만 우리는 라틴어를 하나도 알아 듣지 못했고, 그리스어 단어만 한두 개 구별해냈다. 나머지는 인디언식 발음으로 말한 라틴어일지도 모르겠다.

그의 노래를 듣고 있자니 아메리카 대륙을 처음 발견했을 때의 산살바도르나 잉카 제국으로 돌아간 느낌이 들었다. 유럽인들이 처음으로 인디언들의 소박한 믿음과 만났을 때였다. 그 믿음에는 실로 아름다운 소박함이 깃들어 있었다. 어둡거나 야만적인 것은 전혀 없고 오직 부드럽고 아이와 같은 감정이었으며, 겸양과 경외의 감정이 주로 표현되었다.

가문비나무와 전나무가 빽빽하게 들어서 있고, 축축한 숲에 우리는 누워 있었다. 모닥불 불빛을 제외하면 완벽한 어둠 속이었다. 밤에 잠에서 깨자 뒤로는 저 깊은 숲속에서 부엉이 우는 소리가 들려왔고, 앞으로는 먼 호수에서 아비새 우는 소리가 들렸다.

자정이 조금 지나고 일행들이 모두 깊이 잠든 사이, 자리에서 일어나 타다가 흩어진 나무들을 한군데 모으려 하는데, 불길이 사그라진 부분에서 완벽한 타원 모양의 빛이 새어나왔다. 최소 직경이 5인치, 최고 직경이 6에서 7인치에 폭은 8분의 1에서 4분의 1인치였다. 모닥불만큼 밝지만, 석탄처럼 붉거나 주홍빛을 띠지는 않았다. 희고 정적인 빛으로 반딧불이 애벌레가 내는 빛과 비슷했다. 하얀 빛이었기 때문에 모닥불 속에서 알아볼 수 있었던 것이다.

나는 즉시 이 나무가 그토록 자주 들었건만 직접 본 적은 한 번도 없었던 인광성 나무임이 틀림없다고 판단했다. 조금 망설이다가 손가락을 대보자, 그것은 죽은 무스 나무Acer striatum 한 조각으로 드러났다. 저녁에 인디언이 비스듬하게 잘라온 것이었다. 나는 칼을 이용해 빛이 껍질 바로 아래의 흰 겉재목에서 발생된다는 것을 발견했다. 그래서 끝부분에 균형 잡힌 고리 모양 빛이 새어나온 것이었다. 실제 그 빛은 나무보다 조금 위에서 나타나는 것처럼 보였다. 나무껍질을 다 벗기고 겉재목이 드러나게 하자, 통나무 전체가 빛났다.

놀랍게도 이 나무는 단단하고 튼튼해 보였지만, 겉재목 부분은 썩기 시작하고 있었다. 나는 작은 삼각형 모양으로 나무를 한 조각 잘라내고, 오목하게 만든 손에 넣고서 텐트로 돌아갔다. 그리고 일행을 깨워 그 조각을 보여주었다. 조각들은 손 안에서 빛을 발하며 손금과 주름을 드러냈는데, 꼭 불붙인 석탄이 다 타서 백열 상태가 된 것만 같았다. 이로써 나는 과거 석탄을 입 안에 넣는 척했던 인디언 마술사들이 어떻게 자기 부족과 여행객들을 속였는지 알게 되었다.

모닥불의 4에서 5피트 안쪽에 부드럽고 잘 흔들리는 나무가 썩어서 폭 1인치, 길이 6인치의 밑동만 남기고 있었는데, 이 밑동 역시 똑같이 빛나는 것도 발견했다.

하지만 모닥불과 이 현상에 무슨 관련이 있는지 확인한다는 것을 깜빡하고 말았다. 전날 내린 비와 오래 지속된 습한 기후와 관계가 있다는 사실에는 의심의 여지가 없었다.

나는 이 현상에 엄청난 흥미를 느꼈고 여행을 온 보람을 느꼈다. 그 빛이 문자, 아니 사람의 얼굴을 했다고 해도 이보다 더 흥분하지는 못했을 정도였다. 모닥불과 거리가 먼 숲에서 홀로 어둠 속을 더듬어 가다가 이 빛의 고리를 발견했다면 훨씬 더 놀라겠지만 말이다. 야생의 어둠 속에 나를 위해 이런 빛이 빛나고 있으리라고는 생각도 못했다.

다음날, 인디언은 내게 이 빛의 이름을 가르쳐주었다. *아루투소쿠*였다. 그리고 도깨비불이나 비슷한 현상에 관해 물어보자, 그의 '사람들(부족)'이 가끔 여러 높이로 지나가는 불을 본다고 했다. 나무 높이까지 올라가기도 하고 소리도 낸다는 것이다. 이 이야기를 듣고 나니 '그의 사람들'이 목격한 가장 놀랍고 상상조차 못할 현상들에 관하여 듣고 싶어졌다. 그들은 백인이 자주 찾지 않는 곳에 사시사철 나가 있기 때문이다. 틀림없이 자연은 우리에게는 아직 알려주지 않은 비밀을 인디언들에게는 수도 없이 보여주었으리라.

나는 더 빨리 이런 현상을 보지 못했다는 사실을 유감으로 생각하지 않았다. 가장 좋은 환경에서 이 현상을 보았기 때문이다. 무언가 경이로운 것을 보고자 하는 마음가짐을 하고 있을 때 발생한 현상이었고, 내 상황과 기대에 부합하는 현상이었으며 덕분에 비슷한 것을 더 보고 싶은 마음에 정신을 바짝 차리게 되었다. 나는 전혀 낡지 않고, 오히려 새롭고 시기적절한 "교리를 배우며 자란 이교도"[131]처럼 기뻐서 어쩔 줄 몰랐다. 나는 과학에 대한 생각은 스쳐 가게 내버려두고, 마치 나와 같은 종류의 생명체를 만난 것처럼 이 빛에 기쁨을 느꼈다.

정말이지 훌륭했다. 게다가 별다른 대가를 치르지 않고도 손에 넣을 수 있다니 너무나도 기뻤다. 소위 말하는 과학적 *설명*은 이곳에 전혀 어울리지 않았다. 그것은 어렴풋한 대낮의 빛을 위한 것이다. 과학적 반박에 귀를 기울였다면 나는 잠이 들고 말았을 것이다. 다시 말해 나는 무지할 기회를 이용했다. 덕분에 세상에는 눈이 있으면 봐야 할 무언가가 존재한다는 생각이 들었다.

전보다 더 믿음이 강해졌다. 나는 숲속에는 아무도 살지 않는 것이 아니라고, 나와 마찬가지로 정직한 영혼들이 언제나 가득하다고 믿는다. 숲은 화학작용이 저절로 일어나는 텅 빈 방이 아니라고, 누군가가 사는 집이라고 믿는다. 그리고 잠시 나는 그들과 즐거이 어울렸다.

사람들이 현자라고 부르는 이는 그와 그가 소유한 세간을 제외하면 주위에 어떤 존재도 실존하지 않는다고 자기 자신을 설득하려

---

131 워즈워스의 시 「세상은 우리에게 벅차다(The World Is Too Much with Us)」를 인용한 부분. 원문은 "나는 차라리 낡아빠진 교리를 배우고 자란 이교도이고 싶습니다"이다.

애쓴다. 하지만 진실을 믿는 편이 훨씬 더 쉬운 법이다. 이는 동일한 경험이 언제나 동일한 종류의 믿음 혹은 신앙을 낳는다는 것을 시사하는 것이기도 했다.

하나의 계시가 인디언에게 있으면 또 다른 계시가 백인에게 있었다. 나는 선교사에게는 배울 것이 하나도 없었지만, 인디언에게는 배울 것이 많았다. 잘은 모르겠지만, 우리 종교에 대해 인디언에게 가르쳐줄 생각이 든다면 그것은 인디언이 그의 종교에 관해 가르쳐주기로 약속할 때일 것이다.

관계없는 것들에 대해서는 이미 들을 만큼 들었다. 나는 이제라도 썩은 나무 안에서 사는 빛을 알게 되어서 기뻤다. 그대가 알던 지식은 모두 어디로 갔는가? 깊이가 없는 지식은 완전히 증발해 버린다.

나는 그 작은 나뭇조각들을 간직했다가, 다음날 밤 다시 적셔보았다. 조각은 어떤 빛도 뿜어내지 않았다.

7월 25일 토요일

토요일 아침, 아침식사 자리에서 인디언은 다음날 자신이 해야 할 일이 무엇인지, 여정을 계속할 것인지 무척 궁금해 했다. 그리고 내게 고향에서는 일요일을 어떻게 보내느냐고 물어보았다. 나는 보통 오전에는 방에 앉아서 책을 읽거나 하고, 오후에는 산책을 나간다고 대답했다. 그러자 그가 고개를 저으며 말했다.

"어, 그건 아주 나쁘오."

"당신은 어떻습니까?"

이렇게 묻자 그는 일을 하지 않고, 집에 있을 때는 올드타운의 교회에 나간다고 했다. 즉 백인들에게 배운 대로 행동하는 것이다. 이 주제는 토론으로 이어졌고, 나는 내가 소수에 속하는 것을 알게 되었다. 그는 자신을 프로테스탄트(개신교도)라고 칭하며 나도 그런지 물었다. 처음에는 뭐라고 대답할지 몰랐지만, 생각 끝에 진심으로 그렇다고 대답했다.

호수에서 설거지를 하자, 떨어져 나오는 기름을 노리고 류시스커스로 보이는 물고기들이 많이 다가왔다.

이날 아침은 날씨가 더 안정된 듯했기에, 우리는 일찍 배를 타고 출발했다. 바람이 불기 전에 호수의 상류까지 이동을 마치고 배에서 내리고 싶었던 것이다. 출발하고 얼마 가지 않아 인디언이 노스 이스트 운반로를 가리켜 우리의 관심을 끌었다. 훨씬 멀다고들 하지만, 지도상에서 쟀을 때처럼 약 13마일 떨어진 곳에서 운반로를 분명히 볼 수 있었다.

이 운반로는 투박한 나무 철도를 북에서 남으로 2마일에 걸쳐 완벽한 직선으로 깔아 호수와 페눕스콧 강을 연결하고 있었다. 지대가 낮기는 했지만 폭이 3에서 4로드 정도인 빈터도 있었다. 저지대라고 해도 철도는 상대적으로 높은 곳을 지나고 있었다. 빈터는 지평선상에서 선명하고 밝은 점 혹은 빛나는 점으로 나타났으며, 호수 가장자리에 얹혀 있는 것처럼 보였다.

그 폭은 머리카락 하나를 눈에서 상당히 멀리 떨어뜨렸을 때 가려지는 정도였으며, 높이는 인지가 불가능할 정도였다. 인디언이 우리의 관심을 돌려주지 않았다면 이 운반로를 볼 수 있으리라고는 생각하지 못했을 것이다. 키를 돌려 그쪽을 목표로 삼을 만한 놀라운 빛이었다. 낮에는 숲의 장관 너머로 보였고, 밤에는 평범한 등대 불빛처럼 아주 멀리에서도 반짝거렸다.

우리는 키네오산의 북쪽에서 동쪽으로 향해 있는 깊고 넓은 만을 건넜다. 배는 계속 호수의 동쪽 가장자리를 따라갔고, 왼쪽에는 섬을 하나 남겨두었다. 이렇게 톰히건 혹은 소카테리언 개천에 이르렀다. 인디언은 전에 이곳을 거슬러 올라가며 사냥을 한 적이 있었고 나도 꼭 와보고 싶던 곳이었다. 하지만 소카테리언이란 이름은 가짜처럼 들렸다. 내게는 너무 세크테리안(신도)처럼 들려서 선교사들이 손을 댄 이름 같았던 것이다. 인디언들은 아주 관대하다는 사실을 알고 있으니 말이다. 나라면 처음부터 톰히건 쪽으로 기울었을 것이다.

우리는 또 다른 넓은 만을 건넜다. 더는 기슭만 바라보고 있는 것이 불가능했기에, 대화를 나눌 시간이 많아졌다. 인디언은 사냥을 해서 돈을 모았다고 했다. 대개 페놉스콧 강의 서쪽 지류를 꽤 많이 거슬러 올라가서 세인트존 강 상류를 향하며 사냥을 하는데, 어릴 때부터 해온 일이라 그 지역에 대해서는 모르는 것이 없었다.

사냥감은 비버, 수달, 담비, 검은담비, 무스 등이었다. 캐나다 스라소니는 불탄 땅에서 많이 산다. 숲에서 구하는 식량으로는 자고새, 오리, 말린 무스 고기, 고슴도치 등을 이용한다. 아비새도 좋지만 "끓인 것만 좋다"고 했다. 그는 어릴 적 배가 고파서 고생했던 이야기를 다소 오래 들려주었다. 메인 주 북부에서 어른 인디언 두 명과 사냥을 나갔는데, 생각보다 이르게 겨울이 시작되면서 강이 얼어 카누를 버리고 와야 했던 이야기였다.

그는 어떤 만을 가리키며 그곳이 자신이 아는 여러 호수로 가는 길이라고 했다. 보이는 것은 오로지 곰이 출몰하는 장엄한 산, 엄청난 나무로 뒤덮인 산비탈뿐이었다. 우리는 사람이 없는 곳에서는 다른 힘이 존재하리라 가정한다. 내 상상력은 산비탈 자체를 의인화했다. 비탈이 그 길이를 내세워 나를 불러 세우고, 밤이 오기 전 그곳에서 다시 야영을 하게끔 강요하는 것처럼 생각하는 것이다. 어떤 보이지 않는 대식가가 나무에서 뛰어 내려 그 숲에 발을 들인 고독한 사냥꾼의 심장을 갉아먹을 것만 같았다. 그래도 나는 그곳을 걸어보고 싶은 기분이 들었다. 인디언은 여러 번 그곳을 지나갔다고 말했다.

나는 그에게 숲에서 길을 찾는 방법을 물었다.

"오, 아주 많은 방법이 있소."

좀 더 끈질기게 물어보자, 그는 동쪽 기슭의 높은 언덕 혹은 산쪽을 흘낏 바라보며 대답했다.

"가끔씩 산허리를 보는 거요. 북쪽과 남쪽이 아주 다르오. 빛이 제일 잘 비치는 곳을 보시오. 나무도 그렇소. 큰 가지가 남쪽으로 굽게 되어 있소. 바위(그는 바위의 R을 L로 잘못 발음했다)를 보는 때도 있소."

나는 바위에서 무엇을 보냐고 물어보았지만, 그는 무엇이라고 특정해서 설명하지 않고 신비로운 느릿느릿한 말투로 모호하게 대답했다.

"호숫가에 드러난 바위는 동서남북 방향에 따라 크게 다르오. 해가 어디를 비추는지 구분이 되오."

"만약 당신을 어두운 밤에 여기, 100마일 떨어진 숲속으로 데려와 자리에 앉히고, 한 스무 바퀴쯤 재빨리 돌게 하면 그래도 올드타운으로 곧장 돌아갈 수 있겠습니까?"

"오, 물론. 꽤 비슷한 걸 한 적이 있소. 말해주겠소. 몇 년 전, 밀리노켓에서 늙은 백인 사냥꾼을 만났소. 아주 훌륭한 사냥꾼이었소. 숲속 어디든 갈 수 있다고 했소. 그날 나랑 같이 사냥하고 싶다고 해서 같이 사냥 나갔소. 오전 내내 빙빙 돌며 무스를 쫓아서 한낮이 되고 나서야 잡았소. 내가 '이제 똑바로 야영지로 가시오. 지금처럼 빙빙 돌지 말고 똑바로'라고 말하니까 그가 '그건 못하네. 지금 어디 있는지도 모르는 걸'이라고 했소. '캠프가 어느 쪽일 것 같소?' 물어보니 손가락으로 가리켰는데, 그때 나는 막 웃었소. 그리고 앞장서서 반대쪽으로 향했소. 우리 발자국을 몇 번이나 가로질러서 곧바로 야영지까지 갔소."

"어떻게 그렇게 할 수 있습니까?"

내가 물어보자, 그는 이렇게 대답했다.

"오, *당신*한테는 말 못하오. 나랑 백인 사이에는 엄청난 차이가 있소."

그에게는 정보를 얻을 수 있는 것들이 너무 다양해서, 어느 하나에 의식적으로 또렷하게 집중하는 것이 아닌 듯했다. 그래서 물어보면 어느 하나라고 선뜻 대답할 수 없었던 것이다. 그는 동물과 상당히 비슷한 방식으로 길을 찾는다. 아마도 동물에게는 흔히 본능이라고 부르는 능력일 것이다. 그러나 그의 경우에는 날카롭게 갈고 닦은 감각이자 교육받은 감각이다.

어느 쪽 길로 갈지에 관해 인디언이 자주 '모른다'고 말하는 것은 백인들이 그렇게 말할 때와 의미가 다르다. 가장 자신감이 넘치는 백인만이 겨우 아는 것만큼 인디언의 본능이 알려주기 때문이다. 그는 백인처럼 머릿속에 이것저것 기억하거나, 길을 정확히 기억하지 않는다. 순간순간 자기 자신에게 의지할 뿐이다. 그는 하나하나 이름을 붙여서 정리한 다른 종류의 지식이 필요하다는 상황을 경험한 적이 없기에, 그 지식을 습득하지 않았다.

마차에서 만난 백인 사냥꾼은 인디언이 어떻게 정보를 얻는지 일부 알고 있었다. 그는 바람에 따라, 솔송나무의 가지 크기에 따라 방향을 바꾼다고 했다. 솔송나무는 남쪽의 가지가 가장 크다. 또 가까이에 호수가 있다면 총을 쏴서 호수 위로 생기는 메아리를 듣고 그 방향과 거리를 가늠했다.

이 호수와 그 다음 호수들에서 우리는 목적지까지 곧바로 가기보다는 대개 매번 만 안쪽으로 들어가 돌출부에서 돌출부로 곡선을 그리며 이동했다. 단순히 바람 때문만은 아니었다. 인디언은 호수 가운데를 바라보며 그리로는 가기 힘들고, 물가에 가깝게 움직이는 편이 더 쉽다고 했다. 이렇게 만과 만 사이를 연이어 이동하면, 호숫가를 따라가면서 이동 상황을 파악할 수 있었기 때문이다.

이제 적는 이야기는 카누로 호수를 건널 때 보통 겪게 되는 경험담으로 보면 충분할 것이다. 오전 중 시간이 흐르며 바람이 점점 거세졌다. 노스이스트 운반로의 황량한 부두에 도착하기까지 마지막으로 만을 하나 더 지나야 했다. 2에서 3마일 거리였고 남서풍이 불었다. 한 3분의 1쯤 가자 파도가 거세져서 가끔씩 카누 안으로 물이 들어왔고, 점점 더 상황이 악화될 것이 눈에 보였다. 아예 되돌아갈 수도 있었지만 그러고 싶지 않았다. 호숫가를 따라 돌아가는 것도 의미가 없었다. 거리가 훨씬 멀어질뿐더러 거센 바람이 휩쓸고 지나가며 호숫가의 파도가 훨씬 더 높게 일었기 때문이다.

어쨌든 이제 와서 진로를 바꾸는 것은 위험했다. 파도가 덮쳐오기 쉬워지기만 할 테니 말이다. 파도를 직각으로 받는 것도 물이 양쪽에서 다 들어올 테니 좋은 선택이 아니었다. 반드시 파도에 비스듬하게 노를 저어야 했다. 따라서 1에서 2마일 나아가는 동안 인디언은 자리에서 일어나 전력을 다해 실력을 발휘했고, 나도 방향을 잡는 데 필요한 최저 속도를 맞춰주기 위해 쉬지 않고 계속 노를 저었다.

그는 1마일 넘게 배를 몰면서 단 한번도 파도가 그대로 카누에 부딪치게 허락하지 않았다. 이쪽에서 저쪽으로 재빨리 카누의 방향을 바꿔가며 항상 힘을 잃고 사그라진 파도 근처나 위로 가게 조종했기에, 우리는 가라앉는 파도와 함께 움직이기만 했다.

마침내 나는 파도가 격렬하게 몰아치는 부두 끝으로 뛰어내렸다. 카누의 무게를 가볍게 하고 상륙할 곳에서 카누를 붙잡기 위해서였다. 그다지 바람을 피할 만한 곳은 아니었지만, 내가 뛰어내리자마자, 카누에 물이 2, 3갤런 들어왔다. 나는 인디언에게 외쳤다.

"대단한 솜씨였습니다!"

"아모나 못하오. 파도가 너무 많소. 하나 조심하면 금방 또 하나가 오니까."

인디언이 카누 운반에 쓸 향나무 껍질 따위를 구하러 간 사이, 우리는 이 운반로 끝의 호숫가에서 부슬부슬 내리는 비를 맞으며 점심을 만들었다.

인디언은 이런 식으로 카누를 옮겼다. 먼저 길이 18인치, 폭 4에서 5인치의 향나무 널조각이나 판자를 준비하되, 모서리가 방해가 되지 않도록 한쪽 끝을 둥글게 다듬는다. 그리고 중간 지점에서 양쪽 가장자리 가까이로 뚫어둔 두 구멍에 향나무 껍질을 통과시켜 카누의 중간 가로대에 묶는다. 카누를 뒤집어 머리 위로 들어 올리면 둥글게 다듬은 끝이 제일 위로 올라가서, 판자가 카누의 무게를 머리와 어깨로 분산시킨다.

그 다음에는 판자 양쪽 가장자리의 가로대와 함께 묶어둔 끈(향나무 껍질)으로 가슴 부위를 감싸 매고, 바깥쪽의 더 긴 끝으로 이마를 빙 둘러맨 뒤, 손으로 양쪽 카누의 양쪽 난간을 잡아 카누의 방향을 조종하고 흔들리지 않게 한다. 이렇게 그는 마치 상체 전체가 한 손이 되어 카누를 붙잡는 것처럼 어깨, 머리, 가슴, 이마, 양손으로 카누를 옮긴다. 이보다 더 나은 방법이 있다면 알고 싶다.

이 경우에는 필요한 모든 도구에 카누의 목조부에 사용한 것과 같은 향나무를 사용한다. 노 하나는 뱃머리의 가로대에 올렸다. 나도 한 번 카누를 머리 위에 얹어 보았는데, 끈이 내 어깨에는 맞지 않았는데도 쉽게 들 수 있었다. 인디언은 내가 카누를 옮기면 자기가 일행의 것을 제외한 나머지 짐을 모두 옮기겠다고 했다. 하지만 나는 다른 전례를 만들고 싶지 않았기에, 인디언이 카누를 옮기게 했다. 이 판자는 배를 타는 동안에는 가로대에 묶어두어서 운반로에서 언제든지 사용할 수 있다. 또한 승객 한 사람의 등을 보호하는 역할도 한다.

우리는 짐이 너무 많아서 운반로를 두 번 왕복해야 했다. 하지만 운반로에는 보기 좋은 다양한 식물이 있어서 이 기회를 이용해 빈손으로 돌아올 때 눈여겨 보아뒀던 희귀한 식물을 수집했다.

4시경, 우리는 페놉스콧 강에 도착했다. 기슭에서 세인트프랜시스 인디언 몇 명이 야영을 하고 있었는데, 이곳은 4년 전 내가 인디언 네 사람과 함께 야영을 했던 바로 그곳이었다. 인디언들은 카누를 만들면서 그때처럼 무스 고기를 말리고 있었다. 최소한 검은 스프[132]를 만들기에는 아주 적당해 보였다. 우리 인디언은 말린 무스 고기가 맛이 없다고 했다.

그들은 천막에 가문비나무 껍질을 덮었다. 또 보름 전 강에서 잡았다는 어린 무스를 일종의 우리에 가둬두고 있었다. 7에서 8피트 높이로 통나무를 둥글게 쌓아 올려 만든 우리였다. 어린 무스는 아주 순했고 키가 4피트 정도였으며, 무스 파리에 시달리고 있었다. 그곳에는 노랑말채나무Cornus stolonifera, 아메리카꽃단풍이 많았고, 버드나무와 사시나무 가지가 사방에서 통나무 사이사이에 끼어 있었다. 두꺼운 끝이 바깥으로 삐져 나왔고, 가지에 달린 잎을 무스가 씹어 먹고 있었다. 따라서 첫눈에 봤을 때는 우리라기보다 나무 정

---

132 고대 스파르타의 음식으로 돼지피에 고기와 식초, 소금을 넣어 끓인 것.

자처럼 보였다.

우리 인디언은 카누를 만들 때 *자기*는 고지대나 산에서 구할 수 있는 검정가문비나무를 쓴다고 했다. 세인트프랜시스 인디언은 *흰* 가문비나무가 최고라고 생각했다. 하지만 우리 인디언은 "좋지 않소. 부러지고 가르기 어렵소"라고 평가했다. 또 이 나무는 뿌리가 땅속 깊이 박혀 있어 구하기도 쉽지 않았다. 반면, 검정 가문비나무는 질길 뿐만 아니라 고지대로 가면 뿌리가 지표면 가까이에 있어 구하기도 쉽다. 그는 흰 가문비나무는 *수베쿤다크*, 검정 가문비나무는 스쿠스크라고 알려주었다.

나도 카누를 만들 수 있을 것 같다고 하자, 그는 매우 의심스러워했다. 어쨌든 처음에는 '깔끔하게' 만들지 못할 거라고 생각했다. 그린빌에 사는 인디언 한 사람이 가르쳐주기를 겨울에, 다시 마래 수액이 흐르는 5월 전에 벗긴 나무껍질이 여름에 벗긴 것보다 훨씬 더 좋다고 한다.

다시 짐을 싣고 페놉스콧 강에서 노를 저어나갔다. 인디언은 예전에 비해 페놉스콧 강의 수량이 눈에 띄게 늘어나서 최고치에 이르렀다고 말했는데, 나 역시 눈치 채고 있었던 사실이다. 우리는 곧 강가에 핀 아름다운 노란 나리꽃Lilium Canadense을 보았고, 나는 이 나리를 채집했다. 6피트 높이에 두 송이씩 돌려나기로 꽃이 피어,

총 열두 송이의 꽃이 피라미드 모양을 이루는 것이 콩코드에서 본 것과 같았다.

이후로도 강을 따라가며 이렇게 키가 큰 나리꽃을 더 많이 볼 수 있었다. 동쪽 지류에는 훨씬 더 많았는데, 그리 갈수록 수페르붐나리Lilium superbum에 가까워 보였다. 인디언은 우리가 이 꽃을 뭐라고 부르는지 물어보며(r대신 l로 발음했지만), 그 뿌리가 스프로 만들면 맛있다고 했다. 밀가루 대신 고기와 같이 넣어 끓이면 걸쭉해진다는 것이다. 인디언들은 가을에 이 뿌리를 거두어들인다. 나도 뿌리를 조금 파내 보았다. 꽤 깊은 땅속에 구근들이 잔뜩 있었는데, 직경 2인치에 겉보기는 물론 맛까지도 덜 익은 녹색 옥수수 알갱이와 다소 비슷했다.

페놉스콧 강을 따라 3마일 내려갔을 때, 나무 위로 서쪽에서부터 뇌우가 다가오는 것이 보였다. 그래서 5시 정도밖에 안 되었지만, 일찌감치 서쪽 기슭에서 야영지를 찾기 시작했다. 랍스터 못에서부터 흐르는 랍스터 개천 하구에서 그렇게 멀지 않은 곳이었다. 이 강의 이름은 1853년 조 에이티언에게 배운 것이다. 하지만 이번 인디언은 이 이름을 인정하지 않았다. 그는 지도에 실린 *마타홈키그*라는 이름조차 인정하지 않고 *베스카베쿡*이라고 불렀다.

이 계절에 야영을 하는 과정을 한번만 기록해 보겠다. 보통 우리가 인디언에게 적당한 곳에서 머무르고 싶다고 말하면, 그가 그럴 만한 곳이 있는지 찾아 본다. 그리고 방해물이 없고 지면도 단단하고 평평해서 상륙하기 좋은 곳, 진흙도 없고 카누가 상할 만한 돌도 없는 곳을 발견하면, 한 사람이 기슭으로 뛰어 올라가 나무들 사이에 야영을 할 수 있을 만큼 평평한 빈터가 있는지, 아니면 쉽게 빈터로 만들 수 있는지 알아 본다. 동시에 시원한 곳을 선호하게 되는데, 모기가 적기 때문이다.

가끔은 마음에 드는 곳을 찾아 1마일도 넘게 노를 젓기도 했다. 호숫가가 조건에 맞으면 기슭이 너무 가파르거나, 지대가 너무 낮고 풀이 많아 모기가 들끓는 경우가 많았기 때문이다. 알맞은 장소를 찾으면 우리는 짐을 모두 내리고, 카누를 뭍으로 끌어올린다. 안전을 위해 물가에 뒤집어 놓을 때도 있다.

인디언이 나무를 잘라가며 우리가 점찍어둔 곳까지 길을 내는데, 보통 물가로부터 2에서 3로드 안쪽에 있었다. 그러면 우리가 짐을 들고 뒤따랐다. 한 사람은 가까이 있는 흰자작나무 껍질 따위와 젖지 않은 죽은 나무, 혹은 그 껍질을 이용해 누울 곳에서 정면으로 5에서 6피트 정도 떨어진 곳에 모닥불을 피운다. 방향은 보통 중요하지 않다. 이 계절에는 숲속에 나무가 너무 빽빽하게 들어서 있어서, 바람이 거의 불지 않거나 아예 불지 않기 때문이다. 불이 피워지면 그는 강으로 가서 주전자에 물을 채워오고 짐 꾸러미에서 돼지고기, 건빵, 커피 등을 꺼냈다.

그 사이 다른 한 사람은 도끼를 들고 가까이에 있는 죽은 사탕단풍나무나 다른 마른 활엽수를 베어 밤새 태울 큰 통나무를 몇 개 마련한다. 또 주전자를 걸 용도로 살아 있는 나무에서 홈이 파였거나 둘로 갈라진 부분이 있는 가지를 구하고, 텐트를 칠 용도로도 갈라진 부분이 있는 말뚝 두 개와 제일 위에 걸쳐 놓은 막대 하나를 구한다.

세 번째 사람은 텐트를 치고, 보통 큰 나무 밑에서 자라는 무스나무를 칼로 잘라 핀을 열댓 개 만든다. 그리고 전나무 가지[133] 아니면 측백나무, 가문비나무, 솔송나무 등 뭐든 가까이 있는 나무의 가지를 한 아름 혹은 두 아름 모아 와서 침대를 만든다. 머리맡이든 발끝이든 어느 한쪽 끝에서 시작해 가지 뒷면이 위로 올라오게 규칙적으로 배열해 나가는데, 전에 놓은 가지의 잘린 부분이 덮이도록 한다. 하지만 땅 위에 움푹 들어간 공간이 있다면, 더 성긴 재료로 그 안부터 먼저 채워야 한다. 탐험가 브랑겔은 시베리아에 갔을 때, 그의 안내인이 마른 잔나무가지를 땅 위에 잔뜩 흩뿌린 다음 그 위에 향나무 가지를 얹었다고 전했다.

---

133   [원주] 레일 신부의 사전에서는 이 가지들을 '세디악'이라고 부른다.

침대가 완성되는 데는 15에서 20분 정도가 걸리는데, 보통 그때쯤이면 물이 끓고 돼지고기가 다 구워져서 저녁이 완성된다. 우리는 큰 자작나무 껍질을 식탁 삼아 그 주위에 둘러앉는다. 땅위에 앉을 때도 있지만, 주위에 나무 그루터기가 있으면 거기에 앉기도 한다. 각자 한 손에는 작은 바가지를 들고 한 손에는 건빵 조각이나 구운 돼지고기를 든다. 그리고 자주 손을 내젓거나 머리를 연기 속에 밀어 넣어 모기를 쫓는다.

다음으로 담배를 피우는 사람들은 파이프에 불을 붙이고 베일을 가져온 사람은 베일을 쓴다. 그리고 서둘러서 수집한 식물을 조사해서 말리고 얼굴과 손에 기름을 바른 다음 잠자리로 — 모기들에게로 간다.

야영을 할 때는 그 지역을 둘러보는 것 말고는 할 일도 없기는 하지만, 사실 남는 시간이 거의 없어서 수집한 식물을 관찰하기에도 시간이 부족할 만큼 금세 밤이 되거나 졸음이 덮쳐온다.

이것이 일반적인 경험담이다. 하지만 이날 저녁에는 비 때문에 일찍 야영을 시작했기에 시간이 더 있었다.

우리는 오늘밤의 야영지가 강을 따라 낸 물자 공급로라는 사실을 알아냈다. 오래돼서 지금은 보통 이상으로 눈에 띄지 않지만 말이다. 공급로라고는 해도 바퀴자국은 보이지 않았다. 바퀴가 지나간

일이 없었기 때문이다. 사실 썰매가 지나간 자국도 없었는데, 썰매는 겨울에 눈이 몇 피트 높이로 왔을 때에만 쓰니 당연한 결과였다. 그러니 이곳은 길이라기보다는 숲속의 희미한 풍경에 지나지 않았고, 경험이 많은 사람만이 알아볼 수 있었다.

텐트를 치자마자 뇌우가 쏟아져 내렸다. 우리는 서둘러 텐트 밑으로 기어들어간 뒤, 짐도 우리 쪽으로 끌어당겼다. 이번에는 머리 위의 얇은 무명천이 얼마나 비를 막아줄지 궁금했다. 하지만 천이 젖어서 수축되기도 전에 격렬한 비가 천을 통과해, 가는 비가 되어 내렸다. 하지만 좀 젖기는 했어도 꽤 마른 상태를 유지할 수 있었다. 밖에 두고 온 성냥 한 상자만 못 쓰게 되었을 뿐, 그 사실을 알아차리기도 전에 소낙비가 멎어서 빗방울을 떨구는 나무들만이 우리를 둘러쌌다.

이 강에는 어떤 물고기가 사는지 알고 싶었기에, 우리는 물가의 젖은 덤불을 밟고 서서 낚싯줄을 던졌다. 하지만 낚싯줄이 계속 빠른 물살에 휩쓸려서 아무 소용이 없었다. 그래서 우리는 인디언을 남겨두고는 어두워지기 전에 카누를 타고 몇 로드 강으로 나가 반대편의 느리게 흘러가는 개천 입구에서 낚시를 했다.

그곳으로부터 1에서 2로드 거슬러 올라가니, 과거에도 카누 한 대밖에 지난 적이 없을 법한 좁은 곳이 나왔다. 이곳에서 작은 물고기들(대부분 류시스커스)을 잡기는 했지만, 우리는 모기에게 쫓겨서 곧 물러나야 했다.

그 사이, 인디언이 총을 쏘는 소리가 두 번 들렸다. 연속으로 아주 빠르게 이어진 소리였기에 2연발총이 분명하다고 생각했는데, 나중에 보니 단발총이었다. 총을 쏜 것은 비에 젖은 총을 깨끗이 닦고 말리기 위해서였다. 그 다음, 인디언은 총알을 장전했다. 이제 큰 사냥감을 기대해도 좋은 곳에 와 있었던 것이다.

고요한 숲속 길에 갑작스럽게 터져 나온 이 크고 무서운 소리는 내게 자연에 대한 모욕처럼, 아무리 못해도 무례처럼 느껴졌다. 공회당이나 신전에서 총을 쏘는 것과 마찬가지라는 생각이 들었다. 하지만 그 소리는 강을 따라서는 멀리 퍼졌을지언정 숲속으로는 멀리까지 가지 않았다. 축축한 나무와 지면 위의 이끼들이 빠르게 소리를 흡수해 잠재웠기 때문이다.

인디언은 텐트 뒤쪽에 젖은 잎을 놓고, 불을 붙여 연기를 피웠다. 연기가 있으면 모기가 달아나고, 더는 접근하지 못할 수도 있었다. 하지만 막 잠이 들려는데, 불길이 확 일더니 거의 텐트에 불이 붙을 지경이 되었다. 덕분에 그날 밤, 우리는 모기들에게 엄청나게 시달렸다.

7월 26일 일요일

흰목참새의 활기차다 못해 거의 금속이 맞부딪치는 듯한 소리가 아침을 깨웠다. 이 소리로 온 숲이 다 울렸다. 이 새는 메인 주 북부에 널리 퍼져 있었다. 이 계절의 숲은 흰목참새와 함께 활기를 띠었고, 뱅거 근처에도 흰목 참새가 비교적 많아 듣기 좋은 소리로 울었다. 메인 주 안에서 번식을 하는 것이 분명했다.

보통 모습은 눈에 띄지 않는 반면, 이 새들의 *아, 티-티-티, 티-티-티, 티-티-티* 하는 단순한 울음소리는 아주 날카롭고 귀를 찌르는 소리라 귓가에 확실히 들려온다. 어둠이 짙은 숲속에서 총을 쏠 때 불꽃이 튀어 나가는 모습이 눈에 들어오는 것처럼 확실하게 말이다.

나는 이 새들이 보통 날면서 지저귄다고 생각했다. 봄에 이 새들이 콩코드 강을 지날 때에도 며칠 같은 소리를 듣곤 한다. 반면, 가을에도 남쪽으로 내려가는 모습은 보이지만 울음소리는 내지 않는다. 우리는 이 새들의 활기찬 곡조 때문에 보통 아주 일찍 일어났다. 흰목참새는 얼마나 멋진 시간을 보내고 있을까. 인간, 그리고 선거일과 무관하게!

나는 인디언에게 오늘 아침(일요일) 예배는 약 15마일 떨어진 체선쿡에서 드릴 거라고 했다. 마침내 맑은 날씨가 찾아왔다. 제비 몇 마리가 물 위를 스쳐 지나가고, 물가를 따라서 흰목참새 울음소리, 박새 소리가 들려왔다. 강 중앙으로는 솔새와 큼직한 무스 파리가 우리를 뒤따라왔다.

인디언은 일요일이니, 우리도 쉬어야 한다고 생각했다.

"우리 여기 여러 가지 보럼 왔소. 전체적으로 다 보러. 하지만 일요일이 되면 다 멈추고 월요일에 다시 봐야 하오."

그는 목사들과 함께 크타든에 다녀온 인디언 지인이 목사들의 행동거지에 대해 들려준 이야기를 했다. 낮고 엄숙한 목소리였다.

"목사님들은 매일 아침과 밤, 그리고 식사를 하실 때마다 길게 기도를 올리셨소. 그리고 일요일이 되자 다 멈추고 그날은 아예 이동을 하지 않았소 — 가만히 있었소 — 종일 설교했소. 처음에 한 사람이 하고, 또 다음 사람이 하고, 교회에서 하는 것처럼 말이오. 오, 아주 훌륭한 분들이었소. 어느 날, 강을 따라가다가 강에서 시체를 봤소. 빠진 지 오래라 너덜너덜해지기 직전이었소. 목사님들은 바로 강가에 가서 그날은 더 가지 않고 거기서 머물렀소. 예배를 드리고, 설교를 하고, 기도를 드렸소. 일요일처럼. 그리고 장대로 시체를 들어 올려서 데리고 돌아왔소. 오, 아주 훌륭한 분들이었소."

이 이야기를 듣고 나는 그 사람들은 매일 밤 야영을 한 것이 아니라, 예배를 드렸다는 생각이 들었다. 그러니 길을 잘못 잡은 셈이었다. 크타든 산을 보는 것보다 어딘가에서 설교를 할 기회를 더 원했다면 매사추세츠 주 이스텀으로 갔어야 했다. 나도 비슷한 무리가 크타든에서 시온의 노래[134]를 부르며 시간을 보냈다는 이야기를 읽은 적이 있는데, 그렇게 느릿느릿한 선생들과 같이 여행을 하지 않아서 다행이었다.

하지만 인디언은 부지런히 노를 저으며 우리가 꼭 가야 한다면 자기도 고용인으로서 함께 가야만 한다고 했다. 그가 생각하기로는 일요일에 한 일에 대해 돈을 받지 않으면 아무 문제가 없고, 돈을 받으면 죄를 짓는 것이었다. 나는 백인보다 더 엄격하다고 그를 칭찬했다. 그런데도 마지막에 보수를 계산할 때 그는 일요일 분도 잊지 않고 챙겼다.

그는 아주 독실한 사람인 것 같았다. 아침저녁으로 텐트 앞에 꿇어앉아 인디언 말로 우렁찬 기도를 올렸다. 가끔 기도하는 것을 잊고 누웠을 때는 서둘러서 손을 짚고 일어나 엄청난 속도로 기도를 하기도 했다. 낮에는 그가 만든 말은 아니지만 이렇게 말했다.

"가난한 자가 부자보다 신을 더 기억하눔 법이오."

우리는 곧 내가 4년 전 야영을 했던 섬을 지나갔고, 나는 그때 머

---

134 예루살렘의 시온 산을 그리워하며 영광을 되찾도록 기원하는 찬송가.

물렀던 바로 그 지점을 알아보았다. 1에서 2마일 정도 내려가면 고인 물이 있었는데, 인디언은 이곳을 *베스카베쿡스키슈툭*이라고 불렀다. *베스카베쿡* 호수가 상류에 있어 이곳으로 흘러들어오기 때문이었다. 그리고 이곳이 "언제나 무스 사냥하기 좋은 곳"이라고 했다. 우리는 전날 밤 무스가 밟아서 굽어진 풀을 보았고, 인디언은 눈에 보이는 거리에 있으면 냄새도 맡을 수 있다고 했다. 하지만 무스가 눈앞에 대여섯 마리 보이더라도 오늘은 잡지 않겠다고 덧붙였다. 우리 일행 중 총을 가지고 있으며 사냥을 나온 사람은 그가 유일했으므로 덕분에 무스들은 안전했다.

여기서 바로 아래로 내려가자, 수리부엉이가 느릿느릿 물결 위로 날았다. 인디언은 이 새가 무슨 새인지 아냐고 물으며, 매사추세츠의 숲에서도 흔히 듣는 *후, 후, 후, 후어러, 후* 소리를 아주 그럴듯하게 흉내 냈다. 그리고 딱딱한 후두음을 내며 "어, 어, 어 — 어, 어" 소리도 냈다.

무스혼 강을 지날 때 그는 이 강에는 이름이 없다고 했다. 또 조에이티언이 래그머프 개천이라고 불렀던 곳은 *페이테이테쾩*이라고 하며, 불탄 땅에 흐르는 개천을 뜻한다고 했다. 우리는 이곳에서 잠시 멈추기로 하고, 전에 내가 머물렀던 곳으로 갔다. 나는 지류에서 목욕을 했다. 얕고 시원한 개천이었지만, 서서 지켜보던 인디언에게는 너무 차가운 듯했다.

다시 길을 떠나자 머리 위로 흰머리수리가 날았다. 파인 개천에서 몇 마일 올라가 섬이 몇 개 있는 직선 유역을 인디언은 *농랑이스*라고 불렀다. 그곳은 고인 물이었다. 그에게 파인 개천은 검은 강이었고, 인디언 이름은 *캬르사우툭*이었다. 그는 이 길로 카리부 호수까지 갈 수 있다고 했다.

우리는 짐의 일부를 가지고 파인 개천 폭포를 우회했다. 그 사이 인디언은 카누를 타고 내려갔다. 뱅거의 상인 한 사람에게 들었는데, 예전에 그가 고용한 사람들이 배토를 타고 이 폭포를 지나다가 두 명이 익사하고, 세 번째 사람만 밤새 바위에 매달려 있다가 아침에야 도움을 받아 강에서 나올 수 있었다고 한다.

물가에는 꽃잎 테두리가 들쭉날쭉한 자주색 제비난초가 있었다. 이 운반로가 거의 끝나갈 때쯤에는 이번 여행에서 본 것 중 가장 큰 흰자작나무를 발견하고 수치를 재보았다. 지면에서 2피트 올라간 지점의 줄기 둘레가 4.5피트였고, 5피트 올라가면 줄기가 세 갈래로 나뉘었다. 그곳의 흰자작나무들은 보통 검고 뚜렷한 굴곡이 나선을 그리며 계속되는 데다가, 그 사이로 홈까지 있어서 처음에는 번개에 맞은 줄 알았다. 하지만 인디언은 나뭇결 때문에 생긴 것이 분명하다고 했다.

그는 전나무 줄기에서 개암 크기만 한 옹이를 잘라냈다. 오래전 발삼 수지[135]가 들어 있던 액포(液胞)에 나무가 꽉 찬 것처럼 보였는데, 인디언은 좋은 약이라고 말했다.

다시 배를 타고 반 마일쯤 갔을 때 일행이 칼을 두고 온 것을 기억해냈다. 우리는 칼을 찾으러 돌아가기 위해 빠르고 강한 물살에 맞서 노를 저어야 했다. 그리고 이때의 경험 덕에 물결을 따라 내려가는 것과 거슬러 올라가는 것의 차이를 배웠다. 우리가 4분의 1마일쯤 물살을 거슬러 오르는 데 걸린 시간이면 물살을 따라 내려갔을 경우에는 적어도 1.5마일은 갈 수 있었기 때문이다. 그렇게 우리는 다시 뭍에 이르렀고, 일행과 인디언이 칼을 찾으러 간 동안 나는 물거품의 움직임을 관찰했다.

물거품은 40에서 50로드 아래의 물가에서 노니는 흰 오리처럼 보였다. 바위 뒤에서 나타났다가 사라졌다가를 반복하며, 소용돌이에 휩쓸려 빙글빙글 돌아갔다. 그 외로운 강에서는 살아 있는 것처럼 보이는 이런 현상마저 재미있었다.

이 폭포 바로 아래에는 호수가 역류하면서 생긴 체선쿡 못이 있었다. 천천히 노를 저으며 이 못을 건너는 동안 인디언이 근처에서 사냥을 했던 이야기와 그 자신에 관한 더욱 흥미로운 이야기를 해

---

135 나무에서 분비되는 액체 수지로 상처 치료에 사용되는 일종의 향유이다.

주었다. 알고 보니 그는 오거스타[136]에 부족 대표로 간 적이 있고, 워싱턴에도 한번 대표로 가서 서쪽 부족의 추장들을 만난 모양이었다. 오거스타에서는 메인 주의 동쪽 경계 문제로 골치가 아팠던 시절, 고지대와 강의 위치에 따라 그 경계를 정하는 것에 대해 상담을 받고 조언을 해주었는데, 그의 말에 의하면 그 조언이 받아들여졌다고 했다. 측량사들이 즉각 그를 고용했던 것이다. 또 대니얼 웹스터[137]가 벙커힐에서 연설[138]을 했을 때, 보스턴에서 그의 집을 방문한 적도 있다고 했다.

나는 그가 보스턴, 뉴욕, 필라델피아 등등에 가보고 싶다거나, 거기서 살아보고 싶다고 말하는 것을 듣고 놀라움을 금치 못했다. 하지만 그는 곧 그곳에서 자신이 얼마나 가엾은 처지가 될지 깨닫고 조금 마음이 가라앉은 듯 이렇게 말했다.

"내가 뉴욕 살면 제일 가난한 사냥꾼이 될 거요."

그는 백인들과 비교해 자신이 우월한 부분과 열등한 부분을 둘 다 잘 알고 있었다. 그리고 다른 나라 사람들과 비교해 미국 사람들을 비판했지만, 분명한 견해는 단 하나였다. 여기에 대해 그는 자세

---

136 메인 주의 주도로 주의회가 열리는 곳.

137 19세기를 대표하는 미국의 정치가 중 한 명으로 매사추세츠 주 상원의원을 지냈다.

138 보스턴에서 영국군과 맞선 것을 계기로 독립전쟁이 일어난 것을 기념하는 벙커힐 기념탑 건립식에서 연설을 한 시기를 말한다.

히 설명했는데, 미국 사람들은 "아주 강하지만" 어떤 개개인들처럼 "너무 빨리" 이익을 얻으려고 한다는 것이었다. 철도와 은행이 대대적으로 도산[139]하기 직전에 나온 말이니 분명 인정받아 마땅한 견해였다. 그는 교육도 중요하게 평가했고, 때때로 이런 말을 내뱉곤 했다.

"카데미 — 아-카-데-미 — 훌륭한 곳 — 거기서는 5단계 읽기 교재[140]를 쓰겠지……당신 대학에 다녔소?"

이 못에서는 크타든 주변 산맥의 윤곽이 보였다. 크타든 정상은 구름에 가려졌지만, 더 가까이에 있는 수니엉크 산은 꽤 잘 보였다. 우리는 호수의 남서쪽 끝으로 건너갔다. 그리고 그곳에서부터 남남동쪽을 내려다보니, 그 끝에 있는 조 메리 산까지 전체가 한눈에 들어왔다. 숲속에 갇혀 있다가 호수를 건너면 넓게 펼쳐지는 수면만이 아니라, 이것은 탁 트인 하늘을 볼 수 있다는 점에서도 기분 전환이 된다. 자연이 숲의 여행객들을 위해 마련해 둔 경이의 하나이다.

이때는 18마일 이상 펼쳐지는 수면을 내려다보니, 해방감이 들고 공손해지기까지 했다. 숲속에서는 앞이 조금밖에 보이지 않고, 빛은

---

139 1857년에 있었던 경제 공황을 말한다.
140 미국의 교육가, 윌리엄 맥가피가 펴낸 시와 산문이 담긴 독본.

언제나 어스름하게 들어온다. 따라서 주민들이 그 영향을 받아 *야만인*이 되는 것도 놀랍지 않다. 반면, 호수에서는 산도 보이고 우리가 사고할 수 있는 넓은 시야와 범위를 얻을 수 있다. 바위 위에 하얀 얼룩처럼 드문드문 앉아 있거나, 원을 그리며 나는 갈매기들을 보니 세관 직원이 떠올랐다.

호수의 이쪽 끝은 길에서 꽤 멀었는데도 이미 통나무집이 여섯 채나 있었다. 이런 숲에서는 초기 정착민들이 호수 주위로 모여든다. 이유에는 여러 가지가 있지만, 그중 하나는 제일 오래된 개척지가 근처에 있기 때문일 것이다. 이 통나무집들은 숲의 주민들을 위해 예전에 세운 학교이자 위대한 빛의 중심이다. 물이 곧 개척자이고, 정착민들은 그 물을 따르는 것이다. 물의 힘을 빌리기 위해서.

이렇게 멀리까지 와본 것은 단 한 번뿐이었다. 정오경, 우리는 북쪽으로 방향을 바꾸고 넓은 하구 같은 곳을 거슬러 올라 코콤고목 강의 북동쪽 구석에 이르렀다. 그리고 호수에서 1마일 정도 더 가자, 움바죽스쿠스 강에 도착했다. 이전 강이 서쪽에서 흘러나오다가 남쪽으로 급선회하는 지점의 오른쪽으로 흘러들어가는 강이었다.

우리는 움바죽스쿠스를 거슬러 올라야 했지만, 인디언이 코콤고목 강을 반 마일 더 올라가면 모기도 적고 시원해서 쓸 만한 야영지가 있다기에 그곳으로 갔다. 지도를 보고 판단했을 때 코콤고목 강이 더 길고 주된 물줄기였기에, 두 강이 만나는 교차점 아래로 코콤고목이란 이름을 쓰게 되는 것은 당연했다. 우리는 문명을 만난 것 같았던 체선쿡 호수의 탁 트인 하늘을 뒤로하고, 코콤고목 강의 어두운 숲속으로 들어갔다.

인디언이 이야기한 캠핑지는 남쪽에 있었고, 강기슭의 높이가 12피트 정도였다. 전나무 줄기에 그가 도끼로 껍질을 벗기고 숯으로 적은 글이 남아 있었다. 위에는 곰이 카누에서 노를 젓는 그림이 있었는데, 그의 가문에서 항상 사용하는 상징이라고 했다. 어설픈 그림이었지만 곰이 아닌 다른 것으로 착각하기는 힘들었고, 그는 나에게 그림을 따라 그릴 능력이 있을지 의심스럽게 여겼다. 적힌 글은 한 자씩 그대로 옮겨 적으면 다음과 같다. 행간에는 그가 알려준 대로 인디언 말의 뜻을 영어로 적었다.

7월 26일

1853년

Niasoseb

우리 조지프 홀로

Polis elioi

폴리스 출발한다

sia olta

올드타운으로

onke ni

지금 당장

quanibi

7월 15일

1855년

niasoseb

인디언은 이 아래에 추가로 글을 적어 넣었다.

1857년

7월 26일

Io. Polis

여기는 그의 집 중 하나였다. 반대편, 즉 강의 북쪽 기슭은 해가 잘 드는 곳이어서, 좁은 목초지도 있었고 그가 가끔 무스 가죽을 펼쳐두었던 곳도 있었다.

인디언이 마지막으로 야영을 했다는 곳과 거의 똑같은 곳에 텐트를 치기로 하고, 불을 피우고 나자 그가 위를 올려다보며 말했다.

"저 나무 위험하오."

지면에서부터 줄기가 둘로 갈라진 커다란 흰자작나무의 죽은 부분이었는데, 직경이 1피트가 넘었다. 이 가지가 30피트 이상 자라서 우리가 침대로 정한 곳 바로 위에 비스듬히 내려와 있었다. 나는 인디언에게 도끼로 잘라보라고 했다. 그러나 나무는 꼼짝도 하지 않았고, 그는 이 나무를 무시하고 싶어진 듯했다. 게다가 내 일행도 위험을 감수하겠다는 의사를 밝혔다.

하지만 내게는 그 아래에서 잔다는 것이 너무 어리석게 느껴졌다. 아래쪽은 단단할지언정 위쪽은 잘 모르지만 떨어지기 직전일 수도 있었다. 어쨌든 밤에 바람이 불면 심히 불안해질 터였다. 야영을 하던 사람들이 쓰러진 나무에 깔려 죽는 것도 흔히 일어나는 사고였다. 결국 우리는 모닥불 반대편으로 텐트를 옮겼다.

코콤고목의 숲은 언제나처럼 축축하고 무성했다. 이곳에 관해 알 수 있는 것이라고는 이쪽은 정착지로 이어지고, 반대쪽은 더욱 사람의 손이 닿지 않는 곳으로 이어진다는 것뿐이었다. 사람은 항상 지형을 지나치게 신경 쓴다.

가끔은 내가 일행보다 정착지에 가까운 곳에 앉았는지(누웠는지), 아니면 더 먼 곳에 앉았는지(누웠는지)가 상당한 차이인 것처럼 느껴지는 것이다. 내가 캠프를 이끄는 입장인지 따라가는 입장인지 역시 마찬가지다. 하지만 어디에서 캠프를 하든, 우리의 위치 사이에는 실로 똑같은 차이가 존재했다. 그리고 산간벽지의 전나무 가지 위에 누운 이들보다 도시의 깃털 침대에 누운 이가 더 개척자에 가까울 수 있다.

인디언은 무스가 움바죽스쿠스를 좋아한다고 했다. 넓은 목초지가 있는 고인 물에 가깝기 때문이다. 그래서 그도 올드타운에서부터 여기까지 혼자서 3주 혹은 그보다 더 오래 사냥을 나오는 일이 많다고 했다. 또 가끔 세부이스 호수에도 역마차를 타고 사냥을 간다고 했다. 총과 탄약, 도끼, 담요, 건빵, 돼지고기를 가지고 100마일 거리를 달려가 길에서 보이는 제일 황량한 곳에 뛰어내리는 것이다.

인디언은 곧바로 그곳에 자기 집처럼 적응한다. 그러니 가는 곳마다 그를 위한 여관인 셈이다. 그는 숲으로 조금 들어간 뒤 가문비나무 껍질로 하루 만에 카누를 만든다. 단, 가볍게 만들기 위해 늑재는 거의 넣지 않는다. 그리고 완성된 카누를 타고 호수에서 사냥을 한 뒤 그는 모피를 싣고 왔던 길로 되돌아온다. 이처럼 숲에서 살아남는 기술은 조금도 녹슬지 않은 채 문명을 영리하게 이용하며 인디언은 더욱 성공적인 사냥꾼이 되었다.

그는 아주 똑똑했고 적성에 맞는 것은 뭐든 금방 배웠다. 우리가 만드는 텐트는 그에게 새로운 종류였다. 하지만 한번 텐트 치는 것을 보자, 그 다음번에 텐트를 칠 때는 처음 해보는 것인데도 알맞은 장대와 갈라진 말뚝을 찾아서 준비하고, 자를 것은 잘라 제 위치를 잡는 것이 어찌나 빠른지 놀라지 않을 수 없었다. 분명 백인들이라면 대다수가 몇 번은 실수를 했을 것이다.

이 강은 10마일 떨어진 코콤고목 호수에서부터 흘러내려왔다. 이곳의 물결은 느릿느릿 흘러갔지만, 멀지 않은 상류에 폭포가 있어서 가끔씩 물거품이 떠내려갔다. 인디언은 코콤고목이 큰 갈매기(나는 재갈매기라고 생각한다) 호수를 뜻하며, *고목*이 호수를 의미한다고 했다. 따라서 이곳은 *코콤고목툭*, 다시 말해 호수에서부터 흐르는 강이다. 즉 페놉스콧 *코콤고목툭*이다. 북쪽으로 그리 멀지 않은 곳에 세인트존 *코콤고목툭*도 있다. 그는 절벽의 바위, 예를 들자면 밀리노켓 강 서쪽에 있는 절벽에서 갈매기 알을 찾아서 먹는데, 가끔 달걀만큼 큰 것이 스무 개씩 나올 때도 있다고 한다.

나는 이제 인디언이 일요일을 어떻게 보내는지 관찰하기로 했다. 하지만 그는 나와 일행이 주변의 나무와 강을 둘러보는 사이, 자러 갔을 뿐이었다. 사실 요일과 상관없이 그는 낮잠을 자기 위해 기회란 기회는 다 활용했다.

야영지 주변의 숲을 거닐며 살펴보니 이 숲은 주로 전나무, 검정가문비나무, 은단풍, 아메리카꽃단풍, 흰자작나무로 이루어졌고, 강을 따라서는 오리나무Alnus incana가 자라고 있었다. 많이 자생하는 순으로 나열한 것이다. 관목 중에는 누룸분꽃나무Viburnum nudum가 흔했고, 크기가 더 작은 식물로는 풀산딸나무와 잎이 크고 둥근 제비난초의 일종이 있었다.

난초는 개체 수도 많았고, 꽃을 활짝 피우고 있었다(녹색을 띠는 흰 꽃이 작게 무리지어 핀다). 또 줄기가 오이와 비슷한 맛인 태화우블라리아Uvularia grandiflora가 있었고, 이 숲의 노루발 종류 중 가장 흔한 것으로 보이는 새끼노루발Pyrola secunda도 있었는데 이미 꽃이 진 뒤였다. 잎이 타원형인 노루발Pyrola elliptica, 가울테리아의 일종Chiogenes hispidula도 있었다. 나도옥잠화의 일종Clintonia borealis도 잘 익은 열매를 뿜내며 풍성하게 자라 이곳에 완전히 적응한 모습이었다. 흔히 잎이 줄기 가까이에서 삼각형 모양을 이루도록 자라는데, 푸르고 모양도 훌륭했으며 열매 역시 파랗고 윤기가 나는 것이 어느 식물학자가 제일 사랑하는 산책로에서 자라는 듯했다.

나는 오래 전에 쓰러진 뒤 썩고 부스러져 흙으로 돌아간 거대한 자작나무의 윤곽을 찾아낼 수 있었다. 깃털 같은 이끼가 희미하게 노란빛을 띠는 폭 18인치, 길이 20에서 30피트의 녹색 선을 이루고, 그 비슷한 선들과 교차되어 있었기 때문이다.

노란목휘파람새의 밤 노래, 숲지빠귀, 물총새, 알록달록한 휘파람새(트위저 버드), 쏙독새 소리가 들렸다. 붉은 다람쥐 소리도 들었고 직접 보기도 했다. 황소개구리도 울었다. 인디언은 뱀 소리도 들었다고 했다.

이런 야생의 한가운데에서도 나는 정착지를 연상하지 않을 수 없었다. 단조로운 소리가 꾸준히 들려올 때 확실히 들으려고 의식하지 않으면, 그 소리는 사람이 만들어낸 산업에서 비롯되는 소리처럼 귓가를 스쳐 지나간다. 폭포 소리가 들리면 댐과 제재소를 떠올렸지만 실제로는 그런 시설이 없는 곳의 폭포 소리였다. 강 너머의 숲속에서 꾸준히 몰아치는 바람 소리를 듣고도 기차, 그러니까 퀘백으로 달려가는 기차 소리라고 착각하고 있었다. 이처럼 어디에 있든 우리의 마음은 그냥 내버려두면 항상 잘못된 전제를 바쁘게 그려낸다.

인디언에게 자작나무 껍질로 설탕 그릇을 만들어 달라고 부탁하자, 그는 허리춤에 차고 있던 칼집에서 큰 칼을 꺼내들었다. 하지만 껍질을 구부리려고 하자 구석 부분이 부서졌고, 그는 자작나무 껍질이 좋은 재료가 아니라고 했다. 흰자작나무 껍질과 그냥 자작나무 껍질 사이에는 이런 면에서 큰 차이가 있다. 다시 말해, 전자가 훨씬 잘 쪼개진다는 것이다. 나는 그가 쪼개고 잘라낸 얇고 섬세한 자작나무 껍질을 나의 꽃 수집 노트에 사용했다. 말린 표본과 생 표본을 분리하기 좋아 보였기 때문이다.

일행은 검정가문비나무와 흰가문비나무의 구분법을 알고 싶어서 폴리스에게 후자의 가지를 보여 달라고 청했다. 폴리스는 즉시 흰가문비나무는 물론이고, 검정 가문비나무 가지까지 함께 보여주었다. 사실 그는 멀리 떨어져 있어도 두 나무가 눈에 보이는 거리에만 있으면 구별이 가능했다.

하지만 일행에게는 두 나무의 가지가 대단히 비슷해 보였기에, 그는 인디언에게 차이를 가르쳐 달라고 했다. 인디언은 지체 없이 가지를 집어 들고, 연이어 쓰다듬으며 흰 것은 거칠지만(바늘 같은 잎이 거의 수직으로 서 있다는 뜻) 검은 것은 (잎이 구부러졌거나 빗으로 빗어 누른 것처럼) 매끄럽다고 했다. 겉으로 보았을 때에도, 만져보았을 때에도 명백하게 구분이 가는 차이였다. 하지만 내가 맞게 기억하고 있다면, 이 방법은 색이 연한 종류의 검정 가문비나무를 흰 가문비나무와 구분할 때는 쓸 수 없다.

나는 폴리스에게 검정 가문비나무 뿌리를 채집해서 실 만드는 과정을 보여 달라고 했다. 그는 머리 위의 나무는 올려다보지도 않고 지면을 살펴보다가, 곧바로 검정 가문비나무 뿌리를 알아보고는 가는 뿌리를 골라 3에서 4피트 길이로 잘랐다. 파이프 몸통 정도의 크기였다. 그는 이 뿌리의 한쪽 끝에 칼로 홈을 낸 뒤, 절반씩 엄지와 검지로 잡고 순식간에 뿌리 전체를 둘로 쪼갰다. 뿌리는 원통을 반으로 자른 듯한 똑같은 모양의 두 조각으로 나뉘었다.

그는 한 조각을 내게 주며 "당신도 해보시오"라고 말했다. 하지만 내 손에서는 뿌리의 한쪽이 먼저 떨어져 나가, 아주 작은 조각이 생겼을 뿐이었다. 요컨대, 아주 쉬워 보여도 이런 뿌리를 쪼개는 것에는 상당한 기술이 필요했다. 쪼갠 곳을 이쪽 손 아니면 저쪽 손으로 솜씨 좋게 살짝 구부려서 그대로 중간까지 유지해야 한다. 그 다음, 폴리스는 각각의 절반에서 껍질을 벗기고, 작은 향나무 껍질 조각을 양손으로 잡아 볼록한 쪽에 대고 누르며 뿌리를 이에 대고 위쪽으로 끌어당겼다.

인디언은 치아가 튼튼하다. 폴리스도 백인이라면 손을 사용할 만한 곳에 치아를 사용하는 때가 있었다. 그들의 치아는 세 번째 손 역할을 하기 충분했다. 이렇게 해서 폴리스는 순식간에 아주 깨끗하고 질기며 유연한 실을 얻어냈다. 그는 이 실로 매듭을 지을 수도 있었고, 심지어는 낚싯줄로도 사용할 수 있었다. 노르웨이와 스웨덴에서도 같은 목적을 위해 노르웨이 소나무Abies excelsa[141]를 이런 방식으로 쓴다고 한다.

폴리스는 이렇게 준비한 가문비나무 뿌리를 카누 한 대에 가득 채우면 50센트를 받는다고 했다. 그는 카누를 실로 봉합할 때만 사람을 고용했고, 나머지 작업은 전부 스스로 했다. 그의 카누에 사용한 뿌리는 옅은 회색이었는데, 아마도 비바람에 노출되면서 색이 변했거나 실을 만들기 전에 먼저 끓는 물에 데쳤기 때문일 것이다.

그는 전날 카누에 물이 조금 새는 것을 발견했고, 탈 때 난폭하게 밟아서 측면에 있는 수평 이음매의 가장자리 밑으로 물이 들어오는 것이라고 했다. 나는 수리에 필요한 피치를 어디에서 구할 수 있냐고 물어보았다. 인디언들은 보통 올드타운의 백인들에게서 경질 피치를 구하기 때문이었다. 하지만 폴리스는 경질 피치와 아주 비슷하고, 똑같이 쓸 만한 것을 만들 수 있다고 했다. 그것도 가문비나무 수지 같은 것으로 만드는 것이 아니라, 우리가 가지고 있는 재료로

---

141 국가표준식물목록 추천명은 독일가문비나무.

만든다며 내게 재료를 맞춰보라고 했다.

하지만 나는 맞추지 못했다. 그는 재료를 말해주지 않고, 그저 완성된 것을 보여주기만 했다. 둥글게 뭉친 콩만 한 것으로 검은 피치와 비슷해 보였다. 그는 남자에게는 아내에게도 말해주지 않는 것이 있는 법이라며 끝내 재료를 알려주지 않았다. 그가 직접 발견한 재료일지도 모르겠다. 아놀드의 원정에서 개척자들은 카누에 "소나무에서 얻은 테레빈유와 돼지 내장을 곪은 것"을 발랐다고 한다.

느릿느릿 흘러가는 깊고 어두운 강물 속에 어떤 종류의 물고기가 사는지 궁금해져서 나는 밤이 오기 직전에 낚싯줄을 던졌다. 다소 노르스름한 서커 비슷한 물고기가 몇 마리 잡혔다. 인디언은 그것들을 보자마자 퇴짜를 놓았다. *미시건 물고기(살이 무르고 냄새나는 물고기)*라 하등 쓸모가 없다는 것이었다. 또 내가 잡은 파우트(메기의 일종)에도 손대지 않으며, 이 근처에서는 인디언도 백인도 먹지 않는 고기라고 했다. 참으로 이상한 이야기였다. 매사추세츠 주에서는 알아주는 생선이기도 했고, 그는 고슴도치에 아비새 같은 것도 먹는다고 하지 않았는가.

반면, 그는 내가 흰색 류시스커스라고 부르는 물고기, 그러니까 처음 잡았던 것과 크기와 모양이 비슷한 은빛 도는 작은 물고기가 페놉스콧 강에서 잡히는 최고의 물고기라고 했다. 그리고 잡아서 기슭으로 던져주면 자기가 요리를 하겠다고 나섰다. 그 요리란, 대충 씻은 뒤 머리가 달린 채로 숯 위에 얹어서 굽는 것이었다.

그는 잠시 산책을 하고 돌아오는 길에 어떤 덩굴을 가져와서 이게 뭔지 아냐고 물어보았다. 그 덩굴로 이 숲에서 나는 그 어떤 것과도 비교할 수 없는 최고의 차를 만들 수 있다고 말이다. 덩굴의 정체는 크리핑 스노베리Chiogenes hispidula였다.

이 근처에서 흔히 볼 수 있는 것으로 막 열매가 맺힌 참이었다. 인디언 말로는 *코워즈네바고사르*라고 했다. 땅 위로 쓰러진 나무줄기가 썩어서 부서지는 곳에 자라는 식물이란 의미다. 그날 밤 우리는 그 덩굴을 넣고 차를 끓여 마시기로 했다. 살짝 파스향나무 열매 맛이 났고, 우리가 가져온 홍차보다 훨씬 낫다는 점에 나와 일행 모두 동의했다. 우리는 이 덩굴을 차로 마신다는 것은 꽤 대단한 발견이고, 말린 것을 상점에서 팔아도 될 정도라고 입을 모았다. 하지만 차를 마신 지 오래되지 않은지라 다른 사람에게 이렇게 말할 만한 권위는 내게 없다. 이 부근의 물은 하나같이 다 따뜻하니, 가지고 다니다가 낮에 차가운 음료로 마시면 특히 좋을 것 같았다.

인디언의 말에 따르면, 그들은 저지대에서 나는 일부 허브도 차로 마시는데, 이곳에서는 찾지 못했다고 한다. 또 *레둠*이라고 하는 래브라도 차(일종의 백산차)도 있는데, 이것은 나도 나중에 콩코드에서 찾아서 마셔 보았다. 솔송나무 잎 역시 차로 만드는데, 특히 다른 식물들이 눈에 뒤덮인 겨울에 잘 쓰인다고 했다. 그 외에도 다양한 것들이 나왔지만, 폴리스는 내가 전에 이 숲에서 마신 적이 있다고 한 측백나무만은 인정해주지 않았다. 우리는 원하기만 하면 매일 밤, 다른 종류의 차를 마실 수 있었을 것이다.

밤이 되기 직전, 우리는 *무스퀴시*(그는 사향쥐를 이렇게 불렀다)를 보았다. 이번 여행에서 본 유일한 사향쥐였는데, 강 반대편에서 유유히 헤엄쳐 아래로 내려가고 있었다. 인디언은 한 마리 잡아서 먹고 싶다고 하며 우리에게 소리를 내지 마라고 했다.

"기다리시오. 내가 불러 보겠소."

그는 기슭에 납작하게 엎드리더니, 입술 사이로 찍찍거리는 가늘고 기이한 소리를 내며 상당한 노력을 기울였다. 나는 크게 놀랐다. 내가 드디어 황야로 들어왔다는 것, 그가 정말로 야만인이라는 것을 실감했다. 사향쥐에게 말을 걸다니! 사향쥐와 폴리스 둘 중 누가 더 낯선 존재인지 알 수 없었다. 돌연 그가 인간성을 버리고 사향쥐 쪽으로 가버린 듯했다.

하지만 내가 볼 수 있었던 한, 사향쥐는 조금 망설이기는 했지만 돌아서지는 않았다. 인디언은 쥐가 모닥불을 봤기 때문이라고 했다. 하지만 폴리스에게 사향쥐를 부르는 습관이 있는 것은 분명했고,

그 자신도 그렇다고 했다. 이로부터 한 달 뒤, 지인이 이 숲에서 무스 사냥을 했는데, 그가 데려간 인디언도 이런 식으로 달빛 속에서 거듭 사향쥐를 부르다가, 노가 닿을 만한 거리에 쥐가 들어오자 노로 내리쳐서 잡았다고 한다.

이 일요일 저녁, 폴리스는 아침에 일한 것을 속죄하기라도 하는 듯 특별히 긴 기도를 올렸다.

7월 27일 월요일

우리는 재빨리 카누에 짐을 실었다. 인디언은 항상 카누가 잘 손질된 상태를 유지하게끔 신경 써서 돌보았다. 짐을 다 실은 뒤에는 언제나처럼 각자 한번씩 남겨둔 물건이 없는지 살펴보고 출발했다. 코콤고목 강을 따라 내려가다가 북동쪽의 *움바죽스쿠스* 강으로 올라갔다. 인디언 말로는 *목초가 많은 강*이란 뜻이다. 실제 목초가 아주 많이 자라서 이 강은 고인 물과 다름없었다.

비가 온 탓에 폭이 아주 넓었는데, 인디언은 폭이 아주 좁아질 때도 가끔 있다고 했다. 숲 사이 공간에는 대개 폭이 50에서 200로드 정도인 목초지가 훤히 드러나 있었다. 무스에게는 자주 접하기 힘든 더할 나위 없는 공간이었다. 목초지를 보니 콩코드 강이 생각났다. 물 위에 떠 있고 오래된 사향쥐 둥지 때문에 더욱 더 비슷한 느낌이 들었다.

물에 잠긴 목초지에서는 사초와 솔방울고랭이가 자랐으며, 흔히 볼 수 있는 붓꽃도 많았다. 그 꽃이 파란 수련처럼 최고 수위에 달한 수면 위로 고개를 내밀고 있었다. 높은 곳에는 매사추세츠 강가의 목초지에서도 많이 자라는, 잎이 좁고 특이한 버드나무Salix petiolaris가 많았다. 이 지역에서 가장 흔히 볼 수 있는 나무로, 인디언의 말에 따르면 사향쥐가 이 나무를 많이 먹는다고 한다. 또 이곳에는 노랑말채나무Cornus stolonifera도 있어서 이제 희끄무레해진 큰 열매가 달려 있었다.

아직 이른 아침이었지만, 쏙독새가 목초지 위를 빙빙 돌고 있었다. 평소처럼 이 숲에 많이 사는 페페Muscicapa Cooperi와 미국 울새 소리도 들렸다.

숲이 강가에서 그렇게 먼 것은 드문 일이었기에, 숲에서 반사되는 메아리가 꽤 확실하게 들렸다. 하지만 내가 메아리를 들으려고 고함을 치자, 인디언이 무스가 겁을 먹을 수 있다고 일깨워주었다. 그는 무스를 잡고자 했고, 우리 모두 무스를 보고 싶어 했다. 메아리를 뜻하는 인디언 말은 *포카딘크퀘이웨*일이다.

목초지의 먼 가장자리를 따라 죽은 잎갈나무가 넓은 띠를 이루며 서 있었고, 양쪽에 숲을 등지고 있어 평소보다 풍경이 더 황량해 보였다. 인디언은 이 나무들을 노간주나무라고 부르며, 약 20마일 떨어진 체선쿡 호수의 댐에서 역류가 생겨 죽었다고 설명했다. 나는 물가에서 잉카르나타금관화Asclepias incarnata를 뽑았다. 아주 보기 좋은 꽃으로 우리 지역에서 자라는 품종pulchra에 비해 훨씬 더 선명한 붉은색이었다. 이곳에서 유일하게 볼 수 있었던 금관화였다.

움바죽스쿠스 강을 따라 몇 마일 노를 저어가자, 갑자기 강이 시냇물 정도로 줄어들며 폭이 좁고 물살이 빨라졌다. 또 잎갈나무와 다른 나무들이 강기슭으로 점점 가까이 들어서며 목초지가 사라졌다. 우리는 강바닥을 밀 검정가문비나무 장대를 구하기 위해 뭍으로 올라갔다. 장대가 필요했던 것은 이번이 처음이었는데, 꽤 가는 가지를 골라 10피트 길이로 자른 다음 끝을 뾰족하게 깎고 껍질을 벗기기만 하면 되었다. 강은 좁고 물살이 빨랐지만 내가 물속에 뛰어들어 확인해 보니, 여전히 깊었고 바닥은 진흙이었다. 기슭에는 위에서 언급한 식물 외에도 각기 다른 버드나무 두 종류Salix cordata, Salix rostrata와 미나리아재비의 일종Ranunculus recurvatus, 열매가 잘 익은 산딸기Rubus triflorus가 있었다.

이렇게 장대를 만들고 있자니, 강을 따라 내려오다가 덤불을 돌아 나오는 카누가 보였다. 인디언 두 사람이 타고 있었는데, 그들 중 나이가 많은 쪽과 우리 인디언이 아는 사이였다. 두 사람은 인디언 말로 대화를 나누기 시작했다. 그는 무스헤드 호수 아래쪽에 살았고, 젊은 쪽은 다른 부족 사람이었다. 그들은 사냥을 마치고 돌아오는 길이었다.

나는 젊은 인디언에게 무스를 보았냐고 물어보았다. 그는 보지 못했다고 했다. 하지만 카누 중앙에 담요로 덮어둔 큰 짐 속에서 무스 가죽이 삐져나와 있는 것이 보였다. 그러자 그 인디언은 "가죽만" 보았다고 덧붙였다. 나를 속이려고 한 것은 그가 외국인이기 때문일지도 모른다. 이 계절에 메인 주에서 외국인과 백인이 무스를 죽이는 것은 불법이기 때문이다.

하지만 그렇게까지 경계하지 않아도 괜찮았을 것이다. 무스 사냥을 단속하는 감시원은 그렇게 까다롭지 않기 때문이다. 무스를 죽이면 어떻게 되냐고 감시원에게 물어본 적이 있다는 어떤 백인에게 듣기로, "무스의 4분의 1을 가져다주면 귀찮은 일은 없을 거요"라는 대답이 돌아왔다고 한다. 감시원이 할 일은 가죽을 목적으로 '무분별하게' 이루어지는 사냥을 막는 것이니 괜찮다는 이야기였다. 아마도 무스의 4분의 1을 그의 몫으로 떼어주면 *무분별한* 사냥이 아닌 모양이다. 감시원은 이런 특권을 누렸다.

우리는 계속해서 지금껏 보지 못했던 넓게 펼쳐진 잎갈나무 사이를 지나갔다. 키가 크고 호리호리한 나무로 환상적인 가지를 뻗고 있었다. 그러나 이 지역에서 가장 흔한 나무였는데도 이후로는 하나도 본 기억이 없다. 이 종에 속하는 나무는 숲속 여기저기에서 제멋대로 자라지 않고, 자기들끼리 작은 숲을 이룬다. 스트로브잣나무와 붉은 소나무, 그 외 다른 나무들도 같은 경향을 보여서 벌목꾼들 입장에서는 상당히 편리했다.

이런 나무들은 사회적인 습성이 있어서 목재 조사원들의 표현에 따르면 '줄'지어, '덤불', '집단' 아니면 '군락'을 이루며 자란다. 조사원들은 언덕이나 나무 꼭대기에 올라가서 아주 멀리에서도 이 나무들을 구분해 낸다. 스트로브잣나무는 주변 나무들보다 훨씬 높게 자라고, 그렇지 않으면 자기들끼리 광대한 숲을 이루기 때문이다. 나도 아직 벌목 군단의 습격을 받은 적이 없는 거대한 스트로브잣나무 군락에 가보고 싶었다.

우리는 물가에서 새로 생긴 무스의 자취를 발견했다. 이 계절에는 무스 파리에 쫓긴 무스가 숲에서 나와 물속으로 들어가는 경우가 많다. 하지만 인디언은 사방에 물이 풍부한 점으로 보아 이 무스는 그런 경우가 아니라고 했다. 강폭은 이제 1.5로드에서 3로드 정도였고, 상당히 구불구불했으며 때때로 작은 섬, 목초지 등이 나타났다.

얕은 곳은 물살이 아주 빨랐다. 섬이 나타나면 인디언은 전혀 망설이지 않고 바로바로 어느 쪽으로 갈지 정했다. 마치 물결이 그에게 가장 짧고, 가장 깊은 쪽을 알려주는 것만 같았다. 수위가 높아서 다행이었다. 이 강을 건너는 동안 딱 한번만 걸어서 우회하면 되었기 때문이다. 얕고 물살이 빠른 직선 유역이었는데, 우리가 짐의 일부를 들고 걷는 동안 인디언이 — 물결이 아주 거세다고 말하면서도 — 카누를 타고 올라갔다. 수위가 높았기에 카누를 육로로 운반하지 않아도 되었던 것이다. 우리는 언젠가의 봄에 난파한 배토의 너덜너덜한 잔해를 한두 번 지나쳤다.

운반로에는 3피트 높이의 화려하고 큼직한 자주색 난초가 많이 피어 있었다. 이렇게 섬세한 꽃이 이런 황야의 길을 장식하고 있다니 참으로 놀라웠다.

다시 카누에 올라타자, 인디언이 내 등을 문질렀다. 잘못해서 침을 뱉었기 때문이었는데, 내가 결혼을 하게 될 징조라고 했다.

움바죽스쿠스 강은 길이가 10마일이라고 한다. 이 강의 가장 좁은 부분을 3에서 4마일 정도 장대로 거슬러 오르다 보니, 오전 11시경에 돌연히 움바죽스쿠스 호수로 접어들며 탁 트인 하늘이 나타났다. 호수는 북서쪽으로 4에서 5마일쯤 뻗어 있었고, 인디언이 코콤고목 산이라고 부르는 산이 저 멀리 호수 너머로 보였다. 기분 좋은 풍경의 변화였다.

이 호수는 물가에서부터 아주 얕은 곳이 멀리까지 이어졌다. 나는 강바닥에서 돌무더기를 보았는데, 매사추세츠의 어새벳 강에서 본 것과 비슷했다. 우리가 탄 카누가 이 돌무더기 하나에 부딪쳤다. 인디언은 장어가 만든 것이라고 생각했지만, 1853년에 나와 동행했던 조 에이티언은 처브(잉어의 일종)가 만든 것이라고 생각했다. 우리는 호수의 남동쪽 끝을 가로질러 머드 연못으로 이어지는 운반로로 향했다.

움바죽스쿠스 호수는 이쪽 방향에서 보면 페놉스콧 강의 발원지라고 할 수 있다. 머드 연못은 알라가시 강의 발원지 중 가장 가까운 곳이다. 그리고 알라가시 강은 세인트존 강의 중요한 수원(水原) 중 하나다. 주 소속 지질조사관보, 호지가 공무 수행을 위해 이 길을 통해 세인트로렌스 강까지 간 적이 있다.

그는 이 운반로의 길이가 1.75마일이고, 머드 연못이 움바죽스쿠스 호수보다 14피트 더 높다고 기록했다. 무스헤드 운반로에서 잰 페놉스콧 강 서쪽 지류의 높이가 무스헤드 호수보다 25피트 더 낮으므로, 페놉스콧 강의 상류 부분은 케네벡 강과 세인트존 강 사이의 넓고 얕은 골짜기로 흘러 들어가고, 그 결과 이 두 강보다 낮아진다. 하지만 지도만 보면 페놉스콧 강이 가장 높으리라 예상할 수도 있다.

머드 연못은 움바죽스쿠스 호수가 체임벌린 호수로 흘러 들어가는 길 중간쯤에 있었고, 우리의 목적지는 체임벌린 호수였다. 인디언은 이곳이 메인 주에서 가장 축축한 운반로라고 했다. 게다가 가장 습한 계절이었으니 불편은 각오해야 했다. 인디언은 평소처럼 돼지고기가 든 통, 요리 도구, 그 외 여러 보따리를 담요로 감싸 커다란 보따리 하나로 만들었다. 우리는 이 운반로를 두 번 왔다 갔다 해야 했다. 짐의 절반을 도중까지 옮기고 돌아가서 나머지를 가져오는 방법을 택했기 때문이다.

운반로가 끝나는 곳에는 개간지가 있었고, 길 가까이로 문을 낸 통나무집이 나왔다. 인디언이 혼자 들어갔다 나오더니 캐나다 사람이 가족들과 함께 살고 있는데, 시력을 잃은 지 1년이 되었다고 한다. 이런 곳까지 와서 시력을 잃다니 더욱 안됐다는 생각이 들었다. 이곳에는 그를 대신해줄 눈이 얼마 없으니 말이다. 개에게 의지한다고 해도 그는 이 지역을 벗어나지 못할 것이다. 밀가루 통처럼 그저 가만히 급류를 타고 내려가야만 하리라. 이 집은 체선쿡 호수보다 북쪽에서 처음 발견한 집이자, 페놉스콧 강과 이어지는 물가에서 본 마지막 집이었다. 이곳에 집을 지은 것은 분명 겨울과 봄에 벌목꾼들이 지나가는 경로이기 때문일 것이다.

캐나다인의 개간지에서 습기 때문에 탄성이 생긴 흙을 밟으며 조금 올라가자, 넓고 빽빽하게 들어선 상록수 숲 사이로 평평하고 아주 습한 바위투성이 길이 나왔다. 돌로 대충 포장한 배수로처럼 보였다. 우리는 바위에서 바위로, 길 이쪽에서 저쪽으로 껑충껑충 뛰면서, 물과 진흙에 닿지 않으려는 헛된 노력을 계속했다. 물이 흐르지는 않았지만, 우리는 여기까지 페놉스콧 강과 이어지는 곳이라고 결론지었다.

마차에서 만났던 백인 사냥꾼이 몇 달 전, 곰 두 마리를 잡았다던 운반로가 바로 여기였다. 곰들은 길 한가운데에 서서 그를 보고도 돌아서지 않았다. 곰들이 길을 비켜주지 않은 것은 법이 정한 그들의 권리를 주장한 것에 불과하니 이해해야 할지도 모르겠다. 사냥꾼 말에 의하면, 이 계절에는 산과 언덕에서 곰과 마주칠 수 있다. 곰이 나무 열매를 찾으러 나오기 때문인데, 이렇게 사람을 보고도 뻔뻔한 경향이 있다고 했다. 그는 우리도 트라우트 개천에서 곰을 마주칠지 모른다고 하며, 많은 인디언들이 곰이 무서워서 감히 육지로 올라와 자지 못하고 카누에서 잔다는 믿기 힘든 이야기를 덧붙였다.

20년 전, 미국에서 가장 훌륭한 나무가 자라는 땅이라고 불렸던 곳이 이곳에서부터 시작한다. 지금 우리가 있는 바로 이곳은 "가장 많은 소나무가 뒤덮고 있다"던 곳이었지만, 이제 소나무류는 비교적 드문 것처럼 보였다. 그리고 향나무, 전나무 등이 너무 빽빽하게 들어서 있어서 그 사이에 나무가 더 자랄 만한 공간도 찾을 수 없었다. 당시에는 호수에서 호수를 잇는 운하를 만들자는 제안이 있었는데, 결국에는 훨씬 동쪽의 텔로스 호수에 수로가 만들어졌다. 이 호수는 앞으로 만나게 될 것이다.

인디언은 카누와 함께 우리 앞에서 모습을 감추었다. 하지만 머지않아 돌아와서 말하기를, 서쪽으로 벗어나는 길을 택하는 편이 걷기 쉬우리라고 했다. 그는 내 제안에 따라 우리가 실수로 지나치지 않게끔 운반로에서 서쪽 길로 접어드는 곳에 나뭇가지를 하나 남겨두기로 했다. 그리고 우리에게 샛길로 빠지지 말라고 당부하며 "내 발자국이 보일 거요"라고 덧붙였다. 하지만 나는 우리가 그의 발자국을 구분할 수 있으리라 자신하지 않았다. 운반로에는 지난 며칠간 다른 사람들이 지나간 흔적도 있었기 때문이다.

우리는 올바른 길로 접어들었지만, 그 길에 벌목로가 너무 많이 이어져 있었기에 금세 혼란에 빠졌다. 앞서 언급했던 방대한 소나무류를 베러 온 벌목꾼들이 낸 길이었다. 그래도 우리는 샛길이 아니라고 판단한 길을 따라 계속해서 걸어갔다. 구불구불한 길이었으나, 간격이 조금 멀기는 해도 희미하게 난 발자국을 알아볼 수 있었던 것이다. 비교적 새로 생긴 길처럼 보이기는 했지만, 처음에는 길 사정이 더 낫기도 했다. 즉 우리가 걸어왔던 운반로보다는 마른 편이었다.

이 길을 따라가니, 측백나무가 음울한 분위기를 자아내는 황야가 나왔다. 땅 위에 쓰러져서 썩어가는 거대한 나무들을 잘라서 길을 만들고, 잘라낸 것은 한쪽으로 굴려놓았다. 덕분에 거대한 줄기가 길 양편을 차지하고 있었다. 반면, 2에서 3피트 높이의 나무들은 길 위에 쓰러진 채 그대로 남아 있었다. 지면은 물론, 바위와 쓰러진 나무까지 빠짐없이 두꺼운 카펫처럼 뒤덮고 있는 폭신한 이끼 위에서 인디언의 발자국을 찾아내는 것은 불가능했다.

그런데도 나는 가끔씩 사람의 발자국을 알아보았고, 그 부분에 있어서는 나 자신을 신뢰했다. 나는 짐을 한꺼번에 옮겼다. 무거운 배낭 하나와 천연 고무를 입힌 큰 가방 하나로 빵과 담요가 들어 있었으며, 노가 매달려 있었다. 다 합하면 대략 60파운드 정도의 무게였다. 반면, 일행은 짧막짧막한 거리를 두 번씩 오가며 짐을 나눠 옮기는 쪽을 선호했다. 그 사이 나는 일행을 기다려주었다. 하지만 우리는 매번 짐을 옮길 때마다 옳은 길에서 점점 더 멀리 짐을 가져가는 것이 아닌지 확신할 수 없었다.

앉아서 일행을 기다리고 있으면 시간이 더디게 가는 것처럼 느껴졌기에, 숲을 관찰할 기회를 충분히 만끽할 수 있었다. 그리고 처음으로 흑파리 때문에 심각하게 고생하기 시작했다. 흑파리는 크기가 아주 작지만, 형태는 완벽한 검은 색 곤충으로 약 10분의 1인치 크기다. 처음에는 느낌으로 그 존재를 알았고 그 다음 눈으로도 확인했는데, 이 어두운 숲길의 보통 때보다 더 넓고 불확실한 분기점에 앉아 있으니 내 주변에 떼를 지어 몰려와 있었다. 사냥꾼들은 흑파리와 얽힌 피비린내 나는 이야기를 하곤 한다. 미처 알아차리기 전에 흑파리가 목 주위에 고리 모양으로 둘러앉았고, 목을 닦으니 피와 함께 엄청난 숫자의 흑파리가 같이 닦여 나왔다는 식이다.

하지만 나는 배낭에 약이 들어 있는 것을 기억해냈다. 뱅거에서 사려 깊은 이가 준비해준 것이었다. 나는 서둘러 얼굴과 손에 약을 발랐다. 다행히 약이 신선한 동안, 그러니까 한 20분 정도는 효과가 있었다. 흑파리만이 아니라 귀찮게 굴던 모든 곤충들에게 다 해당되는 효과였다. 약을 바른 곳에는 곤충이 내려앉지 않았기 때문이다.

이 약은 올리브유와 테레빈유 섞은 것에, 약간의 스피어민트 오일과 장뇌를 더한 것이었다. 하지만 나는 결국 병보다 약이 더 나쁘다는 결론을 내렸다. 얼굴과 손에 이런 기름 혼합물을 바르고 있으니 불쾌하고 불편했던 것이다.

캐나다어치, 무스버드, 미트버드 등등으로 불리는 어치 속에 속하는 큰 회색 빛깔 새Garrulus Ganadeinsis가 소리 없이 서서히 호기심 어린 날갯짓을 하며 내 쪽으로 날아와 7에서 8피트 거리까지 다가왔다. 큰 어치에 비하면 더 서툴러 보였고, 그렇게 예쁘지도 않았다. 호수에서 날아온 물수리도 가까운 숲 꼭대기에서 날카롭게 휘파람 소리 같은 울음소리를 냈다. 마치 근처에 둥지가 있어서 불안해 하는 것 같은 소리였다.

그곳에 좀 앉아 있으니, 이 길의 분기점에 있는 나무 하나에 껍질을 벗기고 빨간색 분필로 '체임 L.'이라고 적어둔 것이 보였다. 체임벌린 호수를 뜻하는 것이었다. 그래서 나는 전반적인 상황으로 보아 우리가 맞는 길로 왔다는 결론을 내렸다. 2마일 가까이 걷고도 아직 머드 연못이 나올 조짐이 보이지 않았지만 말이다. 나는 사실 우리가 머드 연못을 거치지 않고 체임벌린 호수까지 곧바로 가는 길을 따라가는 것이 아닐까 의심하고 있었다. 지도에서 보면 북동쪽으로 5마일 거리였기에, 이후로는 나침반으로 방향을 확인하며 이동했다.

일행이 가방을 가지고 돌아왔다. 그 역시 손과 얼굴에 벌레 쫓는 약을 발랐고, 우리는 다시 길을 떠났다. 길은 빠른 속도로 상태가 나빠졌으며, 점점 더 알아보기 힘들어지더니 산부채calla palustris가 아직도 풍성하게 꽃을 피운 곳을 통과하자 끝내는 넓고 평범한 늪이 나왔다. 늪은 계절이 계절이니만큼 평소보다 습해서 지나가기가 더 힘든 상태였다.

우리는 한 걸음, 한 걸음 물과 진흙에 1피트씩 빠져가며, 때로는 무릎까지 빠지면서 걸었다. 우리가 지나온 흔적은 거의 사라지다시피해서 비슷한 장소에서 사향쥐가 물 위에 뜬 사초를 벗어날 때 남기는 흔적과 비슷해졌다. 실제 몇몇 군데에 남은 흔적은 우리가 아니라 사향쥐 흔적이었을 것이다. 우리는 머드 연못까지 가는 길이 습했던 만큼 연못 자체도 진흙투성이라면 정말 머드(진흙)라는 이름이 붙을 만하다고 입을 모았다. 진흙이 목까지 잠기더라도 어떻게든 꼭 건너겠다고 결의한 듯, 말 한마디 나누지 않고 늪 속에서 끈질기고 신중하게 걸음을 옮기는 우리 모습은 재미있는 구경거리였을 것이다.

늪으로 꽤 깊이 들어가자 앉을 공간은 없었다. 하지만 짐을 내려놓을 수 있는 풀숲이 나타났고, 일행은 나머지 짐을 가지러 돌아갔다. 나는 그 전부터 이 운반로를 지나면 페놉스콧 강과 세인트존 강을 나누는 선을 건너는지 확인하려고 마음먹고 있었다. 하지만 내 발은 걷는 내내 물 밖으로 나온 적이 거의 없었고, 주변도 온통 평평하고 물이 고여 있었다. 그래서 그 선을 찾지 못할 거라는 절망감이 마음속에 번지기 시작했다.

하지만 북동부에서 국경 분쟁이 있었을 때 어떤 '고지대'가 페놉스콧 강과 세인트존 강, 그리고 세인트로렌스 강을 나누는 기준이 되었다는 이야기를 많이 들었던 기억이 났다. 지도를 보니, 1842년 이전에 대영제국이 주장했던 경계선이 움바죽스쿠스 호수와 머드 연못 사이를 지나가고 있었다. 따라서 우리는 그 선을 지났거나, 현재 그 선 위에 있을 터였다.

그렇다면 이곳이 바로 1783년 조약[142]을 영국 쪽에서 해석한 바에 따라 "세인트로렌스 강으로 흘러 들어가 그 강에서부터 대서양까지 흘러 내려가는 강들을 나누는 고지대"였다. 사실이라면 나는 지금 실로 흥미로운 곳에 서 있는 셈이었다. 앉을 수는 없었으니 말이다. 만약 식민지 총독들과 네덜란드 왕이 국경을 확실히 정하기 위해 등에 짐을 짊어지고 이곳에서 '고지대'를 찾으며 며칠간 흥미로운 시간을 보냈다면, 고지대에 관한 관점도 다소 바뀌지 않았을까 하는 생각이 들었다. 특히 네덜란드 왕에게는 이곳이 고유한 영역이었을 것이다.[143] 나는 일행이 가방을 가지고 돌아오는 동안 이

---

142 미국의 독립을 인정한 파리 조약으로, 미국의 국경을 규정하고 있으나 애매한 부분이 있었다.

143 네덜란드 국토의 상당 부분이 저지대로 이루어져 있다.

런 생각을 하고 있었다.

이 늪에는 향나무가 많았고, 흰목참새의 독특한 울음소리가 크고 깨끗하게 울려 퍼졌다. 사라세니아, 래브라도 차, 폴리폴리아칼미아 Kalmia glauca가 자랐고 내게는 새로운 흰털자작나무Betula pumila도 있었다. 잎이 작고 둥글며 키가 2에서 3피트밖에 안 되는 관목이었다. 우리는 이 나무의 이름을 이 늪에 붙여주기로 했다.

한참 기다린 끝에 일행이 돌아왔는데 인디언도 함께였다. 우리가 길을 잘못 든 바람에 인디언이 우리를 찾지 못하게 되었던 모양이다. 하지만 그는 매우 현명하게도 캐나다인의 집으로 돌아가 우리가 어느 쪽으로 갔을 것 같냐고 물어보았다. 그가 백인들의 방식을 더 잘 이해하리라 생각했기 때문이다. 캐나다인은 우리가 체임벌린 호수로 이어지는 물자 공급로로 갔을 것이 분명하다고 정확하게 일러주었다(이 계절에 이런 길로 옮기는 물자는 얼마 안 된다). 인디언은 우리가 운반로 대신 자신이 '견인'로(즉 화물로, 수송로 혹은 보급로)라고 부르는 길을 택했다는 사실에 매우 놀랐다. 그리고 자기 발자국을 따라오지 않았다니 "이상하다"고 말했다. 이제 우리의 숲속 생활 능력을 대수롭지 않게 여기게 된 것이 분명했다.

우리는 빵을 조금 먹으며 의논한 끝에, 돌아가서 마지막 지점부터 다시 출발하는 것보다 이대로 머드 연못을 거치지 않고 계속해서 체임벌린 호수 쪽으로 가는 편이 더 가까울 것이라는 결론을 내렸다. 인디언도 이쪽 길로 와본 적도 없고, 아는 것도 없었지만 말이다.

그는 우리가 계속 걸어가는 사이, 되돌아가서 카누와 짐을 가지고 머드 연못으로 이동해, 연못을 건넌 뒤 체임벌린 호수 하구까지 내려가기로 했다. 그러면 밤이 되기 전에 우리와 합류할 거라고 확신했다. 이때 시각은 정오를 조금 지나고 있었다. 그는 우리가 서 있는 늪의 물이 머드 연못에서 역류한 물이라고 추정했다. 그렇다면 동쪽으로 그리 멀리 떨어져 있지 않은 곳에 머드 연못이 있을 듯했다. 하지만 이렇게 향나무가 빽빽한 늪을 헤치고 갈 수는 없었다.

계속 가다 보니, 머지않아 기쁘면서도 실망스럽게 단단한 땅으로 접어들었다. 그리고 산등성이를 가로지르는 동안 길의 형태가 점점 분명해졌다. 그래도 숲 너머의 풍경은 전혀 보이지 않았다. 산등성이를 따라 내려오는 동안 잎이 크고, 둥근 난이 여러 포기 큼직하게 자라고 있는 것을 보았다.

평소와 같이 그중 하나의 잎 크기를 재보았다. 땅에 평평하게 놓고 재었을 때의 길이가 9.5인치였고, 폭이 9인치였다. 난초의 높이는 2피트였다. 난초과의 식물들은 너무 섬세해서 재배가 불가능하지만, 어둡고 습한 황야는 그중 일부에게 최적의 장소가 된다. 녹색 열매가 달린 까막바늘까치밥나무Ribes lacustre도 있었고, 너무 축축하지 않은 저지대마다 산딸기Rubus triflorus도 열매를 맺고 있었다.

한곳에서는 작은 참매가 우리들 머리 위의 나무 꼭대기를 지나며 낭랑하고 귀를 찌르는 듯한 소리로 울었다. 흰목참새가 내는 한 마디 울음소리와 비슷했지만 훨씬 더 컸다. 나는 우리의 존재 때문에 참매의 기분이 상했다는 점이 의아했다. 이런 황야에서는 자기 둥지도 다시 찾기 어려울 것 같았기 때문이다.

우리는 또 여러 차례, 붉은 다람쥐의 모습을 보거나 울음소리를 들었다. 그리고 전에도 본 적이 있었지만, 가끔씩 바위 위나 쓰러진 나무 위에서 붉은 다람쥐가 남겨두고 간 전나무 방울의 푸르스름한 껍질을 발견했다. 인디언의 말에 따르면, 극히 드물게 보이는 줄무늬 다람쥐를 제외하면 이 다람쥐가 이 숲에서 사는 유일한 다람쥐라고 한다. 활기라고는 거의 찾아볼 수 없고 우리가 온 길로 따지면 75마일이나 떨어진 이 어두운 상록수 숲에서 다람쥐는 틀림없이 고독한 시간을 보내리라.

나는 다람쥐가 어떻게 특정한 나무를 자기 집이라고 알아보는지 궁금했다. 게다가 다람쥐는 무수한 나뭇가지 중 하나를 익숙한 옛길처럼 달려가지 않는가. 참매는 대체 어떻게 다람쥐를 찾아낸단 말인가? 나는 다람쥐가 우리를 책망하는 듯이 보여도 사실은 우리를 보고 기뻐하는 것이 분명하다고 생각했다. 전나무와 가문비나무로 이루어진 어두컴컴한 숲. 잔가지가 우거져 동굴처럼 깊숙이 들어간 이끼투성이 구석지에서 다람쥐가 내는 자명종 소리, 즉 다람쥐의 낭랑한 울음소리가 들리지 않는다면 이 숲은 완전할 수 없다. 이는 나무의 균열을 타고 흘러내리는 수액의 작용, 가문비나무 술**144**의 작용과 같은 것이다. 이 건방진 친구가 가끔씩 숲에게 내 존재를 경고하려고 하기에 나는 이렇게 말했다.

"오, 나는 너희 종족과 잘 아는 사이란다. 콩코드의 네 친척들을 아주 잘 알고 있지. 이 지역은 우편배달이 불규칙할 것 같은데, 그래도 친척들 소식은 듣고 싶겠지."

하지만 이런 접근 방식은 헛수고로 돌아갔다. 다람쥐는 공중의 고속도로로 물러나, 더욱 먼 향나무 꼭대기로 올라가서 가지를 흔들어댔다.

우리는 또 다른 늪에 접어들었고, 어쩔 수없이 걷는 속도도 느려졌다. 지금까지의 경험과는 비교되지 않을 정도로 걷기 힘든 곳이었다. 물이 차오르기 때문만 아니라, 쓰러진 나무들이 불분명한 길마저 완전히 지워버렸기 때문이다. 쓰러진 나무들이 너무 많아서 한참동안 길이 울타리로 둘러싸인 땅과 땅으로 이어진 듯했다. 우

---

144 가문비나무의 잎과 가지에 당밀을 넣고 발효시킨 술.

리는 높게는 머리까지 올라오는 울타리 위로 기어올랐다가, 무릎까지 물이 차는 늪으로 들어가고, 다시 다음 울타리에 기어오르는 것을 반복했다.

짐을 가지러 돌아갔던 일행이 한번은 길을 잃고 빈손으로 돌아오기도 했다. 쓰러진 나무만 없었으면 카누를 타고 가도 될 만한 곳이 많았다. 또 쓰러진 나무만 없었어도 열린 공간이 더 많았을 것이다. 똑같이 축축하고, 너무 물기가 많아서 나무가 자랄 수도, 앉을 수도 없겠지만 말이다.

이곳은 이끼로 덮인 늪이었다. 이곳을 지나려면 무스처럼 긴 다리가 필요했다. 사실 무스는 한 마리도 보이지 않았지만, 우리가 지나가면서 무스들을 놀라게 했을 가능성은 아주 높아 보였다. 곰이 으르렁거리는 소리, 늑대가 울부짖는 소리, 흑표범이 내지르는 소리가 당장이라도 메아리칠 것 같았다.

하지만 이런 음울한 숲의 한가운데로 들어오면 몸집이 큰 주민들은 대개 집을 비우고, 작고 보잘 것 없는 붉은 다람쥐만 남겨두어 사람을 보고 울어대게 한다는 것을 알게 된다. 일반적으로 말하자면 '(들짐승이) 울부짖는 황야'는 울부짖지 않는다. 진짜로 울부짖는 것은 여행객의 상상력이다. 나는 죽은 호저 한 마리를 보았다. 아마도 이 험한 길에 굴복한 것이리라. 이 가시투성이 친구들은 이런 너저분한 황야에 아주 적합한, 작은 산물이다.

메인 숲에서는 벌목용 길을 만든다는 뜻으로 '스웜핑swamping'[145]
이란 단어를 사용하고, 길을 내는 일꾼들을 '스웜퍼swamper'라고 부
른다. 나는 이제 이 용어의 적절함을 깨달았다. 이곳은 내가 본 모든
길 중 가장 완벽하게 스웜핑한 길이었다. 이곳에서는 자연이 인간
의 기술과 힘을 합쳐서 만든 길이라는 사실이 명백했다. 하지만 사
람들은 이 숲에 들어온 도로 건설자들의 주된 임무가 늪swamp을 지
날 수 있게 하는 것이었기 때문에 스웜핑이란 말이 탄생했다고 할
것이다.

우리는 다리가 있는 개천에 이르렀다. 통나무와 향나무 껍질을
함께 묶어서 만든 다리는 망가진 상태였지만, 어떻게든 그곳을 건
너갔다. 이 개천은 머드 연못으로 흐르는 듯했다. 인디언이 이 사실
을 알고 있었다면 이리로 올라와서 우리를 태우고 갔을 터였다. 어
쨌든 망가진 다리는 우리가 어떤 종류든, 길을 따라가고 있다는 확
실한 증거였다.

우리는 점점 솟아오르는 또 다른 저지대로 들어갔다. 평범한 신
발을 신고 있었던 나는 이 기회에 양말에서 물기를 짜낼 수 있었지
만, 일행은 부츠를 신고 있었기에 신발을 벗는 것이 안전한 실험이

---

145 swamp에는 침수시킨다는 뜻도 있다.

아니리라 판단했다. 젖은 부츠를 다시 신을 수 없을지도 몰랐기 때문이다. 그는 늪지대 전체를, 그러니까 물속을 세 번 오간 셈이었다.

따라서 우리의 이동 속도는 아주 느릴 수밖에 없었다. 그리고 물 때문에 불은 발은 부드러워지기만 한 것이 아니라 걷기 다소 부적합한 상태였다. 앉아서 일행을 기다리고 있으니 당연하게도 그가 없는 동안의 시간이 묘하게 느껴졌다. 그리고 나무들 사이로 해가 점점 낮아지는 것이 보이자, 우리가 맞는 길로 가고 있다 해도 호수까지 얼마나 더 멀지 알 수 없다는 점과, 밤이 오면 어디에서 머무를지 생각해야 한다는 점을 고려하지 않을 수 없었다.

그래서 나는 나뭇가지들로 지나간 길을 표시하며 혼자서 최대한 한 빨리 앞서나가 호수와 인디언을, 가능하다면 밤이 되기 전에 찾아보겠다고 제안했다. 그러면 인디언을 보내 일행의 짐을 함께 옮길 수 있을 것이라고 말이다.

1마일쯤 가자 다시 저지대가 나타났고 부엉이 울음소리와 비슷한 소리가 들렸는데, 나는 곧 인디언이 내는 소리라는 것을 알아차렸다. 소리를 내 대답하자 금방 인디언과 만날 수 있었다. 그는 머드 연못을 건넌 뒤 그 아래의 급류를 몇 군데 지나 호수에 도착했고, 우리 쪽으로 1.5마일 정도 거슬러 올라왔다고 했다. 그가 만나러 와주지 않았으면 아마 그날 밤, 그와 합류하는 것은 불가능했을 것이다. 호수의 이쪽 부분까지 오는 길이 중간에 한두 차례 갈라지기 때문이었다.

그렇게 인디언은 일행과 짐을 찾아갔고, 나는 계속 호수 쪽으로 걸어갔다. 통나무 다리가 무너져서 반은 떠내려 가버린 또 다른 개천이 나타나서 물을 헤치고 건넜다. 진흙이 적어서 지금껏 걸어온 길에 비하면 훨씬 나았다. 우리는 계속 진흙과 물을 번갈아가며 건너, 아프무제네가묵 호수 기슭에 이르렀다.

늦은 저녁을 먹기 좋을 때였다. 원래는 이곳에서 점심을 먹을 예정이었는데, 실제로는 점심도 거르고 이동해야 했던 것이다. 우리가 온 길로 따지면 최소 5마일은 넘는 거리였는데, 이 길을 일행은 대개 세 번 왔다 갔다 했으니, 아무리 못해도 12마일은 꼭 채워서 걸은 셈이었고 그만큼 더 힘든 여정이었다.

겨울에 물이 얼고, 눈이 4피트 높이로 내리면 걸어서 갈 만한 길임은 분명했다. 실상을 알았다면 비싼 값을 치르더라도 그런 좋은 길을 놓치지 않았을 것이다.

우리가 지나온 길을 똑같이 만들고 싶다면, 우선 머드 연못의 일부에 움바죽스쿠스 호수와 아프무제네가묵 호수에서 뜬 동량의 물을 섞는다. 그리고 사향쥐 일가를 그 안에서 살게 해서, 경사나 지하 배수로 등을 돌보고 마음 내키는 대로 마무리하게 한다. 그 다음, 허리케인이 지나게 해서 쓰러진 나무로 울타리를 만든다.

우리는 머드 연못 하구의 서쪽에 있는 아파무제네가무크 호수, 다시 말해 체임벌린 호수 안쪽을 향해 뻗은 돌출부로 갔다. 넓고 자갈과 바위가 많은 호숫가였다. 하얗게 벗겨진 통나무와 나무가 걸리적거렸다.

우리는 이렇게 마른 것들을 보자 무척 기뻤다. 그러나 진흙이나 물과 마찬가지로, 처음부터 마른 땅에 아무도 관심을 주지 않았다. 세 사람 모두 호수 중간까지 걸어들어가 몸을 반쯤 담그고, 옷을 빨아야 했기 때문이다.

동에서 서로 길이가 12마일이나 되는 웅대한 호수였다. 댐을 지은 텔로스 호수와 댐이 생김으로써 이어진 못까지 포함하면, 길이는 20마일로 늘어났고 폭은 분명 1.5에서 2마일 정도였다. 이 지역의 유일한 개간지, '체임벌린 농장'도 보였다. 통나무집 두세 채가 나란히 2.5마일 떨어진 반대편 기슭에 서 있었다. 그리고 우리가 호숫가에 피운 모닥불 연기 때문에 농장에서 두 사람이 카누를 타고 건너오기도 했다. 모닥불은 강을 건너고 싶을 때 피우기로 합의한 공통의 신호였던 모양이다.

여기까지 건너오려면 약 30분이 걸린다. 하지만 이번에는 고생한 보람이 없었다. 이 호수는 영어 이름마저 거친 황야와 같은 느낌을

주었다. 덕분에 러브웰 전투[146]에서 포거스를 죽인 체임벌린이 떠올랐기 때문이다.

우리는 가지고 있던 마른 옷을 입고, 나머지 옷은 말리기 위해 인디언이 모닥불 위에 준비해준 장대에 널었다. 그리고 저녁을 먹은 뒤, 텐트도 치지 않고 자갈밭인 호숫가에 누워 모닥불 쪽으로 발을 뻗었다. 풀을 얇게 깔아 돌을 덮은 것이 침대였다.

이곳에서 처음으로 나는 노시엄[147](Simulium nocivum, nocivum은 이 단어를 뜻하는 라틴어가 아니다)이라고 부르는 작은 각다귀들 때문에 고생했다.

이것들은 일종의 모래 파리였기에, 물가의 모래사장에 있을 때 특히 귀찮게 굴었다. 밝은 색깔의 날개가 없었다면 눈에 보이지 않을 것이다. 이 곤충은 옷 속으로 파고들어 열병에 걸렸을 때처럼 열이 나게 한다는데, 그날 밤 나도 열이 났던 것 같다.

이번 여정에서 우리와 적대한 곤충들을 정리해 보자면, 먼저 모기가 있다. 제일 큰 적이었지만 밤에만 그랬고, 낮에는 물가에 가만히 서 있을 때만 골칫거리였다.

---

146 뉴잉글랜드 식민지 영토를 확장하려는 영국군과 아베나키 족의 전투로, 페퀘켓 전투라고도 한다. 포거스는 웨스턴 아베나키에 속하는 페퀘켓 족의 추장이었다.

147 no-see-em. 보이지 않는 것들이라는 의미다. nocivum은 라틴어 nocivus의 활용형으로 해롭다는 뜻이다.

두 번째는 흑파리Simulium molestum로 앞에서 설명했듯 낮에 운반로를 지날 때 다소 우리를 괴롭혔고, 좁은 개천을 지날 때도 가끔씩 나타났다. 6월이 지나면 보이지 않는다는 해리스[148]의 말은 틀린 것이었다.

세 번째는 무스 파리였다. 큰 것은 폴리스에 의하면, *보소스케이시스*라고 한다. 통통한 갈색 파리로, 집파리와 비슷하며 몸길이는 16분의 11인치이다. 보통 배는 녹과 같은 색이고, 날개에는 얼룩이 없다. 폴리스는 이 곤충들이 아프게 물 수 있다고 했지만, 피하기도 죽이기도 쉬운 편이다. 네 번째는 위에서 언급한 노시엄이다. 이 모든 곤충 중 유일하게 진짜 골치였던 것은 바로 모기였다. 하지만 나에게는 바르는 약과 베일이 있었기에, 그렇게 강한 인상이 남지는 않았다.

인디언은 우리가 가져온 약을 발라 얼굴과 손을 보호하려 하지 않았다. 피부가 상할까봐 두려웠기 때문이다. 그에게는 베일도 없었다. 따라서 지금은 물론, 이번 여행길 내내 우리 둘보다 훨씬 더 곤충에 시달렸다. 우리가 보호 수단을 사용하지 않았을 때에도 그가 훨씬 더 고생했던 것 같다. 그는 정기적으로 얼굴에 손수건을 묶고 담요에 얼굴을 묻곤 했다. 그리고 이제는 결국 연기의 힘을 빌리려

---

148 새디어스 윌리엄 해리스. 미국의 곤충학자이자 식물학자.

고 우리들과 모닥불 사이 모래사장에 눕는 신세가 되었다. 그는 연기가 담요 속, 얼굴 주위로 들어오게 하려고 애썼다. 같은 목적으로 담요 안에서 파이프에 불을 붙이고 연기를 내뿜기도 했다.

이렇게 호숫가에 누워 있으니, 우리와 별 사이에 가로막는 것이 아무것도 없었다. 나는 그에게 아는 별이 있는지, 이름이 붙은 별이 있는지 물어보았다. 그는 큰곰자리는 그 이름 그대로 불렀지만, 묘성은 영어로는 뭐라고 하는지 몰랐다. '샛별'과 '북극성'도 있었다.

호숫가에 누울 때면 매번 그랬듯, 한밤중이 되자 먼 호수 너머로 아비새 소리가 크고 확실하게 들려왔다. 보통의 새 소리와 달리, 아주 야성적인 소리로 여행객이 머무는 장소와 환경에 퍽 어울렸다. 나는 이 소리를 들으며 몇 시간이고 깨어 있는 채로 누워 있을 수 있었다. 너무나도 오싹한 소리였다. 이런 황야에서 야영을 할 때는 숲의 거주민들이 내는 소리가 들려올 테니 마음의 준비를 해야 한다. 황야의 야성이 존재를 드러내게 하는 소리다.

한쪽 귀를 땅에 대고 누워 머릿속으로 자연스레 곰, 늑대, 흑표범을 떠올리면 한밤중 머나먼 곳에서 처음으로 이 소리가 들려온다 ― 주위의 숲은 완벽하게 고요하고, 사람은 이 소리가 당연히 늑대 아니면 다른 야생 짐승의 소리라고 여긴다. 멀리 떨어져 있으면 울음소리의 마지막 부분만 들리기 때문이다 ― 사람은 이제 이 소리는 늑대 한 무리가 달을 보며 울부짖는 소리라고, 아니면 무스를 쫓으며 내는 소리라고 결론을 내린다.

이상하게 들릴지도 모르지만, 산비탈에서 암소가 '음매'하고 우는 소리가 내가 생각하는 곰 소리에 가장 가깝다. 그리고 아비새의 울음소리도 그것과 비슷했다. 이 호수들에서 한결같이 들려오는 개성적인 소리였다. 우리는 늑대가 울부짖는 소리를 들을 수 있을 만큼 운이 좋지 못했다. 가끔씩 세레나데를 부르는 녀석들인데도 말이다.

내 친구들 중에는 2년 전, 코콤고목 강을 거슬러 올라가 한밤중에 무스 사냥을 하다가 늑대의 세레나데를 들은 이들이 있다. 불현듯 터져 나온 그 소리는 마치 백 마리 악마를 한꺼번에 풀어준 듯한 소리였다. 듣기만 해도 머리카락이 곤두설 만큼 놀랄 만했다. 그리고 다시 정적이 찾아왔다. 단 한순간의 소리였다.

늑대 스무 마리가 동시에 낸 소리처럼 느껴지겠지만, 실제로는 두세 마리에 지나지 않을 것이다. 친구들은 이 소리를 단 두 번 들었을 뿐인데, 황야에 그 전에는 느낄 수 없었던 인상이 생겨났다고 했다. 또 나는 최근 이런 숲에서 무스 가죽을 벗기다가, 늑대들에게 쫓겨났다는 사람 이야기를 듣기도 했다. 늑대들은 죽은 무스를 다 먹어치웠다.

이 아비새 소리는 — 아비새 특유의 웃음소리를 말하는 것이 아니라 울부짖는 소리를 말한다 — 길게 끄는 울음소리로 가끔 내 귀에는 이상하게 사람 소리처럼 들렸다 — 후-후-우우 하는 소리가 마치 아주 높은 어조로 두성을 내며, 사람을 부르는 소리처럼 들렸던 것이다. 나는 밤 10시에 반쯤 깨어 있을 때, 깊은 숨을 내 코로 통과시키며 정확히 이런 소리를 들은 적이 있었다. 나와 아비새 사이에서 밀접한 관계를 느낄 수 있는 경험이었다. 마치 아비새의 언어가 결국에는 내가 쓰는 말의 사투리에 지나지 않는 것 같았으니 말이다.

전에는 이런 숲에서 한밤중에 잠들지 못하고 누워 있으면, 아비새 언어 중 단어나 음절 몇 개가 들렸다. 하지만 아비새의 울음소리가 들려올 때까지 헛되이 귀를 기울이는 것을 감수해야 했다. 고향의 연못에서도 가끔 아비새 소리를 들었지만, 주변 환경 때문에 야성적인 느낌이 덜했다.

그날 밤 나는 저공비행을 하는 무거운 새, 아마도 아비새가 호숫가를 따라 날아가며 내 머리 가까이에서 날갯짓을 하는 바람에 잠에서 깼다. 나는 옷을 반만 걸친 몸을 모닥불 쪽으로 돌리고, 다시 잠을 청했다.

7월 28일 화요일

아침에 일어나 보니, 담요 위에 이슬이 심하게 내려 있었다. 나는 아주 일찍 잠에서 깼고, 누워서 흰목참새가 날카롭고 낭랑하게 *아-티티-티티-티* 하고 우는 것을 들었다. 30분 동안 조금도 변화를 주지 않고, 짧은 간격으로 반복하는 울음소리는 마치 흰목참새가 행복하다고 아무리 말해도 부족한 것처럼 들렸다. 내 일행도 이 소리를 들었는지는 모르겠다. 하지만 이 소리는 내게 일종의 아침 기도와 같은 것이었고, 그날 오전의 중요한 행사였다.

상쾌한 날씨였다. 해가 뜨자 동남쪽으로 산들이 보였다. 남동쪽보다 살짝 남쪽으로 더 가까운 곳에 크타든이 모습을 드러냈다. 더블탑 산은 남동쪽에서 동쪽으로 조금 치우친 쪽에 있었고, 일부가 동남동쪽에 걸쳐 있었다. 인디언은 이 산을 *넬룸스키치티쿡*이라고 불렀다. 그리고 페놉스콧 강 동쪽 지류의 발원지에 있으니, 돌아가는 길이 이 산 근처를 지나게 될 것이라고 말했다.

이날 아침, 우리는 호수에서 빨래를 조금 더 하고 죽은 나무와 바위에 옷을 널었다. 그러고 나서 호숫가를 보니 고향의 빨래하는 날이 떠올랐다. 인디언은 힌트를 얻은 듯 비누를 빌리더니, 호수 안으로 들어갔다. 그리고 거기서 하나밖에 없는 면직 셔츠를 입은 채로 빨았다. 그 다음, 바지를 입고 옷을 입은 채로 말렸다.

그는 원래 흰색이었던 면직 셔츠를 입고, 그 위에 녹색을 띤 플란넬 셔츠를 겹쳐 입었다. 하지만 조끼는 입지 않았다. 아래에는 플란넬 속바지를 입고, 질긴 마나 스크천으로 만든 바지를 입었는데 이것도 원래 흰색이었다. 발에는 파란색 모직 양말을 신고, 소가죽으로 만든 부츠를 신었으며, 머리에는 코슈트 모자를 썼다. 그는 갈아입을 옷을 가지고 다니지 않았지만, 두껍고 튼튼한 재킷을 카누에 두고 다니다가 걸치곤 했다. 그리고 보통 크기의 도끼 하나, 총과 탄약, 원하면 돛도 되고 배낭도 되는 담요 한 장, 허리띠에 끈으로 매단 큰 칼집과 칼을 챙겼다. 이대로 곧장 길을 나서면 여름 내내 여행을 계속할 수 있었다. 아주 독자적인 차림이었다. 간단하고 효과적인 도구 몇 개만 챙겼고, 천연 고무로 만든 옷 같은 것은 없었다.

그는 매일 아침, 가장 먼저 출발 준비를 마쳤다. 우리가 가져온 짐의 일부를 그가 들어야 하지만 않았어도 담요를 말 필요가 없었을 것이다. 그는 갈아입을 여분의 옷을 한 보따리 들고 다니는 대신, 담요 안에 커다란 무스 가죽을 묶어서 가져왔다. 나는 그의 옷차림이 오랜 경험 끝에 나온 것이고, 기본적으로 더 발전시킬 수 없을 정도라고 생각했다. 기껏해야 빨래를 하거나, 여분의 셔츠를 하나 챙기는 것이 다일 것이다.

그는 단추 하나를 달았으면 해서 어떤 인디언들이 최근 머물렀던 쪽으로 가서 찾아 보았다. 하지만 헛수고였던 것 같다.

우리는 돼지기름을 발라 뻣뻣해진 부츠와 신발을 부드럽게 했다. 아침 식사를 하고 남는 기름으로 늘 하는 일이었다. 그리고 일찍 호수를 건넜다. 북서쪽을 향해 대각선으로 4마일 노를 저어가니 하구가 나타났는데, 가까이 가기 전까지는 보이지 않았다. 아프무제네가묵이라는 인디언 이름은 가로지르는 호수를 의미했다. 이곳을 지날 때는 호수를 따라가기보다는 가로지르는 것이 보통이었기 때문이다.

이 호수는 알라가시의 호수 중 가장 컸으며, 이로써 우리는 처음으로 세인트존 강에 이어지는 물 위에 카누를 띄운 것이 되었다. 이 호수는 대체로 체선쿡과 비슷했다. 아주 가까운 곳에는 산도, 높은 언덕도 없었다. 뱅거에서 듣기로는 북서쪽으로 수 마일 들어가면 마을이 있는데, 주변에서 가장 높은 지대라고 했다. 숲속에서 어떤 나무 위에 올라가면, 이 지역에 대한 전반적인 개념이 잡힐 것이라고도 했다. 분명 좋은 충고였다. 하지만 우리는 그리로 가지 않았다.

이제 우리는 알라가시로 깊숙이 들어갈 생각이 없었다. 알라가시 강의 수원인 큰 호수들을 한번 보기만 하고, 페놉스콧 강 동쪽 지류로 돌아가는 것이 목적이었다. 이제 물은 틀림없이 북쪽으로 흐르고 있었다. 흐른다고 말할 수 있기만 하면 말이다.

호수 가운데로 들어가자 평소처럼 파도가 꽤 높아졌다. 인디언은 꾸벅꾸벅 졸고 있던 일행에게 카누가 뒤집힐 수 있으니, 절대 자면 안 된다고 경고했다. 그리고 인디언들은 카누에서 자고 싶을 때는 바닥에 똑바로 눕는다고 덧붙였다. 하지만 짐과 사람으로 이렇게 복잡한 카누에서는 불가능한 일이었다. 인디언은 일행이 조는 것을 보면 쿡 찔러서 깨우겠다고 했다.

호수 주위로는 죽은 나무들이 띠를 이루며 서 있었다. 일부는 멀리 물속에 잠겨 있었고, 뒤에는 다른 나무들이 쓰러져 있었다. 이 나무들이 호숫가 자체였기에, 그리로 올라갈 수 없는 곳이 대부분이었다. 하구에 댐이 만들어지며 생긴 결과였다. 모래나 바위가 기슭을 이루고, 그 둘레에 푸른 나무가 들어선 자연적인 호숫가는 이렇게 감춰지고 파괴되었다.

우리는 북쪽 가장자리를 따라 하구를 찾아 서쪽으로 서서히 나아갔다. 하구는 이 쓸모 없는 죽은 나무들 사이나 호숫가가 겹쳐진 부분에 감춰져 있을 것이기에, 우리는 파도가 격렬하게 부딪쳐 오는 황량한 호숫가에서 약 4분의 1마일 정도 떨어져서 움직였다.

호수로 드나드는 중요한 입구들을 이렇게 아무 표시도 없이 내버려두다니 놀라웠다. 수수한 입구 또는 출구 위로는 개선문을 찾아볼 수 없었다. 다만, 눈에 띄지 않는 어떤 지점에서 끝없이 이어지는 숲을 통해 물이 천천히 들어가거나 나갔다. 거의 스폰지를 통과하는 것처럼 보였다.

우리는 약 한 시간 뒤, 하구에 도착했고 그곳의 댐을 우회했다. 댐은 아주 튼튼한 구조물이었고, 약 4분의 1마일 떨어진 곳에 두 번째 댐이 있었다. 독자들은 알고 있겠지만, 체임벌린 호수 근처에 특별히 댐을 지은 결과, 세인트존강의 상류가 뱅거로 흐르게 되었다. 사람들은 큰 호수마다 모두 이렇게 댐을 만들어 그 넓은 수면을 몇 피트씩 높였다. 일례로 증기선이 들어오는 약 40마일 길이의 무스헤드 호수가 있다. 이렇게 자연의 힘을 이용해 자연을 거스르며 사람들은 이 지역의 전리품을 물에 띄워 보냈다. 그들은 훨씬 훌륭하고, 찾아가기 쉬운 소나무로 가득한 방대한 숲을 빠른 속도로 비워나갔다. 그리고 곰들이 무너지는 댐을 지켜보게 내버려 두었다.

개간지도 경작지도 만들지 않고, 길도 내지 않고, 집도 짓지 않았다. 처음 찾았을 때와 같은 황야로 남겨둘 뿐이다. 많은 곳에 이런 댐이 비버가 만든 댐처럼 그냥 남아 있다. 자연의 허락도 받지 않고 얼마나 많은 땅에 물이 흐르게 했는가! 게다가 주 정부에서는 학교나 대학에 기부를 할 때 숲의 토지 일부를 내준다. 톱장이 한 사람이 학교를 상징하고, 벌목꾼 한 무리는 대학을 상징한다.

황야는 모든 강과 호수의 수위가 갑자기 올라가는 것을 경험한다. 1만 마리의 해충이 가장 고귀한 나무 밑동을 갉아대고, 더 많은 해충들이 나타나 이 나무를 끌고 간다. 살아남은 나무의 뿌리와 부딪치는 것도 아랑곳하지 않고 가까운 개천으로 죽은 나무를 굴린다. 엄청난 나무들이 쓰러지고 나서야 그들은 재빨리 물러난다. 또 다른 황야를 뒤집어엎기 위해서. 그리고 다시 정적이 찾아온다.

떼 지어 이동하며 소나무를 둘러싸는 쥐들과 다를 바 없다. 나무꾼이 나무를 쓰러뜨리는 것은 쥐가 나무를 갉아먹는 것과 같은 동기에서 비롯된 행위다 ― 즉 먹고 살기 위함이다. 독자들은 내게 나무꾼에게는 쥐보다 더 관심을 가져줄 만한 가족이 있다고 말할지도 모르겠다. 하지만 그것은 우연에 지나지 않는다. 그는 나무들의 '숙소'가 들어가기 좋은 곳이라고 하지만, 벌레 역시 그렇게 말할지 모른다.

나무꾼은 소나무가 얼마나 훌륭했는지 찬사를 보낼 때, 흔히 자기가 벤 나무가 너무 커서 그 그루터기에 멍에를 씌운 황소 두 마리가 올라갔을 정도였다고 말할 것이다. 마치 소나무가 황소의 발받침이 되려고 자란 것처럼 말이다. 마음의 눈으로 보면 내게는 멍에로 함께 묶은 다루기 힘든 가축들이 뿔끝에 노예임을 드러내는 놋쇠를 단 채로, 이 숲 전체에 걸쳐 차례차례 거대한 소나무 그루터기에 올라가 되새김질을 하는 것이 보인다.

　나무가 모두 사라지고 이곳이 황소 목장에 불과한 곳이 될 때까지, 마치 황소를 위하는 것처럼, 테레빈이나 다른 약 성분이 황소의 콧속으로 들어가면 좋은 것처럼 이런 일을 계속하는 것이다. 아니면 황소를 높은 곳에 올라서게 함으로써 목자의 삶이 숲속에서의 삶이나, 사냥꾼의 삶 다음간다는 것을 단순히 상징하려는 것일까?

　벌목꾼의 찬사가 어떤 성질의 것인지는 그 찬사를 표현하는 방식에서 잘 드러난다. 그가 마음속에 있는 말을 고스란히 꺼내 놓는다면 이렇게 말할 것이다 ― 너무나도 큰 나무여서 잘랐다. 자르고 보니 그 그루터기에 멍에를 씌운 황소 두 마리가 올라설 수 있었다. 즉 그는 살아 있는 나무가 아니라 그가 베어낸 통나무, 그러니까 죽은 시체에 감탄한다. 글쎄요, 친애하는 선생님. 선생님이 베어버리지만 않았다면, 황소들보다는 나무 쪽이 자기 그루터기 위에 훨씬 더 편안하고 견고하게 서 있었을 겁니다. 당신에게 무슨 권리가 있어 당신이 살해한 이의 미덕을 칭송한단 말입니까?

　앵글로색슨계 미국인들은 진정 바람에 흔들리는 숲을 전부 베고 그 나무를 끌어낸 다음, 그루터기 위에서 연설을 하고, 숲의 폐허 위에서 뷰캐넌[149]에게 투표할 수 있다. 하지만 그가 쓰러뜨린 나무의

149　미국 15대 대통령. 1857년에서 1861년까지 재임했다.

정령과는 대화를 나눌 수 없다. 그리고 그가 앞으로 나아갈수록 점점 더 후퇴하는 시와 신화를 읽을 수도 없다. 그는 광고 전단과 마을 집회 안내를 찍어내기 위해 평판 위에 적힌 신화를 무지하게 지워버린다.

그는 스펜서[150]와 단테가 막 읽기 시작했던 황야에 관한 아름답지만 신비로운 설화에서 알파벳을 배우기도 전에 황야를 베어낸다. 그리고 (그에게 소나무가 얼마나 가치 있는지 강조하는 것처럼) 소나무가 새겨진 1실링짜리 동전을 만들어내고, 공립학교를 세우고, 웹스터의 철자 교본을 가르치는 것이다.

마지막 댐 아래의 강물은 충분히 넓기는 했지만, 얕고 물살이 빨라서 우리 둘은 카누의 무게를 줄이기 위해 반 마일 정도 걸어서 이동했다. 나는 걸을 때는 내 배낭을 가져가고, 카누에 탈 때는 가로대에 묶어두어 카누가 뒤집어져도 찾을 수 있게 하는 것을 원칙으로 삼았다.

이곳에서는 깽깽매미 소리가 들렸다. 나중에 운반로에서도 들었는데, 사람이 사는 지역이 아니라면 좀 더 트인 공간에서만 들을 수 있었다. 메인 숲에서 매미 소리가 나는 곳은 틀림없이 많지 않을 것이다.

---

150 엘리자베스 1세 시대 영국의 시인인 에드먼드 스펜서. 대표작으로 『요정 여왕』이 있다.

우리는 이제 알라가시 강에 상당히 들어와 있었다. 인디언은 알라가시가 솔송나무 껍질을 뜻한다고 했다. 이 강은 처음에는 북쪽으로 약 100마일 아주 약하게 흐르고, 그 다음에는 남동쪽으로 편디 만까지 250마일을 더 흘러간다. 한 2마일 정도 강을 지나, 헤론 호수로 들어갔다. 지도에는 *퐁고퀘이헴*이라고 적혀 있었다. 우리는 호수로 들어가는 길에 어린 *셰코웨이*, 즉 혹부리오리들을 40에서 50마리쯤 놀라게 했다. 물 위의 새들은 순식간에 도망쳤고, 언제나처럼 일렬을 이루었다.

이 호수는 네 번째로 큰 호수였으며, 체선쿡은 물론 근방의 길이가 긴 호수 대부분과 마찬가지로 북서쪽에서 남동쪽으로 뻗어 있었다. 지도를 보니 길이가 10마일 정도인 듯했다. 우리는 이 호수의 남서쪽 가장자리로 들어갔다. 호수 너머 북동쪽에 어두운 산이 보였는데, 그리 멀지도 않았고 높지도 않았다. 인디언은 *피케드 산*이라고 하며, 목재 조사원들이 나무를 찾을 때 이용하는 산이라고 했다. 더 동쪽으로 가면 다른 고지대도 몇 군데 있었다. 호숫가는 이곳도 알라가시 아래의 댐 때문에 이전 호수처럼 서 있거나, 쓰러진 죽은 나무들이 차지하고 있어 보기 흉했다. 일부 저지대와 섬은 거의 물에 잠긴 상태였다.

때때로 1마일 정도 떨어진 물 위에서 하얀 것이 보였는데, 알고 보니 호수 가운데의 바위에 큰 갈매기가 앉아 있는 것이었다. 인디언이라면 기꺼이 잡아서 먹고 싶겠지만, 우리가 가까이 가기도 전에 날아가 버렸다. 더불어 바위 근처에 있던 미국원앙새 한 떼도 날아갔다. 헤론 호수였기에 나는 헤론, 즉 왜가리는 없는지 인디언에게 물어보았다. 인디언은 활엽수 숲에서 파란 왜가리의 둥지들을 찾은 적이 있다고 했다.

나는 반대편, 즉 북동쪽 호숫가에서 밝은 색 무언가가 움직이는 것을 보았다고 생각했다. 하지만 인디언도 무스가 아닌 한, 무엇인지 알 수 없다고 했다. 하얀 무스도 본 적이 없었다. 그래도 그는 무스가 "어디든 호숫가에만 나오면 호수 너머에서도 분명히" 알아볼 수 있다고 했다.

돌출부를 돌아 우리는 1.5에서 2마일 정도 되는 만을 하나 가로지른 뒤, 호수에서 남쪽으로 3, 4마일 떨어진 큰 섬으로 향했다. 중간에 하루살이(섀드 플라이)를 만났다. 호숫가에서 약 1마일쯤 떨어진 곳이었는데, 이 하루살이들은 호수 전체를 날아서 건너는 것이 분명했다. 무스헤드 호수에서도 호숫가에서 반 마일 떨어진 지점에서 큰 잠자리를 보았다. 그것도 호수 한가운데에서 날아오는 것이었는데, 이 호수는 폭이 최소 3에서 4마일은 되었다. 아마도 호수를 건넌 모양이었다. 하지만 너무 큰 호수로 나오면 당연하게도 곤충이 날아서 건너지 못하게 된다. 어쩌면 곤충의 존재 여부로 큰 호수와 작은 호수를 구별해도 될 것이다.

우리는 섬의 남동쪽 기슭으로 올라갔다. 다소 지대가 높고 숲이 빽빽하게 들어선 바위투성이 기슭이었다. 이른 점심을 먹기 좋은 시간이었다. 얼마 전에 누군가 야영을 한 듯 무스 가죽을 펼쳤던 틀이 남아 있었는데, 인디언은 솜씨가 형편없다며 혹독하게 비난했다. 물가에는 씻고 버려둔, 4에서 5인치 길이의 민물 가재(랍스터) 껍데기가 많았다. 덕분에 이 지역 연못과 강에도 랍스터란 이름이 붙었다. 인디언은 즉시 흰자작나무를 잘라 호숫가의 다른 나무에 비스듬히 기댄 뒤, 가는 실가지로 묶었다. 그리고 그 밑에 생긴 그늘에 누워 낮잠을 자기 시작했다.

코콤고목에서 인디언은 우리가 처음 생각했던 것처럼 세인트 존 강을 따라 돌아오는 새로운 길을 추천했다. 페놉스콧 강의 동쪽 지류를 따라오는 것보다 훨씬 멀리 돌기는 하지만, 훨씬 쉽고 걸리는 시간도 조금만 늘어날 뿐이라고 했다. 그리고 지도를 꺼내 매일 밤 어디에서 머물러야 하는지 보여주었다. 그가 아주 잘 아는 길이었던 것이다. 그의 계산에 따르면, 다음날에는 북쪽으로 알라가시 강을 따라가다 밤에 프랑스 정착지에 도착해야 했다. 그리고 세인트 존 강의 본류로 들어가면 강가에 어느 정도 개척된 곳이 전반적으로 많을 것이라고 했다. 마치 그렇기 때문에 추천한다는 것처럼 들렸다.

또 그쪽으로 가면 폭포는 한두 개밖에 없을 것이고, 운반로도 길이가 짧으며, 아주 빠른 속도로 강을 따라 내려갈 터였다. 바람이 허락하면 하루 100마일씩 갈 수 있을지도 몰랐다. 그리고 그는 뉴브런즈윅 주 우드스톡 근처의 강이 굽은 곳을 피하기 위해서는 카누를 일 강쪽으로 운반해 스쿠딕 호수로 들어간 다음, 마타왐키그 강으로 가야 한다고 가르쳐주었다. 이 길로 가면 뱅거까지 약 360마일 거리였다. 반면, 동쪽 지류로 가면 160마일에 지나지 않았다. 하지만 전자의 경우 세인트 존 강을 그 발원지부터 3분의 2를 둘러보고, 스쿠딕 호수와 마타왐키그 강도 탐사할 수 있는 것이다. 그래서 우리는 다시 그쪽으로 마음이 기울었다.

하지만 나는 세인트 존 강의 강가가 너무 많이 개척된 것이 아닐까 걱정이 되었다. 그래서 어느 쪽 길이 더 야생으로 갈 수 있는 길인지 물어보자, 인디언은 동쪽 지류로 가는 길이라고 대답했다. 따라서 일부는 이 점을 고려하고, 거리가 더 짧다는 점도 고려해 우리는 후자를 고수하기로 결심했다. 또 어쩌면 도중에 크타든에 오를 수도 있었다. 우리는 이 섬을 이쪽 방향 원정의 한계로 정했다.

이제 우리는 알라가시 호수 중 가장 큰 호수까지 본 상태였다. 다음 댐은 알라가시 강을 따라 북쪽으로 "약 15마일 거리"에 있었고, 그곳까지는 고인 물이 이어졌다. 뱅거에서 이 댐을 돌보기 위해 홀로 그곳에서 산다는 은둔자 이야기를 들었다. 그는 할 일이 없어서 한 손에 든 총알을 다른 손에 던지며 시간을 때운다고 했다. 마치 이 이야기를 들으면 우리가 그를 찾아가고 싶어 할 거라고 생각하는 듯했다. 납으로 만든 총알을 양손 사이에서 주고받는 일종의 교환 행위는 그에게 사회를 상징하는 것 같았다.

지도에 의하면 이 섬은 뱅거에서 북북서 방향으로 직선거리를 쟀을 때 약 110마일 떨어진 곳이었고, 퀘벡에서는 동남동 방향으로 약 90마일 떨어진 곳이었다. 북쪽 호수 끝으로 또 다른 섬이 보였는데, 높은 곳에 만든 개간지가 보였다. 하지만 나중에 알게 된 사실에 따르면, 이곳에는 사람이 살지 않고 여름 동안 소를 풀어 키우는 목장으로만 쓰인다고 한다. 이 이야기를 해준 사람이 하구 가까이 본토에 오두막이 한 채 있다고 덧붙이기는 했지만 말이다.

매끄럽게 깎은 사각형의 부자연스러운 공간이 그것만 아니면 아무도 손대지 않은 숲 한가운데에 있으니 이곳에 사람이 살지 않는다는 것이 더 확실하게 와 닿았다. 이런 개간지에서라면 황소보다 곰을 먼저 만나리라 예상해야 할 것이다. 어쨌든 우연히 사람과 마주치면 곰 역시 놀랄 것이 분명하다.

이런 곳은 멀리서 보든, 가까이에서 보든 사람에 의해 만들어진 것이라는 사실을 곧바로 알 수 있다. 자연은 절대 그런 곳을 만들지 않기 때문이다. 지면에도 호수처럼 빛이 들게 하려고 사람은 언덕과 평원에서 숲을 베어내고, 마법사처럼 작은 씨앗을 흩뿌려 빈틈없는 풀밭이 카펫처럼 땅 위를 덮게 한다.

폴리스는 숲속에 살고 있는 소수의 정착민들에 대해 명백히 우리보다 더 관심이 많았다. 아무 말 하지 않으면 당연히 우리가 곧바로 다음 통나무집에 가기를 원할 거라고 생각했다. 그러나 체선쿡 주위의 통나무집이나 머드 연못 운반로에 있었던 앞 못 보는 캐나다인의 집을 지날 때, 우리가 굳이 들어가서 주민들과 이야기를 나누지 않는 것을 보았기에, 이번 기회를 이용해 집 근처를 지날 때는 안으로 들어가 자신이 보고 들은 것을 이야기해주는 것이라고 가르쳐주었다. 그러면 그 집 사람들도 그들이 본 것을 말해주는 것이 일반적인 방식이라는 것이다. 하지만 우리는 큰소리로 웃으며 집이라면 지금껏 충분히 보았고, 이곳에 온 이유 중 일부는 집을 피하기 위해서라고 대답했다.

도중에 바람이 거세지면서 인디언이 만든 차양이 넘어졌다. 주변 호수도 바다처럼 파도가 일어서 우리는 섬에 갇힌 죄수 신세가 되었다. 가장 가까운 호숫가는 서쪽에 있었는데 1마일은 떨어져 있을 터였다. 우리는 떠내려가지 않도록 카누를 물에서 꺼냈다. 남은 하루와 밤을 이곳에서 보내야 한다는 것만은 확실했다.

어쨌든 인디언은 다시 차양 그늘 아래로 낮잠을 자러 갔고, 일행은 분주하게 식물을 말리기 시작했다. 나는 섬의 서쪽 가장자리를 돌아보았다. 돌이 꽤 많았고, 쓰러진 나무나 물에 떠밀려 내려온 4에서 5로드 폭의 나무들이 하얗게 벗겨진 채 길을 막고 있었다. 이 넓고 바위와 자갈투성이인 기슭에는 다음과 같은 식물들이 있었다.

버드나무 몇 종Salix rostrata, discolor, lucida, 미나리아재비의 일종Ranunculus recurvatus, 양지꽃의 일종Potentilla Norvegica, 골무꽃의 일종Scutellaria lateriflora, 푸르푸레움등골Eupatorium purpureum, 애스터의 일종Aster Tradescanti, 박하Mentha Canadensis, 분홍바늘꽃Epilobium angustifolium이 풍부했고, 쉽싸리의 일종Lycopus sinuatus, 미역취의 일종Solidago lanceolata, 꼬리조팝나무Spiraea salicifolia, 산떡쑥의 일종Antennaria margaritacea, 꿀풀Prunella, 애기수영Rumex acetosella, 산딸기, 솔방울고랭이, 야산고비 Onoclea 따위가 있었다.

가장 가까이에 있는 나무는 자작나무 두 종류Betula papyracea, excelsa 와 사시나무 한 종류Populus tremuloides였다. 이곳이 내가 가장 북쪽까지 온 지점이므로 식물명을 열거한다.

우리 인디언은 자신이 의사라고 하며, 내가 식물들을 보여주면 뭐든 약효를 알려주겠다고 했다. 나는 즉시 그를 시험해 보았다. 그는 사시나무Populus tremuloides의 안쪽 껍질이 눈이 아플 때 효과가 있다고 했다. 그 외 다양한 식물들에 대해서도 자신의 말이 사실임을 증명해 보였다. 그의 설명에 따르면, 어린 시절에 현명한 인디언 노인과 어울리며 배운 지식이었다. 그는 요즘 세대의 인디언들은 "많은 것을 잃었다"며 한탄했다.

인디언은 카리부가 "아주 뛰어난 달리기 선수"라고 했다. 이제는 이 호수 근처에서 찾아볼 수 없지만, 전에는 많았다고 한다. 그는 댐 때문에 생긴 죽은 나무들의 띠를 가리키며 덧붙였다.

"그루터기 좋아하지 않소 — 보면 카리부 겁먹소."

호수 너머 남동쪽의 먼 숲을 가리키며 인디언은 이렇게 말했다.

"나 올드타운까지 사흘이면 가오."

나는 그에게 늪과 쓰러진 나무를 어떻게 지나 가냐고 물었다.

"오, 겨울이면 다 덮이오. 눈신[151] 신으면 어디든 갈 수 있소. 호수도 바로 건널 수 있소."

내가 어느 길로 가냐고 묻자 이렇게 대답했다.

"먼저 크타든 서쪽으로 가고 그 다음에는 밀리노켓, 그 다음에는 파마덤쿡, 그리고 니커토, 다음으로 링컨, 다음이 올드타운이오."

---

151 눈 속에 빠지거나 미끄러지지 않게 만든 신발.

아니면 그는 피스카타퀴스를 지나는 더 짧은 경로를 택했다. 사람이 혼자서 가기에는 얼마나 황량한 길인가! 매사추세츠의 마을들을 둘러싼, 폭이 고작 1마일밖에 되지 않는 숲이나 반 마일짜리 늪, 그 어느 것도 비할 바가 아니다. 호텔도 없고, 안내판과 역 대신 오로지 어두운 산과 호수만 있는 곳. 그것도 대부분 여름에는 땅 위를 걸어서 통과할 수 없는 곳이다!

프로메테우스가 묶여 있는 곳이 생각났다. 이곳에서, 변하지 않은 자연의 표면 위에서 그 옛날 영웅들의 여행과 같은 여행이 이루어지고 있었다.

알라가시 강에서, 또는 헴록 강, 퐁고퀘이헴 호수에서부터 거대한 아프무제네가묵 호수를 건너 왼쪽에 넬룸스키치티쿡 산을 남겨두고, 수니엉크와 크타든 산의 곰이 나오는 비탈 아래로 길을 잡아 파마덤쿡과 밀리노켓의 내해까지 가는 여행(이곳에는 갈매기 알이 많아서 비축품을 늘릴 수 있다). 그리고 다시 니커토(*니아소셉* "우리 혼자 조지프" 우리 민족이 보는 것을 본다)의 분기점으로 끝없이 전나무와 가문비나무 가지를 밀어내며 모피를 짊어지고 낮에도 밤에도, 밤에도 낮에도 무성한 악마 같은 초목과 맞서며 이끼투성이 나무들의 묘지를 지나는 여행.

아니면 그는 '바다의 난폭한 이빨' 같은 키네오 산을 지나갈 수 있다. 먼 옛날 돌로 무기를 만들던 시절 화살과 창의 재료를 수없이 구했던 산이다. 무스, 카리부, 곰, 호저, 스라소니, 늑대, 흑표범이 보이기도 하고, 그 울음소리가 들리기도 한다. 그가 살 수도, 죽을 수도 있는 곳이다. 그리고 이곳에는 세상을 그토록 떠들썩하게 한 합중국이란 말이 들려오지 않는다. 유럽의 신사 이름이라고들 하는 아메리카[152]라는 말도 들려오지 않는다.

이글 호수 길이라고 부르는 벌목로가 세부이스 강에서 호수의 동쪽까지 이어져 있다. 이런 황야를 통과하는 길이 다른 때도 아니고, 겨울에 눈이 3에서 4피트 높이로 쌓이면 지나갈 수 있게 되다니 이상하게 느껴질 수도 있다. 하지만 겨울이 되면 벌목 작업이 활발하게 이루어지는 곳은 어디나 가축들을 거느린 무리들이 계속해서 한 길로만 오가므로, 길이 거의 철로처럼 매끈해진다. 듣기로 아루스투크 지역에서는 아예 법으로 작은 썰매의 폭을 정해두었으며(4피트), 큰 썰매도 반드시 길에 맞추어 개조해야 한단다. 그래야 작은 썰매의 한쪽 날이 바퀴자국을 따라가고, 다른 한쪽이 말이 지나간 자리를 지나기 때문이다. 하지만 돌아서 나오기는 아주 힘들다.

우리는 한동안 서쪽 섬의 숲 위로 다가오는 뇌우를 바라보았다.

---

152 신대륙의 발견자 아메리고 베스푸치의 이름을 따서 아메리카라고 부르게 된 것을 의미한다.

천둥이 우르릉거리는 작은 소리가 들리긴 했지만, 우리 쪽으로도 비구름이 몰려올 것 같지는 않았다. 하지만 하늘이 급속도로 어두워지며, 새로 바람이 일기 시작해 숲의 나뭇잎을 흔들었다. 우리는 서둘러 말리던 식물을 집어넣었다. 그리고 어서 재료를 찾아 텐트를 쳐야 한다는 점에 모두 동의했다. 야영지를 정하고 최대한 빨리 말뚝과 핀을 깎아 천이 날아가지 않게 고정하는 사이, 돌연 폭풍우가 몰아치기 시작했다.

옆으로 비가 꽤 많이 새기는 했지만, 우리는 텐트 밑에 모여 발치에 짐을 두고 평생 들었던 것 중 가장 큰 천둥소리에 귀를 기울였다. 엄청나게 큰 소리가 빠르게 쾅, 쾅, 쾅 하고 연이어 울리는 것이 하늘의 요새에서 대포를 쏜 듯했다. 번개도 그 소리에 비례해 화려하게 빛났다. 인디언은 "엄청 좋은 화약이 틀림없소"라고 말했다. 저 멀리 숨어 있는 호수들에서 들려오던 메아리는 모두 우리와 무스들을 위한 것이었다.

나는 이곳이 천둥이 좋아하는 곳, 번개가 솜씨를 늘리려고 연습을 하는 곳이 분명하다고 생각했다. 그러니 핀 몇 개가 부서지는 것쯤은 큰 문제도 아닐 것이다. 하루살이와 잠자리는 어떻게 됐을까? 폭풍이 오기 전에 부두를 찾을 만큼 신중했을까? 어쩌면 이 곤충들의 움직임이 뱃사공들에게 좋은 지표가 될지도 모른다.

바깥을 보니, 호수 위로 내리는 격렬한 비 때문에 거의 즉시 파도가 잠잠해졌다. 요새의 사령관이 우리를 위해 물결을 매끄럽게 잠재운 것이다. 하늘이 개고, 우리는 다시 바람이 거세지기 전에 즉시 출발하기로 했다.

텐트 밖으로 나와 보니, 아직도 남서쪽에 구름이 있고 그쪽에서 천둥소리가 들렸다. 인디언은 천둥소리가 "랑랑"(낭랑)한지 물었고 만약 그렇다면 다시 비가 올 것이라고 했다. 나는 낭랑한 소리였다고 생각했다. 그런데도 우리는 배를 띄우고, 댐을 향해 빠르게 노를 저었다. 호숫가의 흰목참새가 노래했다. *아 티, 이, 이, 티, 이, 이, 티* 혹은 *아 티, 이, 이, 티, 이, 이, 티, 이, 이, 티, 이, 이* 라고.

체임벌린 호수 하구에서 거센 폭풍우가 우리를 따라잡았다. 우리는 어쩔 수 없이 비를 피할 곳을 찾아야 했다. 인디언은 강둑으로 올라가 카누 밑에 들어갔고, 우리는 댐 가장자리 밑으로 들어갔다. 그리 젖지는 않았지만 걱정이 컸다. 우리가 택한 은신처에서는 상황이 어떤지 보기 위해 카누 밑에서 바깥을 엿보는 인디언이 보였다.

이렇게 각자 한두 번 피난처를 찾았지만, 비가 본격적으로 내리지 않았다. 그래서 우리는 주변을 돌아보기로 했다. 이제 바람이 높은 파도를 일으켜 강을 건널 수 없었기에, 이곳에서 야영을 해야만 할 듯싶었기 때문이다. 우리는 댐에서 이른 저녁을 먹고, 주변의 소요가 가라앉기를 기다리는 동안 낚시를 했다. 물고기는 수도 극히 적었지만, 크기도 작고 가치가 없었다. 이에 인디언은 세인트존 강의 물에는 좋은 물고기가 없기에, 페놉스콧에 도착할 때까지 기다려야만 한다고 선언했다.

해가 지기 직전에야 겨우 다시 길을 나설 수 있었다. 우리는 이 거친 저녁에 아프무제네카무크 호수의 북쪽 가장자리를 따라 부드럽게 나아갔다. 뇌우 하나가 이제 막 그친 참이었고, 그로 인해 높아진 파도도 여전히 격렬하게 몰아쳤다. 게다가 멀리 호수 건너 남서쪽에서 또 다른 뇌우가 다가오는 것이 보였다. 하지만 아침이 되면 상황이 더 나빠질 수도 있었기에, 건널 수 있을 동안 최대한 호수를 건너고 싶었다.

왼쪽으로 8분의 1마일 떨어진 북쪽 기슭에 거센 바람이 몰아쳤지만, 물결은 특별히 신경 쓰지 않아도 바닥이 얕은 카누가 버틸 수 있을 만큼만 일었다. 파도가 그리로 몰아쳤기에, 우리는 황량하고 배를 댈 수도 없는 기슭과 계속해서 거리를 두었다. 6로드 폭의 완벽한 미로였다.

물에 잠긴 나무들, 죽어서 잎도 다 떨어지고 하얗게 벗겨진 나무들이 반은 원래 크기의 절반 높이로 서 있고, 반은 수면 위나 아래에서 서로 교차한 채 쓰러져 있었다. 둥둥 뜬 나무와 나뭇가지, 밑동들이 이들과 부딪치며 뒤얽혔다. 세계에서 가장 큰 도시의 부두가 쇠락해 흙과 널빤지가 물에 떠내려가고, 말뚝만 산발적으로 남아 있는 모습을 상상해 보라. 단, 평소 높이의 두 배로 말이다.

또한 군함 1만 대의 잔해가 원재도, 목재도 모두 흩어져서 서로 뒤섞이고 부딪치는 것이다. 그러나 타고 있던 배를 잃고 물가로 올라가도, 빽빽하고 음울한 황야의 나무숲이 배를 만들 재료를 더 내놓으려 하는 것이다. 그 정도면 호숫가의 모습이 어땠는지 어렴풋이 상상할 수 있을 것이다. 우리는 물에 빠질지도 모른다는 엄청난 위험을 감수하지 않는 한, 원한다고 해도 상륙할 수 없었다. 따라서 어떤 바람이 불든 그 바람에 의지해 앞으로 나아가야만 했다. 땅거미가 질 무렵이었고, 뒤로 비구름이 무섭게 따라오고 있었다. 기분 좋은 짜릿함이 느껴지는 여정이기는 했지만, 어두워질 무렵 마침내 체임벌린 농장의 깨끗하게 정리된 기슭에 도착할 수 있었다. 기쁜 마음은 더할 나위 없었다.

우리는 나무가 듬성듬성 자라고 있는 낮은 돌출부로 올라갔다. 그리고 일행들이 텐트를 치고 있는 동안 내가 농장으로 설탕을 구하러 갔다. 우리가 가져온 설탕 6파운드가 다 떨어졌기 때문이다. 놀라운 일도 아니었다. 폴리스가 단 것을 무척이나 좋아했으니까.

그는 바가지의 3분의 1을 설탕으로 채우다시피 하고, 그 위에 커피를 따르곤 했다.

이곳에는 호수에서부터 언덕 꼭대기까지 개간지가 펼쳐져 있었고, 짙은 색 통나무집이 창고까지 포함해 여러 채 있었다. 제일 큰 오두막 앞에 남자 대여섯 명이 서 있었는데, 새로운 소식이 듣고 싶어 조바심을 내고 있었다. 그중에는 알라가시의 댐을 돌보며 총알 던지기로 시간을 때운다는 사람도 있었다. 그는 여러 댐을 책임지고 있었다. 우리가 다음날 웹스터 개천으로 갈 예정이라고 하자, 텔로스 호수에서 목초를 기르는 자기들 패거리가 송어를 잡으려고 운하의 댐을 닫았다며 우리가 운하를 건너기 위해 물이 더 필요할 것 같으면 수문을 열어도 된다고 했다. 그 역시 열어두는 편이 좋다면서 말이다.

체임벌린 농장은 분명 숲속의 활기 넘치는 개척지였다. 하지만 시간이 너무 늦은 탓에 내 마음 속에는 어두운 인상만이 남았다. 앞서 언급했듯이, 이곳에서는 빛이 들 때만 문명을 느끼게 된다. 나는 일요일에 이들이 개척지 주위를 걷는 모습을 상상해 보았다. 감옥의 마당을 걷는 것과 다소 비슷한 느낌이었다.

그들은 황설탕을 4파운드까지만 내주었고, 그 이상은 주려 하지 않았다. 게다가 설탕을 꺼내기 위해 창고의 열쇠를 열기까지 했다.

이런 경우를 대비해 조금만 보관해두기 때문이었다. 그리고 1파운드당 20센트씩 받았는데, 확실히 여기까지 와서 구하려면 그 만한 가치는 있었다.

호숫가로 돌아오자, 날이 꽤 어두워졌다. 하지만 우리는 모닥불을 피워 몸을 데우고 습기를 말렸다. 뒤로는 아늑한 방이 마련되어 있었다. 인디언은 1, 2년 전 사냥을 나갔다가 사라진 동생 소식을 물으러 농장으로 향했다. 또 다시 소나기가 시작될 때까지 나는 가문비나무와 측백나무 가지를 손으로 더듬고 잘라서 침대를 만들었다. 향 때문에 나는 측백나무를 더 선호했고, 어깨 쪽에 특히 두텁게 깔았다.

이처럼 폭풍이 치는 밤, 야영지에 도착했을 때 여행객이 느끼게 되는 순수한 만족감은 놀라울 정도였다. 마치 여관에라도 들어간 것처럼 담요에 몸을 말고 6×2피트짜리 수액이 떨어지는 전나무 가지 침대에서 기지개를 켜는 것이다. 지붕이라고는 얇은 광목천 한 장이 전부이건만, 둥지 속의 들쥐처럼 아늑함을 느꼈다. 우리에게 최고의 밤은 언제나 비가 온 날 밤이었다. 모기에 시달리지 않아도 되었기 때문이다.

적어도 여름에는 여행길에 내리는 비를 금방 무시하게 된다. 갈아입을 마른 옷이 없다고 해도 몸을 말리기가 아주 쉽기 때문이다.

어느 집 부엌보다 숲에서 피우는 모닥불 쪽이 몸을 더 빨리 말릴 수 있다. 불을 피우는 장소도 넓고, 장작도 훨씬 더 풍부하기 때문이다. 텐트를 헛간 모양으로 치면 양키 베이커[153]처럼 텐트에 열이 흡수되고 반사되기 때문에 자는 동안 몸이 마를 수도 있다.

마을에는 지붕에서 비가 새면 잠들지 못하는 사람도 있을 테지만, 우리는 흠뻑 내리는 비를 자장가 삼아 금세 잠들었다. 비는 밤새도록 내렸다. 그래도 이날 밤에는 비가 갑자기 격렬하게 내린 것은 아니었기에 침대의 잔가지들도 반사된 열로 금방 말랐다.

7월 29일 수요일

아침에 일어나 보니 아직 흐리긴 했지만, 비는 그친 상태였다. 모닥불이 꺼져 있었고, 텐트 처마 밑에 두었던 인디언의 부츠에는 반쯤 물이 차 있었다. 이런 점에서는 우리 두 사람보다도 인디언이 더 앞일을 생각하지 못하는 편이었다. 그나마 화약은 우리가 젖지 않게 보관해 줬으니 고맙게 여겨야 했다.

우리는 아침을 먹기 전에 먼저 호수를 건너가기로 했다. 갈 수 있

---

153 모닥불의 열기를 반사해 내부의 음식을 익히는 금속 상자. 일종의 오븐이라고 볼 수 있다.

을 때 가두려는 것이었다. 출발하기 전, 나는 목적지의 위치를 확인했다. 3마일 떨어진 남남동 방향의 기슭이었다. 갑자기 안개비라도 내리면 도중에 길을 잃을까봐 미리 대비한 것이다.

만 안쪽의 물결은 완벽하게 고요하고 잔잔했지만, 바깥의 호수는 이미 완전히 깨어난 상태였다. 하지만 그렇다고 위험하거나 불쾌한 정도는 아니었다. 그래도 이 호수들을 이런 카누 한 대로 건널 때는 우리의 운명이 전적으로 바람의 자비심에 달려 있다는 것, 그리고 바람의 힘이 변덕스럽다는 것을 잊어서는 안 된다. 장난스럽던 파도가 언제 지나치게 무례해져서 내 위로 덮쳐올지 모르는 법이다.

이렇게 이른 시간인데도 *셰코웨이*와 물수리가 있었다. 아프무제네가묵의 어두운 물결 위로 한참 노를 저으며 춤추듯 나아가다 보니, 어느새 남쪽 땅 근처에 이르렀다. 파도가 기슭에 부딪치는 소리가 들려와서 우리의 관심도 온통 그쪽으로 쏠렸다. 이 기슭을 따라 1에서 2마일 동쪽으로 부드럽게 나아간 뒤, 바위투성이 돌출부에서 아침을 먹었다. 제일 처음으로 눈에 띄고, 다가가기 쉬운 곳이었다.

이렇게 일찍 호수를 건넌 것은 옳은 선택이었다. 이제 파도가 꽤 높아져서, 지금 건너려 했으면 다소 돌아서 와야 했을 것이다. 하지만 이 돌출부를 지나면 비교적 물결이 잔잔해졌다. 호수를 건널 수 없을 때는 보통 호수의 가장자리를 따라가면 된다.

인디언은 중간중간 활엽수가 들어선 산등성이를 바라보다가, 이 호수 근처에 몇 백 에이커 정도 토지를 사고 싶다며 우리의 조언을 구했다. 우리는 가급적 호수를 건너는 지점 근처가 좋겠다는 의견을 내놓았다.

일행과 나는 옛 역사에 관한 어떤 주제에 관해 잠시 토론을 벌였다. 이때 인디언의 태도가 재미있었는데, 그는 우리가 하는 이야기를 알아듣지 못했기에, 추측만 할 수 있었다. 그런데도 스스로 심판이 되어 우리의 분위기나 몸짓을 판단해 중간중간 "당신이 이겼소" 혹은 "그가 이겼소"라고 사뭇 진지하게 말하는 것이었다.

넓은 만을 뒤로하고, 북동쪽으로 긴 체임벌린 호수를 왼편에 둔 짧은 지협에 접어들었다. 이 지협은 2마일 가량 떨어진 작은 호수로 이어졌는데, 지도에는 *텔라시니스*라고 나와 있었다. 하지만 인디언은 정확한 이름을 알지 못했다. 거기에서 우리는 인디언이 *페이테이위콩고묵*, 즉 불탄 땅의 호수라고 부르는 *텔로스* 호수로 넘어갔다.

북동쪽을 향해 둥글게 굽은 호수로 노를 저어가다 보니, 길이가 3에서 4마일인 듯했다. 인디언은 1825년 이후로 이곳에 온 일이 없었다. 그리고 텔로스가 무슨 뜻인지도 몰랐을 뿐더러, 인디언 말도 아니라고 생각했다. 그는 '스포크로건'(기슭 안쪽으로 들어가는 막

다른 만)이란 말을 썼는데, 무슨 뜻이냐고 묻자 "그 안에는 인디언이 없다"고 했다. 남서쪽 기슭에는 개간지가 있고, 집과 헛간이 있었다. 전에 들은 바와 같이, 목초를 벨 때 누군가 임시로 지내는 곳이었다. 호수 서쪽의 언덕에도 목장으로 쓰이는 개간지가 있었다.

우리는 처음으로 눈에 띈 붉은 소나무Pinus Resinosa[154]를 관찰하기 위해 북동쪽의 바위가 많은 돌출부로 올라갔다. 콩코드에서 자라는 극소수의 붉은 소나무는 열매를 맺지 않았기에, 솔방울을 조금 얻으려는 의도도 있었다.

호수에서 페놉스콧 강 동쪽 지류로 들어가는 하구는 인공적으로 만든 것이었는데, 정확히 어디에 있는지 확실하게 보이지 않았다. 하지만 호수는 북동쪽으로 훨씬 멀리 굽어져서 두 개의 좁은 골짜기 사이로 흘렀다. 마치 오랫동안 페놉스콧 강을 향해 더듬어 나아갔던 길인 것처럼. 아니면 예부터 흘렀던 길을 기억하는 것처럼.

우리는 수평선이 가장 낮은 곳을 관찰하고, 수평선이 가장 긴 쪽을 따라간 끝에 드디어 댐에 도착했다. 마지막 야영지에서 약 12마일 거리였다. 댐 옆에는 누군가가 남겨둔 송어 잡이용 낚싯줄과, 미끼를 자르던 잭나이프가 있었다. 사람이 근처에 있다는 증거였다. 가까이에 인적 없는 통나무집도 있었고, 양키 베이커 안에서는 빵

---

154 국가표준식물목록 추천명은 레시노사소나무.

한 덩이가 구워지고 있었다.

그곳은 외로운 사냥꾼의 집으로 판명되었다. 우리는 곧 그를 만날 수 있었다. 카누는 물론, 총과 덫도 그리 멀지 않은 곳에 있었다. 그는 우리가 택한 길로 가면 그랜드 호수 하류까지 20마일이라고 했다. 그리고 그곳에서는 송어를 원하는 만큼 잡을 수 있다고도 말했다. 동쪽 지류 방향으로 제일 처음 나오는 집은 헌트 씨 댁으로 약 45마일 더 가야 했다. 15마일 떨어진 트라우트 개천을 1.5마일 거슬러 올라가면 또 한 채가 있긴 하지만, 길이 다소 알아볼 수 없는 상태라고 했다.

그러나 물결이 우리 편이 되어주었는데도, 우리가 다음으로 인가에 도착한 것은 이로부터 사흘 뒤였다. 가장 가까운 곳에 있는 영구 거주지는 이미 지나친 곳으로, 12마일 뒤에 있었다. 따라서 우리가 가는 길에 있는 가장 가까운 두 집 사이의 거리는 약 60마일이었다.

이 사냥꾼은 몸집이 작은 편이었고, 햇빛에 잔뜩 그을려 있었다. 카누도 이미 육로로 옮겨 두었고 빵도 다 구운 참이라, 우리의 출발을 바라보는 것 말고는 재미있는 일도, 꼭 해야 하는 일도 없었다. 그는 한 달 이상 홀로 지내왔다. 매일 밤 집으로, 물방아용 댐으로 돌아가는 콩코드 숲 사냥꾼들의 삶과 비교하면, 그의 삶은 얼마나 더 거칠고 모험적인가!

하지만 방탕하게 살고자 하는 도회지 사람들은 보통 이미 개척이 끝나 상대적으로 고갈된 땅에서 즐길 거리를 찾으려 한다. 대도시의 떠들썩한 세계에서 사는 이들도 모험심이 너무 부족한 나머지, 이쪽으로는 절대 모험을 떠나지 않는다. 마치 뒷골목이나 선술집에서 무작정 골라낸 건달처럼 그들에게 있어 최고의 성취란 어쩌면 소방차 옆을 달리거나 비난을 퍼붓는 것일지도 모른다.

그에 비해 숲의 사냥꾼은 이웃 사람들에게 폐를 끼치지 않고도 자신이 원하는 방식으로 살아가는 독립적이고 성공한 사람이다. 마찬가지로 이 숲, 아니 굳이 이곳이 아니더라도 숲속으로 들어간 고독한 개척자와 정착민의 삶은 얼마나 더 존경스러운가. 그들이 겪는 고난은 그들이 만든 것이 아니다. 게다가 그들은 자연에서 직접 최소한의 생계 수단을 얻어낸다. 반면, 도회지의 무력한 군중들은 사회의 지극히 거짓된 욕구를 만족시키는 데에만 매달리며 고난이 찾아오면 그 일을 내팽개치지 않는가!

이곳에서 우리는 처음으로 정말 풍성한 산딸기를 발견했다. 알라가시 강과 페놉스콧 강 동쪽 지류 사이의 고지대를 지날 때였다. 블루베리 역시 풍부했다.

세인트존 강의 남쪽 수원지인 텔로스 호수와 페놉스콧 강 동쪽 지류의 수원지인 웹스터 연못은 겨우 1마일밖에 떨어지지 않았고,

골짜기 하나로 이어져 있었다. 하지만 높은 곳에 있는 세인트존 강의 물을 페놉스콧 강 동쪽 지류로 보내려면 땅을 조금 파야 했다. 이렇게 만들어진 운하는 길이가 1마일이 채 못 되고, 폭은 4로드 정도로 내가 처음 메인 주에 방문하기 몇 년 전에 완성되었다.

그 이후로 알라가시 강 상류와 주변 호수들에서 벤 나무는 페놉스콧 강을 따라 내려왔다. 자세히 설명하자면 알라가시 강 상류는 일련의 큰 호수들이 주를 이루는데, 이 호수들은 대개 흐름이 없는 고인 물이다. 그런데 댐을 지으면서 호수와 강을 연결하는 수로 역시 고인 물이 되었고, 그 결과 나무들이 페놉스콧 강으로 내려가게 된 것이다. 이런 변화와 함께 운하에는 급류가 형성되었고, 이제는 골짜기에 흐르는 아주 세찬 시냇물 같은 모습이 되었다. 그러니 세인트존 강의 물을 페놉스콧으로 흘려 보내기 위해 이곳에서 땅을 팠을 거라고는 아무도 생각하지 않을 것이다. 이 시냇물은 심히 굽어져서 하류는 아주 조금밖에 보이지 않았다.

『숲속 생활』의 저자, 스프링어는 운하를 파게 된 계기에 대해 이렇게 적고 있다. 1842년, 대영제국과 맺은 조약에 메인 주에서 자라 세인트존 강을 따라 내려가는 모든 목재는 캐나다의 "뉴브런즈윅 지방 안으로 들어왔을 때 […] 그 지방의 산물처럼 다루어질 것이다"라고 나와 있었기에, 우리 쪽에서는 세금을 물지 않는다는 뜻이라고 생각했다. 하지만 뉴브런즈윅에서는 양키들에게서 무언가 얻어내자는 심보로, 즉각 세인트존 강을 따라 내려가는 모든 목재에 관세를 부과했다. 반면, 지역 주민들을 만족시키기 위해 "왕의 땅에서 목재를 얻는 이들에게 부과되는 입목 가격은 그에 상응하게 할인해 주었다." 그 결과 양키들은 반대쪽, 다시 말해 페놉스콧 강으로 세인트존 강이 흐르게 해버렸다. 캐나다인들은 관세도, 강물도 모두 잃어 버린 반면, 양키들은 크게 풍요로워졌고 그 조약을 감사하게 느꼈다. 이곳은 물길이 얼마나 잘 형성되었는지 놀라울 정도이다. 배를 타고 호수를 건너면, 깊숙한 만들이 사람을 향해 모습을 드러낼 것이다. 그 만으로 들어가 짧은 육로를 거친 뒤(어떤 계절에는 육로를 거칠 필요도 없이), 그리 흘러들어오는 지류를 거슬러 올라가면 원래 있던 곳에서 멀리 떨어진 호수로 흘러들어가는 또 다른 강에 접어들게 된다.

일반적으로 카누를 타면 어느 방향이든 다 갈 수 있었다. 여러 차례 육로로 이동해야 하기는 해도 그다지 먼 거리는 아니다. 그러나 우리가 깨달은 사실은 또 한번, 온 자연이 또렷하게 기억하고 있던 것에 불과하다. 물은 이전 지질시대에도 그렇게 흘렀을 것이 분명하고, 그때 이곳은 호수지방이 아니라 다도해였을 테니 말이다. 생긴 지 얼마 안 되고, 감수성이 풍부한 강은 원래 흐르던 강바닥을 떠나 근처의 수로로 흘러 내려가자는 초대와 유혹을 대체로 거부하지 못하는 듯하다.

따라서 운반로는 반쯤 물에 잠긴 땅이나 이전 시대의 메마른 수로에 형성되는 경우가 많다. 한쪽 강에서 다른 쪽 강으로 배를 옮길 때는 같은 강의 폭포 주위로 우회할 때처럼 바위투성이 고지대로 간 적이 없었다. 강에서 강으로 갈 때는 앞서 이야기했듯이 늪에서 길을 잃기도 했고, 자연적으로 만들어진 것처럼 보이는 인공적인 수로를 발견하기도 했다.

나는 한때 메인 숲의 강 상류로 장대를 이용해 카누를 밀고 올라가는 것을 꿈꾸었다. 그렇게 해서 수로가 메마른 고지대까지 올라가면 계속해서 골짜기와 협곡을 통과하는 것이다. 그것도 그 전 못지않게 능숙한 솜씨로. 조금 더 세게 밀기는 해야겠지만 말이다. 그런데 지금 그 꿈이 일부 실현된 듯했다.

수로가 있는 곳이라면 어디든 카누를 위한 길이 있는 법이다. 1853년 올드타운에서 페놉스콧까지 거슬러 올라가는 증기선의 수로 안내인이 말해주기로, 그 배는 수면에서 14인치까지 잠기기 때문에 물 깊이가 2피트만 되어도 쉽게 지나갈 수 있다고 했다. 물론 그럴 마음은 들지 않겠지만 말이다. 서부의 증기선은 이슬이 심하게 내리기만 해도 뜬다고 한다. 그렇게 물이 적은 곳에서 카누라면 무엇을 할 수 있을지 상상이 갈 것이다.

1760년, 영국인들은 몽트레소라는 사람을 파견해 퀘백에서 케네벡까지 가는 길을 탐사하게 했다(나중에 아놀드의 원정대가 이 길을 거슬러 올랐다). 그는 비버가 만든 댐을 터서 수원지 부근의 페놉스콧 강에 물을 대고 "자주 하는 일"이라고 말했다. 훗날 몽트레소는 캐나다 총독이 무스헤드 호수부터 케네벡 강 하구까지 비버의 댐을 건드리지 못하게 금지령을 내렸다고도 전했다. 그 댐 덕에 수위가 올라가서 배를 띄울 수 있기 때문이었다.

이곳은 운하라고 불리기는 하지만, 크고 극도로 빠르게 흐르는 돌투성이 강에 가까웠다. 인디언은 물이 충분해서 댐의 수문을 열 필요가 없다고 했다. 열어봤자 물살이 격해질 뿐이라고 말이다. 인디언이 혼자 카누를 타고 내려가는 동안 우리가 짐의 대부분을 들고 걸어서 이동했다. 식량을 반쯤 소비한 뒤라 카누에 남은 식량은 더 적었다. 우리는 돼지고기를 담았던 나무통을 버리고 자작나무껍질로 고기를 감쌌다. 자작나무 껍질은 숲에서 구할 수 있는 최고의 포장지이다.

우리는 축축한 숲속의 길을 통과해 인디언과 거의 동시에 웹스터 연못 상류에 도착했다. 인디언이 빠른 속도로 움직이기는 했지만, 우리가 통과한 길이 거의 일직선이었기 때문에 가능했다. 이 연못이 수원이 되는 웹스터 개천의 인디언 이름은 폴리스에 따르면 *마둔크헌크*, 다시 말해 고지대였다. 그리고 호수의 이름은 *마둔크헌크 가묵*, 고지의 연못이었다. 연못은 2, 3마일 길이였다. 우리는 기슭에서 번개에 맞아 쪼개진 소나무 근처를 지났다. 아마도 어제 그렇게 된 듯했다. 이곳이 엄밀한 의미에서 처음 들어간 페놉스콧 강 동쪽 지류였다.

웹스터 개천 하구에는 또 다른 댐이 있었다. 우리는 여기에서 여정을 멈추고 산딸기를 땄다. 반면, 인디언은 반 마일 정도 숲을 지나 앞으로 맞서 싸우게 될 개천이 어떤 상태인지 살펴보러 갔다. 이곳에는 버려진 통나무집이 있었는데, 보아 하니 지난겨울에 쓴 것이었다. 가축을 위한 헛간도 있었다.

오두막 안에는 바닥에서부터 2피트 높이의 커다란 전나무 가지 침대가 있어서 방의 상당 부분을 차지했다. 가늘고 긴 탁자가 벽을 마주보고 있었으며, 앞에는 튼튼한 통나무 벤치가 있었다. 탁자 위로는 작은 창문이 있었는데, 이것이 유일한 창이었다. 그리로 미미하게 빛이 들어왔다. 추위와 맞서기 위해 세운 소박하고 튼튼한 요새였다.

그곳에 머물렀던 용감한 참호병들이 무슨 일을 했는지 알 수 있었다. 나는 근처 숲에서 신기한 목제 덫을 한두 개 발견했다. 하지만 오래 쓴 것은 아닌 듯했다. 핵심 부분은 길고 가는 막대 하나로 구성되어 있었다.

우리는 댐 위쪽 기슭에서 점심을 먹었다. 모닥불 옆에 앉아 있기는 했지만, 댐에 쌓은 둑 때문에 반대편에서는 우리 모습이 보이지 않았다. 이에 반쯤 자란 흑부리오리들이 댐 아래에서부터 한 줄로 뒤뚱뒤뚱 걸어왔다. 겨우 1로드밖에 떨어지지 않은 곳까지 와서 거의 손을 뻗으면 잡을 수 있을 정도였다.

이 새들은 우리가 찾았던 강과 호수 전역에 아주 흔해서 두세 시간마다 한번씩 긴 줄을 이루며 우리 앞을 서둘러 지나가곤 했다. 날아오르는 일은 드물었고 한번에 20에서 50마리가 빠르게 상류와 하류를 오갔는데, 제일 격렬한 급류 한가운데에서도 물살을 거슬러 올라가는 속도가 물살을 타고 내려가는 속도에 뒤지지 않았다. 아니면 사선으로 호수를 가로질러 건너기도 했다. 제일 나이든 새가 맨 뒤에서 어린 새들을 몰다가 가끔씩 앞으로 날아가 이끌어주는 것처럼 보였다. 비슷한 움직임을 보이는 작은 물까마귀도 다수 보았고, 미국오리 몇 마리도 한두 차례 보았다.

올드타운에서 한 인디언이 말하기를, 세인트존 강의 텔로스 호수와 페놉스콧 강 동쪽 지류의 세컨드 호수 사이에는 10마일 거리의 운반로가 있고 그리로 가야만 한다고 했다. 하지만 우리가 만난 벌목꾼들은 그 거리가 1마일 이상은 안 될 거라고 안심시켜주었다.

이 점에 관해서는 최근 이 길을 지난 적이 있는 인디언의 말이 진실에 가까운 것으로 드러났다. 우리 둘 중 한 사람이 인디언을 도와 카누로 급류를 통과할 수 있다면 그중 대부분을 물 위로 지나갔겠지만, 카누를 다룰 수 있는 사람이 인디언 한 명뿐이었기에 그 길의 대부분을 걸어서 갈 수밖에 없었던 것이다. 웹스터 개천은 평판이 워낙 안 좋은 곳이라, 나는 아직 그 정도 모험을 할 각오는 되지 않았다고 생각했다. 내가 관찰한 바에 따르면, 인디언 혼자의 경우엔 우회하지 않으면 안 되는 급류라도 사람을 적절히 배치한 배토라면 당연한 듯 통과할 것이다.

나와 일행은 대부분의 짐을 어깨에 짊어지고 걸었다. 반면, 인디언은 물에 젖어도 큰 문제가 없는 짐만 카누에 실었다. 우리는 언제 다시 인디언을 만나게 될지 짐작할 수 없었다. 인디언도 운하가 생긴 이래 이쪽으로 와본 적이 없었으니 말이다. 그러니까 30년 이상 온 적이 없는 것이다. 그래도 그는 도중에 물결이 잠잠한 곳이 나오면 뭍으로 올라와, 가능하면 우리가 가는 길을 찾아서 큰 소리로 위치를 알려주겠다고 말했다. 그리고 한참 기다려도 소식이 없으면 다시 한 번 시도해 보기로 했다. 우리 역시 같은 방식으로 인디언을 찾아가며 이동하면 될 것이다.

인디언은 평소처럼 흔들리는 카누에 선 채, 댐 위의 방수로를 따라 내려가기 시작했다. 그리고 곧 험한 협곡 끝자락 뒤로 들어가, 보이지 않게 됐다. 웹스터 개천은 벌목꾼들에게 어려운 곳으로 유명하다. 급류가 심한데, 바위가 많고 수심도 얕아서 거의 배를 타고 갈 수 없을 정도라고들 생각한다. 엄청난 속도로 떠내려가다가, 도중에 산산조각이 나는 것을 혹여 배를 탄다고 말하지 않는 한은 말이다. 저항할 수 없는 힘이 계속해서 배를 움직이는 동안, 매 순간 바위와 여울 사이에서 가야 할 길을 선택해야 한다. 그리고 그 길로 들어서려면 항상 할 수 있는 만큼 최대한 속도를 줄이고, 많은 경우 가능하다면 배를 멈추고 눈앞의 급류를 잘 살펴보아야 한다.

인디언의 지시에 따라 우리는 남쪽의 옛길을 따라갔다. 이 길은 개천에서 꽤 멀리 떨어져 있지만, 그래도 개천을 따라 계속 내려가는 것처럼 보였다. 그리고 물길이 굽어지는 곳을 가로지르며 세컨드 호수까지 이어지는 듯했다. 나침반으로 지도상의 위치를 먼저 확인했을 때 북동쪽이었기 때문이다. 거친 숲길이었고 누군가 황소들을 몬 흔적이 남아 있었다. 아마도 황소 방목용 캠프가 있었던 오래된 개간지로 몬 듯했다.

이 흔적들에는 최근에 생긴 무스 발자국도 뒤섞여 있었다. 우리는 짐을 내려놓는 일 없이 꼬박 한 시간 동안 계속해서 걸었다. 때때로 쓰러진 나무를 돌아가거나 그 나무 위로 기어오르기도 했다. 길에서는 대부분 개천이 전혀 보이지 않았고, 물 흐르는 소리조차 들리지 않았다. 그래도 3마일을 걷고 나니 옛 캠프지에서 개천이 다시 나타났고, 작은 빈터가 있어 우리는 그곳에서 잠시 쉬었다. 이 곳 역시 물살이 빠르고 수심이 얕았으며 바위투성이였다.

파도가 춤추는 급류가 계속되었다. 물가에 앉아 있으니, 일렬로 길게 늘어선 혹부리오리들이 무언가에 겁을 먹은 듯 반대편에서 물 살을 거슬러 오르고 있었다. 물살을 타고 내려올 때와 마찬가지로 힘들이지 않고 쉽게 나아갔다. 밑으로 흘러가는 파도가 부딪쳐 오 는 힘을 받으면서도 그저 파도의 표면을 가볍게 밀 뿐이었다. 하지 만 이 새들은 인디언에게 쫓겨서 금방 되돌아왔다. 개천이 구불구 불해서 인디언 쪽이 우리보다 조금 뒤처졌던 모양이다.

그는 바로 위의 돌출된 지형을 빙 돌아 들어와, 우리들 옆에 카누 를 세우고 뭍으로 올라왔다. 카누에는 물이 많이 차 있었다. 스스로 말했던 것처럼 "아주 거친 물결"이었기에 도중에도 한 번 카누에 들 이찬 물을 버리러 뭍에 올라가야만 했단다. 그는 같이 노를 저어줄 사람도 없고 수심도 얕아서, 원하는 항로로 카누를 똑바로 몰고 가 기 위해 얼마나 힘껏 노를 저어야 했던지 힘들어 죽겠다고 불평했 다. 그리고 여기에서 배가 전복되면 장난이 아닐 거라고 덧붙였다.

물의 힘이 너무 세서 물살에 얻어맞느니, 내가 노를 들어서 그의 머리를 내리치는 쪽에 자원할 정도라는 것이다.

그가 골짜기에서 빠져나오는 모습을 보는 것은 마치 경사진 지그재그 모양의 홈통에 물을 붓고 그 안에 호두 껍데기를 하나 떨어뜨린 뒤, 먼저 밑으로 내려가 격하게 요동치는 물살에도 불구하고 호두가 뒤집어지지 않는 것은 물론, 안에 물도 조금밖에 차지 않은 상태로 잘 내려오는지 지켜보는 것과 같았다.

내가 카누를 붙잡고 있는 동안 인디언은 한숨 돌렸다. 그러고는 다시 출발해 굽이진 곳으로 들어가 금방 시야에서 사라졌다. 우리도 어깨에 짐을 짊어지고 다시 걷기 시작했다.

우리는 곧바로 이전 길을 찾아가지 못하고 힘들게 물가를 따라갔다. 하지만 숲속으로 들어가 내륙 쪽으로 향하자 다시 길이 나타났다. 1마일도 채 가기 전에 인디언이 우리를 부르는 소리가 들렸다. 숲으로 들어와 길을 따라오며 우리를 찾고 있었던 것이다. 우리를 카누에 태워도 될 만큼 물결이 잔잔한 곳에 도착한 듯했다. 기슭까지는 4분의 1마일 거리였는데 어둡고 빽빽한 나무숲을 지나가야 했다. 인디언은 빠르게 오른쪽, 왼쪽으로 돌아가며 우리를 이끌었다.

호기심이 들어 밑을 자세히 살펴보니, 인디언은 자신의 발자국을 따라 되돌아가고 있었다. 나는 이끼에 난 그의 발자국을 아주 가끔 씩만 알아볼 수 있었는데, 그는 아래를 내려다보지도 않고도 한순간의 망설임도 없이 우리를 정확하게 카누까지 데려갔다. 나침반도 없고, 개천이 보이는 것도, 물 흐르는 소리가 들리는 것도 아닌데 우리에게 길을 안내할 수 있다니 놀랍기 그지없었다. 우리라면 한참 길을 헤맬 것이고, 발자국조차 짧은 거리밖에 되짚어가지 못했을 것이다. 그것도 힘들게 온 신경을 다 기울여 엄청난 고생을 해야 아주 느릿느릿 갈 수 있을 터였다. 하지만 인디언은 낮 동안 지나갔던 곳이라면 어디든 숲속을 되짚어 돌아갈 수 있음이 분명했다.

어두운 숲속을 고생하며 걷다가, 다시 카누를 타고 급류를 미끄러져 내려가니 기분 좋은 변화가 아닐 수 없었다. 이 개천은 콩코드의 어새벳 강과 크기가 비슷했다. 흐름은 아직도 무척 빨랐지만, 물결은 거의 완벽할 정도로 잠잠해서 내리막길이라는 사실이 아주 확실히 눈에 들어왔다. 몇 마일 정도 비스듬히 기대놓은 거울처럼 고르게 기울어진 면이 이어져서 그 위를 미끄러져 내려갔던 것이다. 반듯한 내리막을 지나고 있음은 아주 명백했다.

배가 잠긴 흘수선과 기슭을 대조해 보면 특히 분명하게 알 수 있었는데, 이는 내게 특이한 인상을 남겼다. 이동 속도가 빠른 탓에 실제보다 훨씬 더 가파른 경사를 내려가는 것처럼 느껴졌던 것이다.

만약 급류나 폭포가 갑자기 나타나면 목숨을 건질 수 없을 것만 같았다.

일행은 경사를 인지하지 못하고 있었지만, 내게는 측량사의 눈[155]이 있었기 때문에 알 수 있었다. 나는 이것이 착시가 아니라는 점에 스스로 만족했다. 이런 강에 다가갈 때면 누구나 움직임이 없어도 물이 어디로 흐르는지 한눈에 알 수 있다. 나는 수평한 선이 수면과 만나는 각도를 관찰하고, 1로드 후 수면이 얼마나 낮아졌는지를 계산했는데 이런 효과를 내기 위해서 그 차이가 아주 클 필요는 없었다.

이처럼 기울어진 거울을 따라 내려가는 것은 물의 흐름이 거의 없는 콩코드의 강 위를 떠가는 것과는 아주 달라서 무척 즐거웠다. 최고의 여행이었다. 중간중간 굽어지는 물길을 부드럽게 돌아서 산을 내려가면, 상록수 숲이 양편으로 늘어섰고 죽은 스트로브잣나무가 높게 서서 경계를 짓고 있었다. 가끔은 개천 위로 반쯤 기울어진 나무도 있어 곧 다리가 될 운명에 처해 있었다. 나는 이곳에서 가지도 없고, 80에서 90피트 높이까지 직경도 거의 줄어들지 않는 괴물 같은 나무를 보았다.

이렇게 미끄러지듯 내려가는데, 인디언이 생각에 잠긴 듯한 길

---

155 소로는 한동안 생계를 위해 측량사로 일했다.

게 끄는 말투로 "대니얼 웹스터, 훌륭한 변호사"라고 되뇌었다. 보아하니 이 개천의 이름 때문에 그가 생각난 모양이었다. 인디언은 보스턴에서 그의 하숙집으로 추정되는 곳에 찾아갔던 이야기를 해주었다. 그에게 무언가 의뢰하고자 한 것은 아니고, 그저 존경을 표하러 갔다고 했다. 우리의 질문에 인디언은 웹스터의 사람됨에 대해 자세히 이야기해주었다.

웹스터가 벙커힐에서 연설을 한 다음날의 일이었다. 아마 폴리스도 그 연설을 들었던 것 같다. 처음 방문했을 때, 폴리스는 웹스터를 만나지 못하고 지칠 때까지 한참이나 기다리다가 결국 돌아갔다. 다음번에 찾아갔을 때는 그가 기다리고 있던 방문 앞으로 와이셔츠만 입은 웹스터가 그의 존재를 알아차리지 못하고 그냥 지나가는 것을 몇 번이나 봤다. 폴리스는 인디언을 만나러 왔다면 자신이 이런 취급을 받지 않았을 거라고 생각했다. 그리고 마침내 아주 오래 기다린 끝에 웹스터가 들어와서 폴리스 쪽으로 걸어오더니 큰 소리로 무뚝뚝하게 말했다.

"무슨 일이요?"

폴리스는 웹스터의 손짓을 보고 처음에는 자신을 한 대 치려는 줄 알았다. 그래서 마음속으로 중얼거렸다.

'조심하는 게 좋을 거요. 그랬다가는 나도 가만히 있지는 않을 테니.'

폴리스는 웹스터가 마음에 들지 않았고, 그가 한 말은 모두 "사향쥐에게나 할 정도"의 이야기라고 단언했다.

우리는 아마 웹스터 씨가 너무 바빴을 것이며, 그때는 방문객도 많았을 거라고 말해주었다.

폭포와 급류가 나타나면서 수월했던 여정이 갑작스레 끝나고 말았다. 인디언은 물가를 따라 개천의 상태를 확인하러 갔고, 우리는 바위 위에 올라가서 나무 열매를 땄다. 특정 종류의 블루베리가 거대한 바위 위에서 자라고 있어 고지대에 온 것 같은 인상이 들었다. 실제 이곳은 인디언 말로 고지의 개천이기도 했다. 인디언이 돌아와서 말했다.

"물살이 너무 세니 당신들은 걸어야겠소."

인디언은 카누를 띄우고 다시 폭포 아래로 내려가 금방 모습을 감추었다. 이럴 때마다 그가 카누에 타고 노를 들면 신비한 분위기가 느껴졌다. 저 멀리 하류를 바라보며 어떻게 갈지 자신의 생각을 밝히지 않고 조용히 출발하는 것이 마치 숲과 강의 모든 지식을 자기 안에 빨아들이는 것처럼 보였다. 하지만 나는 때때로 그의 얼굴에서 약간 즐거워하는 기미를 확인할 수 있었고, 그때마다 나 역시 공감하는 미소를 짓게 되었다. 그는 정말로 호인이었기 때문이다. 인디언이 내려가는 동안 우리도 서둘러 짐을 챙기고, 길이 없는 물가를 따라 이동했다. 이날 *우리가* 카누를 탄 것은 이것이 마지막이었다.

가장자리에 점판암 종류의 바위가 많이 서 있는 것을 보고, 최근에 캘리포니아에서 돌아온 일행은 금이 발견되는 바위와 똑같이 생겼다고 했다. 그리고 선광용 냄비[156]가 있었으면 이곳의 모래를 조금 일어 보려 했을 거라고 말했다.

인디언은 이제 우리보다 훨씬 빠른 속도로 이동했고 때때로 우리를 기다려주었다. 나는 이곳에서 이번 여정 내내 어디에서도 마실수 없었던 차가운 샘물을 발견했다. 모래가 쌓인 둑의 오목한 곳을 약간의 물이 채우고 있었다. 기억에 남을 만한 일이었다. 이 지역은 지대가 높았기에 어디로 가든 강과 개천이 메말랐거나 산악지대에 비해 따뜻한 물이 흘렀던 것이다. 쓰러지거나 떠내려 온 나무에 덤불까지 많아서 물가를 따라서 걷기가 아주 힘들었다.

그래서 우리는 가끔씩 물 위로 뛰어내리기도 하고, 자갈이 많은

---

156 사금 따위를 물로 일어 가려내는 도구. 당시에는 금광에서 일확천금을 얻고자 많은 사람들이 캘리포니아로 몰려갔다.

모래톱이나 내륙 쪽으로 들어가기도 했다. 하지만 인디언이 앞서 가고 있었으므로, 나는 작지만 깊은 개천을 건너기 위해 옷을 다 벗어야 했다. 반면, 일행은 내륙 쪽으로 들어갔고 숲속까지 올라가 투박한 다리를 찾아냈다. 덕분에 한동안 그의 모습을 볼 수 없었다. 나는 금방 생긴 듯한 무스 발자국을 보았고, 새로운 종류의 미역취(아마도 Solidago thyrsoidea)를 발견했다. 그리고 개천 가까이의 숲에 남아 있던 스트로브잣나무 통나무 하나를 지나쳤다. 굵은 쪽의 직경이 5피트나 되었는데, 아마도 너무 커서 떠내려가지 못했던 것 같다.

이로부터 얼마 뒤, 나는 불탄 땅 가장자리에서 인디언을 따라잡았다. 세컨드 호수에서 약 3마일 떨어진 곳에서 시작해 3에서 4마일 정도 펼쳐진 구간이었다. 우리는 이날 밤, 세컨드 호수까지 갈 생각이었다. 텔로스 호수에서부터 대략 10마일 거리였다. 불탄 땅에는 전보다 바위가 훨씬 더 많았다. 하지만 비교적 열린 공간이었는데도 호수는 아직 보이지 않았다.

한동안 일행의 모습을 보지 못했기에 나는 일행을 찾고자 인디언과 함께 강가의 특히 높은 바위 봉우리 위로 올라갔다. 이 바위는 좁고 길쭉하게 솟아서 꼭대기의 폭이 1에서 2피트밖에 되지 않았다. 몇 번 일행을 부르자, 마침내 상당히 먼 내륙 쪽에서 그의 대답이 들렸다. 개천에서 멀어져 호수까지 곧장 이어지는 길에 접어들었다가 이제 다시 개천을 찾고 있었던 모양이다. 동쪽으로, 그러니까 하류로 3분의 1마일 떨어진 곳에 비슷한 종류의 더 높은 바위 봉우리가 있는 것을 보고 나는 불탄 땅을 지나 그리로 갔다. 바위 꼭대기에서 호수를 찾으려는 생각이었다. 인디언은 카누를 타고 내려오면 될 터였다.

나는 도중에 일행과 합류할 수 있을지도 모른다고 판단해 내내 일행을 부르며 이동했다. 일행과 만나기 직전에 무스가 있었던 곳을 발견했다. 내가 소리를 질러서 무스는 겁을 먹은 듯, 구덩이 위로 쓰러져서 다리 역할을 하는 30에서 40피트 길이의 썩은 소나무 줄기를 따라 방금 도망친 것 같았다. 무스도, 나도 다리가 있어서 편리했다. 무스의 발자국은 황소 발자국만큼 컸지만, 황소는 나무 위로 건너가지 못했을 것이다.

불탄 땅은 극도로 거칠고 황량했다. 잡초나 새싹을 보아 하니 불이 난 것은 2년 전이었던 것 같았다. 숯이 되어버린 나무 줄기들이 가득 서 있거나 바닥에 뒹굴고 있어서 우리의 옷과 손에 검댕을 묻혔다. 곰이 나타나도 그 색깔 때문에 쉽게 구분이 안 갈 정도였다. 간혹 겉껍질은 타지 않거나 한쪽만 탔는데, 안쪽은 검게 탄 채 20에서 40피트 높이로 서 있는 나무도 있었다. 불이 굴뚝처럼 안쪽으로

만 타고 올라가서 겉재목만 남긴 것이다.

때때로 우리는 쓰러진 나무줄기 위로 올라가 폭 50피트의 바위투성이 골짜기를 건넜다. 사방으로 불탄 자리에서 자라나는 잡초Epilobium angustifolium(분홍바늘꽃)가 가득한 넓은 들판이 있었다. 내가 본 것 중에서 가장 큰 규모로 분홍색 꽃이 무리지어 잔뜩 피어 있었고, 블루베리와 산딸기 덤불도 뒤섞여 있었다.

첫 번째와 비슷하게 생긴 두 번째 바위를 지나, 나는 세 번째 바위 봉우리에 올라가기 시작했다. 이때 50로드 뒤에 있는 물가에 남겨두고 온 인디언이 내게 오라고 손짓을 했지만, 나는 뒤에 있는 제일 높은 바위에 먼저 올라가겠다고 신호를 보냈다. 이 바위 위에서라면 호수가 보이리라 생각했기 때문이다. 일행도 나와 함께 꼭대기까지 올라갔다. 이 바위도 다른 바위들과 똑같은 형태를 하고 있었다.

나는 이 특이한 바위 봉우리들이 서로 얼마나 멀리 떨어져 있든 상관없이 완벽한 유사성을 보이는 점에 깊은 인상을 받았다. 나침반을 꺼내 보니, 이 바위들은 북서에서 남동으로 늘어서 있었으며 가장자리가 날카로웠다.

내 기억에 의하면 이 바위는 길이가 3분의 1마일에 폭이 꽤 좁았고, 북서쪽에서부터 80피트 높이로 완만하게 솟아올랐으나 남동쪽 끝은 가팔랐던 것 같다. 남서쪽 가장자리는 평범한 지붕 정도로 경사가 있어서 안전하게 올라갈 수 있었다. 북동쪽에는 갑자기 벼랑이 나타났는데, 뛰어내리면 강이 흐르는 곳 근처의 바닥에 닿을 수 있었다. 걸을 수 있는 평평한 꼭대기는 폭이 1피트에서 3, 4피트 사이였다.

대충 묘사해 보자면, 서양 배를 길게 반으로 잘라 한쪽을 납작한 면이 아래로 가게 놓되 꼭지가 북서쪽을 향하게 한 다음, 길이 방향을 따라 수직으로 반 잘라 남서쪽 절반을 남겨둔 모양이었다.

일련의 거대한 바위가 만들어낸 물결무늬는 화재로 드러나게 된 것이었다. 그야말로 백파(白波)가 따로 없었다. 그곳을 통해 흐르는 강에 급류가 흐르고, 폭포가 자꾸 길을 방해하는 것도 놀라운 일이 아니었다. 바위 위에는 흙도 없었고, 있다고 해도 건조했기에 이는 분명 화재가 아주 철저하게 번지는 원인이 되었을 것이다.

우리는 숲 너머 2에서 3마일 앞에서 호수를 발견할 수 있었다. 그리고 개천이 우리가 서 있는 북서쪽 절벽 끝, 혹은 그보다 조금 위를 감싸며 남동쪽으로 급격하게 굽어지는 것을 보았기에 그곳을 가로질러갔다. 아래로 조금 떨어진 곳에 큰 폭포가 있었다. 100로드 뒤에서 카누가 보였는데 이제는 반대편 기슭에 있었다.

나는 인디언이 그쪽에서 카누를 꺼내 격렬한 급류를 우회하려 한다고 추측했다. 그래서 날 불렀던 것일지도 모른다고 말이다. 하지만 한동안 기다렸는데도 인디언의 모습은 보이지 않았다. 나는 일행에게 인디언이 어디로 갔는지 모르겠다고 말했다. 하지만 그러면서도 인디언이 우리처럼 높은 언덕 위에 올라가 호수를 찾으려고 내륙 쪽에 들어간 것은 아닐까 의심하기 시작했다.

내 추측 대로였다. 카누 쪽으로 가려고 하는데, 희미하게 부르는 소리가 들리고 그쪽 방향의 먼 바위산 위에서 인디언의 모습이 보였던 것이다. 하지만 시간이 오래 지난 뒤에도 여전히 카누는 같은 곳에 있었고, 인디언도 돌아오지 않았다. 서둘러 돌아오려는 것 같지도 않았다. 게다가 전에 인디언이 나를 불렀다는 것을 떠올리자, 내가 생각하는 것 이상으로 그를 붙잡고 있는 무언가가 있을지 모른다는 생각이 들었다. 그래서 나는 바위들을 따라 북서쪽의 강 귀퉁이로 돌아가기 시작했다.

아까 우리와 떨어져서 혼자서 야영을 해야 할지도 모른다고 생각했던 일행은 되도록 많이 걷고 싶지 않았지만, 그래도 우리와 떨어지지 않으려고 나에게 어디로 가는지 물어보았다. 나는 인디언과 의사소통이 가능한 거리까지 되돌아가려고 한다고 대답했다. 또 인디언이 시야에서 사라지지 않게끔 강가를 따라 일행도 함께 가는 편이 좋겠다고 했다.

북서쪽 기슭에 도착하자 인디언이 반대편 숲에서 나왔다. 하지만 물 흐르는 소리가 너무 커서 대화가 불가능했다. 그는 기슭을 따라 서쪽으로, 즉 카누 쪽으로 갔다. 반면, 우리는 물결이 절벽 주위를 돌아 남쪽으로 굽어지는 모퉁이에 멈춰 섰다. 나는 다시 일행에게 인디언을 놓치지 않도록 물가를 따라가자고 제안했다. 우리는 그렇게 이동하기 시작했고, 서로 아주 가까운 거리를 유지했다.

뒤쪽에서 인디언이 다시 카누를 타고 움직였다. 그때였다. 뒤를 돌아보니 40에서 50로드 뒤에서 우리 쪽으로 건너온 인디언이 나를 부르고 있었다. 일행은 나보다 3에서 4로드 앞서서 개천을 따라 내려가는 중이었다.

나는 절벽 모퉁이의 큰 바위 뒤로 막 모습을 감춘 일행에게 잠시 인디언을 돕겠다고 소리쳐서 알렸다. 그리고 인디언을 도와 카누가 폭포를 넘어갈 수 있게 했다. 가슴이 위로 올라오게 카누의 한쪽 끝을 잡고 바위 위에 누워 있으면, 인디언이 폭포 아래쪽에서 카누를 받는 식이었다. 기껏해야 10에서 15분 정도밖에 걸리지 않았다. 나는 일행을 따라잡기 위해 다시 개천이 남쪽으로 굽어지는 모퉁이까지 돌아왔고, 폴리스는 혼자서 카누를 타고 내 옆으로 평행하게 흐르는 강을 따라 미끄러져 내려갔다.

하지만 놀랍게도 절벽을 돌아가 보니, 아무리 못해도 4분의 1마일 거리까지 나무 하나 없는 물가가 (바위는 있었지만) 이어지고 있는데 일행의 모습이 보이지 않았다. 마치 땅 속으로 꺼져버린 것처럼 말이다. 도저히 이해할 수 없는 상황이었다. 일행은 늪지대를 지나온 이후로 발에 상당히 통증을 느끼고 있었으며, 우리와 함께 이동하기를 바라고 있었기 때문이다. 게다가 이곳은 바위를 넘어가야 해서 걷기가 아주 나쁘기도 했다.

나는 걸음을 재촉해 일행을 찾으며 큰 소리로 반복해 불렀다. 바위 뒤에 가려져서 보이지 않을 뿐이라고 생각했던 것이다. 한편으로는 절벽 반대편으로 간 건 아닌지 의문이 들기도 했다. 인디언은 카누를 타고 훨씬 빠르게 이동하고 있었는데, 4분의 1마일 아래의 폭포에서 길이 막혔다. 그는 땅으로 올라와 오늘 밤은 더 이동할 수 없겠다고 했다. 해가 지고 있었고, 폭포와 급류 때문에 여기를 떠나 한참 육로로 이동해 더욱 동쪽에 있는 다른 강으로 가야 했기 때문이다. 하지만 우선 일행부터 찾아야 했다.

이제 나는 일행이 몹시 걱정되었다. 나는 인디언에게 기슭을 따라 하류 쪽으로 가보라고 했다. 폭포 바로 아래는 타지 않은 나무가 뒤덮기 시작하고 있었다. 나는 아까 지나온 절벽 쪽으로 되돌아가서 일행을 찾아보기로 했다.

인디언은 혼자서 그 많은 급류를 내려오느라 힘들고, 그날 종일 일해서 몹시 지쳤다고 불평하며 그다지 내켜하지 않았다. 그래도 부엉이 같은 소리를 내며 친구를 찾으러 가주었다. 나는 일행이 근시라는 사실을 떠올리고, 절벽에서 떨어졌거나 정신을 잃고 바위들 사이 움푹 꺼진 곳에 빠진 것이 아닐까 겁이 났다. 그래서 황혼 속에서 앞이 보이지 않게 될 때까지 큰 소리로 일행을 부르며 절벽의 위아래를 다 헤집고 다녔다. 절벽 밑에서 일행의 시체가 발견되지 않기만을 바라며.

한 30분 동안 나는 최악의 경우만 예상하고 실제 그런 일이 벌어졌으리라 믿었다. 그를 찾지 못하면 다음날 내가 무엇을 *할 수 있을지*, 그의 친척들은 어떤 기분일지, 그 없이 혼자 돌아가야 하면 어떻게 해야 할지 생각했다. 만약 정말로 그가 이 강에서 멀어져 길을 잃었다면 그를 찾는 것은 절망적일 것만 같았다. 어디에서 도움의 손길을 구한단 말인가? 20에서 30마일씩 떨어진 캠프가 두세 채밖에 없고, 길도 없으며, 심지어는 캠프에도 사람이 없을 텐데 이런 곳에서 어떻게 사람을 모은단 말인가? 하지만 성공할 전망이 적을수록 더욱 열심히 노력해야만 한다.

나는 서둘러 절벽에서 내려가 카누 쪽으로 갔다. 인디언의 총을 쏘기 위해서였다. 하지만 뇌관은 일행이 가지고 있었다. 그래도 인디언이 돌아올 때까지 나는 어떻게든 총을 쏴야겠다고 생각했다.

인디언은 일행을 찾지는 못했지만, 물가에서 한두 번 그의 발자국을 봤다고 말했다.

이 말을 듣고 나는 기분이 훨씬 나아졌다. 인디언은 총을 쏘자는 의견에 반대했다. 물 흐르는 소리가 커서 일행이 들을 수 있을 것 같지도 않지만, 만약 들었다가는 이쪽으로 오려고 할 텐데 이 어둠 속에서는 목이 부러지기 십상이라는 이야기였다. 같은 이유에서 우리는 제일 높은 바위 위에 불을 피우자는 생각도 단념했다. 나는 우리 둘이서 강을 따라 호수까지 계속 내려가 봐야 한다고 주장했다. 어쨌든 나는 가겠다고 했다. 하지만 인디언이 반대했다.

"소용없소. 어둠 속에서는 아무것도 못 하오. 아침 되면 그 사람 찾는 거요. 문제없소. 그 사람도 야영할 거요. 여기 나쁜 동물도 없고, 그 사람 있었던 캘리포니아처럼 회색곰도 없소. 따뜻한 밤이고. 당신하고 나처럼 그 사람도 잘 있소."

나는 일행이 건강하기만 하면 우리가 없어도 괜찮으리라 생각했다. 그는 캘리포니아에서 8년 동안 살았고, 야생 짐승이나 그보다 더 거친 사람들에 대한 경험도 풍부했으며, 장거리 여행에 특히 익숙했다. 하지만 그가 다쳤거나 죽었다면 우리 근처에 있을 터였다. 이 이야기를 하는 동안 숲속의 어둠이 더욱 짙어져서 수색 여부는 더 이상 우리가 왈가왈부할 문제가 아니게 되었다. 우리도 이곳에서 야영을 해야만 했다. 일행이 배낭을 메고 있었고 그 안에 담요와 성냥이 있었으니, 건강하기만 하면 우리보다 나쁜 상황은 아닐 것이었다. 저녁도, 어울릴 동료도 없기는 했지만 말이다.

강의 이쪽 편은 바위가 너무 걸리적거렸기에, 우리는 동쪽의 더 판판한 기슭으로 건너가 폭포와 2에서 3로드 떨어진 곳에서 야영을 했다. 텐트는 치지 않았지만, 모래 위에 풀과 잔가지 몇 움큼을 뿌려 놓고 그 위에 누웠다. 손이 닿을 만한 곳에는 상록수가 없었다. 그래서 숯이 된 나무 그루터기를 장작으로 삼았다. 식량이 들어 있던 여러 가방이 급류 때문에 꽤 젖었기에, 나는 모닥불 주위에 가방들을 늘어놓아 말리기 시작했다.

가까이 있는 폭포는 이 개천에서 가장 큰 폭포였고 우리가 누운 땅을 흔들어댔다. 이슬이 내려서 서늘한 밤이었다. 아마도 폭포에 가까워서 더 그랬던 것 같다. 인디언은 잔뜩 불평을 늘어놓았고, 나중에는 여기에서 감기에 걸리는 바람에 더 큰 병으로 발전했다고 생각했다. 어쨌든 모기 때문에 크게 고생하지는 않아도 되었다.

나는 걱정에 잠겨 한참 동안 깨어 있었다. 하지만 스스로도 잘은 모르겠지만, 시간이 흐르면서 일행에 대한 불안했던 마음이 점차 가라앉았다. 처음에는 최악의 경우만 생각했지만, 이제는 아침이 오면 그를 꼭 찾을 수 있으리라 확신했다. 때때로 폭포 소리를 뚫고,

강 맞은편에서 일행이 부르는 소리가 들리는 것 같기도 했다. 하지만 강 건너에서 그 소리를 들을 수 있을지는 의심스러웠다.

때때로 인디언이 정말 일행의 발자국을 보았는지 의심하기도 했다. 인디언은 친구부터 찾아야 한다는 사실을 내키지 않아 했으니 말이다. 그러자 불안감이 다시 돌아왔다.

우리가 야영을 한 곳은 그 어디보다도 가장 험하고 황량한 곳이었다. 이런 곳이 존재한다면 그곳에 걸맞은 주민을 만나게 되리라 예상할 만한 곳이었다. 하지만 쪽독새가 스쳐 지나가며 끽끽거리고 우는 소리만이 들려왔다. 키가 크고 안이 텅 빈 숯과 다름없는 그루터기, 겉만 남은 나무껍질 등 이곳을 황량하게 하는 데 일조하는 것만 남은 벌거벗은 바위산 위로 밤이 내리고, 한동안은 상현달이 떠 있었다.

7월 30일 목요일

나는 일행을 찾으러 가기 위해 아침 일찍 인디언을 깨웠다. 개천을 따라 1에서 2마일 정도 더 내려가다 보면 찾을 수 있을 것 같았다. 인디언은 먼저 아침을 먹고 싶어 했지만, 나는 일행이 아침은커

넝 저녁도 먹지 못했음을 상기시켰다.

우리는 먼저 카누와 짐을 다른 강, 즉 4분의 3마일 떨어진 동쪽 지류의 본류로 가져가야 했다. 웹스터 개천으로는 더 배를 타고 갈 수 없었기 때문이다.

이에 운반로를 두 번 왕복해야 했고, 이슬이 내린 덤불 때문에 몸의 절반까지 물이 차오른 것처럼 젖어버렸다. 나는 가끔씩 높은 톤으로 일행을 불러 보았다. 하지만 급류 소리 때문에 내 목소리가 들리리라고는 생각하지 않았다. 게다가 우리는 어쩔 수 없이 그의 맞은편 기슭에 와있을 테니 말이다.

이 운반로를 마지막으로 지날 때 내 앞에서 카누를 머리에 이고 가던 인디언이 비틀거리다가 심하게 넘어졌다. 그는 고통을 참는 듯 아무 소리도 내지 않고 잠시 그대로 누워 있었다. 나는 그를 돕기 위해 서둘러 앞으로 가서 많이 아프냐고 물어보았다. 그러나 잠시 침묵이 흐른 뒤, 인디언은 아무 대답도 없이 자리에서 벌떡 일어나 앞으로 나아갔다. 그는 내내 뚱한 기분에 빠져 있었는데, 그렇다고 주위에 해를 끼치지는 않았다.

우리는 카누를 띄우고 동쪽 지류를 따라 조금 내려갔다. 그때 일행의 고함 소리가 들렸다. 그리고 곧 4분의 1마일 아래의 빈터에 서 있는 그의 모습이 보였다. 근처에 그가 피운 연기가 치솟고 있었다.

일행의 모습을 확인하자, 나는 자연히 그의 이름을 몇 번이나 불렀다. 하지만 인디언은 한 번만 부르면 충분하다는 듯, 퉁명스럽게 "이미 들었소"라고 말했다. 빈터에 도착하자 일행은 파이프 담배를 피우고 있었고, 지난밤은 이슬 때문에 다소 춥기는 했지만 꽤 편안하게 보냈다고 했다.

알고 보니 어제 저녁 우리가 함께 있을 때, 근시였던 일행은 내가 건너편의 인디언을 소리쳐 부르는 동안 인디언도, 카누도 보지 못했다. 그래서 내가 인디언을 도우러 돌아갔을 때에도 어느 쪽으로 가는지 보지 못하고, 우리가 상류 쪽이 아니라 하류 쪽에 있으리라 판단했다. 그리고 우리를 따라잡으려 서두른다는 것이 우리한테서 멀어지는 결과를 낳았던 것이다.

결국엔 우리가 머물렀던 야영지에서 1마일 이상 떨어진 이 빈터에 도착하고 나니, 밤이 되어서 일행은 작은 구덩이에 불을 피우고 담요를 꺼내 누웠다. 그때도 여전히 우리가 그보다 앞서갔다고 생각하면서 말이다. 일행은 인디언이 부르는 소리를 듣고 부엉이 소리로 착각했을 가능성이 높다고 생각했다. 또 어두워지기 전에 희귀한 식물을 하나 보았다고 했다. 불탄 땅 위로 분홍바늘꽃Epilobium angustifolium이 꽃밭을 이루고 있는 가운데 순백의 바늘꽃이 서 있었던 것이다.

그는 이곳에 남아 있던 벌목꾼 셔츠 조각을 물가의 장대에 매달아 신호를 만들어두었다. 그리고 자신은 호수 쪽으로 갔으며, 그곳에서 우리를 찾지 못하면 한두 시간 뒤에 돌아오겠다고 적은 노트를 이 깃발에 매달아 두었다. 그는 우리를 이렇게 빨리 찾지 못했으면 10마일을 되돌아가, 텔로스 호수에서 만났던 고독한 사냥꾼을 찾는 것도 조금 고려했다고 털어놓았다.

사냥꾼을 만나면 그를 고용해 뱅거까지 데려가 달라고 할 생각이었다. 하지만 만약 이 사냥꾼이 우리만큼 빠르게 이동했다면, 그를 만나지도 못하고 우리와 20마일 떨어지는 셈이었다. 게다가 사냥꾼이 어느 방향으로 갔는지 누가 알 수 있겠는가? 숲속에서 그를 찾는 것은 건초 더미에서 바늘을 찾는 것과 같을 터였다. 일행은 혼자 남을 경우 나무 열매만 먹고 얼마나 버틸 수 있을지도 생각했던 모양이다.

우리는 일행이 깃발에 매달았던 노트를 우리들의 이름과 목적지, 방문 날짜를 적은 카드로 교체했다. 폴리스는 카드가 젖지 않도록 자작나무 껍질로 깔끔하게 감싸 두었다. 아마 지금도 어떤 사냥꾼이나 조사원들이 이 카드를 읽을 것이다.

우리 모두 심히 배가 고팠으므로 서둘러서 아침 준비를 했다. 그리고 옷을 일부 말린 다음, 구불구불한 강을 재빨리 미끄러져 내려가 세컨드 호수로 향했다. 자갈과 모래톱이 자주 등장했고, 강가가 점점 더 평평해졌다. 호수 근처의 저지대 부근에서는 강이 더 구불구불해졌고, 느릅나무와 물푸레나무도 모습을 드러냈다. 노란 나리꽃Lilium Canadense도 있어서 나는 스프를 끓일 용도로 구근을 몇 개 채집했다.

일부 능선에는 불탄 땅이 있어서 호수와 비슷한 거리로 멀리까지 이어졌다. 무척 아름다운 호수였다. 길이는 2에서 3마일이었고, 남서쪽에 높은 산이 있었다. (우리 인디언 말로는) *넬룸스키치티쿡*, 다시 말해 고인 물의 산이었다. 지도에 카벙클 산이라고 적혀 있는 산과 같은 곳으로 보였다. 폴리스에 의하면, 이 호수와 다음에 나오는 더 큰 호수를 따라 서로 다른 높이로 뻗어 있다고 한다. 호수 역시 같은 이름으로 불리는 듯했다. 아마 뒤에 호수를 나타내는 가목이나 묵이 붙을 것이다.

눈부신 아침이었다. 완벽하게 고요하고 평화로웠으며, 호수는 거울처럼 매끄러웠다. 물결이 일 때는 오직 우리가 노를 저을 때뿐이었다. 근처의 어두운 산들이 희뿌연 안개 너머로 보였고, 흰자작나무의 눈부시게 흰 줄기가 근처 다른 나무들과 뒤얽혀 있었다. 숲지빠귀가 먼 강가에서 노래했고, 보이지 않는 서쪽 만에서 아침이라 고무된 듯 장난을 치는 아비새들의 웃음소리도 들렸다. 이 소리는 호수 너머 우리에게도 확실하게 들렸는데, 놀라운 것은 호수를 빙 둘러서 돌아오는 메아리 쪽이 원래 소리보다 훨씬 더 컸다는 사실이다. 아마도 아비새들이 산 아래 균형 있게 굽어 들어간 만에 있기 때문인 듯했다.

오목한 거울에 반사되는 빛처럼 반사된 소리, 즉 수많은 메아리들이 모이는 초점에 우리가 있는 것 같았다. 이 풍경의 아름다움은 불안한 하룻밤을 보낸 뒤 서로 다시 만난 직후라는 사실에 의해 우리 눈에 더 아름답게 보인 것일 수도 있었다. 이 호수를 보니 처음 메인에 왔을 때 건넜던 서쪽 지류의 암베지지스 호수가 생각났다.

우리는 노를 저어 호수의 4분의 3을 내려간 뒤, 가만히 멈춰 섰다. 그 동안 일행이 낚싯줄을 내려 보냈다. 하얀 (혹은 희끄무레한) 갈매기가 그리 멀지 않은 호수 중간의 수면 위로 솟아난 바위에 앉아, 이 풍경과 멋진 조화를 이루었다. 따뜻한 태양 아래에서 쉬고 있자니, 40에서 50로드 떨어진 숲에서 부딪치거나 갈라지는 듯한 큰 소리가 들렸다. 마치 큰 동물이 밟아서 막대기가 부러지는 소리처럼 들렸다. 이곳에서는 이런 것조차 흥미로운 사건이었다. 거대한 호수 송어가 입질을 하리라 꿈꾸는 가운데, 우리의 낚시꾼은 아주 조그마한 빨간색 민물 농어를 끌어당겼다. 우리는 서둘러 다시 노를 집어 들었다.

호수의 하구가 어느 쪽인지 분명하게 보이지 않았다. 인디언은 한쪽 방향이 맞으리라 생각했고, 나는 다른 쪽 방향이 맞으리라 생각했다. 인디언은 "거기 있으면 4펜스 주겠소"라고 말하면서도 내가 말한 방향을 고수했고, 나의 판단은 옳았던 것으로 드러났다. 하구에 가까워질 때는 아직 이른 아침이었다. 인디언이 갑자기 외쳤다.

"무스! 무스!"

인디언은 우리에게 가만히 있으라고 했다. 그리고 총에 뇌관을 끼운 뒤, 고물에서 일어나 기슭의 무스 쪽을 향해 장대로 카누를 빠르게 밀었다. 암컷 무스가 약 30로드 떨어진 곳의 물속에 서 있었다. 하구의 한쪽 가장자리였고, 일부 쓰러진 나무와 덤불 때문에 가려져 있었다. 이 거리에서 보니 그리 커 보이지 않았다.

무스는 커다란 귀를 펄럭이며 때때로 몸 한 부분에 코를 들이밀어 파리를 쫓았다. 우리가 근처에 있는데도 그리 놀란 것 같지 않았다. 그저 가끔 고개를 돌려 우리를 똑바로 바라볼 뿐이었고, 이내 다시 파리에게로 주의를 돌렸다. 우리가 점점 더 가까이 가자, 물 밖으로 나와 더 높은 곳에 서서 우리를 좀 더 의심스럽게 바라보았다.

폴리스는 얕은 물 위에서 꾸준히 카누를 밀었고, 나는 수면 위로 올라온 아름다운 장밋빛 마디풀을 발견하는 바람에 무스에 대해서는 잠시 잊어버렸다. 하지만 카누는 곧 무스로부터 8에서 10로드 떨어진 진흙 속에 멈춰 섰다. 인디언은 총을 들고 쏠 준비를 했다. 잠시 그대로 서 있자, 무스가 평소처럼 천천히 돌아서서 옆구리를 드러냈다.

인디언은 이 순간을 놓치지 않고, 우리 머리 위로 총을 쏘았다. 이에 무스는 보통 속도로 얕은 만을 건너 8에서 10로드 정도 다시 멀어졌다. 반대쪽 강가의 쓰러진 꽃단풍 뒤에 있는 무스의 오래된 휴식처로 간 것이다. 12에서 14로드쯤 떨어진 그곳에서 무스는 다시 가만히 서 있었고, 그 사이 인디언은 서둘러 총알을 장전해 두 차례 무스 쪽으로 발사했다.

무스는 움직이지 않았다. 인디언에게 뇌관과 총알을 건네주던 일행은 폴리스가 열다섯 살짜리 소년처럼 흥분했다고 말했다. 인디언은 손을 떨었고, 화약을 재는 꽂을대를 뒤집어 끼우기도 했다. 이렇게 경험이 많은 사냥꾼한테서 이런 모습을 보다니 놀라웠다.

어쩌면 그는 우리 앞에서 명중시키는 모습을 보여주려고 안절부절 못하고 있었던 것일지도 모른다. 마차에서 만난 백인 사냥꾼도 내게 인디언은 너무 흥분하기 때문에 사격을 잘 못한다고 말했다. 하지만 그는 우리가 훌륭한 사냥꾼을 구했다고도 했다.

인디언은 이제 재빨리, 그리고 조용히 카누를 뒤로 밀고 먼 거리를 돌아갔다. 총을 쏜 곳이 호수와 어느 반도의 목 부분이었기 때문이다. 우리는 무스가 서 있던 곳으로 다가갔다. 그때 인디언이 "죽었소!"라고 외쳤다. 우리가 자신만큼 빨리 무스를 발견하지 못했다는 사실에 놀라워하면서 말이다. 정말로 무스가 완전히 숨이 끊어진 채로 혀를 빼물고 누워 있었다. 서 있던 바로 그 자리에서 마지막 총알에 맞은 듯했다. 무스는 예상보다 컸고, 말과 비슷해 보였다. 총알이 나무를 스치고 지나간 흔적도 남아 있었다.

나는 줄자로 무스의 크기를 쟀다. 발굽 끝에서 어깨까지 6피트였고, 누워 있는 상태에서 길이는 8피트였다. 몸통의 어떤 부분은 직경이 1피트였는데, 파리에 완전히 뒤덮이다시피 했다. 보아 하니 이 파리는 매사추세츠의 숲에서도 흔한 것으로, 날개에 검은 점이 없었다. 가끔씩 강 중간에서 우리를 쫓아오곤 하는 아주 큰 파리는 아니었다. 하지만 두 파리 모두 무스 파리라고 한다.

폴리스는 무스 가죽을 벗길 준비를 하며, 내게 큰 칼을 갈 숫돌 찾는 것을 도와달라고 했다. 무스가 쓰러진 곳은 온통 충적토가 쌓인 평평한 땅이고, 꽃단풍이 많이 자라서 숫돌을 찾기가 쉽지 않았다. 멀리까지 광범위하게 찾아다닌 끝에 나는 납작한 점판암을 겨우 하나 찾아냈다. 얼마 뒤, 인디언도 비슷한 돌을 들고 돌아와 그 돌로 칼을 아주 날카롭게 갈았다.

인디언이 무스의 가죽을 벗기는 동안 나는 완만하게 흐르는 진흙투성이 하구에서 어떤 물고기가 잡히는지 확인하러 나섰다. 제일 큰 문제는 낚싯대를 찾는 것이었다. 10에서 12피트 길이의 가늘고 곧은 막대를 찾기란 거의 불가능했다. 30분씩 찾아도 소용없을지 모른다. 이곳의 나무는 대개 가문비나무, 측백나무, 전나무 따위였다. 키가 작고 줄기가 굵으며 가지가 많은 나무들이었기에, 낚싯대로는 좋지 않았다. 튼튼하고 마른 잔가지를 끈기 있게 다 잘라내더라도 말이다. 이곳의 물고기는 붉은 농어과의 생선과 류시스커스였다.

인디언은 등심을 크게 한 덩이 잘라내고, 윗입술과 혀도 잘라 가죽으로 감싼 뒤 카누 뒤에 실었다. 그리고 "한 사람"이 탔다고 말했는데, 무게를 의미하는 것이었다. 전에 30파운드 정도 줄었던 짐이 이제 100파운드 더 늘어났다. 이는 엄청난 증가였고, 덕분에 우리 자리는 훨씬 더 좁아졌다. 호수와 급류에서의 위험도도 상당히 올라간 것은 물론, 운반로에서의 노동도 더 늘어났다.

관습에 의하면, 무스 가죽은 우리 것이었다. 인디언이 우리에게 고용되었기 때문이다. 하지만 우리는 가죽을 요구할 생각이 없었다. 폴리스는 적어도 무스 가죽에 한해서는 노련한 무두장이였고, 듣기로 한 장에 7에서 8달러는 받는다고 했다. 그는 무스 가죽으로 하루 50에서 60달러를 벌 때도 가끔 있다고 했다. 전에는 하루에 무스를 열 마리나 잡기도 했단다. 가죽을 벗기는 시간까지 하면 결국 이틀이 걸렸지만 말이다. 그는 이렇게 해서 재산을 모았다. 어린 무스의 발자국도 근처에 있어서 "금방이라도" 나타날 터였다. 인디언은 우리가 기다릴 생각이 있으면 새끼까지 잡을 수 있다고 했지만, 내가 그 생각에 찬물을 끼얹었다.

우리는 계속해서 하구를 따라 질퍽한 습지대를 지났고, 좁고 길며 구불구불한 고인 물도 통과해 그랜드 호수로 향했다. 나무로 막힌 곳이 많아서 가끔 카누를 통나무 위로 넘기기 위해 상륙해야만 했다. 수로를 찾기가 힘들다 보니, 습지대에서 길을 잃을 거라는 생각밖에 안 들었다. 여느 때처럼 여기에도 오리가 많았다. 그리고 마침내 우리는 그랜드 호수에 도착했다. 인디언 말로는 *마툰가묵*이라고 했다.

호수 상류 쪽에서 보니, 남서쪽 산의 협곡에서 세차게 흘러 내려오는 강이 트라우트 개천인 듯했다. 인디언 말로는 *운카르드너히지*라고 하는데, 산과 관련이 있는 이름이라고 했다.

우리는 마툰가묵 호수로 들어가자마자 흥미롭게 생긴 높은 바위섬에 정박해 점심을 먹기로 했다. 카누는 벼랑이 있는 호숫가에 세워두었다. 배에서 내려 큰 바위나 절벽에 발을 디디는 것은 언제나 즐거웠다. 이슬에 젖은 담요를 햇볕이 잘 드는 바위에 널어 말릴 좋은 기회였기 때문이다.

최근 이곳에서 인디언들이 야영을 하다가 사고로 섬의 서쪽 끝부분에 화재를 일으킨 일이 있었다. 폴리스는 파란 브로드 천으로 만든 엽총 주머니를 주웠는데, 그 주머니의 주인인 인디언을 알고 있으니 가져다줘야겠다고 말했다. 그의 부족은 수가 많지는 않았다. 하지만 그가 부족 사람들의 물건을 모두 파악하고 있는 것인지도 몰랐다.

우리는 소나무들 사이에 불을 피우고 점심을 만들었다. 우리보다 앞서 다녀간 사람들도 요리를 했던 장소였다. 그 사이, 인디언은 호숫가에서 무스 가죽을 다듬느라 정신이 없었다. 그는 한 사람이 요리를 전부 도맡아 하는 것이 좋다고 생각했는데, 내 생각에 그 한 사람은 인디언 자신이 아니었다.

모닥불 위로 특이한 상록수가 서 있었다. 처음에 언뜻 봤을 때는 세잎소나무Pinus rigida[157]처럼 보였다. 잎 길이가 1인치를 약간 넘었고, 가문비나무처럼 생겼다. 하지만 알고 보니 이 나무는 방크스소나무Pinus Banksiana로 드러났다. 래브라도 소나무라고도 하고 작은 소나무, 회색 소나무 등으로도 부르는, 우리에게는 새로운 나무였다.

이 나무들은 그중에서도 훌륭한 표본임이 틀림없었다. 몇 그루는

---

157 국가표준식물목록 추천명은 리기다소나무.

30에서 35피트 높이까지 자랐는데, 이는 흔히 알려진 키보다 두세 배 더 큰 것이었다. 이 나무가 매사추세츠의 소나무들보다 훨씬 북쪽에서 자란다고 했던 미쇼도 10피트 이상 클 수 있다는 것은 알지 못했다. 반면 리처드슨[158]은 40피트 이상 자라는 것을 확인했으며, 호저가 이 나무의 껍질을 먹고 산다는 기록을 남겼다. 이곳에는 붉은 소나무Pinus resinosa도 있었다.

나는 숲속의 외딴 곳에 작고 움푹 꺼진 땅이 있는 것을 발견했다. 바람이 닿지 않는 곳이었다. 인디언들이 그곳의 바위 위에서 카누를 만든 적이 있는 듯, 주위에 나무를 깎은 부스러기가 수북하게 쌓여 있었다. 아마도 인디언 조상들이 좋아했던 곳인 듯했다. 실제로 인디언들이 2세기 이상 쓰지 않아서 어떻게 만드는지도 모르는 화살촉이 남아 있었던 것이다. 인디언은 돌을 하나 집어 들고 내게 말했다.

"아주 묘한 돌(역시 r을 l로 발음했다)이오."

그것은 각암 조각이었다. 나는 그의 부족이 아마 몇 백 년 전, 이곳으로 그 돌을 가져와 화살촉을 만들었을 것이라고 말해주었다. 그는 또 모닥불 한쪽에서 노르스름한 둥근 뼈를 집어 들고, 뭔지 맞

---

158 스코틀랜드 해군 소속 외과 의사였으며, 동식물연구가 겸 탐험가였던 존 리처드슨 경. 탐험을 나갔다가 돌아오지 않는 동료를 찾아 북극을 탐험하기도 했다.

췄보라고 했다. 바로 비버의 윗니 중 하나였다. 어떤 사람들이 1년이나 2년 사이에 이곳에서 비버를 잡아먹은 흔적이었다. 나도 비버의 이빨 대부분과 두개골 따위를 찾아냈다. 우리는 이곳에서 기름에 구운 무스 고기로 점심을 먹었다.

과거 두 번 이 숲을 탐험했을 때 나와 동행했던 사람이 말하기를, 2년 전 코콤고목 위쪽에서 사냥을 했을 때 하루는 점심으로 무스 고기, 진흙거북, 송어, 비버를 먹었다고 했다. 그는 이것들을 손쉽게 한 식탁에 낼 수 있는 곳은 이 세상에 거의 없을 것이라고 생각했다.

급류와 폭포가 쉴 새 없이 이어지다시피 하는 마둔크헌크(고지대, 웹스터 개천)를 지나, 세컨드 호수의 고인 물을 막 통과한 우리는 이제 그랜드 호수라는 훨씬 더 큰 고인 물에 들어와 있었다. 나는 인디언이 여기에서 추가로 낮잠을 자도 되겠다고 생각했다. 다음날 지나갈 예정인 크타든이 가까웠다. 크타든은 '가장 높은 땅'이라는 뜻이다.

인디언 지명에는 지리적 특성이 상당히 많이 들어간다. 따라서 인디언 뱃사공들은 이름으로 폭포와 급류가 나오는 곳, 호수, 잔잔한 물이 흘러 지친 팔을 달랠 수 있는 곳을 자연스럽게 구분할 수 있다. 이런 곳들은 뱃사공이 가장 관심을 가지고 기억해둘 곳일 테니 그런 이름을 붙인 것이다. 넬룸스키치티쿡, 다시 말해 고인 물의 산은 이곳에서 숲을 지나 하루 정도 가야 하는 거리에 있었는데, 그 모습만 봐도 우리가 처음 그 산을 봤을 때와 같은 즐거운 기억이 떠오르리라 생각했다.

백인의 경우, 이런 벽지의 숲속에서 잔잔한 호수를 건너다 보면 어떤 의미에서 자신이 그곳을 최초로 발견한 사람이 아닐까 생각할 것이다. 하지만 이 이름들을 알게 되면 이곳이 1천 년 전부터 인디언 사냥꾼들에게 잘 알려진 곳이며, 적절한 이름까지 있다는 사실을 떠올리게 되니 분명 흥미롭게 여길 만했다.

이 길고 좁은 섬에는 가파른 바위 봉우리가 솟아 있었다. 그 정상은 좁은 능선으로 이루어져 있으며, 한쪽에 절벽이 있고 중심축이 북서쪽에서 남동쪽으로 뻗어 있었다. 이 사실을 확인하고 나는 깜짝 놀랐다. 북서쪽으로 10마일 떨어진 불탄 땅의 시작점에서 보았던 거대한 바위 봉우리와 똑같았기 때문이다.

동일한 배열이 이곳에서도 우세했으며, 호수 서쪽의 산등도 똑같은 경향을 보였다. 크고 화려한 초롱꽃이 절벽의 갈라진 틈 가장자리로 고개를 숙였고, 블루베리Vaccinium Canadense도 바위 봉우리 꼭대기의 얕은 흙에 뿌리를 내리고 이렇게 풍성한 것은 처음 볼 정도로 열매를 잔뜩 맺고 있었다. 이후로도 동쪽 지류를 따라 나아가면서 블루베리가 부족한 일은 없었다. 깨끗하고 깊은 호수가 반짝이는 아름다운 풍경이 보였다. 호수에는 바위섬이 두세 개밖에 없었다.

담요가 다 말랐기에, 우리도 다시 출발했다. 인디언은 나무에 언제나처럼 자신의 문장을 남겨두었다. 이번에는 세 사람 모두 카누에 앉았고, 일행은 담배를 피웠다. 우리는 노를 저어서 남쪽만큼이나 동쪽으로도 멀리 뻗은 것처럼 보이는 이 멋진 호수의 남쪽을 향해 내려갔다. 서쪽 기슭과 계속 가까운 거리를 유지하며 이동했고, 어두운 넬룸스키치티쿡 산 아래의 작은 섬 바로 바깥쪽을 돌아갔다. 지도에서 확인하니 그렇게 가는 것이 맞았기 때문이다. 3에서 4마일은 가야 호수를 건널 수 있었다.

나는 호수 남서쪽에 있는 산의 윤곽과 그보다 더 뒤에 있는 산의 윤곽이 웹스터 개천에 있던 거대한 바위 봉우리가 만든 물결무늬와 같을 뿐만 아니라 전반적으로 무스헤드 호수의 키네오 산과도 닮았다는 사실을 깨달았다.

키네오 산의 남동쪽 끝에 나오는 절벽은 덜 갑작스럽기는 하지만, 그래도 굉장히 인상적인 발견이었다. 간단히 말해서, 이 근방의 모든 중요한 언덕이나 산등성이는 크고 작은 키네오 산이었던 것이다. 키네오 산과 웹스터 개천의 바위 봉우리들 사이에도 무언가 관련이 있을 것 같았다.

인디언은 호수에서 나가는 길이 남서쪽 가장 끝인지, 아니면 더 동쪽인지 정확히 알지 못했다. 그래서 마지막으로 멈춰서 쉴 때 내 계획을 알려달라고 했는데, 정작 나는 까맣게 잊고 있었다. 이에 그는 평소처럼 가능할 것 같은 두 지점의 중간으로 길을 잡았다. 그곳에서 어느 쪽으로 방향을 틀든, 이동 거리를 크게 손해 보지 않아도 되도록 말이다. 남쪽 호숫가로 다가가는데, 구름이 돌풍을 일으킬 것 같았고 파도가 높아졌다. 우리는 거리가 꽤 멀기는 했지만, 바람을 피할 수 있는 어떤 섬의 지형 아래로 방향을 잡았다.

나 역시 어디가 하구인지 구분하지 못했다. 하지만 하구에 거의 가까워지자, 그곳의 댐에서 물이 떨어지는 소리가 들렸다.

이곳에는 굉장히 큰 폭포와 아주 튼튼하게 지은 댐이 있었다. 하지만 오두막집이나 캠프가 있는 흔적은 보이지 않았다. 텔로스 호수에서 만난 사냥꾼은 여기에 송어가 많다고 했지만, 이 시간대의 세찬 물결 한가운데에서 송어는 미끼를 물지 않았고 친척뻘인 생선만 잡혔다. 콩코드의 강만큼 물고기가 많지는 않았다.

우리가 이 주위를 서성이고 있는 동안, 폴리스는 그 시간을 이용해 큰 칼로 무스 가죽에서 털을 잘라냈다. 가죽의 무게도 줄이고, 말릴 준비도 한 것이다. 나는 숲속의 옛 인디언 야영지 몇 군데에서 이렇게 잘라낸 털이 수북하게 쌓여 있는 모습을 본 적이 있다.

인디언은 카누를 댐 위로 옮긴 뒤, 급류를 타고 쏜살같이 내려갔다. 우리는 1마일 이상 걸어서 이동해야 했고, 대부분 길조차 없는 곳을 지나야 했다. 게다가 물가는 초목이 너무 빽빽하게 자라고 있어서 지나가기가 무척 힘들었다. 시간이 지나면 카누로 먼저 도착한 인디언이 우리를 기다리며 소리를 내서 위치를 알려주곤 했다.

그런데 강이 너무 구불구불해서 우리가 어느 쪽으로 가야 기슭이 나오는지 알지 못할 때에도, 그는 우리가 인디언이 아니라는 사실을 잊고 필요한 만큼 자주 위치를 알려주지 않았다. 호흡을 아끼기 위해서인 듯했다. 그러고 나서는 우리가 자신이 있는 곳을 지나쳐 가거나 제대로 찾아오지 못하면 놀라곤 했다. 이는 그가 불친절하기 때문이 아니었다. 오히려 우월한 생활양식을 나타내는 증거였다.

인디언들은 되도록 의사소통도 최소한으로 나누고, 야단법석 떨지 않으면서 지내는 것을 좋아한다. 그는 우리가 불평불만을 직접 말하지 않고 넌지시 돌려서 말하는 쪽을 선호한다고 생각해, 실제 이번 여행 내내 우리에게 대단한 경의를 표하기도 했다.

나무 밑으로 들어가거나 옆으로 돌아가기가 상대적으로 쉽지 않을 때는 버드나무나 쓰러진 나무들 위로 기어 올라가야 했다. 이렇게 해서 우리는 마침내 카누를 따라잡았다. 그리고 잔잔하지만 빠른 물결을 수 마일 미끄러지듯 내려갔다. 여기도 웹스터 개천처럼 매끈하고 고른 경사면으로 이루어진 내리막이었다. 다음날에도 더 큰 규모로 고른 경사면이 이어졌다. 이렇게 배를 타고 내려오며 우리는 처음으로 미국오리를 알아보았다.

오늘밤에는 어두워지기 전까지 시간이 충분하도록 일찍 야영을 시작하기로 했다. 따라서 우리는 제일 먼저 나온 적당한 기슭에 멈춰 섰다. 서쪽으로 자갈이 많고 좁은 물가가 있고, 호수의 하구에서 5마일 정도 내려오는 곳이었다. 강이 동쪽으로 크게 굽어지는 흥미로운 지점이기도 했다. 무스의 독특한 얼굴을 닮은 넬룸스키치티쿡 산의 끝자락은 원래 그랜드 호수의 남서쪽에서 그리 멀지 않은 곳에 있었는데, 이제는 북서쪽으로 조금 떨어진 곳에서 검게 솟아 있었다. 그리고 가파른 남동쪽 면이 회색이었다. 하지만 이런 풍경은 기슭으로 올라가지 않고는 보이지 않았다.

어느 쪽으로 내리든 양쪽 모두 물에서 두 걸음만 나오면 갑작스레 4에서 5피트 높이의 강둑이 나왔다. 그리고 풀숲으로 뒤덮여 있거나 덤불과 뿌리가 뒤얽혀 있었다. 그곳에서부터 끊임없이 이어지는 숲이 시작되었다. 강물은 마치 그 숲을 뚫고 지나가는 듯했다.

여기에서는 어디에서든 강을 나와 물가에 발을 디디면 아무도 손대지 않은 듯한 황야가 나타났다. 그런데 최소한 몇 로드 안으로만 들어가면 벌목꾼들의 도끼 자국이 빈번하게 발견되니 참으로 놀라운 일이었다. 이곳에서 캠프를 했거나, 지난 봄 목재를 떠내려 보내는 일을 했던 벌목꾼들이 남긴 자국이었다. 어쩌면 같은 목적으로 이곳까지 온 사람들이 불을 피우기 위해 높은 스트로브잣나무 그루터기에서 큼직한 장작을 마련해 간 것도 볼 수 있을 것이다.

우리가 텐트를 치고 저녁을 만드는 동안 인디언은 무스 가죽에서 나머지 털을 잘라냈다. 그리고 작은 나무 두 그루 사이에 임시로 틀을 마련하고, 그 틀에 가죽을 세로로 걸어 당겼다. 모닥불 맞은편으로 6피트 떨어진 나무였다. 매달 때는 측백나무 껍질을 썼다. 이 껍질은 언제든 근처에서 쉽게 구할 수 있었다. 이날에는 가죽을 묶은 바로 그 나무에서 벗겨냈다.

새로운 종류의 차를 마실 수 없겠냐고 부탁하자, 인디언이 땅 위를 뒤덮고 있던 체커베리Gaultheria procumbens[159]로 차를 끓여줬는데 썩 훌륭했다. 향나무 껍질로 체커베리 한 뭉치를 묶어 주전자에 넣으면 된다. 하지만 이 차도 크리핑 스노베리로 끓인 차에는 따라가지 못했다. 우리는 이곳을 체커베리 차 캠프라고 불렀다.

나는 메인 숲의 거의 모든 곳에서 린네풀Linnaea borealis, 체커베리, 가울테리아의 일종Chiogenes hispidula이 풍부하게 자란다는 인상을 받았다. 매화노루발Chimaphila umbellata은 이곳에서도 여전히 꽃을 피우

---

159 국가표준식물목록 추천명은 파스향나무.

고 있었으며, 나도옥잠화의 잘 여문 열매가 풍성했다. 나도옥잠화는 이 숲에서 가장 흔하게 볼 수 있는 멋진 식물이었다. 이곳에서 우리는 강둑의 무스 나무에 열매가 열린 것을 처음 발견했다.

가장 많은 나무는 가문비나무(주로 검정), 측백나무, 흰자작나무, (들메나무와 느릅나무도 보이기 시작했다) 노랑박달나무, 꽃단풍이었고 작은 솔송나무가 숲속에 몰래 숨어 있었다.

인디언은 썩은 은단풍이 불쏘시개로 가장 좋다고 하며, 노랑박달나무도 꽤 좋지만 딱딱하다고 했다. 저녁 식사 후, 인디언은 격막을 자르고 무스의 혀와 입술을 끓였다. 또 자작나무 껍질 뒷부분에 글씨를 쓰는 법을 가르쳐주었다. 딱딱하고 튼튼하며 뾰족하게 깎을 수 있는 검정가문비나무 가지를 사용했다.

밤이 되기 직전, 인디언은 가까운 숲속을 돌아보고 왔다. 그리고 돌아와서 이렇게 말했다.

"굉장한 보물 발견했소 — 5, 60달러는 할 거요."

"그게 뭡니까?"

"철제 덫이요. 통나무 밑에 삼사십 개 있었소. 세진 않았소. 인디언이 만든 것 같소 — 개당 3달러는 할 거요."

길도 없는 숲속에 우연히 들어가서, 바로 그 통나무 밑을 들여다 보았다니 우연의 일치라고 해도 특이한 일이었다.

나는 강물에 손을 씻으면서 류시스커스와 처브를 보았다. 하지만 이 물고기들을 잡으려는 일행의 노력은 헛수고로 돌아갔다. 나는 또 반대편 늪에서 황소개구리 소리를 듣고, 처음에는 무스라고 생각했다. 오리 한 마리가 휙 지나갔다. 어스름한 황야의 검은 산 밑에서 전면으로 빛을 반사하는 밝은 강가를 앞에 두고 앉아 숲지빠귀의 노랫소리를 듣고 있자니, 이보다 더 뛰어난 문명은 이루지 못할 것만 같았다. 이즈음 밤이 찾아왔다.

보통 야영 준비는 해가 지기 직전에 한다. 장작을 모으고, 저녁을 만들고, 텐트를 치는 사이 밤의 장막이 주위에 점차 내리기 시작해 이미 짙은 어둠에 휩싸인 숲이 더욱 더 어두워진다. 어두워지기 전 주변을 탐험하거나 돌아볼 시간은 없다. 하지만 종일 걸은 뒤, 불을 붙일 나무껍질을 찾아 황혼이 내린 황야로 6로드만 들어가도 더 깊은 숲에는 어떤 신비가 숨어 있을까 궁금해진다.

물 한 바가지를 뜨려고 물가로 달려 내려가기만 해도 가까운 상류와 하류가 훨씬 확실하게 보인다. 그곳에 서 있으면 뛰어오르는 물고기, 강물 위에 내려앉는 오리를 볼 수도 있고, 숲지빠귀 혹은 울새의 노랫소리를 들을 수도 있다. 마치 어느 도회지나 문명화된 곳에 있는 것처럼 느껴진다.

그러나 한가로이 걸으며 이 지역을 돌아볼 수는 없다. 10에서

15로드만 멀어져도 동료들로부터 한참 떨어진 것 같고, 돌아오면 긴 여행 끝에 들려줄 모험담이 잔뜩 생긴 여행자와 같은 기분이 드는 것이다. 그동안 내내 모닥불이 타닥거리는 소리가 들려왔는데도 말이다. 그리고 100로드 멀어지면 돌아오는 것은 불가능하고, 홀로 야영을 해야 한다.

숲은 온통 이끼투성이고, 무스의 흔적투성이다. 전나무와 가문비나무가 이렇게 빽빽하게 들어선 곳에서는 연기조차 빠져나갈 공간이 없다. 나무들은 *서 있는 밤*이다. 사람이 쓰러뜨리는 전나무와 가문비나무는 모두 해오라기의 날개에서 뽑은 깃털이다. 그리고 밤이 되면 그 어떤 소리보다 주위를 채운 정적이 더 깊은 인상을 남긴다.

하지만 가끔 멀거나 가까운 숲속에서 부엉이 소리가 들린다. 호수가 가깝다면 이 세상과 거리가 먼 잔치를 벌인 듯, 아비새들이 내지르는 반쯤 사람 소리 같은 비명 소리도 들린다.

이날 밤, 인디언은 모기를 피하기 위해 모닥불과 늘려둔 무스 가죽 사이에 누웠다. 머리 위와 발밑에는 젖은 나뭇잎에 불을 붙여 연기가 나게 해두었고, 평소처럼 머리를 담요 속에 밀어 넣었다. 우리는 약을 바르고 베일을 써서 참을 만했다. 하지만 이 계절의 숲에서는 앉아서 무언가 하기가 쉽지 않다. 저녁에 베일을 쓴 채로는 모닥불 불빛에 의존해 책을 많이 읽을 수도 없고, 기름이 번들거리거나 장갑을 낀 손으로는 연필과 종이를 잘 다룰 수도 없다.

7월 31일 금요일

인디언이 말했다.

"어젯밤 당신들하고 나 무스 잡았소. 그러니까 최고 좋은 나무를 쓰시오. 무스 고기 요리할 때는 언제나 딱딱한 나무 쓰시오."

그가 말하는 '최고 좋은 나무'는 사탕단풍이었다. 그는 불 속으로 무스의 입술을 던져 넣었다. 털을 태워버리려는 것이었다. 그 다음, 가져가기 편하게 고기와 함께 입술을 둘둘 말았다. 우리가 돼지고기 없이 아침을 먹으려고 앉아 있자, 그는 아주 심각한 얼굴로 말했다.

"나는 지방을 좀 원하오."

우리는 구울 수 있는 만큼 고기를 먹으라고 말해주었다.

잔잔하고 빠른 물결이 상당히 멀리까지 이어졌고, 우리는 그 위를 빠르게 미끄러져 나가며 오리와 물총새들을 놀라게 했다. 하지만 머지않아 이처럼 수월한 여정은 막을 내렸고, 우리는 오른쪽 기슭으로 올라가 반 마일 정도 카누를 운반해 폭포와 급류를 우회해야 했다. 폭포를 넘어가기 전, 강의 어느 쪽 기슭이 운반로 쪽인지 구분하려면 날카로운 눈이 필요하다. 하지만 폴리스는 단 한번도 틀린 쪽에 우리를 내려준 일이 없었다. 이곳은 산딸기가 알이 굵고 풍부했다. 우리는 너도나도 손을 뻗어 산딸기를 먹었다. 인디언도 그 크기에 대해 언급했을 정도였다.

벌거벗은 바위투성이의 운반로는 많은 경우, 알아보기가 너무 힘들어서 나는 계속 길을 잃었다. 하지만 인디언의 뒤에서 걸으며 관찰한 결과, 그는 거의 사냥개처럼 망설이는 법 없이 길을 찾아갔다. 바위 위에서 잠시 멈출 때에도 그의 눈은 나라면 알아차리지 못할 어떤 신호를 즉각 찾아냈다. *우리*는 이런 곳에서 자주 길을 찾지 못했고, 인디언은 우리가 뒤처지는 이유를 이해하지 못했다. 그는 "아주 이상하군"이라고 말하기만 했다.

이 강에 그랜드 폭포가 있다고 들은 적이 있었기에, 우리는 만나는 폭포마다 틀림없이 그랜드 폭포라고 생각했다. 그렇게 여러 폭포에 연이어 그랜드 폭포라는 이름을 붙인 뒤, 결국 진짜 그랜드 폭포 찾기를 포기했다. 여기에는 내가 기억할 수 있는 것보다 더 많은 그랜드(웅장한) 폭포와 프리티(예쁜) 폭포가 있었다.

폭포와 급류 때문에 얼마나 많이 걸어서 이동해야 했는지 말로 다 못 할 정도였다. 우리는 걸어가는 내내 폭포가 나오는 것은 이번

이 마지막이고, 이제 곧 잔잔한 수면이 나오리라 희망을 품었다. 하지만 이날 오전 중에는 상황이 전혀 나아지지 않았다. 하지만 운반로는 다양한 면에서 기분 전환이 되었다. 카누에서 내려 다리를 펴면, 반드시 블루베리와 산딸기 정원이 나와 폭포를 우회하는 바위 투성이 길의 양편이나 한쪽 편에 늘어서 있었다. 바위가 아주 많고, 일부 개척된 땅이라 이 식물들이 좋아하는 환경이었다. 게다가 우리보다 앞서 이 최상의 과실들을 수확한 사람은 아무도 없었다.

카누를 꺼내 육로로 운반할 때는 세 번 왕복하지 않으면 안 되었다. 덕분에 우리는 이 나무 열매들을 실컷 먹을 수 있었다. 건빵과 돼지고기만 먹는 식생활을 계속해온 탓에, 지친 몸을 달래고 싶었던 우리에게 딱 필요한 것이었다. '육로로 이동하기'라는 말 대신에 '열매 따러 가기'라고 해도 좋았을 것이다.

우리는 또한 채진목amelanchier도 발견했다. 대부분 발육 상태가 좋지 못했지만, 콩코드에서보다는 더 넓은 곳에서 많이 자라는 나무였다. 인디언은 *페모이메미너크*라고 부르며, 어떤 곳에서는 열매를 더 많이 맺는다고 가르쳐주었다. 그는 때때로 좋은 약이라고 말하며, 북쪽에서 나는 빨간 야생 버찌도 따먹었다. 하지만 그것들은 거의 먹을 것이 못 되었다.

우리는 운반로 끝의 강가에서 목욕을 하고 점심을 먹었다. 점심

시간을 알려주는 것은 대개 인디언이었다. 가끔은 뱃머리를 기슭 쪽으로 돌리기까지 했다. 그는 한번 이 점에 대해 간접적으로 길게 사과하기도 했다. 우리들이 이상하게 여길지도 모르지만, 종일 열심히 일하는 사람은 제때 식사하는 것을 아주 중요하게 여긴다는 이야기였다. 이 강에서 가장 큰 폭포에 도착해 인디언의 뒤에 서서 운반로를 걷고 있는데, 그가 바위 위에서 발자국을 발견했다. 흙으로 살짝 덮여 있었지만, 인디언은 허리를 구부리고 "카리부"라고 중얼거렸다. 돌아갈 때 그는 비슷한 장소에서 더 큰 발자국을 발견했다. 바위에 작게 파인 곳이 있어 일부 흙과 풀이 채우고 있는데, 어떤 동물의 발이 그 안으로 빠진 것이었다. 인디언은 깜짝 놀라며 소리쳤다.

"이게 뭐지?"

"글쎄요, 이게 뭘까요?"

내가 묻자 인디언은 몸을 숙이고 발자국 위에 손을 올린 뒤, 신비로운 분위기로 반쯤 속삭이며 대답했다.

"악마[인디언 악마, 즉 쿠거를 말한다] ― 이 부근 절벽에 있소 ― 아주 나쁜 동물이오 ― 바위(R을 L로 발음했다)도 산산조각 낼 수 있소."

"발자국이 생긴 지 얼마나 됐습니까?"

"오늘, 아니면 어제."

하지만 내가 나중에 정말 악마의 발자국이 맞는지 물어보자, 그는 잘 모르겠다고 대답했다. 그러나 나는 최근 크타든 주변에서 쿠거의 울음소리가 들렸다는 이야기를 들은 적이 있었다. 그리고 우리는 크타든에서 그리 멀리 있지 않았다.

우리는 그날 하루의 절반을 걷는 데 썼다. 여느 때처럼 걷기 매우 힘든 길이었다. 혼자서 움직이는 인디언이 대개 운반로가 끝나는 지점보다 훨씬 멀리까지 먼저 내려가 우리를 기다렸기 때문이기도 했다. 운반로 자체도 대개 확실히 알아볼 수 없었다.

많은 경우, 쓰러진 나무나 우리로서는 알아볼 수 없는 어렴풋한 길이 *존재하는* 곳에 작은 구멍이 무수히 나 있어서 길이라는 것을 깨달을 수 있었다. 목재 운반인들의 부츠에 달린 스파이크 때문에 생긴 구멍이었다. 복잡하게 뒤얽힌 덤불들을 비틀거리며 밟아나가야 했다.

그렇게 1마일을 걷고 나면 출발 지점이 아주 먼 것만 같았다. 우리는 이런 강둑을 따라 100마일 이상 걸어서 뱅거까지 갈 필요가 없다는 사실이 기뻤다. 걸어서 가려면 빽빽한 숲과 쓰러진 나무, 바위, 구불구불한 강과 그리로 흘러들어가는 개천, 툭 하면 나오는 늪을 건너가야 하니 말이다. 생각만 해도 진저리가 났다.

하지만 인디언은 가끔씩 자신이 열 살 때 굶주린 상태로 기다시

피 하며 지나갔던 곳을 가리키곤 했다. 어른 두 사람과 더 북쪽까지 사냥을 나갔을 때의 일이었다. 겨울이 예상 외로 빨리 찾아오는 바람에 강물이 얼어서 카누는 어쩔 수 없이 그랜드 호수에 버리고 강둑을 따라 걸어야 했던 것이다. 그들은 모피를 어깨에 두르고 올드 타운을 향해 출발했다. 눈신을 신을 수 있을 만큼 눈이 많이 쌓이지 않았고, 울퉁불퉁한 지면을 고르게 만들어주지도 못했다. 폴리스는 금세 몹시 허약해져서 짐을 하나도 들 수 없었다. 그래도 어떻게든 수달 한 마리를 잡을 수 있었다. 이 수달이 돌아오는 여정에서 먹을 수 있었던 거의 유일한 음식이었다.

그는 노란 나리꽃 구근을 수달 기름과 함께 끓인 수프가 얼마나 맛이 있었는지 아직까지 기억하고 있었다. 그는 어른 둘과 음식을 똑같이 나누어 먹었지만, 몸이 너무 작았기에 그들보다 훨씬 더 고생해야 했다. 마타왐키그 하구를 건널 때에도 얼음장처럼 차가운 물이 턱까지 차올랐고 너무 쇠약해졌던 탓에 떠내려갈 지경이었다. 그들이 처음 도착한 인가는 링컨에 있었고, 근처에서 가축들을 몰고 가던 백인을 만났다. 그 백인은 인디언들의 상태를 보고, 자신의 짐에서 먹을 수 있는 만큼 식량을 내주었다. 집으로 돌아온 후에도 폴리스는 반년 동안 기력을 회복하지 못했고, 얼마 살지 못하리라 생각했으며 어쩌면 늘 악화되기만 할 것 같았다.

우리가 가지고 있는 지도에는 오늘의 여정이 절반 이상은 나와 있지 않았다(「메인 주와 매사추세츠 주 공유지 지도」 및 「콜튼 철도와 군구 지도」였다. 후자는 전자를 복제한 것이다). 지도에 따르면 캠프와 캠프 사이가 15마일 이상 떨어져 있지 않은데, 그날 우리는 종일 부지런히 움직였다. 그나마도 굉장히 빠른 속도로 이동했다.

일련의 '그랜드' 폭포 아래로 7에서 8마일 정도 내려가자, 강물의 성격과 강둑의 양상이 바뀌었다. 보울린 개천인 듯한 북동쪽에서 흘러 들어오는 지류를 지나자, 흐름이 빠르고 잔잔한 물결이 나타났으며 전에 말한 균일한 경사면이 이어졌다. 강둑은 높이가 낮아지고, 풀이 많이 자랐으며, 물가는 진흙으로 질척거리기 시작했다. 느릅나무와 단풍나무가 많았고, 강 위로는 물푸레나무가 전보다 더 많이 고개를 내밀고 있어 가문비나무를 대신했다.

나는 카누를 옮기는 도중에 모아두었던 나리꽃 구근을 잃어버렸다. 그래서 그날 오후 늦게 단풍나무 사이의 지대가 낮고 풀이 많은 곳에 내려 다시 구근을 좀 더 모았다. 모래 속에서 구근을 찾는 것은 시간이 오래 걸리는 일이었고, 그 사이 모기들이 내 몸 위에서 축제를 벌였다. 모기와 흑파리 따위가 강 중간까지 우리를 따라왔기에, 가끔은 격렬한 급류에 접어드는 것이 반가웠다. 벌레들에게서 벗어날 수 있었기 때문이다.

붉은머리딱따구리가 강 위를 가로질러 날아가자, 인디언은 맛있는 새라고 했다. 우리는 강의 경사면을 따라 빠르게 미끄러져 내려가고 있었다. 커다란 수리부엉이 한 마리도 강둑의 그루터기에서 날아올라 힘껏 퍼덕이며 강을 건너갔다. 인디언은 평소처럼 부엉이 소리를 흉내 냈다. 곧 같은 새가 다시 우리 앞을 날아갔고, 우리는 나중에 똑같은 새가 앉아 있는 나무를 지나쳤다. 이어서 흰머리 수리가 우리 앞으로 곧장 날아왔다.

우리는 몇 마일이나 이 새를 몰아냈고, 그 사이에 적당한 야영지를 물색했다. 소나기가 금방이라도 덮칠 것 같아서였다. 그래도 가끔씩 물가의 어떤 나무에서부터 먼 하류 쪽으로 날아가는 하얀 꼬리를 알아볼 수 있었다. 우리들 때문에 놀란 혹부리오리들 중 일부가 물속으로 뛰어들었고, 우리 카누는 그 위를 바로 지나갔다. 오리들이 움직이는 경로는 수면에 떠오르는 거품을 보고 알 수 있었지만, 다시 모습을 나타내지는 않았다. 폴리스는 한두 번 그가 "견인로"라고 부르는 길을 발견했는데, 숲속으로 들어가는 알아보기 힘든 길이었다. 도중에 우리는 왼쪽으로 세부이스 강 하구를 지나쳤다. 세부이스 강은 우리 쪽에 비하면 그리 커 보이지 않았다. 이쪽은 이제 명백한 본류였기 때문이다.

야영지를 찾는 데는 시간이 오래 걸렸다. 물가는 풀이 너무 많지 않으면 진흙투성이였는데, 이런 곳에는 모기가 엄청나게 많았다. 그것도 아니면 가파르게 경사진 언덕을 이루고 있었다. 인디언 말로는 경사진 언덕에는 모기가 드물다고 한다. 괜찮은 곳이 나타나기는 했지만, 오래전 누군가 야영을 했던 곳이었다. 선택할 공간이 이렇게 많은데 옛 야영지를 차지하는 것은 한심해 보였기에, 우리는 계속 이동했다. 그리고 마침내 세부이스 강 하구부터 1마일 떨어진 서쪽 기슭에서 마음에 드는 곳을 찾아냈다.

물가가 자갈로 이루어져 있고, 위쪽에 가문비나무가 빽빽하게 서 있어서 벌레가 적을 것처럼 보였다. 나무들이 너무 빽빽해서 불을 피우고 누울 공간을 만들어야 했다. 남아 있는 어린 가문비나무가 마치 방을 나누는 벽처럼 우리를 둘러쌌다. 이리로 오기 위해서는 가파른 강둑 위로 올라와야 했다. 보통 야영지로 고르는 곳은 그렇게 험하거나 불쾌한 곳이 아니긴 하나, 일단 선택하고 나면 금방 매력을 발산해 사람에게 있어 문명의 중심지가 된다.

"그렇게 아늑하지 않아도 집은 집이다."[160]

그러나 알고 보니 이곳은 지금까지보다 모기가 훨씬 더 많은 곳이었다. 인디언은 잔뜩 불평을 늘어놓았지만 전날 밤처럼 늘려 놓은 가죽과 모닥불, 젖은 잎을 태운 불 사이에 누웠다. 내가 베일과

---

160 미국 속담.

장갑을 착용하고, 모닥불 옆 그루터기에 앉아 책을 읽으려 하자 인디언은 "촛불 만들어 주겠소"라고 말했다. 그리고 순식간에 2인치 폭의 자작나무 껍질을 단단히 말아 15인치 길이의 촛불용 성냥처럼 만들었다. 여기에 불을 붙인 뒤 반대쪽 끝을 3피트 높이의 갈라진 막대에 수평으로 끼워 고정하고, 지면에 세워 불이 붙은 쪽이 바람을 향하게 했다. 그리고 내게 중간중간 심을 잘라주라고 했다. 촛불 대용으로 꽤 훌륭했다.

전에도 눈치챘던 사실인데, 자정 무렵에는 모기들도 활동이 잠잠해졌다가 아침이 되면 다시 활동을 시작했다. 자연은 이렇게 자비로웠다. 하지만 모기들도 우리만큼 휴식이 필요한 것 역시 자명한 사실이었다. 밤새도록 낮과 다를 바 없이 활동적인 동물은 극히 드물 것이다. 베일을 통해 빛이 보이기 시작하면 텐트 안쪽에 누워 있는 우리들 머리 주위가 수많은 모기들로 검게 물들었다.

계산에 의하면, 날고 있는 모기의 날개는 1분에 3천 번 진동한다고 한다. 그러니 그 많은 모기들이 윙윙거리는 소리 역시 다 합하면 물리는 것만큼이나 참기 힘든 괴로움이었다. 그 때문에 나는 불편한 하룻밤을 보내야만 했다. 하지만 한 마리라도 성공적으로 나를 물었는지는 모르겠다.

그래도 이번 여정에서는 한여름에 이 숲을 탐험한 이들이 남긴 글을 읽으면서 예상했던 것보다 벌레로 인한 고생이 덜했다. 하지만 계절과 장소에 따라 모기가 훨씬 더 심각한 해충이 될 수 있다는 사실에는 의심의 여지가 없었다. 퀘벡의 예수회 선교사였던 예롬 랠레망은 르네 메나드 신부의 죽음에 관한 기록을 남겼다.

신부는 숲속에 홀로 남겨져서 길을 잃고 헤매다가 1661년, 슈피리어 호수 근처의 휴런 족 거주지 사이에서 세상을 떠났다. 그는 이 기록에서 신부가 자신을 방어하기 힘들 만큼 쇠약해진 상태에서 모기의 공격을 받은 것이 가장 괴로웠으리라고 설명한다. 또 그 지역은 모기의 수가 무시무시하게 많다는 이야기도 덧붙인다. 그 수가 얼마나 많은지 "도저히 견딜 수 없어서 배를 타고 가던 프랑스인 세 명은 모기한테서 몸을 지킬 방법이 없다고 확신해 계속해서 쉬지 않고 도망치는 수밖에 없었다. 한 사람이 물을 마시고자 하면 나머지 둘이 옆에서 모기를 쫓아주어야만 했고, 그러지 않으면 물조차 마실 수 없었다." 나는 이 기록이 진실이라는 점을 추호도 의심하지 않는다.

8월 1일

나는 아침 일찍, 야영지와 12피트가 채 떨어지지 않은 곳에서 큼직하고 붉은 류시스커스Leuciscus pulchellus를 두세 마리 잡았다. 이 물고기들과, 밤새 주전자 속에서 끓게 내버려둔 무스의 혀와 나머지 식량까지 합치니 호화로운 아침식사가 되었다. 인디언은 커피 대신 우리에게 솔송나무 차를 만들어주었다. 차를 마시러 저 멀리 중국까지 가지 않아도 될 정도였다. 실제로도 물고기를 잡아서 식사를 해결할 때보다 멀리 갈 필요가 없었다. 인디언은 충분히 진한 맛이 아니라고 불평했지만 그럭저럭 괜찮았다. 푸른 솔송나무 가지 한 움큼을 물이 담긴 주전자에 넣어 뚜껑을 열고 큰 불 위에 올려서 끓이면 잎이 점점 생기 넘치던 녹색을 잃어 가는데, 이렇게 간단한 요리가 우리의 아침식사라고 생각하니 무척 흥미로웠다.

우리는 모기들과의 작별을 기뻐하며 다시 길을 나섰다. 그리고 모르는 사이에 와사타쿼이크 강을 지나갔다. 인디언에 의하면 이 이름은 동쪽 지류의 본류를 가리키는 것으로, 지도에 나온 것처럼 작은 지류에만 적용하는 것은 맞지 않았다.

우리는 어젯밤에 야영을 한 곳이 동쪽 기슭에 있는 헌트 씨 집에서 1마일 위라는 사실을 알아냈다. 이쪽 길로 크타든에 올라가려는 사람에게는 헌트 씨 집이 마지막 인가인 셈이다.

우리도 여기에서 크타든에 오를 생각이었으나, 일행이 발이 아파 고생하고 있었기에 생략하기로 했다. 하지만 인디언은 어쩌면 여기에서 모카신 한 켤레를 구할 수 있을지도 모른다고 했다. 양말 몇 켤레를 겹쳐 신은 채 모카신을 신으면 발이 아프지 않아 걷기도 무척 쉬워질 테고, 모카신은 다공성이라 물이 들어와도 조금 있으면 다 빠져나간다고도 했다. 설탕을 조금 구하러 헌트 씨 댁에 들렀지만, 가족들은 이미 떠났고 집은 비어 있었다. 목초를 베러 온 사람들만 임시로 머물고 있었다. 그들이 말하길 크타든으로 가는 길은 8마일 올라가서 강과 갈라지는 지점에 있고, 설탕을 원하면 14마일 아래의 피스크 씨 댁으로 가보라고 했다.

강을 지나며 크타든을 봤는지는 기억나지 않는다. 강둑에는 후릿그물이 묶여 있었는데, 아마도 연어잡이에 쓰는 것 같았다. 그 바로 아래, 서쪽 기슭에 무스 가죽이 펼쳐져 있었다. 옆에 곰 가죽도 있었는데, 무스에 비해 아주 작아보였다. 몇 년 전 우리 마을 사람이, 당시에는 꽤 어렸는데도 이 근처에서 혼자 곰을 잡은 일이 있었기에 더 흥미로운 광경이었다.

인디언은 이 가죽들이 내가 전에 메인 숲을 여행했을 때 안내인 역할을 했던 조 에이티언의 것이라고 했다. 하지만 어떻게 알아보는지는 알 수 없었다. 조가 가죽을 여기에 남겨두고, 그 근처에서 사냥을 하고 있을지도 몰랐다. 우리가 곧바로 올드타운에 돌아갈 생각이라는 것을 알고 인디언은 가족들을 위해 무스 고기를 더 챙기지 않은 것을 후회했다. 잠깐이라도 말리면 고기의 무게가 상당히 줄어들어서 뼈만 남겨두고 대부분 가져올 수 있었을 거라고 했다. 우리는 맛있기로 유명한 입술은 어떻게 할 거냐고 한두 번씩 물어보았다. 인디언은 이렇게 대답했다.

"그건 올드타운에 가져가서 마누라한테 줄 거요. 항상 구할 수 있는 게 아니니까."

단풍나무의 수가 점점 더 많아졌다. 오전 중에 날이 흐려지고, 비가 조금 내렸다. 우리는 비에 젖을 것을 예상하고, 강이 동쪽으로 조금 확장된 곳에 일찍 배를 세우고 점심을 먹었다. 웻스톤 폭포라고 불리는 듯한 폭포 바로 위로, 헌트 씨 댁에서 12마일 내려온 곳이었다. 물가에는 생긴 지 얼마 안 되는 무스 발자국이 있었다.

근처에 '말등'이란 별명으로 부르는 특이하게 생긴 긴 구릉이 있었는데, 양치식물로 뒤덮여 있었다. 일행은 파이프를 잃어버려서 인디언에게 하나 만들어줄 수 없냐고 물어보았다. 인디언은 "오, 물론이오"라고 대답하더니, 순식간에 자작나무 껍질을 말아서 만들어주었다. 그리고 일행에게 가끔씩 담배통을 적셔주라고 했다. 그는 여기에서도 나무에 자신이 다녀간 흔적을 남겼다.

우리는 바로 아래의 폭포를 서쪽으로 우회했다. 폭포 가장자리의 바위들이 아주 날카로웠다. 운반로의 길이는 약 4분의 3마일이었다. 짐을 한 차례 옮긴 뒤 인디언은 물가를 따라, 나는 운반로를 따라 제자리로 돌아왔다. 특별히 서두르지 않은 것 같기는 했지만, 그런데도 내가 반대편에 도착하자마자 인디언도 도착해 놀라지 않을 수 없었다. 험하기 그지없는 길도 그렇게 수월하게 오가는 것이 정말 대단하게 느껴졌다. 그때 인디언이 말했다.

"내가 카누 가져가니 당신이 나머지 짐 드시오. 나랑 같이 갈 수 있겠소?"

나는 이 말이 전에 그랬던 것처럼 그가 급류를 내려가는 동안, 나도 물가를 따라가다가 중간중간 그를 도와달라는 뜻이라고 생각해 이렇게 대답했다.

"당신이 나보다 훨씬 빨리 갈 것 같지만, 노력은 해보겠습니다."

하지만 인디언은 내가 운반로를 따라 가야 한다고 했다. 이에 나는 그가 내 도움을 필요로 할 때 강가에서 그렇게 멀리 있으면 의미가 없을 것이라고 생각했다. 하지만 인디언의 말뜻은 그런 것이 아니었다. 그는 내게 운반로에서 경주를 하자고 제안한 것이었다. 그리고 내게 같은 길을 가면 그를 따라잡을 수 있으리라 생각하는

지 물어본 것이었다. 그는 아주 잽싸게 움직여야만 할 거라고 덧붙였다.

카누는 제일 단순한 짐이기도 했지만, 제일 무겁고 부피가 큰 짐이기도 했다. 따라서 나는 내가 이길 수 있으리라 생각하고 해보겠다고 말했다. 그리고 총, 도끼, 노, 주전자, 프라이팬, 접시, 바가지, 깔개 등등을 챙기기 시작했다. 짐을 싸고 있는데, 인디언이 그의 소가죽 부츠를 내 쪽으로 던졌다.

"뭡니까, 이것도 짐이라는 조건입니까?"

"오, 물론이오."

인디언은 이렇게 말하고 내가 짐을 다 꾸리기도 전에 카누를 머리 위에 이고 언덕 너머로 사라져버렸다. 그래서 나도 다양한 짐들을 서둘러 긁어모은 뒤 달리기 시작했다. 그리고 곧 덤불 옆에서 인디언을 앞질렀다. 하지만 바위가 많은 분지를 지나 인디언의 모습이 보이지 않게 되자마자, 기름기 많은 접시와 바가지 등이 날개라도 달린 듯 튀어나갔다. 이것들을 다시 주워 모으고 있는 사이, 인디언이 나를 앞질렀다. 그러나 검게 그을린 주전자를 옆구리에 꼭 눌러 붙이고 서둘러 달려간 결과, 나는 다시 한번 그를 앞질렀고 운반로에서 더는 그의 모습을 보지 못했다.

내 승리를 자랑하고자 이 이야기를 하는 것은 아니다. 나는 형편

없이 마구 달렸을 뿐이다. 하지만 인디언은 카누가 망가지지 않게 하는 것은 물론, 목이 부러지지 않게 아주 조심해서 움직여야만 했으니 말이다. 드디어 인디언이 나와 마찬가지로 숨을 몰아쉬며 모습을 드러냈다. 어디 있었냐고 묻자 "바위(여전히 R을 L로 발음했다)에 발을 베었소"라고 대답했다. 그리고 웃으며 덧붙였다.

"오, 나 가끔 장난치는 거 좋아하오."

그는 동료들과 수 마일 거리의 운반로를 지날 때면 누가 먼저 도착하는지 경주를 한다고 했다. 아마 저마다 머리에 카누를 인 상태일 것이다. 나는 남은 여정 내내 갈색 리넨 윗옷에 검은 주전자 자국을 달고 다녔다.

우리는 동쪽에서 두 번째 우회로를 지나 여기에서 1마일 아래에 있는 폭포를 우회했다. 본토에는 노르웨이 소나무가 자라고 있어 새로운 지질학적 특성을 나타내고 있었다. 또 전에는 본 적이 없는 건조하고 모래와 같은 흙이 있었다.

동쪽 지류의 하구에 다가가며 우리는 오두막집을 두세 채 지나갔다. 헌트 씨 댁을 지난 후 처음으로 보인 문명의 징후였으나, 길은 아직 눈에 띄지 않았다. 소 방울 소리도 들렸고, 심지어는 작은 정사각형 창문 뒤로 엄마가 아기를 들어 올려 우리가 지나가는 모습을 보여주기도 했다. 하지만 수 마일을 가면서 우리가 본 주민은 이 아기와 아기 엄마가 유일했다.

덕분에 우리는 확실히 여행자일 뿐이고, 저 아이가 이 땅의 토착민으로서 우리보다 우월한 입장이라는 것을 떠올리게 돼 맥이 빠졌다. 대화도 시들해졌다. 딱 한번 인디언이 일행에게 "파이프 피워봤소?"라고 묻는 것을 들었을 뿐이다. 일행은 약효를 보려고 오리나무 껍질을 피웠다고 대답했다.

니커토에서 서쪽 지류로 접어들었다. 서쪽 지류는 동쪽 지류보다 훨씬 더 커보였다. 폴리스는 동쪽 지류는 이제 끝나고 없다며, 여기부터 올드타운까지는 물이 잔잔하게 흐른다고 했다. 그리고 움바죽스쿠스에서 만들었던 장대를 던져버렸다. 그는 급류들을 떠올리며 다시는 동쪽 지류로 가자는 제안을 받아들이지 않겠다고 한두 번 말했다. 하지만 완전히 진심으로 한 말은 아니었다.

11년 전과는 완전히 달랐다. 집이 한두 채밖에 없던 곳은 이제 번듯한 마을이 되어 있었고, 제재소와 가게까지 있었다(가게는 잠겨 있었다. 하지만 물건은 훨씬 더 안전하게 보관되는 셈이었다). 게다가 마타왐키그까지 역마차가 오가는 길도 완성되어, 역마차가 다닌다는 소문도 있었다. 수위가 아주 높아졌을 때 증기선이 이 멀리까지 올라온 적도 있었다. 하지만 우리는 설탕을 구하지 못했고, 그저 등을 기댈 얇은 널빤지 하나를 구한 것이 고작이었다.

우리는 니커토에서 2마일 내려가 서쪽 지류의 남쪽에서 야영을 했다. 전에 다녀간 여행객들이 만든 침대가 시들어 있어 그 위를 신선한 가지로 덮었다. 이제 정착지에 들어와 있다는 기분이 들었다. 특히 저녁 무렵, 강 너머 야생의 목장에 방목한 황소가 재채기를 하는 소리가 들려왔을 때 그랬다. 사람들이 자주 드나드는 곳에 상륙하면 그때마다 멀리 가지 않아도 이런 임시 여관을 발견할 수 있다.

납작한 가지가 시들어 있는 침대, 새까맣게 탄 나무토막, 어쩌면 텐트를 세웠던 막대도 발견할 수 있을 것이다. 그리 멀지 않은 과거에도 비슷한 침대가 코네티컷 강, 허드슨 강, 델라웨어 강을 따라 늘어서 있었다. 그리고 더 먼 과거로 돌아가면, 템스 강이나 센 강 주변에도 존재했다. 이 침대들은 이제 흙이 되었고, 그 위에 개인 정원이나 공원, 저택, 궁전 등이 서 있다.

이곳에서는 침대를 만들 전나무 가지를 얻을 수 없었다. 그리고 가문비나무는 잎보다 가지의 비율이 더 높아서 비교적 거친 편이었다. 하지만 우리는 솔송나무 가지로 문제를 다소 해결했다. 인디언은 전에도 말했듯이 "무스 고기를 요리하려면 딱딱한 나무가 있어야만 하오"라고 마치 격언처럼 말하고는, 장작을 찾으러 갔다.

일행은 무스 고기를 캘리포니아식으로 요리했다. 막대기에 길게 자른 고기를 돌돌 만 다음, 이 막대를 손에 들고 모닥불 앞에 천천히 돌려가며 구운 것이었다. 아주 맛있었다. 하지만 인디언은 이런 조리법을 인정하지 않았기 때문인지, 아니면 자기만의 방식으로 요리하는 것이 허락되지 않았기 때문인지 맛도 보려고 하지 않았다.

평소와 같은 저녁을 먹고 나서, 우리는 내가 캐온 나리꽃 구근으로 수프를 끓여보았다. 숲에서 나가기 전에 배울 수 있는 것은 다 배워두고 싶었기 때문이다. 인디언의 몸 상태가 나빠지기 시작했기에, 나는 그의 지시에 따라 구근을 신중하게 씻었다. 그리고 무스 고기와 돼지고기를 잘게 자른 다음, 소금을 치고 다 함께 끓였다.

하지만 우리는 실험을 제대로 할 만큼 인내심이 없었다. 인디언은 구근이 완전히 부드러워질 때까지 끓여야만 밀가루를 넣은 것처럼 수프가 걸쭉해진다고 했다. 그러나 우리는 수프를 밤새 내버려두었고, 아침이 되니 솥 밑바닥에 수프가 말라붙어 있었다. 그래도 아직 걸쭉해지지 않았지만 말이다. 원래는 가을에 수확하는 것이니, 아마도 구근이 아직 다 여물지 않아서인 듯했다. 그래도 입맛에는 잘 맞았다. 사실 나머지 재료들만으로도 충분히 맛있을 만해서 아일랜드 사람들의 석회암 수프[161]가 생각났다. 인디언은 이 구근의

---

161 아일랜드 설화에 나오는 수프. 한 거지가 솥을 빌려 석회암을 넣고 수프를 끓이기 시작하자, 이를 신기하게 여긴 솥 주인이 "소금만 있으면 맛이 더 풍부해질 텐데"라는 거지의 말을 듣고 소금부터 시작해 재료를 하나씩 주다 보니 정말로 맛있는 수프가 만들어졌다는 이야기다.

이름이 *싶녹*이라고 했다. 나는 우연히 껍질을 벗긴 줄무늬 단풍나무, 즉 무스 나무 막대로 수프를 휘저었는데, 인디언은 그 나무의 껍질이 구토제라고 했다.

그는 평소처럼 무스 가죽과 모닥불 사이에서 잠을 잘 준비를 했다. 하지만 갑자기 비가 내리기 시작했고, 인디언도 우리와 함께 텐트 밑으로 몸을 피해야 했다. 그는 잠들기 전, 우리에게 노래를 불러 주었다. 밤에는 비가 많이 와서 성냥이 또 한 통 망가졌다. 부주의한 인디언이 바깥에 꺼내 놓은 것이었다. 하지만 여느 때와 마찬가지로 비가 와서 모기들이 나오지 않은 덕에 훨씬 쾌적한 밤이 되었다.

8월 2일 일요일

흐리고 개일 것 같지 않은 아침이었다. 우리 중 한 사람이 인디언에게 물었다.

"지난밤에 무스 가죽을 늘리지 않았군요, 폴리스 씨?"

이에 인디언은 기분이 상한 것은 아닌 듯했으나, 놀란 어조로 대답했다.

"왜 그런 질문을 하는 거요? 내가 가죽을 늘렸으면 당신도 봤을 거요. 당신들이 말하는 방식일지도 모르니 괜찮소만, 인디언 말하는 방식 아니오."

그는 같은 질문에 한 번 이상 대답하기 싫어했고, 확실히 하려고 다시 한번 물으면 기분이 나쁜 것처럼 자주 입을 다물었다. 그렇다고 말수가 적은 것은 아니었다. 그는 툭하면 자진해서 장황한 이야기를 시작했기 때문이다.

옛 전투에 얽힌 전설이나, 부족의 최근 역사에서 자신이 중요한 역할을 했던 이야기를 오랫동안 몇 번이나 반복해서 말했다. 중간중간 길게 한숨 돌리고 다시 이야기 타래를 풀어놓기 시작하는데 진정한 이야기꾼의 여유가 엿보였다. 급류를 쏜살같이 돌파한 뒤 노를 저으며 "자아, 글쎄" 같은 말로 이야기를 시작하는 것이다. 특히 하루 일과를 마치고 밤이 되어 자리에 누우면, 그는 갑자기 사교적이 되어서 프랑스 사람들 같은 친밀감까지 보이곤 했다. 우리는 그가 이야기를 다 마치기 전에 잠이 들곤 했다.

니커토는 마타왐키그에서 강을 따라 11마일 거리라고 한다. 그러니 우리 야영지는 마타왐키그에서 약 9마일 떨어져 있었다.

이날 아침, 인디언은 복통 때문에 많이 아팠다. 나는 무스 고기를 먹어서 더 나빠졌다고 생각했다.

우리는 아침 8시 반, 보슬비가 내리는 가운데 마타왐키그에 도착해 설탕을 구입하고 다시 길을 떠났다.

인디언의 상태가 점점 나빠져서 브랜디를 사기 위해 링컨 북부에 들렀다. 하지만 브랜디는 떨어졌고, 약제상은 브랜드레스 사의 알약을 권했다. 그러나 인디언은 잘 모르는 것이었기에, 약을 거부했다. 그리고 이렇게 말했다.

"나, 의사요. 먼저 내 상태 살펴보고 날 괴롭히는 원인 알아내는 거요. 그러면 뭘 먹어야 하는지 알 수 있소."

우리는 더 아래로 내려가 오전이 반쯤 지났을 때 한 섬에 올라갔고, 그에게 차를 한 바가지 만들어 주었다. 여기에서 우리는 점심을 먹고, 빨래를 조금 하고, 식물도 채집했다. 그동안 인디언은 강둑에 누워 있었다. 오후가 되고 인디언의 상태가 나아지지는 않았지만, 그래도 조금 더 강을 따라 내려갔다.

파이브 제도 밑으로 인디언이 *번티버*스라고 부르는 호수처럼 잔잔한 직선 구간이 길게 이어졌다. 그는 이 길 어딘가에 100에이커의 토지를 소유하고 있다고 말했다. 뇌우가 다가오고 있었기에, 우리는 링컨에서 1마일 떨어진 체스터의 서쪽 기슭으로 올라가 한 헛간으로 들어갔다. 그리고 이곳에서 그날 낮과 밤을 보내야만 했다. 인디언의 복통이 조금도 줄어들지 않기 때문이다.

그는 강둑의 카누 밑에서 *끙끙거리며* 매우 비통한 표정을 하고 있었다. 하지만 흔한 복통 증상에 불과했다. 이렇게 누워 있는 인디언의 모습을 보면, 그가 이 주변에 넓은 토지를 소유하고 있으며 6천 달러의 재산이 있고 워싱턴에 가본 적이 있는 사람이라고는 생각하기 어려울 것이다. 나는 그가 아일랜드인과 비슷해서, 병에 걸리면 양키들보다 더 호들갑을 떨고 자기 자신을 지나치게 염려한다고 생각했다. 우리는 다음날, 역마차를 타고 인디언을 링컨에 있는 부족 사람들에게 맡기면 어떨지 의논했다. 링컨은 인디언들의 고향이었다. 하지만 인디언은 돈이 든다며 반대했다.

"내일 아침 내가 괜찮아지면 점심 때 올드타운 도착할 거요."

황혼 무렵, 우리가 차를 마시고 있는데 카누 밑에서 여전히 끙끙거리며 누워 있던 인디언이 드디어 "그를 괴롭히는 것"이 무엇인지 알아냈다. 그는 내게 물 한 바가지를 가져다 달라고 했다. 인디언은 한 손에는 바가지를 들고, 다른 한 손에는 뿔로 만든 화약통을 들고서 총알 두 발을 쏠 수 있을 만큼의 화약을 물에 넣고 손가락으로 휘휘 저은 뒤 그 물을 다 마셨다. 그날 아침 식사 이후, 그가 먹은 것이라곤 차를 제외하면 이 물이 전부였다.

떠돌이 개들이 식량을 훔쳐가지 못하게 방비를 잘 해둔 다음, 우리는 텐트를 치는 수고를 덜기 위해 주인의 허락을 받아 근처 기슭의 반쯤 열린 외로운 헛간에서 머물렀다. 새로 잘라온 풀이 4피트 높이로 쌓여 있어 거기에 몸을 누일 수가 있었다. 양치식물이 많이 섞인 풀 냄새에 기분이 좋아졌지만, 풀이 아직 싱싱한 나머지 그 사이로 메뚜기들이 기어가는 소리가 들렸다. 덕분에 더는 번듯한 집에 들어와 깃털 침대에 누웠다는 식으로 생각하지 않게 되었다. 그날 밤 아마도 부엉이겠지만 큰 새가 우리 머리 위를 날아갔고, 이곳에 둥지를 둔 제비가 지저귀는 소리에 아침 일찍 잠에서 깼다.

8월 3일 월요일

우리는 아침을 먹기 전에 일찍 출발했다. 인디언은 비교적 상태가 나아졌다. 우리는 금방 링컨을 지나 또 한번 호수처럼 잔잔한 긴 직선 구역을 통과한 뒤, 링컨으로부터 2에서 3마일쯤 떨어진 서쪽 기슭에서 아침을 먹었다.

강을 내려가는 동안 작은 집들이 서 있는 인디언 섬들이 자주 보였다. 에이티언 추장도 링컨의 섬들 중 하나에서 살았다.

페놉스콧 인디언은 백인들보다도 더 사교적인 것 같다. 메인의 가장 깊숙한 황야로 들어가면 양키나 캐나다 정착민들의 통나무집은 이따금 마주치지만, 페놉스콧 인디언들은 그렇게 고독한 곳에서는 절대 살지 않는다. 페놉스콧 강의 섬들도 모두 그들의 정착지 안에 있지만, 그 안에서조차 흩어져 살지 않고 두세 군데에 함께 모여서 살았다. 그렇다고 그 섬들이 항상 토질이 제일 좋은 섬도 아니었으니, 명백히 사람들과 어울리기 위해서 모여 사는 것이었다. 쓰지 않고 버려둔 집도 한두 채 보였다. 우리 인디언 폴리스 이야기로는 다른 집들과 너무 떨어져 있었기 때문이다.

링컨으로 흘러 들어오는 작은 강은 마타나우쿡이라고 했는데, 그곳에 정박하고 있던 증기선도 같은 이름이었다. 우리는 강어귀 쪽을 바라보며 노를 저었다. 링컨으로부터 4에서 5마일쯤 내려와 모호크 여울목, 인디언 식으로 말하자면 '모호그 려울목'을 지날 때, 인디언이 그의 부족과 모호크 족이 옛날 이곳에서 벌였던 전투 이야기를 장황하게 들려주었다. 페놉스콧 족이 '감춰지는 칼'이란 계략을 써서 모호크 족이 패망했다는 이야기였다. 하지만 페놉스콧 족은 모호크 족 추장을 한참이나 죽일 수 없었다고 했다. 그는 몸집이 크고 아주 강한 남자여서, 혼자 강에서 수영을 하고 있을 때 카누 몇 대로 일시에 그를 공격했는데도 성공하지 못했던 모양이다.

때때로 카누를 타고 강을 거슬러 올라오는 인디언들이 나타났다. 우리 인디언은 보통 그들 쪽으로 다가가지는 않았지만, 멀리서 인디언 말로 몇 마디 주고받았다. 움바죽스쿠스를 떠난 이래 인디언을 만난 것은 이번이 처음이었다.

우리는 피스카타퀴스 강 바로 위에 있는 동명의 폭포를 동쪽 기슭의 나무 철로를 따라 1.5마일 걸어 우회했다. 인디언은 혼자 카누를 타고 급류를 따라 내려갔다. 올드타운에서 온 증기선이 이곳에 서고, 승객들이 새로운 배로 갈아탄다. 우리는 피스카타퀴스 강의 하구를 지났다. 이 이름은 '지류'라는 뜻이었다.

하구에는 폭포가 있지만, 배토나 카누가 있으면 정착지를 지나 넘어갈 수 있다. 심지어는 무스헤드 호수 근처까지도 갈 수 있다. 그래서 우리도 처음에 그쪽으로 가는 것을 고려했다. 이후로 폭포나 급류 때문에 카누에서 내려야 하는 일은 없었다. 사실 이번에도 꼭 내릴 필요는 없었다. 오늘은 풍경에 그다지 관심을 기울이지 않았다. 이미 꽤 정착이 이루어진 지역을 지나가고 있었기 때문이다. 강은 넓고 완만하게 흘렀다. 파란 왜가리 한 마리가 우리 앞에서 강을 따라 천천히 날아갔다.

파사덤키그 강을 왼쪽에 두고 지나가는 동안, 멀리 남동쪽으로 푸르스름하게 '올라몬 산'이 보였다. 이 부근에서 인디언은 학교 문제로 신부와 논쟁을 벌였던 이야기를 장황하게 들려주었다. 그는 교육을 아주 중요하게 여겼고, 부족 사람들에게도 권장했다. 학교를 찬성하는 이유는 대학에 가서 계산을 배워야 하기 때문인데, 그는 그래야만 누구든 "재산을 지킬 수 있소 ― 달리 방법이 없소"라고 말했다.

또 아들이 올드타운에 있는 학교에서 백인들과 같이 공부하는 우수한 학생이라고 했다. 그 자신은 프로테스탄트로, 올드타운의 교회에 꼬박꼬박 나갔다. 그의 말에 의하면 부족 사람들 중에는 프로테스탄트가 상당히 많고, 가톨릭 신자들 중에도 학교에 찬성하는 사람들이 많았다.

몇 년 전, 어떤 교사가 그들을 찾아왔다. 그는 프로테스탄트였는데 인디언들에게 호감을 샀다. 하지만 신부가 와서 그를 쫓아내야만 한다고 했다. 신부는 영향력이 컸고, 그를 쫓아내지 않으면 지옥에 가게 될 거라고 말했기에, 인디언들은 어쩔 수 없이 교사를 쫓아냈다. 학교 지지파는 숫자는 많았지만, 거의 포기하기 직전까지 몰렸다. 보스턴에서 펜윅 주교가 찾아와 영향력을 발휘했기 때문이다. 하지만 우리 인디언은 절대 포기하지 말고 버텨야 하며, 우리가 제일 강한 사람들이라면서 자기 쪽 사람들을 격려했다고 한다. 포기하면 더는 세력을 이루지 못하기 때문이었다. 하지만 사람들은 "소용없네, 신부는 너무 강해. 포기하는 편이 나아"라고 말했다. 그래도 폴리스는 끝까지 버티도록 사람들을 설득해냈다.

신부는 자유의 깃대를 베어버리려고 했다. 이에 폴리스와 그를 따르는 사람들은 비밀 집회를 열었다. 폴리스는 열다섯에서 스무 명 정도 튼튼한 젊은이들을 모아 "옛날처럼 옷을 다 벗기고 몸에 칠을 한 뒤" 신부와 그쪽 일당들이 자유의 깃대를 베러 나타나면 돌진해서 깃대를 자르지 못하게 막기로 했다.

폴리스는 소동만 일으켜야지, 전쟁은 절대 안 된다고 다짐했다. "신부가 있는 데서 전쟁은 금물이다"라고 했다. 그리고 젊은이들을 근처에 숨겨두었다. 드디어 신부 일당이 자유의 깃대를 자르려고 나타났다. 이 깃대가 쓰러지면, 학교 지지파에 치명적인 타격이 있을 터였다. 이에 폴리스가 신호를 보내자, 젊은이들이 몰려나와 깃대를 사수했다. 엄청난 소동이 벌어졌고, 싸움으로 번지기 직전까지 갔다. 하지만 신부가 개입해 "전쟁은 안 됩니다, 전쟁은 안 돼요"라고 외쳐 싸움을 막았다. 덕분에 깃대는 아직까지 서있고, 학교도 계속 남아 있다고 한다.

우리는 이 일화가 그의 기지를 잘 보여준다고 생각했다. 그는 기회를 잡아 자신의 의지를 관철시켰으며, 자신이 상대해야 할 사람들에 대해서 잘 이해하고 있었다.

'올라몬 강'은 파사덤키그에서 몇 마일 떨어진 그린부시 동쪽에서 흘러 들어왔다. 우리가 이 이름이 무슨 뜻이냐고 묻자, 인디언은 하구 맞은편에 있는 섬의 이름이 *올라르몬*이라고 했다. 옛날에 올드타운으로 방문객들이 오면, 그 섬에 들러 옷을 차려입거나 치장을 하고 몸에 칠을 했다고 한다.

"숙녀들이 쓰는 그걸 뭐라고 하오?"

"루주? 연지 말입니까?"

"그렇소. 그게 *라르몬*이오. 일종의 점토 아니면 빨간 물감. 여기서 사용했소."

우리도 이 섬에 들르기로 했다. 점심을 먹음으로써 적어도 우리 위장을 치장해주기로 한 것이다.

크고 털향유가 많이 자라는 섬이었지만, 붉은 물감 같은 것은 찾아볼 수 없었다. 올라몬 강은 최소한 하구 쪽엔 고인 물이었다. 그 근처에도 큰 섬이 있었는데, 인디언은 '*수글*'(슈거) 섬이라고 했다.

올드타운까지 약 12마일을 남겨 놓고 인디언이 물었다.

"당신들 사공이 얼마나 마음에 들었소?"

하지만 우리는 거의 다 돌아갈 때까지 대답을 미루었다.

*싱크헤이즈*는 올드타운 동쪽으로 2마일 위에서 흘러 들어오는 짧은 개천이었는데, 역시 고인 물에 가까웠다. 이곳은 메인 주에서 사슴이 살기 가장 좋은 곳이라고 한다. 이름의 의미를 물어보자, 인디언이 대답했다.

"당신이 나처럼 페놉스콧을 내려오면, 저쪽 기슭에서 카누가 나와서 앞으로 지나가는 게 보일 거요. 하지만 강은 보이지 않소. 그게 *성크헤이즈요.*"

그는 전에 내가 "누구하고 비교해도 좋을 만큼" 노를 잘 젓는다고 칭찬하며, 내게 '노 젓기 명수'라는 의미의 인디언 이름을 지어준 적이 있었다. 성크헤이즈에서 벗어나자, 그는 뱃머리에 앉아 있던 내게 "내가 당신 노 젓는 법 가르쳐주겠소"라고 말했다. 그리고 물가로 방향을 돌린 다음, 카누에서 내리고 앞으로 와서 내 손의 위치를 자신이 원하는 위치로 옮겼다.

한쪽은 배에서 꽤 바깥쪽으로 나가게 했고, 다른 한쪽은 첫 번째 손과 평행하되 노의 끝부분에 가까운 쪽을 잡아야 하는데 납작한 끝부분을 넘어가 감싸 쥐면 안 되었다. 그 다음에는 노를 카누 옆에서 앞뒤로 슬며시 미끄러뜨리라고 했다.

그러자 생각지도 못했을 정도로 엄청난 발전이 있었다. 매번 노를 들어 올리느라 힘을 쓰지 않아도 되었던 것이다. 왜 미리 알려주지 않았는지 의문이 들 지경이었다. 사실 짐이 줄어들기 전까지 다리를 끌어당기고 앉아야만 했기에, 무릎이 카누 옆으로 올라와 이런 식으로는 노를 저을 수 없었다. 아니면, 옆면에 지속적으로 마찰이 생기면서 카누가 닳을까봐 염려했던 것일 수도 있었다.

나는 평소 고물에 앉는 것이 익숙하고, 매번 노를 들어 올려 비틀면서 배의 방향을 바꾸기 때문에 배의 한쪽에서만 지레의 원리가 작용한다고 설명했다. 그래서 어느 정도 고물에 앉아 있을 때와 비슷하게 계속 노를 저었다고 말이다.

그는 내가 고물에서 노 젓는 모습을 보고 싶어 했다. 그래서 먼저 노를 바꾸었다. 인디언의 노가 더 길고 좋은 것이었기 때문이다. 그 다음, 이쪽 끝에서 저쪽 끝으로 서로 자리도 바꾸었다. 인디언은 바닥에 앉고, 나는 가로대 위에 앉았다. 그는 어깨 너머를 돌아보고 웃으며 카누의 방향을 돌리려고 열심히 노를 저었지만, 소용없다는 것을 알고 힘을 뺐다. 그래도 우리는 1에서 2마일 정도 아주 빠른 속도로 나아갔다. 그는 고물에서 내가 노를 젓는 방식에는 아무런 문제도 없다고 했지만, 나는 그가 뱃머리에서 내게 가르쳐준 대로 노를 젓지 않았다고 불평했다.

성크헤이즈 건너편에는 페놉스콧에서 목재가 가장 많이 모이는 곳이 있었다. 머나먼 강에서 내려온 통나무들을 모아 분류하는 곳이었다.

올드타운이 점점 가까워지면서 나는 폴리스에게 집에 돌아가니 기쁘지 않느냐고 물었다. 하지만 그의 야성은 조금도 약해지지 않았다. 그는 "어디 있든 나는 다르지 않소"라고 대답했다. 이 인디언은 언제나 이런 식으로 허세를 부렸다.

우리는 '쿡'이라고 하는 좁은 여울을 지나 인디언 섬에 다가갔다. 인디언이 말했다.

"물이 좀 들어올 것 같소. 수위가 너무 높소. 이 계절에 이렇게 높은 건 처음이요. 물살 아주 거칠지만 짧소. 전에 증기선이 물에 잠겼소. 내가 말할 때까지 노 젓지 말고 있다가 저으라면 바로 저으시오."

그곳은 아주 짧은 급류였다. 중간을 지날 때 그가 "저으시오" 하고 소리쳤고, 우리는 물 한 방울도 카누 안으로 들이지 않고 쏜살같이 그곳을 통과했다.

곧 인디언 집들이 보이기 시작했다. 하지만 나는 크고 흰 집 두세 채 중, 우리 인디언의 집이 어디인지 일행에게 말해줄 수 없었다. 폴리스는 블라인드가 달린 집이라고 했다.

우리는 이날, 40마일을 이동해 오후 4시경 인디언의 집 맞은편에 상륙했다. 피스카타퀴스에서부터는 설명이 불가능할 만큼 놀라운 속도로 내려왔다. 아마도 강둑 위를 달리는 역마차만큼 빨랐을 것이다. 마지막 12마일은 고인 물이긴 했지만 말이다.

폴리스는 우리에게 카누를 팔려고 애썼다. 그래서 이 카누가 7에서 8년은 갈 테고, 관리만 잘하면 아마 10년은 더 쓸 수 있을 거라고 호언장담했다. 하지만 우리는 카누를 살 마음이 없었다.

우리는 한 시간 정도 폴리스의 집에서 머물렀다. 일행은 그의 면

도칼을 빌려 면도를 했는데, 칼이 아주 잘 든다고 감탄했다. 폴리스 부인은 모자를 쓰고, 가슴에는 은 브로치를 달고 있었다. 하지만 우리는 부인을 소개받지 못했다. 벽에는 올드타운과 인디언 섬이 그려진 큰 지도가 걸려 있었는데, 새것이었다. 그리고 반대편에는 시계가 걸려 있었다. 올드타운을 출발하는 기차가 몇 시에 있는지 내가 알고 싶다고 하자, 폴리스의 아들이 가장 최근에 나온 뱅거 신문을 가져왔다. 신문사에서 '조지프 폴리스' 앞으로 보낸 것이었다.

이것을 마지막으로 나는 조 폴리스와 작별했고, 이후 그를 보지 못했다. 우리는 마지막 기차에 몸을 실은 채, 그날 밤 뱅거에 도착했다. 〈끝〉

전보다 더 믿음이 강해졌다.
나는 숲속에는 아무도 살지 않는 것이 아니라고,
나와 마찬가지로 정직한 영혼들이 언제나 가득하다고 믿는다.
숲은 화학작용이 저절로 일어나는 텅 빈 방이 아니라고,
누군가가 사는 집이라고 믿는다.
그리고 잠시 나는 그들과 즐거이 어울렸다.

무스, 그리고 인디언:
소로의 메인 숲

1845년 헨리 데이비드 소로는 월든 호숫가에 오두막을 지었다. 그곳에서의 삶은 소로에게 자신의 철학을 입증하는 일종의 실험과도 같았다. 물질과 노동의 노예로 살아가는 현실을 벗어나 최소한의 노동만 하고도 자기 자신을 찾는 진정한 인생을 살 수 있다는 것이 그의 철학이었다. 이 실험을 기록한 『월든』은 오늘날 미국 문학의 걸작이라는 평가를 받으며 많은 사람들에게 '삶의 지침'으로 사랑받고 있다. 그러나 헨리 데이비드 소로가 월든 호숫가에서 지낸 기간은 2년 2개월 2일. 당시 그는 아직 서른이 채 안 된 청년이었다.

우리가 알고 있는 소로는 어떤 사람일까. 『월든』은 시대를 앞서간 작품이었고, 동시대에는 큰 주목을 받지 못했지만 후세에 와서 큰 반향을 일으켰다. 소로가 비판한 물질주의, 상업주의가 더욱 거세지고 전 세계로 퍼져나갔기 때문일 것이다. 하지만 그는 언제까지나 월든 호숫가에 머물러 있지 않았다.

    소로는 자신이 생각하는 진정한 삶을 관철하기 위해 끊임없이 노력한 행동가였다. 소박하고 평화로운 숲 속의 삶 역시 과감하고 모험심 넘치는 사람이었기에 실행에 옮길 수 있었던 것이다. 그는 온전한 개인으로서의 삶, 자연과 함께 공존하는 삶을 꿈꾸었다. '나 자신'이 아니라 '옷차림'으로 평가를 하는 사회적 관념 때문에 비싼 옷의 노예가 되는 삶. 다수결의 원칙이나 법이라는 제도에 굴복해 정의를 저버리는 삶. 소로는 대중들이 이런 삶에서 벗어나야 한다고 주장했다. 자신의 내면에 충실하며 정의를 실현하는 삶. 소로는 적극적으로 노예 제도에 반대하는 목소리를 냈고 꾸준히 명상과 집필을 이어나감으로써 자신의 이상을 추구했다. 전자에 얽힌 소로의 행적은 『시민 불복종』, 『매사추세츠 주의 노예제도』, 『존 브라운 대위를 위한 탄원』 등에 잘 나타나 있으며 훗날 마하트마 간디, 마틴 루터 킹 등 비폭력 저항 운동가들에게 큰 영향을 끼쳤다.

자기 자신에게 충실한 삶을 살려면 자연은 없어서는 안 되는 요소였다. 소로에게 있어 자연은 인간의 내면을 비추는 거울과도 같았기 때문이다. 그가 월든 호숫가로 들어간 것 역시 "삶의 본질적 진실만을 마주보기" 위해서였다. 문명과 상업주의에서 벗어나 진정한 자유를 찾기 위해서는 자연과 어우러지는 삶을 이해할 수 있어야 했다. 그런 그에게 메인의 숲은 신이 만든 모습을 그대로 간직하고 있는 원형 그대로의 자연이었다. 그는 아직 월든 호숫가에 머무르고 있던 1846년에 처음 메인 숲을 방문한 것을 포함해 1857년까지 11년에 걸쳐 총 세 차례 메인 숲을 찾았고 각각의 여행에 관해 상세한 기록을 남겼다. 첫 번째 여행지였던 크타든은 그때까지 그 산에 오른 사람이 얼마 되지 않아 이름을 열거할 수 있을 정도였으니 소로가 얼마나 진취적이고 대담한 모험가였는지 짐작할 수 있다.

　이 세 번의 여행을 통해 소로는 되도록 사람의 손이 닿지 않은 '야생'을 관찰하고 삶의 본질을 찾고자 했다. 상상하기 어려울 정도로 거대한 나무를 베어 한낱 널빤지로 만들며 인간이 이루어낸 '성과'에 감탄하는 이들과 달리 소로는 그 나무의 본디 모습, 즉 살아 있는 모습을 보고 싶어 한다. 그리고 소나무의 친구이자 연인인 시인으로서 인간의 영혼과 함께 소나무의 정기도 불멸이라고 선언한다. 자연을 이용할 수 있는 자원, 착취의 대상으로만 여긴 동시대 사람들과 달리 자연과 인간을 동등한 존재로 보고 공존하고자 한 소로의 철학이 두드러지게 나타난 부분이다. 당시 이 여행기를 실었던 잡지의 편집자는 소로의 허가 없이 해당 부분을 일부 삭제했다. 소로는 분노하며 편집자가 바뀌기 전까지는 그 잡지에 다시 글을 기고하지 않았다.

메인 숲을 여행하며 소로는 야생의 자연과 조화를 이루며 살아가는 사람들의 방식을 이해하고자 했다. 그가 생각하는 이상적인 삶과 맞닿는 방식이었기 때문이다. 그에게 아메리카 원주민은 자연과 공존하는 법을 아는 현명한 이들이었다. 그들은 중국에서 차를 들여오지 않아도 주위에 흔히 자라는 덩굴로 훌륭한 차를 만들 수 있었다. 나무껍질을 벗겨 카누를 만들고 무스를 사냥하지만 결코 자연을 훼손하지 않았다. 소로는 이들의 지혜를 배우고자 했다. 스스로를 사냥꾼으로 여기지 않으면서도 무스 사냥에 따라 나선 것 역시 인디언의 방식을 관찰하고 싶어서였다.

1860년부터 건강이 악화된 소로는 1861년에 결핵 판정을 받고 병상에 눕게 되었다. 그는 죽음을 담담하게 받아들였고 병상에서도 기력이 남아 있는 동안에는 그간 써왔던 글들을 정리하고 다듬었다. 『소로의 메인 숲』도 그중 하나였다. 1부 크타든은 1848년 〈유니온 매거진〉에 실렸고 2부 체선쿡은 1858년 〈애틀랜틱 먼슬리〉에 실렸지만, 앞서 언급했듯 편집자가 소로와 상의하지 않고 본문의 일부를 삭제해 그의 분노를 샀다. 3부 「알라가시 강과 동쪽 지류」는 어디에도 발표된 적이 없었다. 하지만 소로는 끝내 이 작업을 마무리하지 못했다. 남은 작업은 소로의 동생 소피아와 절친한 친구였던 시인 윌리엄 엘러리 채닝이 맡았다. 그리고 1864년 세 편의 여행기는 『메인 숲(The Maine Woods)』(원제)이란 한 권의 책으로 출간되었다.

『소로의 메인 숲』은 자연에 대한 소로의 철학을 담아내는 것은 물론, 독자들을 새로운 세계로 이끈다는 면에서도 충분히 매력적인 작품이다. 1부에서는 개척자들의 생활 방식과 벌목에 관해 알 수 있고, 2부에서는 무스 사냥이 이루어지는 과정을 지켜볼 수 있다. 또, 3부에서는 소로와 함께 아메리카 원주민에 대해 배워나가게 된다. 소로는 여행 경로와 이동 방식을 자세히 적었다. 메인 숲의 자연 환경에 대해서는 그곳에 자생하는 식물들을 채집하고 관찰하여 그 종류를 꼼꼼하게 기록하는 등 과학적으로도 접근했다.

　자연 문학의 대가로 손꼽히는 소로의 섬세한 묘사를 읽어나가다 보면 어느새 발밑에 폭신폭신한 이끼가 카펫처럼 깔려 있고 빽빽하게 들어선 나무들이 주위를 둘러싸는 느낌이 든다. 햇빛조차 잘 들어오지 않는 고독하고 장엄한 숲이 눈앞에 펼쳐진다. 그렇게 우리는 『소로의 메인 숲』을 통해 그와 함께 여행을 한다. 어떤 사람을 깊이 알고 싶다면 함께 여행을 하라는 말처럼 소로와 깊은 교감을 나눈다. 메인 숲 여행은 소로에게 삶의 본질에 다가서는 중대한 경험이 아닐 수 없었다. 1862년 5월, 세상을 떠난 소로가 마지막으로 남긴 말은 '무스', 그리고 '인디언'이었다.

2017년 9월
김혜연

무스, 그리고 인디언:
소로의 메인 숲

옮긴이의 요청에 따라, 원본의 순수성을 보전하기 위해서,
원본과는 따로 이 글은 편집부에서 독자의 편의를 위해
「옮긴이의 말」을 편집 디자인한 것이다.

1845년 헨리 데이비드 소로는 월든 호숫가에 오두막을 지었다. 그곳에서의 삶은 소로에게 자신의 철학을 입증하는 일종의 실험과도 같았다. 물질과 노동의 노예로 살아가는 현실을 벗어나, 최소한의 노동만 하고도 자기 자신을 찾는 진정한 인생을 살 수 있다는 것이 그의 철학이었다. 이 실험을 기록한 『월든』은 오늘날 미국 문학의 걸작이라는 평가를 받으며, 많은 사람들에게 '삶의 지침'으로 사랑받고 있다.

그러나 헨리 데이비드 소로가 월든 호숫가에서 지낸 기간은 2년 2개월 2일. 당시 그는 아직 서른이 채 안 된 청년이었다.

우리가 알고 있는 소로는 어떤 사람일까. 『월든』은 시대를 앞서간 작품이었고, 동시대에는 큰 주목을 받지 못했지만 후세에 와서 큰

반향을 일으켰다. 소로가 비판한 물질주의, 상업주의가 더욱 거세지고 전 세계로 퍼져나갔기 때문일 것이다. 하지만 그는 언제까지나 월든 호숫가에 머물러 있지 않았다.

소로는 자신이 생각하는 진정한 삶을 관철하기 위해 끊임없이 노력한 행동가였다. 소박하고 평화로운 숲 속의 삶 역시, 과감하고 모험심이 넘치는 사람이었기에 실행에 옮길 수 있었던 것이다. 그는 온전한 개인으로서의 삶, 자연과 함께 공존하는 삶을 꿈꾸었다.

'나 자신'이 아니라 '옷차림'으로 평가를 하는 사회적 관념 때문에 비싼 옷의 노예가 되는 삶, 다수결의 원칙이나 법이라는 제도에 굴복해 정의를 저버리는 삶, 소로는 대중들이 이런 삶에서 벗어나야 한다고 주장했다.

자신의 내면에 충실하며 정의를 실현하는 삶, 소로는 적극적으로 노예 제도에 반대하는 목소리를 냈고 꾸준히 명상과 집필을 이어나감으로써 자신의 이상을 추구했다. 전자에 얽힌 소로의 행적은 『시민 불복종』, 『매사추세츠 주의 노예제도』, 『존 브라운 대위를 위한 탄원』 등에 잘 나타나 있으며 훗날 마하트마 간디, 마틴 루터 킹 등 비폭력 저항 운동가들에게 큰 영향을 끼쳤다.

소로에게 자연은
내면을 비추는 거울과도 같아

자기 자신에게 충실한 삶을 살려면 자연은 없어서는 안 되는 요소였다. 소로에게 있어 자연은 인간의 내면을 비추는 거울과도 같았기 때문이다. 그가 월든 호숫가로 들어간 것 역시 '삶의 본질적 진실만을 마주보기' 위해서였다. 문명과 상업주의에서 벗어나 진정한 자유를 찾기 위해서는 자연과 어우러지는 삶을 이해할 수 있어야 했다. 그런 그에게 메인의 숲은 신이 만든 모습을 그대로 간직하고 있는 원형 그대로의 자연이었다. 그는 아직 월든 호숫가에 머무르고 있던 1846년에 처음 메인 숲을 방문한 것을 포함해 1857년까지 11년에 걸쳐 총 세 차례 메인 숲을 찾았고 각각의 여행에 관해 상세한 기록을 남겼다. 첫 번째 여행지였던 크타든은 그때까지 이 산에 오른 사람이 얼마 되지 않아 이름을 열거할 수 있을 정도였으니, 소로가 얼마나 진취적이고 대담한 모험가였는지 짐작할 수 있다.

이 세 번의 여행을 통해 소로는 되도록 사람의 손이 닿지 않은 '야생'을 관찰하고 삶의 본질을 찾고자 했다. 상상하기 어려울 정도로 거대한 나무를 베어 한낱 널빤지로 만들며 인간이 이루어낸 '성과'에 감탄하는 이들과 달리 소로는 그 나무의 본디 모습, 즉 살아 있는 모습을 보고 싶어 한다. 그리고 소나무의 친구이자 연인인 시인으로서 인간의 영혼과 함께 소나무의 정기도 '불멸'이라고 선언한다.

자연을 이용할 수 있는 자원, 착취의 대상으로만 여긴 동시대 사람들과 달리 자연과 인간을 동등한 존재로 보고 공존하고자 한 소로의 철학이 두드러지게 나타난 부분이다.

당시 이 여행기를 실었던 잡지의 편집자는 소로의 허가 없이 해당 부분을 일부 삭제했다. 소로는 분노하며 편집자가 바뀌기 전까지는 그 잡지에 다시 글을 기고하지 않았다.

메인 숲을 여행하며 소로는 야생의 자연과 조화를 이루며 살아가는 사람들의 방식을 이해하고자 했다. 그가 생각하는 이상적인 삶과 맞닿는 방식이었기 때문이다.

그에게 아메리카 원주민은 자연과 공존하는 법을 아는 현명한 이들이었다. 그들은 중국에서 차를 들여오지 않아도 주위에 흔히 자라는 덩굴로 훌륭한 차를 만들 수 있었다. 나무껍질을 벗겨 카누를 만들고 무스를 사냥하지만 결코 자연을 훼손하지 않았다. 소로는 이들의 지혜를 배우고자 했다. 스스로를 사냥꾼으로 여기지 않으면서도 무스 사냥에 따라 나선 것 역시 인디언의 방식을 관찰하고 싶어서였다.

1860년부터 건강이 악화된 소로는 1861년에 결핵 판정을 받고 병상에 눕게 되었다. 그는 죽음을 담담하게 받아들였고, 병상에서도 기력이 남아 있는 동안에는 그간 써왔던 글들을 정리하고 다듬었다. 『소로의 메인 숲』도 그중 하나였다. 1부 크타든은 1848년 〈유니온 매거진〉에 실렸고 2부 체선쿡은 1858년 〈애틀랜틱 먼슬리〉에 실렸지만, 앞서 언급했듯 편집자가 소로와 상의하지 않고 본문의 일부를 삭제해 그의 분노를 샀다. 3부 「알라가시 강과 동쪽 지류」는 어디에도 발표된 적이 없었다. 하지만 소로는 끝내 이 작업을 마무리하지 못했다. 남은 작업은 소로의 동생 소피아와 절친한 친구였던 시인 윌리엄 엘러리 채닝이 맡았다. 그리고 1864년 세 편의 여행기는 『메인 숲(The Maine Woods)』(원제)이란 한 권의 책으로 출간되었다.

『소로의 메인 숲』은 자연에 대한 소로의 철학을 담아내는 것은 물론, 독자들을 새로운 세계로 이끈다는 면에서도 충분히 매력적인 작품이다. 1부에서는 개척자들의 생활 방식과 벌목에 관해 알 수 있고, 2부에서는 무스 사냥이 이루어지는 과정을 지켜볼 수 있다. 또한 3부에서는 소로와 함께 아메리카 원주민에 대해 배워나가게 된다. 소로는 여행 경로와 이동 방식을 자세히 적었다. 메인 숲의 자연 환경에 대해서는 그곳에 자생하는 식물들을 채집하고 관찰하여 그 종류를 꼼꼼하게 기록하는 등 과학적으로도 접근했다.

자연 문학의 대가로 손꼽히는 소로의 섬세한 묘사를 읽어나가다 보면, 어느새 발밑에 폭신폭신한 이끼가 카펫처럼 깔려 있고 빽빽하게 들어선 나무들이 주위를 둘러싸는 느낌이 든다. 햇빛조차 잘 들어오지 않는 고독하고 장엄한 숲이 눈앞에 펼쳐진다. 그렇게 우리는 『소로의 메인 숲』을 통해 그와 함께 여행을 한다. 어떤 사람을 깊이 알고 싶다면 함께 여행을 하라는 말처럼 소로와 깊은 교감을 나눈다. 메인 숲 여행은 소로에게 삶의 본질에 다가서는 중대한 경험이 아닐 수 없었다. 1862년 5월, 세상을 떠난 소로가 마지막으로 남긴 말은 '무스', 그리고 '인디언'이었다.

2017년 9월
김혜연

소로의 메인 숲
The Maine Woods

초 판 1쇄 인쇄 | 2017년 9월 8일
초 판 1쇄 발행 | 2017년 9월 18일

지은이 | 헨리 데이비드 소로 • 옮긴이 | 김혜연
펴낸이 | 조선우 • 펴낸곳 | 책읽는귀족

등록 | 2012년 2월 17일 제396-2012-000041호
주소 | 경기도 고양시 일산동구 장백로 19(백석동, 더루벤스카운터 901호)

전화 | 031-908-6907 • 팩스 | 031-908-6908
홈페이지 | www.noblewithbooks.com
E-mail | idea444@naver.com

출판 기획 | 조선우 • 책임 편집 | 조선우
표지 & 본문 디자인 | twoesdesign

값 18,000원
ISBN 978-89-97863-80-8 (03840)

───────────────

이 도서의 국립중앙도서관 출판예정도서목록(CIP)은
서지정보유통지원시스템 홈페이지(http://seoji.nl.go.kr)와
국가자료공동목록시스템(http://www.nl.go.kr/kolisnet)에서
이용하실 수 있습니다.(CIP제어번호: CIP2017022906)